现当代文学与文化研究丛书

文学形象与历史经典的当代境遇

吴秀明 著

前　言

现当代文学价值的历史评价

中国现当代文学的价值评价问题，早在现当代文学诞生的那天起就已开始了，它贯穿于20世纪百年的全过程。特别是20世纪下半叶的当代文学，因与我们的生存环境处于同构状态，这种评价往往带有更强的政治性、主观性和不确定性，而缺乏应有的沉潜超越的品格。新中国成立不久，当周扬将这种新型的文学正式定性为“社会主义文学”的时候，当代文学的价值事实上也就被赋予了强烈的政治意识形态色彩，变成了高于现代文学、古代文学价值的“等级”概念。而新时期后期，伴随着“20世纪中国文学”“重写文学史”等口号的提出，一切似乎“倒了个”，当代文学固有的价值陡然下跌，以至有人认为这个学科领域“没有一位值得专门研究的作家和一部值得专门研究的作品”，如果说“现代文学有高山，当代文学却只有小有起伏的丘陵与广阔的平原”。[①] 然而没有想到最近十多年来，在新意识形态和文化批评的影响下，当代文学尤其是此前备受排贬的十七年文学（包括现代文学范畴的左翼文学）的价值似乎又出现了升温。所谓的“没有十七年，何来新时期”口号的提出，就从一个侧面反映了这种情况。

以上一波三折的变化，也许使我们感到有些尴尬，但它却从另一个角度

① 曹文轩：《20世纪末中国文学现象研究》绪论，北京大学出版社2002年版。

揭示了现当代文学价值实践活动的复杂，包括纵向上的阶段性的特征，也包括横向上的矛盾统一的现象；与此同时，也向我们显示批评主体在不同时期的不同认知，不同的评价标准。这不仅符合认识论的一般原理，而且也合乎价值论的有关"'价值'这个普遍的概念是从人们对满足他们需要的外界物的关系中产生的"(马克思语)这一客观规律，因而具有现实的合理性。不过对我们来说，现在的关键不在于此，而是在于批评主体以怎样的方式介入批评客体的对象世界，与之建立一种双向能动的价值关系。从方法论层面上讲，就是对作为客体对象的现当代文学的价值系统采用历史与现实的双重视角：一方面将它纳入历史序列的版图中进行观照，另一方面又不忘从现实维度上对它予以审思。有了这样双重参照的艺术视点，我们的评价才能有效把握其丰富复杂的内涵并给予合理的阐释。

一、现当代文学价值的"双重视角"

现当代文学不同于其他学科，是一个只有起点而没有终点的永远开放的体系。它历经的百年历史，放在中国文学三千年的历史长河中只是短暂的瞬间；而它至今尚在不断生长的实践活动，使得关于它的价值认知始终处于一种行走之中的追踪状态，难以获得相对稳定的历史感和相对严格的规定性。从百年看百年，我们当然可以对彼时的文学价值进行总结；从三千年看百年，我们也可以对此一阶段文学的价值做出归纳。当然从不同的视角出发得出的评价难免不同。就前者而言，它在大容量地融进评价者的现实生存体验，最大限度地激活现当代文学意义内涵的同时，可能因为与时代社会贴得太近，反倒对其总体性格和价值缺乏富有理性的把握。相反，后者将现当代文学价值置于三千年的大文学史格局中进行考察也许显得有些粗疏和隔膜，容易忽略其间存在的只有今人才能体验的丰富驳杂的特质；但由于其主要强调的不是它们之间的断裂而是彼此的整体血脉关系，因此不仅赋予这一阶段文学价值不同于前的更加深长的写作背景，而且也为我们今天较为客观的评价提供了新的参照和评判标准。现当代文学是丰富复杂的，它的实际内涵与成长年龄之间反差很大。这里，不仅茹涵了三个不同的"三十年"(现代文学一个，1917—1949 年；当代文学两个，1949—1979 年、1979 年至现在)，而且每个"三十年"，彼此的构成也相当复杂。就拿本书重点分析的两个"三十年"即当代文学来说，内中就有十七年、"文革"十年、新时期、后新时期、新世纪这样先后之间构成某种颠覆关系的阶段之分。从形态上看，则存在着主流文化、精英文化、大众文化，现实主义、现代主义、后现代主义等各种不同文化或主义组成的相互碰撞纠葛又相互杂糅融合的矛盾结构关系。在这种情况下，如果不是选择历史与现实的双重观照，而是采取单向单维的现实透视的方法，那么，就很有可能面对眼花缭乱的文学现象不知所措。

周作人就是基于这样的事实和道理，在"五四"时期，在其《中国新文学的源流》中将当时出现不久的新文学推向历史的长河，在远近双向观照把握的基础上对其固有价值作了充分肯定。而20世纪80年代"20世纪中国文学""新文学整体观""重写文学史"等有关理论和实践，也是因为内在地蕴含了这样的思想和方法，不仅使当代文学价值评价摆脱了狭隘和短视带来的褒贬随意和失当；而且由于叙述时空的变化，还带来当代文学内部结构的大调整以及作家作品的重新评价：一些以意识形态性为鲜明特征的文学现象与作家作品，如郭小川、贺敬之的政治抒情诗，刘白羽、杨朔的政治抒情散文，随着政治的淡出，地位和价值有所下降；一些政治性较弱而艺术性较强的文学现象与作家作品，如老舍的《茶馆》等历史题材戏剧，茹志鹃的《百合花》等战争小说，舒婷的《致橡树》等朦胧诗，由于更多强调文学的本体性，其地位和价值明显看涨；即使是那些保持不变和趋于稳定的文学现象与作家作品，由于研究理路的变化，往往也会产生新的认识和评价，如陈思和主编的《中国当代文学史教程》，从民间的角度来解读《红旗谱》，发现这部"红色经典"对所描写的农村生活和农民文化心理不仅具有透彻的理解和美学上的把握，而且在艺术方面也是相当精彩的。现当代文学的价值评判其实是相对的，它大体则有，定体则无，很难用一种"放之四海而皆准"的终极"标准"包打天下。因为说得极端一点，文学只是一种可能性的艺术。故而它也不妨可以采用历史或现实的评价方法。

但是，从价值评判的客观性要求来讲，从批评的方法论角度来讲，毫无疑问，上述的历史与现实兼顾的双重视角互为参照的批评方法似乎更值得推崇，有必要引起高度重视。须知真正的历史与现实融合的批评，它体现的是一种古今贯通的大视野，一种整体开放的现代思维。王瑶先生生前曾不止一次地谈到大诗人杜甫的诗歌，唐代的选者就没有将它选上，这不免使人感到遗憾。我们对现当代文学价值的认识和评价，从某种意义上说，其实也只是"唐人选唐诗"而已，类似的偏颇恐怕也在所难免。但既然要把现当代文学作为一门学科来研究，就要求我们的研究者尽可能采用更加科学合理的评价方法，有效地提高评价水平，尽力不给后人留下太多的遗憾。这也是我们的一种历史责任。

当然，以上所言不免有些笼统，在具体实践的过程中还将碰到许多复杂的问题。而作为一种批评方法，历史与现实的双重观照，也不会像我们想象得那样简单；由于批评主体与对象方面的原因，在实际的运用时也将呈现十分复杂的状态。其中值得注意的，我以为主要是“历史独断论”和“艺术纯美说”这样两个问题。

前者主要表现在历史视角的批评上。它将此种批评在时间上具有的三千年之久的“在场”优势，当作傲视一切的资本。因而在对现当代文学价值进行拉长历史距离的评价时，自觉不自觉地产生骄蛮霸权的历史独断论思想。最常见的，就是扬“历史”而抑“现实”，将历史评价简单看成是三千年对百年的一种居高临下而不是平等对话的决断；或者反过来说，将百年简单视作是三千年之余添加的一个消极的尾巴，续上去就了事，而有意无意地忘记或忽略了它作为一个相对独立生命体的存在价值。其实，“历史”与“现实”，无论就批评主体还是从批评客体来看，它们彼此都是平等的，不存在着谁优谁劣的等级问题。以三千年看百年，虽然可以因此而使我们的批评显得更加准确并富有历史感，但这丝毫不能影响我们对现当代文学及其价值的严肃的研究态度，更不应成为我们自鸣得意、轻慢“现实”的理由。道理很简单，任何历史都是现实的历史，如果历史评价不以现实评价为旨归的话，那么，它就会变得僵硬冰冷甚至不近情理，无法进行有效的整合。

也正是在这个意义上，我认为在充分肯定历史评价的功能价值的同时，有必要对其存在的负面因素保持应有的警惕，不要将它过分理想化、绝对化。否则，很有可能导致现当代文学价值评判中的历史崇拜的复活。而这，恐怕就是有人提出的所谓“当代文学不宜写史”的问题的症结之所在。为什么胡适、朱自清在新文学开始仅五至十年间就可以写出《最近五十年中国之文学》《中国新文学研究纲要》等文学史著述，并且给予刚刚发生的新文学颇高的评价，而当代文学至今已逾半个世纪仍被认为“不宜写史”呢？很明显，这里不仅有人为的学科“等级”观念的问题，而且也与批评家采用的厚古薄今的叙述体系不无关系。由此及彼，联想到近现代有些并不怎么样的作家作品，一旦被纳入“强势”学科中作“历史”的观照，其价值往往便迅速提升这一不尽正常的现象，这难道不值得反思吗？

如果说历史视角的批评需要警惕的是“历史独断论”的话，那么现实视角的批评则有必要规避“艺术纯美说”理念的虚妄夸饰。它大可不必因为强调文学本体的独立性、超前性和审美价值，而对包括政治在内的一切非文学采取一概排拒的态度。诚然，文学价值的政治化是当代中国毋庸回避的客观存在，它对现当代文学带来的严重创伤至今还是人们挥之不去的痛苦记忆。故在时代社会发生深刻转型的今天，人们对其抱持某种情绪化的抵触不难理解。然而当我们谈论现当代文学价值因政治化而备受重创的同时，也要顾及这样的事实：参与政治和社会生活也曾有效地提高了现当代文学的地位和价值，使之表现领域得到进一步拓展。作为生活在忧乱伤生的特殊历史情境中的第三世界知识分子的当代中国作家，诚如詹姆逊所说：他们与生俱来就有国家民族的“现代化的焦虑”；这种“焦虑”不仅使他们在“现代化”的追求这一点上与国家政治意识形态达成某种同构关系，而且还极易催生并形成一种强烈的“政治无意识”，经常自觉不自觉地以非文学的思维和眼光从事创作。当然，也不排除有一些作家面对错误的政治，清醒着、歌唱着而又痛苦着。

有段时间，主要是20世纪80年代，人们在谈当代文学价值尤其是新中国成立后十七年文学价值时，往往因为它与政治联系过于密切而全然予以否定，这未免情绪化了。但它恰恰从一个反面告诉我们政治虽非文学必须具有的本质属性，但却是文学可以具有的属性。正是有感于此，我虽很赞赏对现当代文学进行纯粹的审美研究，但却不赞成将其现实视角的批评狭隘地缩小为单一纯粹的审美研究；显然，前者的内涵与外延较之后者要广阔得多，也丰富得多，它已远远超出了纯文学本身。从这个意义上讲，我认为所谓的现实视角的批评，其实也就是对现当代文学价值所做的一种超文本的研究或者说是潜文本的研究。即如福柯所说的将文学放在一个更为广阔的“整体的实践领域”中进行考察，通过对文学与整个社会文化关系的认知，在更大的空间范围内来确认当代文学的价值和基本面貌。这样做，离纯粹的审美研究也许远了些；但从历史还原的角度讲，应该说是更真了，更合乎百年文学存在的思想文化价值高于文学审美价值的客观事实。当然，文学毕竟是文学，它的思想文化价值是通过文学审美价值的形式来体现的。正因此，我们在进行超文本研究时，不能不将现当代文学的审美价值纳入现实批评的视域中给予足够的关注。

二、历史经典化与经典历史化的时代难题

现当代文学价值建立在现当代文学尤其是经典文学的基础之上，因此

讲文学价值，不能不将文学经典纳入视野。何为文学经典？文学经典就是被人们公认的优秀作品，是经得起时间磨砺的人类文明结晶，是时代的“精神的精华”。文学经典本身是一种静态的客观存在（传统的文学经典往往存在于泛黄的古籍之中），但对它的解读则是动态的。“经典是过去与现在、文本与读者之间的对话和张力关系中动态地存在的，它需要重新被提出问题并从中寻找答案。无论过去还是现在，其经典性都不是永恒的，而是与在新的时代审美需要及其期待视野的满足与拒斥中获得经典性的。”①并且会受到时代社会多方面因素的影响，而对文学经典产生一种重新解读与认知，甚至会产生一种颠覆性的解读与认知。这也就是为什么人们常常说“经典是一个开放的体系”，“经典就是阐释”。

现在的问题是：第一，在当下重物质而轻精神的世俗化语境中，尽管各种各样的经典导读、赏析、选读本、绘图本很多，文化教育部门也一而再、再而三地启动名著经典的“阅读工程”，但实际效果并不理想。据上海译文出版社前些年的一次有关外国文学名著经典阅读状况问卷调查的数据显示：大中学生中喜欢看但没有时间看的占54%，太长了看起来很吃力的占15%，太难了看不懂的占4%，其他的占4%，选择很欢迎的仅占15%。结论是：85%的大中学生不读外国经典名著。② 笔者在自己供职的浙江大学中文系授课时，也发现大学生中不喜欢阅读经典名著的现象相当普遍，他们愿意把很多的时间放在图像文化（如电视）和非文学的阅读消费上。第二，对于现当代文学来说，它因与我们贴得太近，有的甚至处于“零距离”的同构状态，暂时还不可能或来不及对经典进行必要和必须的筛选，加之受政治干预太多太深，文学中的“经典性”原本就比较稀缺（这种情况在当代文学领域尤为突出）。而近些年来，西方“解构”之风的盛行，它在催生正面价值的同时，也对现当代文学经典确立、筛选和阅读产生了不可小觑的消解颠覆。这种情况在“重评文学史”“重写文学史”“重排文学大师”的活动中均有明显的表现。

面对这种状况，窃以为，我们应该坦然。作为人文工作者，一方面诚如钱理群针对洪子诚《1956：百花时代》等文学史的编写所指出的，需要超越理性的虚妄，进行深刻的自我反思：“这里首先是对历史的叙述者（研究者）的质疑，或者说是对自身局限性的一种清醒的估量与认识——因为曾经有一

① 董学文：《西方文学理论史》，北京大学出版社2005年版，第355页。

② 参见桑永海：《中国学生为什么离名著越来越远》，《中华读书报》2002年4月24日。

度我们是十分自信的，以为有权对历史事件、人物做出权威性的，甚至是‘终审判决’性的评价，因而自觉、不自觉地扮演了‘历史审判者’的角色；而且我们还坚信自己能够发现某种历史发展的‘必然规律’，因而自觉、不自觉地扮演了历史必然性的阐释者的角色”；而现在要抛弃这种简单化、绝对化的“判决”，在文学史叙述和经典解读问题上，要强调和“突出历史事实（原始材料）的描述，多侧面，多方位，多层次地展现‘原始景观’，给读者提供尽可能广泛、开阔的想象与评价的空间”，①从而使之更趋近历史的本来面目。另一方面则立足现代开放的文化立场，在经典历史化与历史经典化问题上，做我们应该做和所能做的，并不能也不应该因自身局限或反思而放弃了我们这代人应负的历史责任。

上述种种，就构成了本书写作的背景和主要出发点。具体内容和框架，大致分如下两个部分，即上下两编：上编部分，主要从创作实践角度契入，探讨在全球化语境下，以“他者”为参照，如何发掘历史与现实的多方面资源，按照艺术规律进行探索，这里既有以西方“他者”为参照的“中国形象”的塑造，也有基于传统历史的、革命的、审美的、大众的多样的探讨，它与文学历史与经典的书写是间接的，更多讲的是“文学史经典”而不是“文学经典”。下编从“创作实践的现场”返回到“学科与教育的视域”，将其与文学史写作、文学批评、选本编选、人才培养乃至人文或文科办学思想等结合起来。经典历史化与历史经典化最终需要借助于学科和教育，也只有经过学科和教育，才有可能最终完成。

---

① 钱理群：《新的可能性与新的困惑》，见《返观与重构：文学史的研究与写作》，上海教育出版社 2000 年版，第 305—307 页。

目　录

上编　历史重构与形象塑造

下编　文学经典与文学教育

上　编　历史重构与形象塑造

第一章　全球化语境下“中国形象”塑造与传播

在文学研究空间日趋逼仄的情况下，“中国形象”问题已逐渐成为学界热切关注的一个前沿性话题。这不仅表现在它呼应了中国和平崛起及中国形象在全世界产生日趋广泛影响的时代精神，而且还可借此有效地拓宽文学研究的内涵和外延，为跨学科研究提供一个新的思路和途径。众所周知，中国古代长期处于自成一体的发展过程中，鸦片战争打开了中国的国门，自此以后，中国的存在与发展被纳入新的世界秩序，中国形象也不期而然地成为新的世界体系中的一个新的命题。

文学是社会生活的反映，现代中国的曲折历史也造就了中国文学的跌宕多变，特别是对中国形象的书写更是深切地反映了中国的昨天、今日和未来。一方面，现代中国文学的产生发展与现代中国形象的建构过程密切相关，正是现代中国形象建构过程中的一系列主题派生了相应的文学主题；另一方面，现代中国文学又是中国形象建构的最有效的载体，现代中国文学的实践过程一定意义上也是中国形象的一种建构过程。现代中国形象的建构与现代中国文学的发展互动，实在积累了太多需要认真清理的经验。

需要指出，这里之所以用“中国形象”而不用“国家或民族形象”的概念，目的是为了超越狭隘的民族或政治意识形态的视角，多一点开放性，少一点防御性，站在更高更客观的层面看待中国文学与世界文学的关系，将域外有关中国形象及中国文化的书写纳入我们的研究视野，从“他者”对自我的审视去概括中国形象与异质文化的冲突与融合，在众声喧哗的阐释中确立自我的本体位置。中国形象是多方面力量合力打造的，中国既是中国的中国，也是世界的中国，它应该体现“世界想象共同体”的现代新思维、新理念。

全球化视野下的中国形象研究刚刚开始，现有的成果，主要集中在异域“他者”的观照；域内研究反倒不多，也比较单薄。我们应尽快改变这种状况，充分发挥中国作家特别是中国大陆作家在这方面的独特优势和主体作用，使之成为中国经验、中国话语的重要载体和组成部分。

第一节　“中国形象”塑造：在镜与像之间

20世纪中国文学与世界文学中中国形象的塑造因时间、空间的差异性而呈现出复杂的面貌，在不同的时期、不同的国度、不同的文化背景之下，文学对于中国形象的阐释与解读不尽相同，然而在这其中，因为文化参照谱系的统一，文学产生背景的一致等因素的驱使，从总的方面来说，文学中中国形象的塑造又总能呈现出相似或类似的特点，并且也因之传达出在中国形象塑造方面存在的一些趋同问题。

一、中国形象塑造的异质性问题

20世纪中国与世界文学中中国形象的塑造大部分都催生于西方文化，西方文化对于中国的影响决定着现代中国文学中中国形象的自我塑造；同时西方文化中关于中国的观念、认识或想象，同样深刻影响着世界文学中中国形象的塑造。

在中国现当代文学的发展进程中，中国本土作家对于文学中中国形象的塑造有相当部分源自对现实中国的反映，这时现实中国是实实在在“在场”的存在，它不具有虚幻性与审美间性，问题是中国本土作家在作品中塑造中国形象时采取的是什么样的观照立场。中国现代文学自诞生之日起参照的就是西方文化的体系，因此在某种程度上说，中国现代文学就是西学的中国版。它自诞生之初就借鉴了来自于西方文学中的两种话语体系：一是源自欧洲和日本的国民性话语体系，从鲁迅到余华等，这是一种呈否定性向度的启蒙文学的模式；另一种是源自西方和苏俄的革命及阶级的话语模式，从革命文学到延安文学进而发展至社会主义文学，这是一种从政治意识形态领域力图彰显中国文化的革命文学模式。在这两套话语体系的参照之下，中国文学中所呈现出的中国形象虽是本土作家的自我塑造，但因为参照系来自于别国，所以在塑造过程中有意无意地将中国形象他者化、异质化了。正如美国学者周蕾所说：“现代中国人知道自己不能墨守一个静止不动的传统而生存下去，他们过的是不纯洁、‘西方化了’的中国人的生活，他们

‘看’中国的方式也打上了那种生活的烙印。”①

在第一种话语体系之下，异质文化体系常被视为绝对优越于民族本土文化。所以这种属于知识分子话语体系之下的中国形象的塑造一般是贬损的、落后的、压抑的，如鲁迅笔下那暗淡停滞的鲁镇与未庄、钟理和笔下的笠山农场、韩少功笔下带有原始色彩的鸡头寨、贾平凹笔下那浸透着世纪末的焦躁情绪与动荡破败气息的高老庄等，就成了整个中国不同时期不同地域的农村形象写照。而中国的都市与乡村一样，在知识分子启蒙模式的关注之下也呈现出比较单一的形象特点，那就是变态的、阴暗的、低劣的、功利的，如新感觉派、茅盾笔下的欲望之都上海，“这地方比得上希腊神话里的魔女岛，好好一个人来了就会变成畜生”（钱锺书的《围城》），重庆、北平、西京则是“一片混乱”（巴金的《寒夜》），到处充满了悲剧（老舍的《骆驼祥子》），俨然成为一座座不折不扣的“废都”（贾平凹的《废都》）；而现代化的台北、香港也处处充斥着洋奴与拜金主义者（王祯和的《小林来台北》），完全变成了一座“浮城”（西西的《浮城志异》）。总之，在西方文化体系的映射之下，上述这些中国形象显然放大了民族文化的劣质。它所呈现的单一化的特色，表达着中国文化在绝望中期待救赎的被动态势。而这样一种文化地位，“是否能够为他所属的文化的现代化提供自由的主体性与合法性证明”②，当然是可以拷问的。

另一种革命与阶级话语则同样参照西方的话语体系——马克思主义，但却呈现出截然相反的色彩，它张扬放大的是中国文化特别是农民文化、乡村文化的优质存在，及其所体现出来的巨大的革命力量。在这种中国形象的作品中，中国农村不再是凋敝无望的，而是充溢着生机和希望。到了解放区时期更是呈现明朗亮丽的特点，并经新中国成立后十七年的演变至“文革”达到了顶峰（如浩然的《艳阳天》《金光大道》）。这种关于中国形象的集体营造以浪漫主义的社会主义激情取代了冷静的现实主义精神，呈现出空前的趋同性与单一性特色；这种阶级革命话语由于寄望着过高的对于中国现实救赎的思想，从而又使这类中国形象塑造带有着一定的陌生化色彩。

---

① ［美］周蕾：《看现代中国：如何建立一个族群观众的理论》，见《后殖民理论与文化批评》，张京媛主编，北京大学出版社1999年版，第351页。

② 周宁：《西方的中国形象》，见《世界之中国：域外中国形象研究》，周宁编，南京出版社2007年版，第108页。

与中国本土文化视野书写相似，异域视野中的中国形象塑造也包含两种话语系统：一种是西方文学视野中的中国形象塑造，一种是世界华人自塑的中国形象。这两套话语系统因为身处强大的西方主流文化的话语霸权之中，由此塑造的20世纪西方文学中的中国形象更带有异质性特点。正如周宁所说："西方自我批判自我改造时，中国形象就展示为肯定面(天堂)，而西方自我认同自我扩张时，中国形象就表现为其否定面(地狱)。"①在20世纪西方文学中中国形象的塑造从总体上来说是否定性的存在，最著名的就是英国作家萨克斯·罗默在1913到1959年写过的"傅满洲博士"系列小说。在小说中，傅满洲集中了中国人所有的阴暗面，他就是西方认为的"黄祸"的化身，是西方大众关于现实中国的一种社会集体想象物。这种异域文化视野中中国形象的塑造，再现的对象中国是缺席的，正如比较文学形象学的重要代表、法国学者巴柔所说："它是社会集体想象物的一种特殊表现形态——对他者的描述。"②而且这些西方文学的作者很多一生未曾来过中国，他们所了解与认识到的中国都是概念化的，而他们就用这种概念化的认识模式去套解、去塑造文学作品中的中国形象，这就是形象学里的"套话"。所谓"套话"，说明它是先入为主式的，它是经验性的，是一种停滞文化的表征，在它影响下所塑造出的中国形象显然是扁平而单一的、被动且他者化的。我们与其说是西方文学在塑造中国形象，倒不如说他们是在借中国形象言说自己文化的优越性与统治性。即使如比较正面的赛珍珠的《大地》，也是站在西方文化立场上来观照中国现实的，虽然她在中国真实地生活过。《大地》中作者的宗教情怀、异质民族文化的优越感有时难免从字里行间渗透出来；而且赛珍珠写作的意图是为美国人来重新书写中国人，所以这种视角显然仍然脱离不了西方文化背景的制约。正如外国研究者伊萨克斯所说："在所有喜爱中国人、试图为美国人描述并解释中国人的人当中，没有一个人能够做得像赛珍珠那样卓有成效。……几乎可以说，她为一整代的美国人'制造了中国人'。"③

而域外华裔作家的中国形象塑造同样也带有着明显的皈依西方文化的特色。这些海外华裔作家长期生活在强大的西方话语霸权之中，在对西方

---

① 周宁：《永远的乌托邦》，湖北教育出版社2000年版，第22页。

② [法]达尼埃尔·亨利·巴柔：《从文化形象到集体想象物》，见《比较文学形象学》，孟华主编，北京大学出版社2001年版，第121页。

③ [美]伊萨克斯：《美国的中国形象》，于殿利、陆日宇译，时事出版社1999年版，第212页。

文化耳濡目染的认同中，他们常常不自觉地用内化了的西方观念来遥想中国现实，且用停滞的眼光来看待中国，把中国的现实等同于历史。在他们笔下，中国的形象永远是落后衰败、苦难深重的所在。如美国华裔作家谭恩美在《喜福会》中就塑造了中国迷信、愚昧、非理性的形象，表达了对于旧中国的厌弃与反感，以及对于西方文化中东方主义的某种自觉；再如严歌苓的《扶桑》对于中国历史的想象叙事无不框定在西方文化对于东方文化的认知模式之中等。20 世纪 80 年代，陈若曦在《向着太平洋彼岸》这篇小说中，借小说中人物表达出了这样的中国认知："时代变了，时代也是前进的。而中国，带着她的人民和土地，肩负着沉重的历史包袱，却永远等候在那里。"① 而新一代海外华人移民文学的作者出生在异域，虽然他们的根在中国，但因生长在西方文化的氛围中，他们疏离于母体文化，因此书写的关于故土的形象就更显被动性与陌生化了。

无论是本土性视角还是异域性视角，世界文学与中国文学中所呈现的中国形象都带有明显的异质性特点，除少数外，大多内涵比较扁平单一。在这里，本土性视角是异质文化主导之下的本土性书写，而异域性视角更是异质文化对本土文化的一种全面覆盖。这两种文化，它们彼此没有激烈的碰撞与交流，没有对等的尊重与反省，有的则带有严重话语霸权的倾向。

二、中国形象塑造的幻象化问题

在 20 世纪中国形象的塑造中，有一类关于现实中国的形象书写是用一种诗性话语代替了恶性话语，出现在文学作品中的中国形象因此都带有明显的幻象化与虚拟化特点，它与恶性话语相辅相成，构成了中国形象塑造的两极。相对于上述的恶性话语，这套话语书写更多看到的不是西方异质文化优于本土文化，而是其消极负面的阴影。这也就是巴柔所说的本土文化的"幻象"："与本土文化相比，异国文化现实被视为低下和负面的：对它就有一种'憎恶'之情，而这种态度反过来又发展出一种正面的增值，一种对本土文化所做的全部或部分的'幻象'。"②它主要站在自我文化的视角去看待外来文化，用本民族文化的优质部分去抗衡和排拒外来文化，竭力构建本民族文化的乌托邦。其所塑造的中国形象通常是田园牧歌式的，远离西方文化的侵扰。

---

① 转引自饶芃子、费勇：《海外华文文学的中国意识》，《暨南学报》1997 年第 1 期。

② [法]达尼埃尔·亨利·巴柔：《从文化形象到集体想象物》，见《比较文学形象学》，孟华主编，北京大学出版社 2001 年版，第 142 页。

这种幻象化特点的创作，在20世纪文学中尽管不是主流，但我们却可从废名、沈从文直到汪曾祺等人那里轻易找到。其中最具代表性的当推沈从文。在他笔下，现实中国处处充满着现代都市文明的非人性的弊害与人性的扭曲，理想的民族幻象是在那不易受到西方文明侵袭的遥远的湘西，那是一个洋溢着纯美人性的宁静的世外桃源，它是封闭的、自足的、和谐的。沈从文的这种对于过去神性而古老中国的回望显然带有一定的民族形象的自塑渴望，然而这种对现实充满逃遁意味的民族形象自塑同时又带有着一定的虚妄性，正如台湾作家黄春明在《看海的日子》中所表达的古老的乡村对白梅的拯救，这种力量其实是脆弱且理想化的。中国形象审美的虚拟性还能从20世纪80年代中后期出现的寻根文学中得以印证。寻根文学的出现显然也是为了反拨附属于文学中中国形象的政治性与西方性的，他们执意去寻觅中国文学形象的民族之根，去重塑真正带有自我文化色彩的自我形象；然而由于"寻根文学"专注于在历史文化中寻求一种终极的中国形象目标，虽然从现实而来，却又不免带上了些逃避现实的倾向，幻象化的色彩是鲜明的。而白先勇的很多小说（如《纽约客》等）则更是表达了对于中国形象传统化的皈依色彩，他笔下的很多人物生活在海外，但不融于西方文明，逃避厌弃西方世界，他们都有着强烈的丧失民族文化之根的生存之痛。白先勇的这种带有传统化色彩的形象自塑在远离故土的异域带有着一定的遥想的虚妄性，丧失的是直指当下的能力，所以很多人物悲剧性的结局便不可避免。

西方有关中国形象塑造也有类似情况。尽管他们各自的书写模式不同，但在对中国传统文化形象的神往上，彼此却有着某种惊人的相似或一致之处。这种游离乃至有悖于西方主流文化的创作取向（西方主流文化对中国形象是持否定态度的），大概就是赛义德所说的东方形象左右漂移的另一边，即"作为西方人归宿的旧世界——伊甸园和天堂，在那儿，人们可能依照旧世界的模样建立起一个新世界"①。这就是带有肯定意义的乌托邦色彩的中国形象。20世纪的世界经历了两次世界大战的洗礼，西方人在自我扩张的同时又需要自我救赎，于是《马可·波罗游记》中所构筑的契丹神话传说以及基歇尔神父的《中国图志》上提到关于中国"哲人王"的想象复活了，这类中国形象无疑"都被西方人涂上了浓重的想象色彩和理想化色彩，目的

---

① [美]周蕾：《看现代中国：如何建立一个族群观众的理论》，见《后殖民理论与文化批评》，张京媛主编，北京大学出版社1999年版，第351页。

是为了利用中国形象来改造自身。18世纪的启蒙主义者用它抨击暴政、挑战神学;20世纪的西方人则试图用它来拯救被战火和功利燎焦的灵魂”①。厌倦了自身物质主义的西方想起了东方的神秘文化。因此,西方文学中的这类中国形象的塑造无疑是带有着幻象化色彩的,他们用它来修补自己社会的躁动与喧哗、缺失与不足。最有代表性的作品是1933年英国小说家詹姆斯·希尔顿的乌托邦小说《失去的地平线》。这部小说塑造了一个中国的天堂——香格里拉之幻象。“香格里拉”一词藏语意为“心中的日月”,这是一块神奇的地方——它有着田园诗般的美丽、远离尘嚣的寂静、纯朴而又文雅的居住者、完善而先进的物质文明、丰富神秘的藏书等等,“只有这山谷中,幸福才是永恒的”②。显然,香格里拉是西方人心中的理想国度与精神家园。这种中国形象显然是西方人对于中国古老文明的一种精神想象,《失去的地平线》是对于西方世界消失的“香格里拉”的一种精神补偿,用意不在于中国形象的重塑,而是对于自己精神家园的构建。所以这类作品中的中国形象指向的是中国古老的农耕文明,而不是当下的中国变动而多难的现实,这种虚拟性的中国形象显然缺少对于变动中的中国现实的对应性。西方世界对于中国这自给自足式的农耕田园文明是向往的,因为这正是他们文化中的缺失所在。赛珍珠在《大地》中也表达了相同的文化审美,而罗素也曾说过类似的观点:“……中国苦力身上发现的那种几乎是无意识的对于美的追求,那种创作民歌的冲动,那种在清教以前我们自己也有的、在村舍田园保存下来的追求美的冲动。天性的幸福或生活的快乐,是我们在工业革命和生活环境的重压下丢失的最重要而又最平常的东西之一。但它在中国却很常见,这是我欣赏中国文明的重要理由。”③即便是1971年法国当代著名作家皮埃尔-让·雷米创作于中国“文革”年代的带有很强现实指向性的作品《火烧圆明园》,也有着重造中国诗意国度的乌托邦的色彩,作者自己也曾说道:“可以肯定,在书里有一种对于‘古老中国’的思恋与追忆。”④

在中国形象塑造的幻象化表现上,还有一类文学与之不同,它不是立足现实回望诗意的过去,而是立足现实指向理想的未来,因此多少带有某种隐

---

① 姜智芹:《欲望化他者:西方文学中的中国形象》,《国外文学》2004年第1期。

② 周宁:《永远的乌托邦》,湖北教育出版社2000年版,第8页。

③ 罗素:《我为什么要研究中国》,见《中国印象——世界名人论中国文化》,何兆武等编,广西师范大学出版社2001年版,第85页。

④ [法]皮埃尔-让·雷米、钱林森:《挥之不去的“中国情结”》,见《跨文化对话》,乐黛云、[法]李比雄编,上海三联书店2005年版,第205页。

喻的色彩。法国学者利科曾说:“在赋予隐喻意义时,想象便在各个方向上扩散开来,激活以往的经验,唤醒沉睡的记忆,浇灌临近的感觉场。”①因为是想象所以他们超越于现实,譬如梁启超的“少年中国”之喻、郭沫若的“凤凰涅槃”之像、艾青的“光的赞歌”之境等。他们作品中的中国形象也都是在现实之上的一种想象,指向的更是那遥远的中国形象的未来。如郭沫若所说“我们新鲜,我们净朗,/我们华美,我们芬芳,……我们热忱,我们挚爱。/我们欢乐,我们和谐”(《女神》),艾青在《光的赞歌》中所说的“让我们以最高的速度飞翔吧/让我们以大无畏的精神飞翔吧/让我们从今天出发飞向明天/让我们把每个日子都当做新的起点/或许有一天,总有一天/我们这个古老的民族/我们最勇敢的阶级/将接受光的邀请/去叩开千万重紧闭的大门/访问我们所有的芳邻……”等等。这类中国形象虽带有明确的未来指向性,拥有的是普遍高昂的中国形象自塑的豪情,但同时缺乏的是叩问现实的深度,给人的感觉流于虚妄。上述关于中国形象遥想性的塑造我们还能在异域文化中找到例证,最典型的代表就是智利诗人聂鲁达的《新中国之歌》。这首诗歌创作于20世纪50年代,在诗中,诗人把中国遥想成自己民族新形象的未来,他把中国比喻成强壮的女英雄,而这恰恰是拉丁美洲人民拯救自己的民族所需要的形象。为此,聂鲁达深情地讴歌:“啊,中国,我们需要你,/越过重洋的阻隔,/我们希望听到你土地上的风的歌唱,/现在,它不再在旷野的道路上低吟。”②这显然是通过遥想中国来遥想自己民族的未来。还有如锡兰阿努莫干的《献歌新中国》、越南诗人黄忠通的《向中国致敬》等,在这些诗歌中,中国无不成为追求民族解放与自由的象征,在中国形象的塑造上他们寄寓了太多的关于本民族未来的想象。

无论是本土文化视野中的中国幻象还是异域文化视野中的中国幻象,其目的都是为了进行自我的文化调适,这也从一个侧面反映了他们对于现实中国的逃遁。“幻象”式艺术表达,对中国本土作家而言,无意暴露了他们在解读和把握现实方面的能力匮乏;对于异域作家来说,因为他们目的不在中国而在自身,指向不在现实而在虚妄,形象的现实意义无疑是缺失的。

---

① [法]保尔·利科:《在话语和行动中的想象》,见《比较文学形象学》,孟华主编,北京大学出版社2001年版,第47页。

② [智]聂鲁达:《新中国之歌》,《人民文学》1953年第3期。

第二节 “中国形象”传播:祛魅与返魅

在全球化、信息化与传媒化的时代,我们不仅要重视中国形象的塑造,而且还要关注它的“出口”,即在世界范围传播的问题。在中西文学交流史上,中国一直存在着文学输入与输出的重大逆差,中国文学在境外的影响力还相当有限。如何走出历史的沉疴,在西学东渐与东学西渐之间建立均衡的交流关系,这是时代赋予我们的责任和使命,我们应该有大的作为。

一、中国形象自我传播的有限性

在20世纪中西文学交流史上,西学的译介对于中国文学的影响几乎是全面覆盖式的,向中国介绍西学构成了20世纪中西文学交流中的一道喧哗的独特景观;而中国文学对外的输出与传播一直处于被忽视的尴尬之境。现代东学西渐的文化失语,是20世纪中国文学形象传播的最大症结。西学东渐在20世纪中国现代文学的发展历程中一直呈现的是大规模地组织化与体系化,而且起步早,早在新文学之初就已开始。在中国文学的现代化进程中,对一些知识分子而言,西学就是可供借鉴的先进所在,借用陈独秀的话就是:“若是决计革新,一切都应该采用西洋的新法子。”①全方位地引进西方文学是他们的当务之急,至于如何把自己所创作的文学输出过去,则缺少明晰的认识。这显然是文化自卑意识所决定的中西文学交流中的不对等。面对着强大的西方话语的席卷,现代中国文学在借鉴与模仿中消弭了自己的话语主动权。东学西渐的最早出现一开始是呈零散状态的,它的正式呈现是十余年之后的30年代,但这也还绝非现代本土文化意识的觉醒所致。1931年美国人威廉·阿兰主动联系燕京大学学生萧乾,出资编辑出版一份英文期刊——《中国简报》,意在向西方介绍中国。虽然中国现代文学的译介只是该刊物的内容之一,但这也应该算是当时国内比较早的对于中国现代文学的正式译介了,不过这份英文期刊只出了八期便停刊了。正如萧乾所说:“当时,住在北京的不是外交官就是传教士。他们的兴趣在高尔夫球和赛马上。谁会对现代中国文学感兴趣!”②面对着现代西方文化的过度自大与过度自我,现代中国形象的传播便自然呈现萎缩与失语的状态。

---

① 陈独秀:《今日中国之政治问题》,《新青年》第5卷第1号。

② 萧乾、傅光明:《风雨平生——萧乾口述自传》,北京大学出版社1999年版,第56页。

正如美国年轻的教授斯诺在20世纪30年代发现的："我想了解中国知识分子真正是怎样看待自己，他们用中文写作时是怎样谈和怎样写的。……然后当我去寻找这种文学作品时，使我感到吃惊的是实际上没有这种作品的英译本。重要的现代中国长篇小说一本也没有译过来，短篇小说也只译了几篇，不显眼地登在一些寿命很短的或者读者寥寥无几的宗派刊物上。以上是1931年的事。"①1935年8月《天下》月刊在上海创刊，该刊"是现代中西文化交流史上中国第一次有组织、有目的地主办一份旨在向西方(主要是英语世界)传播中国文化的全英文思想文化类刊物"②。该杂志立足中国并发行到了世界，但现代中国形象的传播只占了其中一部分，回望传统文化占了该刊大部分内容。在对传统文化的输出中寻找吸引世界的话语表达权，这显然还是一种现代文化失语的体现。该刊物在刊行的六年里，只刊载了"现代小说22部，白话诗歌10首，现代戏剧2部"③。相对于中国现代文学蔚为大观的创作队伍与作品，内容的失衡是显见的。20世纪40年代随着中国社会形势的发展，中国还陆续出现了一些世界语的刊物《东方呼声》《中国吼声》《远东使者》及英文期刊《中国作家》《中国评论周报》等，其中也陆续译介过一些中国现代小说，但从整体上说，抗战政治性的文化宣传远远大过文学输出，时事与文化评论重于原创文学的译介。在整个中国现代文学发展时期，中国文学形象的系统性、完整性的输出显然是缺乏的，一切的努力未能从根本上扭转中西文学交流史上西方"独语"的局面。

当代东学西渐的文学退让，是20世纪中国文学形象传播的又一症结。新中国成立之初的对外宣传是与新成立的国家实体紧密相连的，由于期待新政权被认可，这一时期的对外传播都带有浓厚的政治色彩，譬如1950年年初创刊的新中国第一种对外宣传刊物——英文版的《人民中国》，与1952年7月建立的外文出版社都是综合性的宣传媒介，它们涉及的内容广泛，包括政治、经济、文化、历史等，文学只是其中的一小部分，且输出的都是中国现当代文学的一些主流话语系统作品。中国有意识地开始系统向外整体传播我们文学形象始于1951年。1951年10月由茅盾担任主编、叶君健担任副主编的《中国文学》杂志出刊，该杂志有英、法两个版本，主要使命就是介

① [美]埃德加·斯诺：《〈活的中国——现代中国短篇小说选〉序言》，见《活的中国》，文洁若译，湖南人民出版社1983年版，第2页。

② 参见严慧：《1935－1941：〈天下〉与中西文学交流》，苏州大学中文系博士学位论文，2009年。

③ 参见严慧：《1935－1941：〈天下〉与中西文学交流》，苏州大学中文系博士学位论文，2009年。

绍传播中国新文学。该刊物发行到一百多个国家和地区，在世界范围内传播中国新文学及树立中国新形象方面起到了重要的作用：“许多外国人了解中国文学，不少是从阅读《中国文学》开始的。”①印度一些进步作家曾说：“通过《中国文学》，我们眼前展开了新中国新的人民形象。”②1986 年中国还正式成立了中国文学出版社，承担出版《中国文学》杂志以及“当代中国信使——《熊猫丛书》”，向国外传播中国文学。中国现当代文学的整体对外输出，仅凭一刊一社的定期定时的官方向外传播显然很有些被动与偏狭。新时期直至当下，我们的文学发展经历了很多曲折与艰辛，我们的作家也都在努力塑造着他们所理解与畅想的中国形象；面对着越来越丰富的创作，我们的对外文学输出却一直不温不火地进行它缓慢而滞重的传播之旅。随着 20 世纪末中国商品经济浪潮的冲击，中国社会开始从传统社会进入现代社会，文学作品中关于中国形象的塑造在 20 世纪末经济文化浪潮的冲击下开始显得支离破碎且平面化，现实的社会秩序已不再需要文学话语去确立，我们的文学日益失去了掌控传播主流话语的能力，中国文学创作与对外传播的边缘化处境便不可避免。2001 年中国文学出版社被撤销、《中国文学》杂志被停刊，则更加暴露出我国文学对外传播的步步退让与萎缩。相对于中国建筑文化、饮食文化、体育文化、旅游文化等在域外声名鹊起，最具审美魅力与想象空间的文学领域里的中国形象传播却一直存在着被忽视被弱化的趋势。在《中国文学》停刊之后，中国作家协会启动了“中国当代文学百部精品译介工程”，以推动中国当代文学走向世界，但把中国文学的对外输出与传播仅寄希望于这百部作品的译介之上，显然是有限而又被动的。

季羡林在谈到东学西渐时曾经说道：“今天的中国，对西方的了解远远超过西方人对中国的了解。……既然西方人不肯来拿我们的好东西，那我们只好送去了。”③同样，在中国现当代文学的对外传播与交流中，我们显然不能一味被动，关注中国形象的自我传播意义深远。

二、中国形象“他者”传播的失衡性

在世界文学传播领域，相对于中国形象自我传播的被动与无奈，中国形象的“他者”传播则是凌乱而分散的。

从传播方式来说，缺乏整体性效应。域外中国形象的传播规模最大的

---

① 徐慎贵：《〈中国文学〉对外传播的历史贡献》，《对外大传播》2007 年第 8 期。

② 转引自吴旸：《〈中国文学〉的诞生》，《对外大传播》1999 年第 6 期。

③ 季羡林：《东学西渐与“东化”》，《光明日报》2004 年 12 月 24 日。

是学术领域里的传播与研究，包括中国文学研究者的关注与汉学家的译介两方面，这是严肃而正规的传播中国文学及形象的纯文学途径。法国、苏联与日本是传播中国现代文学比较早的国家，早在20世纪之初，法国的考狄尔就出版了他编译的《中国书目》(1904—1924增补版)，罗曼·罗兰在新文化运动之际就已开始对中国现代文学大力推介；1919年苏俄在高尔基的提议之下在莫斯科成立了东方学研究所，任务之一就是研究介绍中国语言文学；1922年日本学者大西斋、共田浩就曾编译了《文学革命与白话新诗》一书等。此外一些世界著名的汉学家的译介与研究，也扩大了中国形象在域外的影响力，如英国的阿瑟·韦利、法国的明兴礼、德国的弗朗茨·库恩与顾彬、美国的夏志清和葛浩文等。与此同时，一些汉学期刊对于中国现当代文学的关注对中国形象在域外传播起到了良好的推动作用，如《中国评论》(香港)、《中国现代文学》(韩国)、《中国季刊》(英国)等。但是从总体上来说，这些对于中国形象的传播一般主要局限于学术层面，而且缺乏系统性，所以传播效应是十分有限的，社会反响一般不大。其次是流行读物层面上的传播与误读。这里包括西人西文创作与华人华文及华人西文创作几个部分。域外传播影响最大的恐怕就是西人创作的一些关于中国形象塑造的作品，它们一般秉持的是西方文化中心的立场，无论是褒扬也好贬抑也好，因为缺乏对中国现实的认识与把握，偏狭是其最大的特点；但它们一般是用本土语言创作出来的，并且兼顾了自己国家受众的阅读与文化习惯，所以在西方世界作为畅销书影响非常之大，对于西方人误读中国形象起到了一定的推波助澜的作用，譬如傅满洲——恶魔式的中国佬形象等。当然这其中也有试图改变自己的文化立场如实正面传播中国形象的作品，如庄士敦的《紫禁城的黄昏》、赛珍珠的《大地》、斯诺的《红星照耀中国》等，然而毕竟不在多数。而域外华人、留学生的创作因为远离故土，其传播中国形象的能力也就相应显得非常无力与边缘。这几种传播方式缺乏有效地融合与沟通，致使域外中国形象的传播无法形成聚合效应，或引导，或纠偏，或扩大。

从传播区域上来说，两极分化明显。中国形象的域外传播在东方世界、第三世界的影响力明显高于西方世界，这与东西方等传播对象的文化接受心理显然不无关系。在西方世界，中国文学传播缺乏广泛的受众群体，这是长期以来西方文化话语霸权统领天下造成的文化独语的体现。对此，长期执教于国外的中国学者赵毅衡曾深有感触地说道："不少人认为中国作家拿不到诺贝尔奖，是因为西文译本不够多，不够好。这真是冤乎枉哉。以译笔流畅著称的葛浩文教授就抱怨过，他翻译的几十本中国当代小说，没有一本影响超出中国文学读者这小圈子之外。"[①]除了与传播对象的文化隔膜之外，一些西方传播主体也常常以西方文化中心自居，比较漠视中国形象的塑造，甚至肆意阻挠、扼杀一些正面的中国形象的传播。譬如赵毅衡曾提到美国华裔英语作家蒋希曾在20世纪二三十年代的美国，"曾以中国革命事业和美国华人走向革命的过程为题材"[②]出版过革命诗歌和《中国红》《"出番"记》等小说，但他却遭到美国当局的逮捕，他的作品也遭到美国一些评论人士的挖苦与嘲讽，显然不被认可，就更谈不上广泛的传播了。西方世界对中国文学的传播与接收并没有随着时间的流逝、随着中国社会步入现代化而有着较大程度的改观，正如台湾作家龙应台所说："目前，越是在大陆遭受政治批评的作家，越容易受到西方的重视。也就是说，西方对当代中国文学的接纳角度，仍旧是新闻性、社会性、政治性的，还有，观光性的。"[③]显然西方世界对中国文学普遍缺乏的仍然是社会文化上的一种认同与接纳，从这方面说高行健作为一名所谓的"流亡作家"，他被西方世界认同难免没有这方面的因素。相反，中国文学因为与第三世界很多国家和地区存在相同的社会、政治、文化语境，也即是"在'冷战'语境中争取民族话语权上，彼此间的愿望与目的却是一致的"[④]，所以中国形象在第三世界一般都有着良好的传播与接收。如智利、古巴、越南等国对新中国成立以后文学的译介是颇具规模的，而且中国形象一般也是正面而积极的。越南作家曾指出："我们从具有十分光荣传统和正在十分美好发展中的中国文学中学习了一些很宝贵的经验，这使我们对于越南文学前途的信心更加无比坚强。"[⑤]在同属于东方文化圈的东南亚一代，中国文学的被认可与中国形象的被传播则更有着广泛的社会效应，日本在20世纪曾出现过大量取材于中国历史题材的作品，这些作品"体现了某些基本一致的倾向，那就是褒扬中国历史文化"[⑥]；现当代中国文学在日本一般也都有着相应的译本，即便是在中国的抗战期间，日本对中国现代文学的介绍与翻译也没有中止。日本学者小野忍曾说，日本读者对中国现代文学的兴趣，"与其说是中国文学本身，不如说是为了了解

---

① 赵毅衡：《对岸的诱惑：中西文化交流记》，上海人民出版社2007年版，第105页。

② 赵毅衡：《对岸的诱惑：中西文化交流记》，上海人民出版社2007年版，第83页。

③ 龙应台：《人在欧洲》，台北时报出版公司1988年版。

④ 方长安：《冷战·民族·文学——新中国"十七年"中外文学关系研究》，中国社会科学出版社2009年版，第161页。

⑤ 施建业：《中国文学在世界的传播与影响》，黄河出版社1993年版，第70页。

⑥ 王向远：《中国题材日本文学史》，上海古籍出版社2007年版，第6页。

‘支那’”①。在这里文化的抵触与对抗显然是没有的。再如金庸的洋溢着浓郁中国传统文化意蕴的新派武侠在东南亚一带的广泛流传，同样也是同种文化圈之内的文化认同与接收。显然，社会、政治、文化语境的互相认同与接收，是文学形象传播与接收所不可或缺的重要因素。

在当下，中国社会文化如何在全球化的范围内取得广泛的世界认同与接纳？中国如何在全球范围内更好地传播与树立中国形象？随着中国社会与文学发展步入新世纪，这个问题显然一直没有得到有效的解决。在世界发展的全球化语境之下，中国形象传播仍然有着广大的拓展空间，中国形象传播的突破存在着种种可能性。

三、中国形象传播突破的可能性

在全球化语境下，中国形象的国际传播显然要掌握一定的传播主动权，要适度运用各种传播方式，从传播的方方面面进行综合突破。综合以上的传播缺失，以下这几方面问题是我们必须正视的。

第一，自我传播与他者传播的相融。在中国形象的文学传播领域，不难发现自我传播与他者传播往往处于并峙的状态，缺乏应有的沟通与融合。纵览 20 世纪中国形象的自我传播，我们的传播主体一般是社会的主流知识分子，所传播出去的中国形象一般局限在社会主流话语系统之内，难免不带有着浓厚的政治与文化的功利性色彩；而域外中国形象的传播一般都带有明显的民间各自为政的散乱色彩。显然我们中国形象的自我传播需要的是去政治化，从广场走向民间，学会倾听与接纳。譬如中国大陆文学与台湾地区文学就很难在去政治化的背景之下和谐自如地自我传播。再如 20 世纪世界华文文学与西文文学因为存在着对于中国文化改写的痕迹，所以往往很难进行逆向传播，进入到中国国内读者的视线。即使如获得诺贝尔文学奖的赛珍珠、高行健与莫言的作品，国内关注的媒介显然也是比较片面的。而域外中国形象的传播需要摆脱的是过度民间化与偏见，学会认同与参与。在西方，中国形象的传播明显缺乏主流文化话语的力量，并且其自我传播与他者传播基本都是单向度的传播，彼此是很难交叉的。针对这种情况，我们的传播有必要强调中国形象的整体性，也有必要建构传播的完整的生态链，自上而下，自内而外。因此，我们需要一种“他者”观照的视阈，正如学者所言：“所谓跨文化对话，就是不要以本位文化作为文化沟通的起始点和归宿，

---

① 转引自夏康达、王晓平：《二十世纪国外中国文学研究》，天津人民出版社 2000 年版，第 49 页。

而是以平等的态度、开放的心理互相学习，提高对‘他者’的敏感度。”①所以完整的中国形象的传播应是自我传播与他者传播良好的互融与借鉴，因为单方面的中国形象的塑造与传播不是中国形象的终极旨归，塑造是为了传播的必需，传播是为了更好地塑造。

第二，文化认同与文化改写的结合。无论是自我传播还是他者传播，我们还必须面对的是文化认同与改写的问题，也就是说在传播中国形象之时，事实上有一个文化相对主义问题。每一种文化的诞生都有它自身存在的价值与意义，所以在中国形象的传播中我们首先要学会对彼此文化的认同，进而对照自身进行适度的文化改写。中国形象的自我传播表达的不是自我文化中心主义，我们提倡的东学西渐也并不意味着不分精华与糟粕地等同输出。面对世界读者，我们传播主体需要的是一种开阔的世界读者意识，在与西方文化的对接中适度认同对方的文化意识，同时理性地调整并改造自己的文化语境。只有这样，才能进入西方文化话语的传播场域，被它所认同接受。文学翻译在这方面表现得尤为突出，也最为直接。道理很简单，因为现在的文学翻译已不再是传统的翻译了，它已经“从仅囿于字面形式的翻译（转换）逐步拓展为对文化内涵的翻译（形式转换和能动性解释）”②了。所以中国形象向西方传播，我们主张适度的文化改写，也即翻译理论中的归化说。这里所谓的“改写”并不是文化交锋时的屈从、献媚与迎合，而是“以退为进”的一种文化传播方式与策略。它可从葛浩文对莫言的《红高粱》、姜戎的《狼图腾》的英译改写，从高行健的《灵山》英译语境表达上得到印证。文化改写在某种程度上是取得进一步文化认同的基础。同样，在中国形象的他者传播中，西方文化对于中国文化也必须报以一定的实际认同之心，即在谈中国形象普适性的同时，也要正视其包括浓重阶级性、政治性因素在内的中国特色、中国经验的东西，从“黄祸论”“中国威胁论”等成见中走出来，消除对中国文化的形而上的认识以及东西方文化对抗的思想；并通过多种途径了解中国真实的社会现状及政治、经济、文化发展水平，力图传播比较公正的有说服力的并具有独特见解的中国形象。如此，其所创造的形象才会受到中国本土文化的认可。斯诺的《红星照耀中国》、史沫特莱的《打回老家去》之所以在中国和西方广为传播并受好评，其重要原因即在此。特别是斯

① 葛桂录：《他者的眼光——中英文学关系论稿》，宁夏人民出版社 2003 年版，第 23 页。

② 王宁：《比较文学与当代文化批评 · 王宁文化学术批评文选之一》，人民文学出版社 2000 年版，第 321 页。

诺英文版的《红星照耀中国》，1937 年在英国出版后，数星期内就销售了 10 万册以上，两个月内连续印行 5 版，并被翻译成中、法、德、俄等十几种语言在世界范围内广为流传，在世界范围之内树立了现代中国的新形象，它的成功在很大程度上就缘于对中国文化的认同与改写。

第三，小众话语与大众媒介的互渗。中国形象的对外传播如果仅仅依赖于社会的主流话语体系，它缺乏的是民间的渗透力；相反它如果仅仅依赖于大众传媒话语，则又难免流于庸常。理想的传播方式，应该是彼此之间的相互渗透。迄今为止，中国形象的传播一般限于小众文学。美国汉学家葛浩文曾说现在中国文学在美国相当边缘化、小众化，在美国书店找到一本中国文学作品已属很难的事情了，“基本情况是根本找不到，偶尔可以找到一本已经非常意外了。我还从来没有见过中国文学作品能被摆在最显眼的位置，从来没有”①。西方汉学中心的美国尚且如此，其他西方各国就更不要说了。面对这样的情势，如何借鉴大众文化的传播模式，寻求小众文学与大众媒介融通，这个问题就有必要引起我们的重视。在世界日益全媒体的大背景下，中国形象的对外传播不能仅仅停留在传统的传播理念上，而应充分利用网络、电子书刊、影视等各种方式和传播途径，关注小众文学，从单一走向多元。事实的确也是如此，“从作品的销路来看，中国作家在国外的读者主要是研究者和大学生，作品能够进入商业运作和市场的为数很少，美国的葛浩文包括欧洲、日本现在都有人试图努力将中国作家的作品从大学教材中拉入市场，效果还不明显，但毕竟已经打开了缺口”②。近些年来，不少人已在这方面作了探索。其中比较突出的是文学与影视的联姻。如张艺谋的基于中国当代文学作品改编的电影剧本，他的奇观化和影响力，在相当程度上带动和促进了莫言、刘恒、苏童、余华等作家的文学传播，促使中国形象为更多的西方读者所了解和熟知。总之，在新世纪，我们文学中中国形象的传播仍有广泛作为的空间与可能，但从历史和现状来看，形势依然十分严峻。

第三节　“中国形象”反思：方向与维度

在全球化语境之下，中国形象的塑造与传播取得突破需要国内外多元

① 赋格、张健：《葛浩文：首席且惟一的“接生婆”》，《南方周末》2008 年 3 月 27 日。

② 王晓明语，见赵晋华：《中国当代文学在国外》，《中华读书报》1998 年 11 月 11 日。

共生的完整生态链，在这其中，中国形象的本土书写显然发挥主体或主导的作用；同时，塑造是基础，只有从根本上提升本土中国形象书写的水平与层次，才有可能打开中国形象传播的新局面。当然，理想的传播反过来也能有效地激活塑造，它们彼此是相辅相成，相互促进的。那么，在新的时代环境中，我们怎样来进行中国形象的塑造与传播呢？它的提升和拓宽的路径、方向与维度又是什么？我们认为主要表现为以下几个关系问题。

一、本土经验与普世价值

文化全球化当然不是指全球文化一体化、同质化，而是强调全球文化的互融共生、多元多维。文化多样性的前提是各民族本土文化主体性，或曰文化自觉意识。这种文化主体性往往与本土经验联系在一起，并通过本土经验的书写得以体现。所谓的本土经验，指的是与西方的普世化相对立的东方的特殊性，即“中国人自己的历史与现实及物性的，是对于中国人自身生存经验与历史的生动处理”①。本土性经验是与本民族性相关的一定的社会、历史、政治与文化的存在，在全球化语境之下，它应该是独一无二的。譬如在中国现代文学进程中非常突出的阶级革命话语书写，它是中国社会走向现代化的一种必然，自有其合法性。现代中国形象的书写如果回避中国纷乱的政治与战乱现实，那么文学中的中国形象塑造就很难说是真实的。像域外有的文学那样完全剥离了中国形象的政治元素，恐怕只能说是心造的幻象。再如京派文学与寻根文学，他们有关中国形象的塑造都展现出了一定的民族文化精神的本土性渴望。如果这些本土性经验全被西方普世的所替代，中国形象就丧失了它的立足之本。

当然，我们强调中国形象的本土经验，并不是排拒对世界普世化的价值追求，将自己锁定在一个封闭狭隘的空间，而是意在通过这一特殊的个别去透视把握人类共有的普遍的东西。这是以小见大的一种把握方式，也是作为“世界共同体”成员之一的中国作家对人类应尽的使命与应有的胸怀。所以我们所说的本土经验不仅可以而且应该与世界普遍价值相通，它内在地具有开放开阔的视野，它应以人类共有的普世价值作为参照。它既是地域的，也是世界的，是地域与世界的有机交融；借用《尘埃落定》的作者阿来的话来说，就是“文学最终是要在个性中寻求共性”②，“我借用异域、异族题材所要追求和表现的，无非就是一种历史的普遍性而非特殊性的认同，即一种

① 张清华：《本土经验与普遍价值》，《文艺报》2010年4月30日。

② 阿来：《通往可能之路(谈话录)》，《文艺报》1999年7月10日。

普遍的眼光，普遍的历史感和普遍的人性指向。我把这概括为跨族别的写作。”[①]也正是这个缘故，阿来带有鲜明本土特色的藏族叙事不仅得到了中国其他民族的认同，而且已被译成十几种语言在国外传播，备受海内外的广泛好评，并获得了茅盾文学奖。可见本土经验与普世价值是既矛盾又可统一的。如果协调处理得好，它不仅给作品平添独特的思想艺术张力，而且还可有效地显现文化的丰富多样的魅力。张艺谋导演的奥运会开幕式的成功，也从一个侧面说明了这一点；所谓的“用世界眼光讲中国故事”，讲的就是这样的道理。我们也只有站在这样的立场和角度，才会重视中国形象、中国故事、中国情感、中国话语的表达；因为它讲的虽是中国，却反映的是人类和世界共同的精神思想情感，特别是当下世界和人类共同的精神思想情感，特殊性中包含着普遍性。也唯有如此，我们才能与狭隘的民族主义划清界限而显现一种大胸怀、大视野、大境界，并在具体创作时将世界各国的众多阅读作为自己的预设读者。铁凝曾说：“每一个作家的写作，都有隐含的和预设的读者，在过去，这个读者基本上是不言而喻的，他就是中国人，但现在，作家会意识到，一个欧洲的青年或老年人也在读到他正在写的这本书，而且这个读者正是在这书里认识中国。”[②]创作如此，翻译也不例外。既然是输出传播，写给外国人看的，就应该考虑外国读者的实际情况和实际需求，不能为了所谓的维护“本真原貌”或“原汤原汁”而一字不易。这样的结果，只会造成中国文学与世界文学的更大阻隔。事实上，现在许多中国文学的翻译也是这样，翻译理论中的所谓异化，讲的就是这个道理。在本土经验与普遍性问题上，任何的偏至或偏执都不可取。我们需要的是两者兼顾，维护一种动态的平衡。

二、文化自信与文化自省

中国形象的塑造与传播同时也需要文化自信。中国文学文化的辉煌灿烂，举世皆知，足以让后人引以为豪。只是晚近以来被后起的西方文化赶上，才产生了文化危机，而有了文化自卑意识。现在在全球化背景之下，由于语言、文化甚至政治、经济等原因，中国文化在与西方文化竞争中处于劣势。但愈是在劣势的情况下，我们愈是要保持文化自信，拒绝被他者化，不能一切听任他人，崇洋媚外，搞民族虚无主义。我们的文学形象塑造要善于发掘本土文化的精华，而不能一味依赖并屈从于西方的他者文化意识，把自

① 阿来、孙小宁：《历史深处的人生表达》，《中国文化报》1998年3月31日。

② 铁凝：《走向世界的中国文学》，《文艺报》2009年11月3日。

己他者化，把他者自己化，用他者来取代自己。应该说，这种情况在近年来得到明显改观。也许是与大国崛起有关，也许与新保守主义思潮兴起有关，从文坛、学界到政界、传媒，中国社会自上而下刮起了一股前所未有的怀旧热。民族文化的复兴不仅成了自上而下的普遍共识，而且也成了实现现代化的一个重要的精神和智力支撑。中国人也由此找回了属于自己的那份文化自信。文化自信是一种精神构建活动，它是建立在对民族文化认同的基础之上的。而对于现代的中国人来说，要想跻身于世界先进民族之林，实现现代化之梦，也只有依托民族文化之根；简单地照搬西方，用西学取代中学，大量的事实证明，因不合中国文化和国情实际，是行不通的，水土不服。也正因此，我们高度评价自寻根文学以降直至今日的文化复古思潮，这是文化自信的一个体现。

然而讲文化自信，并不意味着可以排斥他者而搞所谓的文化自恋。因为后者，其实是一种变相的自我文化一体化意识形态。由于自恋，它极易导致文化自大，表现在作品中就是塑造以自我为中心的封闭停滞的中国形象。有关这方面，现当代文学史上不乏其例，即便是颇具现实拷问精神的张炜，他的《九月寓言》中也渗透着厌弃现代文明而幻化中国农村野性诗意生活的文化倾向。过分迷恋传统文化、过分执着于自己的本土文化，往往对本土文化就缺乏独立的批评立场与清醒的自省意识。谢冕就曾说过：“中国知识分子对于传统文化的依恋几乎是一种病态的遗传。”①而 20 世纪末一直延至当下，这样一种文化思潮向来是比较强大的。曾几何时，1996 年，一本名为《中国可以说不——冷战后时代的政治与情感抉择》的政治通俗读物在中国社会“引动了一股久违了的民族主义热情”②。而在文化界，“国学热”的持久不衰以及中央电视台的《百家讲坛》等受到热捧，也很能说明这个问题。这一切，虽然都有深刻的必然性和合理性，但毋庸讳言，内中的确也夹裹不少的盲目自恋的成分，自我反思是很不够的。正如陈平原所说：“正是由于交流双方的不平等，使得这个世纪的中国人，在中西文化的比较分析中很容易加进许多非理智的情感因素，不是‘东倒’便是‘西歪’，难于在两种文化的碰撞中找到恰当的安身立命之处，在心平气和的兼容并蓄中创造一种新文化。”③在这样的情况之下，中国形象就极易由五四时期的“异质同构”走向

① 谢冕：《论二十世纪中国文学》，中国人民大学出版社 2009 年版，第 228 页。

② 戴锦华：《隐形书写——90 年代中国文化研究》，江苏人民出版社 1999 年版，第 186 页。

③ 陈平原：《文化思维中的“落后情结”》，《光明日报》1988 年 10 月 13 日。

现在的“本土同构”,内中有关本土文化劣质的一面将被忽略或掩盖,相反优质的一面则被不适当地夸饰。这是值得警惕的。因为它无助于中国文化的发展,也无助于中国形象的塑造。我们显然不能因为中国形象被西方幻象化而自恋,放弃对自我的反思;同时我们更不能因为中国形象被西方妖魔化而激愤,放弃与西方的对话。中国形象的现代化固然不能等同于西方化,但也不能等同于东方化。

让我们颇感欣慰的是,当代已有作家在高涨的文化自信与自恋中开始了对本土文化进行冷静而深刻的反省,譬如莫言的《檀香刑》就“揭出中国文化的阴暗面和民族心理中噬人一面的冷酷”①,还有如贾平凹的《秦腔》、阎连科的《受活》等等。我们希望这种对本土文化反思的作品愈来愈多、愈深刻,其书写的中国形象也愈来愈真实、愈理性而充满力量。

三、仿造性与原创性

众所周知,百年中国文学就其总体而言是对西方文学的借鉴与模仿,很多外国文学思潮都能在中国文学中找到一一的对应,很多中国作家的创作也都能在外国文学中找到仿造的痕迹。仿造包括文学观念的仿造与创作方法的仿造,可以说是中国现当代文学彰明昭著的一个现象。它使中国文学借此摆脱旧文学的桎梏走向了文学的现代化,实现了从传统到现代的转换。就此而论,仿造不仅是必然的而且是有意义的,它在特定的阶段、特定的背景下甚至具有非同寻常的意义和价值。然而仿造毕竟只能作为文学创作的起始,它不能成为文学创作的终极追求。对于中国文学来说,近百年来,由于我们在这方面模仿太多太过而暴露出来的问题更突出,也更严峻。这样久而久之,养成了惰性的思维习惯。一俟离开了西方,似乎就不知所措,也不会言语了。所以只好追随西方、亦步亦趋,从现代主义到后现代主义,从殖民主义到后殖民主义,从西方化到全球化,中国文学及其相关中国形象的书写在对西方急切忙乱的仿造中喘息不已,呈现出明显的同构性的趋势。“事实上,追随西方文学,即使模仿得再好,也不能成为独创性的文学创作,因为中国作家有别于西方文化环境和人文精神以及特定的感觉方式和体验方式。”②

中国文学的仿造性不仅体现在对西方的模仿,还表现在对于自己本土文学先驱创作的模仿。鲁迅的创作也始于模仿,但鲁迅的模仿不是被动的

---

① 雷达:《当前文学症候分析》,作家出版社2009年版,第177页。

② 肖向明:《论全球化语境下的中国当代文学的民族性追求》,《文艺评论》2007年第5期。

接受,而是在消化吸收基础上的一种文学想象和生成,并且注意与中国文化文学的对接。因此,它在中国新文学草创时期带有一定原创的成分。嗣后很多作家其实是对鲁迅的仿造,他们重复着鲁迅的发现与思考,这也是造成现当代文学的中国形象“同构性”的另一原因。新时期乃至新世纪的中国文学虽迎来了众声喧哗的繁荣局面,然而在这繁荣的背后却少有超越于现代文学的新发现新创造,也没有给我们提供多少新鲜的闪耀着理性光辉的中国形象;虽然其中也不乏优秀或较优秀的作家,如王蒙、张承志、莫言、贾平凹、张炜、韩少功、余华等。有人曾一针见血地指出,我们总是强调自己在文化上取得了哪些成就,“但西方出版人最感兴趣的是中国文化人到底给人类提供了什么原创性的知识和艺术”[①]?这样的拷问的确让人汗颜,也迪人省思。为了改变现状,也为了更好地传播中国形象,向世界发出属于中国文学的声音,在目前,我们尤有必要倡导原创性创作。这里所谓的原创性,就是指与本土交相互融的一种精神艺术实践,它是对当下具有中国特色的思想文化和社会现实的富有意味的一种反映,如企业改造、农民工、下岗工人、留守儿童、房屋拆迁、多发的矿难、贫富严重分化、吊诡的房价等等。这也就要求我们的作家必须具有一种深刻的穿越现实、解读当下现实的能力,不能回避社会矛盾和问题,并重构价值。而这恰恰是现今许多作家所缺乏的,于是构筑了“粗鄙化”“审丑化”“世俗化”“平面化”形象塑造的共同之弊。

从这个意义上,我们认为汉学家顾彬先生所谓的中国当代文学“垃圾说”不无一定的道理。它虽然以偏概全,比较武断,但却的确击中了我们文学的要害。也正从这个意义上,我们认为十七年文学中的梁生宝等一大批当代中国新人形象(或曰社会主义新人形象)有必要引起重视。他虽然存在这样那样的问题,但毕竟对一种新的文化以及与此相谐的新的形象作了探索,并赋予了浓重的精神钙质。而现在,我们似乎又走向另一个极端,在“解构”旗帜下将文学应有的理想、英雄、崇高和浪漫一概抹去。于是文学就流于轻巧与肤浅,书写的人物被严重物化欲化了。而这样的作品,怎么可能有原创性呢;即使传播出去,也不会受到海外读者的欢迎。可见中国文学和中国形象走向世界,这个话题对我们来说并不轻松。它是作家独特的精神劳动,同时也是社会的一项系统工程。未来文学的希望,也许就在作家与社会矛盾关系的协调之中。

---

① 引自傅小平:《中国文化的声音为何被世界忽略?》,《文学报》2010年1月21日。

第四节　文化重建与“中国形象”塑造的当下使命

现代意义上的中国形象塑造，严格地讲是从五四开始的，鲁迅等一批文化先驱站在启蒙的文化立场，用哀其不幸、怒其不争的挚爱之笔书写了阿Q、祥林嫂、孔乙己等一批落后不觉悟的农民、妇女和文人，为中国形象的塑造筚路蓝缕，做出了开拓性的贡献。不过，那是文化批判时期中国形象的塑造，它主要依据西方异质文化的评价标准，更多看到和发掘的是中国文化的负面因素。如今弹指之间百年过去了，中国在经过沧桑磨难之后进入了一个新的历史阶段，我们的社会也由文化批判进入了文化重建时期。特别是 20 世纪 90 年代以来，随着中国综合国力的增强及中国文化在全世界产生日趋广泛的影响，中国形象塑造更是在诸多方面产生了深刻的变化：表现在内涵上，普遍重视民族文化优质资源的开发，包括优质的精神资源，也包括优质的艺术资源的开发；表现在外延上，则充分注意它在跨文化跨语际语境下的丰富复杂多样的存在，将一个比较本土性的命题延伸和拓展为全球性的话题。这种变化尽管是初步、粗糙的，存在着不少问题，有待于日后的进一步深化和提高，但它毕竟反映和折射了我们这个古老民族在当下的精气神，说明我们开始真正找回了那份应有的文化自信，它是我们民族主体意识觉醒的一个富有意味的表现。而这，在文学文化日趋世俗化、娱乐化的当下无疑是难能可贵的，它不仅成为当下中国文学的一个新的生成点也成为整个社会文化的一个重要的精神支点，它蕴含着文学创新和突破的种种可能性。因此有必要引起我们的重视。

然而在讲文化重建之时，正如上文所说，我们不能忘了文化批判，将中国形象塑造推向狭隘的民族主义，更不能自吹自擂，搞什么文化自恋。坦率地讲，这种文化自恋在当下是相当程度地存在的，包括全民“国学热”、中央电视台的《百家讲坛》，以及不少大学搞的孔子学院或国学院。有的甚至虚火上升，有点“走火入魔”了（王蒙语）。学术界也不例外，公开提出 21 世纪就是中国文化或东方文化的世纪，认为中国文化或东方文化可以拯救世界的绝不是少数。与此同时，则将五四时期的文化批判与“文革”时期对“文化”的“大革命”相提并论，进行全盘的否定，五四时期以及五四文化先驱被妖魔化了，似乎成了一个否定性的存在。值得注意的是，这股思潮已影响到现有的中国文学大学科的整体格局，它崇古贬今，客观上对其中的现当代文学学科造成贬抑，有意无意地将它边缘化了，其学术价值似乎也大打折扣。

面对这种情形，同行中有人提出了"新国学"的概念以应对，即将五四以降的现代文学也当作一种"国学"，纳入传统文化和学统的范畴。这种无限扩大"国学"内涵的做法无助于问题的解决，相反倒是使现代文学因模糊或削弱了自我"现代"的个性魅力而丧失了应有的地位和价值，给这个学科的合理合法的存在及其更加健康的发展留下某些隐患。道理很简单，"五四"新文学尽管存在这样那样的问题，但无论就当时还是从今天来看，它所进行的文化批判无疑具有历史的必然性和深刻的合理性，这是谁也不能否定而且也否定不了的；更为重要的是，它开启了中国现代的文化启蒙或曰文化自拯运动，为今天的文化重建打下坚实的基础。中国形象塑造从本质上讲，属于现代文化的范畴，是周作人所说的"人的文学"。因而在新旧交替的特定历史阶段，它往往就要借助异质的文化力量对传统旧学采取整体批判的姿态，以此来确立自己的身份。这也可以说是中外文学文化史上一个普遍性的现象。

今天，我们生存的语境与五四时期有很大的不同。为了民族复兴与文化重建，也为了应对至今犹存的西方文化殖民主义的挑战，我们似乎更易也更愿看到寄植在中国形象背后的传统文化的优质的一面。时代变了，中国形象塑造也是可以变的，而且应该有所变。这一点大概是没有异议的。问题是：怎样评价五四的文化批判？它是否意味着搞错了而应受到清算和弃置？不能作为一种学术传统和资源参与到今天的中国形象塑造上来呢？显然不是。这里的原因，主要就在于文化重建与文化批判从历史和逻辑的角度讲，它们彼此相辅相成，具有内在的一致性和关联性。正因为如此，我们不仅不能漠视五四的文化批判，相反，应该给予高度的重视，并将其作为重要的学术传统和资源整合到中国形象塑造上来。中国文化原本是"优根"与"劣根"并存的一个矛盾复合体，在文化批判时期，人们往往容易看到并放大其劣质，对其进行酷评；而在文化重建时期，则易于看到它的优质，对其进行拔高。我们今天的中国形象塑造，对之应该保持必要的警惕。

我们高兴地看到，已有一些当代作家在高涨的文化重建中超越了狭隘的民族主义，在这方面进行了富有成效的探索。如陈忠实和唐浩明笔下带有"翻案"性质的白嘉轩（《白鹿原》）、曾国藩（《曾国藩》）形象，即使侧重于"歌颂"，将其当作正面的传统伦理道德的化身，两位作者也没有把他们写成一个单面人；而是基于对中国历史和文化的整体认识，在把握形象基质的基础上赋予他们以矛盾对立的双重思想性格：一方面，打破习见的阶级论思维模式，放笔描写了他们的仁义道德、温良躬俭、重义轻利；另一方面，又殚精竭虑地揭示其身上权谋机诈、虚伪阴损、男尊女卑；并把这一切与当时的政治、军事、官场、党派、宗教、宗族、民间等联系起来，纳入多元立体的文化“场”中进行观照把握，从而给人以强烈的震撼，有些地方读来令人毛骨悚然。其他如莫言的《檀香刑》、铁凝的《笨花》、格非的《人面桃花》、刘醒龙的《圣天门口》、贾平凹的《秦腔》、阎连科的《受活》等也都具有类似的特征。在这里，作者文化重建的意图十分显见，他们的文化态度有时还不免有些保守，但反思和批判的成分颇重，而且写得最深刻迪人的往往是后者。不妨说，这是更加接近中国传统文化本色，因而也更彰显时代特征的一种文化重建的写作。这大概与当下中国日趋开放的全球化环境以及人们更加理性开阔的思维观念不无相关。对传统文化批判是鲁迅开创的现代文学的一个宝贵传统，在这方面，我们有着极为丰厚的积累。文化重建的前提是文化反思，如果没有反思，就容易导致文化自恋和自大，是不利于中国文化发展，也不利于中国形象塑造的。我们希望在民族文化重建的当下，继续倡扬和继承五四传统，对中国文化保持冷静而深刻的反省。不然，中国文学及其中国形象的塑造就很难避免简单肤浅，很难显现出它的真实、理性和丰沛的艺术力量。

以上所说，主要是就大陆本土的中国形象塑造而言，还没有将台港澳及域外文学包括进来。事实上，中国形象塑造从晚清开始以迄于今的百年历程中，一直有台港澳及域外作家的参与。域外作家的创作不仅构成中国形象塑造的重要组成部分，而且对本土作家的创作产生深刻的影响。这里所说的域外创作，主要包括西方、新移民两大部分。毫无疑问，作为中国形象在异质他乡的延伸，这些域外创作的确发现或发掘了不少为大陆本土所忽略的中国文化的潜能，自有其不可忽视的独立的存在意义和价值。如上面提到的赛珍珠的《大地》、庄士敦的《紫禁城的黄昏》、詹姆斯·希尔顿的小说《失去的地平线》、雷米的《火烧圆明园》、斯诺的《红星照耀中国》、史沫特莱的《打回老家去》等。它们的异域观照，曾经给我们带来别样的新奇感和艺术冲击力。但我们也不得不指出，这样的作品在域外毕竟比较少见。可能是与生活隔膜有关，特别是与意识形态和文化立场有关，大多域外作品中的中国形象在整体上是被否定的，成为暴力与黑暗、贫穷与落后乃至恐怖与邪恶的代名词（所谓的“黄祸论”“红祸论”），它与其说是具象的文学形象，还不如说是西方中心主义的概念演绎。相比之下，海外新移民作家，因生活和情感的原因，在这方面相对就比较公允。如高行健的《灵山》《一个人的圣经》，以及严歌苓、张翎、严力、曹桂林、卢新华、陈谦，包括早先的白先勇、於梨华、陈若曦（被称为留学生文学）等人的创作都有类似的情形。他们的创作虽然不能进入西方文学的主流，但对传播中国文化还是发挥了较大的作用，而理所当然地进入中国形象的视域。中国形象是一个没有界限也不应有界限的开放体系。当中国本土作家在进行形象塑造时，不管他有无意识到，客观上他已身不由己地置身于“世界共同体”的创作机制中，与域外作家形成了既参照又竞争的复杂关系，并面临着来自他们背后的西方强势文化的严峻挑战。这一点，我们应该有清醒的认识。

跨文化跨语际背景下的中国文化重建是复杂的，也相当艰难。也许这样的情形还要经历相当长的一个过程。只有将来国家民族强大了，它才有可能得到真正的改观。现在我们需要做的是沉潜下来，苦练内功，努力提高自身的精神内质。一方面，放出眼光，抛开各种有形无形的歧见，努力向域外作家学习以丰富和充实自己；另一方面，又有自己的坚守，将思维触角紧紧扎在中国这块古老而又充满活力的文化根须上，在此基础上构建独特的形象体系和文化价值观。生活在具有几千年悠久历史的中国的作家，也应该拥有与之相适的开放、宏阔和大气。我们大可不必为了所谓的“尊严”或“颜面”而忘了自我反思。现实告知我们，中国目前的文学生态并不理想，娱乐消遣之风过盛而理性沉思不足。这对具有时代深度和宽度的中国形象塑造也许不利。但我们不能由之悲观，毕竟这不是我们时代精神的精华所在。最终决定文学的还是反映和代表时代内在的精神及灵魂的东西。只有返回到这一原点上，中国大陆作家的中国形象塑造才有可能超越庸常，在与台港澳及域外作家共时并存的创造中发挥作为母体文化的更大的作用。对此，我们要有足够的信心，这也是中国作家当下应尽的艺术使命。

（本章前三节与方爱武合撰）

第二章　历史叙事的多样探索与发展路径

历史叙事原本是指以历史为题材对象的所有文学创作而言，这里为了方便，缩小范围，主要从小说叙事的角度契入，即人们通常所说的历史小说。毫无疑问，历史小说是当代文学一个无法绕过的重要存在，尤其是新时期以来的这三十多年，在思想解放的大背景下，历史小说一改以往冷寂、以短制形式言说的方式，在20世纪80年代初的文坛上集积性地推出了《李自成》《金瓯缺》《戊戌喋血记》等30多部颇具思想艺术冲击力的一批长篇历史小说，开启了20世纪百年乃至明末《三国演义》以降三百年来历史叙事的首次高潮。20世纪80年代中期以后保持良好的发展态势，在兴起以后继续不懈地进行探索发展，接连有《白门柳》《少年天子》《曾国藩》《雍正皇帝》《张居正》等颇见功力也别具影响的长篇力作，使历史小说不仅继续维持在一个较高的水准上，成为新时期文学最深沉厚重的组成部分，而且在思想与艺术诸方面都有重要的拓展，并对新时期文学产生不可小觑的辐射和推进作用，在整体上提高了当代文学的平台、水平和层次。

当然，如同其他文体一样，长篇历史小说在兴起以后的发展、转换过程中遭遇到不少问题，留下了许多不足。这些问题和不足，有的是属于历史遗留下来的长期没有解决的老问题，有的则属于今天现实赋予的带有时代特质的新问题。它们分别从不同的方面对历史小说提出了严峻的挑战，同时也给了它发展转换的难得的机遇。新时期长篇历史小说就在机遇与挑战并存的情况下，依靠并充分发掘、发扬历史题材固有的优势，通过对历史既敬畏又大胆的审美演绎，在许多方面实现了创新与突破。

历史小说是一个意涵极为丰富复杂的概念，本章倾向于将它定位于与历史有指涉关系的一种叙事性小说，尤其是长篇历史小说，其意相当于日本作家菊池宽所说的“将历史上有名的事件或人物作为题材”的那种小说[①]，或借用郁达夫更为周详的表述：“是指由我们一般所承认的历史中取出题材来，以历史上著名的事件和人物为骨干，再配以历史背景的一类小说而言。”[②]“历史”与“小说”之间存在着甚难剥离的千丝万缕的联系，而且随着时代的变化还会衍生新的文类。但为了避免不必要的歧义，也为了使讨论更加集中，在这里，姑且将只有“虚”的历史背景而无“实”的史实依据的“新历史小说”除外，不列入自己要探讨的范畴。当然有必要说明，这样做只是类型的一种划分，并无对“新历史小说”排贬之意——事实上，“新历史小说”作为历史题材领域的一种先锋写作，我们倒是颇欣赏它的不少观念和手法的，认为它对新时期历史小说发展起到了很好的借鉴和促进作用(当然它也有它的问题)。也许问题的复杂还在于，即使是这样“狭义”的历史小说概念，它们之中还有纪实、演义以及其他诸多形态，彼此的差异很大，我们无法定于一尊，纳于一体。我们这里所谈的，主要是文学品位相对较高的这种类型。

本章的目的并不在于历史小说“应当”如何定义，也不在于历史小说“应当”选择哪种研究方法，而是关心它在各种复杂因素综合作用下“如何”生成、发展与转换，并以自身的实践取得了哪些突出成就，丰富了整个当代文学。通过这样一种特殊而又复杂的文体，去触摸和把握近三十年来它在历史与现实对话碰撞下的精神思想与艺术观念的嬗变。

第一节　《孔子传》：创世题材的一种探索

“创世”是一个历史学的概念，也是涉及宗教学、神话学与哲学三大领域的一个话题，它表达了人类对世界或存在的本原性追问。某种意义上，它构成了各民族文化的基因，进而影响和规定了各民族文化的内在特性与未来发展方向。而不同民族和文化之间的差异，都可从这里找到它始初的“源头”。在中国，先秦就堪称这样一个“创世”的时代，它也是一个被西方历史

---

① [日]菊池宽《历史小说论》，洪秋雨译，载《文学创作讲座》第1卷，上海光华书局1931年版。

② 郁达夫：《历史小说论》，载《郁达夫全集》第10卷，浙江大学出版社2007年版。

学家普遍称赞的“轴心时代”，一个可与古希腊的柏拉图媲美的时代。林语堂曾用诗一样的语言如此描述：“这时（指先秦时代——引者注）中国之文化及精神生活，确乎是精力饱满，放出异彩，九流百家，相继而起，如满庭春色。奇花异卉，各不相模，而能自出奇态以争妍。人之智慧，在这种自由空气之中，各抒性灵，发扬光大。人之思想也各走各的路，格物穷理，各逞其奇，奇则变，变则通，故毫无酸腐气象。”①因此，要想探寻中国文化、中华文明之“创世”或作本原性的寻祖，就要走进先秦。正像讲西方“创世”，就要返回到柏拉图那里去一样，“讲柏拉图就意味着用一种新的无偏见的、真正自由的研究精神来反对一切僵化的体系”②。现在有一种不好的倾向，就是动辄对包括先秦在内的所有文化及其经典进行解构和颠覆，使之“碎片化”和“空心化”，从而造成了文化贫血症。“西方文化为什么能够形成强势文化？一个非常重要的理由，就是他们从文艺复兴、启蒙运动以来，对来源于古希腊和希伯来的文化根本进行了系统的、非常有生命力的解释，并且使一系列的解释成为西方世界的共识，形成了一种文化自信和文化共享。”③这是值得深思的。

人文学意义上的“创世”内容十分复杂。就历史小说来讲，主要表现在社会政制与原典文化两个方面，这也是构成文明起源最主要的两个方面。前者，如上述的《大秦帝国》，着重讲的是社会政制的创建与确立；后者，主要讲的是中华文化源头的诸子百家，尤其是作为原典文化的孔孟之学。这方面作品，自 80 年代以后陆续出版的已有不少（比较有代表性的，如杨书案的《孔子》《老子》《庄子》等），当然它们彼此的质量参差不齐。本节为避免重复，也为了弥补上文不足，藉以深化有关问题的探讨，选择曲春礼的带有史传色彩的《孔子传》等作进行分析，试从文化原典角度进行观照把握，以点带面，对“创世”题材进行概括。

孔孟作为离我们很遥远的中国原典文化的创立者，客观地为其立传，难度可想而知。这里的难点，除了史料缺少之外，很大程度上就在观念认知上如何避免偏激，用历史唯物主义和辩证唯物主义观点进行观照。近代以来，不论是带有历史进步性与合理性的五四时期的“打倒孔家店”，还是十年“文革”中的“批林批孔”，孔孟都被认为是没落奴隶主阶级的代言人，其思想则

---

① 林语堂：《论幽默·上篇》，《论语》第 33 期（1934 年 1 月 16 日）。

② [意]加林：《意大利人文主义》，李玉成译，生活·读书·新知三联书店 1998 年版，第 11 页。

③ 杨义：《先秦诸子还原的思想力与方法论》，《汉语言文学研究》2013 年第 3 期。

被视作是阻止近代中国发展的绊脚石，孔孟地位一落千丈。有的甚至借“子见南子”的故事来污辱孔子的人格。与此相反的是海外新儒学，他们在对孔孟学说进行充分肯定的基础上，提出要全面“复兴儒学”。不论对孔子偶像化的崇拜，还是人格上的污辱，都是一种偏激，用匡亚明先生的话来说，讲的都是“假孔子”。曲春礼作为长期生长、工作在孔孟之乡的作家，可贵之处就在于尽力不偏不倚，尊重历史，最大限度地还孔孟以历史的真面目。孔子删《诗》、订《礼》、述《乐》、正《易》、论《书》、作《春秋》，对中国古代文化事业的贡献有目共睹。作家力求客观公允，将孔孟作为一种文化资源加以继承。在《孔子传》《孟子传》中，他通过对孔孟的种种言谈举止的描写，传达出原典文化的丰富复杂的底蕴。例如通过孔子学琴，借师襄子、苌弘之口，说明古乐《韶》与《武》的差别；通过孔子的学习过程，了解真正欣赏、理解古乐应达的境界；借孔子问礼于老子，通过老子之口，说出古礼中郊与祭的区别、古天子郊祭的内容、礼的功用等等。而在更多情况下，作家则借众弟子向老师请教，孔孟悉心教导的描摹，艺术地传达出相关的原典文化知识。意识到孔孟独具的高位文化品性并在小说中加以传达的同时，作家还描绘了春秋战国那个大转折时代诸侯割据、战事连年、公室衰微、大道不昌、世风日下、礼崩乐坏的社会环境。他将孔孟置于当时特定的社会历史环境和文化氛围中表现，这就为人物平添了一种历史感，使其全部行为带有一种历史深刻性。在此基础上，作家一方面表现了孔孟的精神追求即对“道”的追求，另一方面揭示了他们的人格魅力。这样就使传主对象的描写比较符合历史真实，有效地避免了主观化、随意化包括简单的二极判断的差错。这既体现了作家对历史高度忠信的观念认知，也反映了作家对传统文化既认同又超越的现代意识，从而为全书的创作奠定了很好的基础。

观念认知对孔孟这样的题材当然重要，它涉及作家对主人公的定位，关系作品成功与否。然而历史小说更有其自身的艺术特征，如何处理好美学上的情理关系便是其中最关键的因素。小说作品是感性之文，史学著作是理性之文，而以古代文化先祖为传主的传记体历史小说则将两者融合起来。因为文化先祖理智高于情感，理性强于感性，这正是文化先祖之所以为文化先祖的本体特征之所在。文化先祖在文化思想史上的崇高地位，主要是他们的“理性”之“思”。小说则不同，尽管文化先祖的心灵与个性已溶化于他们的智慧、思想之中，但作家却不能只写人物的思想、智慧。作为文学作品，它要求传主对象是栩栩如生、有血有肉的，具备具体生动的形象性。不过对孔孟这类题材内容的小说来说却还另有要求，它不能一般性地只写具体生动的人物形象，在形象塑造的具体性、生动性上止步；不然传主对象就与常人无异，凸显不出作为文化先祖的“这一个”本质特征。这就要求这种类型的历史小说要做好情理关系这篇文章，将两者互渗互融，有机地结合起来。曲春礼有关孔孟题材的描写，在这方面作了积极的探索。在《孔子传》中，作家广采《论语》，调动想象，将片言只语化为引人入胜的故事情节。《论语》中记载孔子对子路教导：“由！诲女知之乎！知之为知之，不知为不知，是知也。”作家根据这短短的一句话进行艺术创造，在小说中洋洋洒洒地描写子路初见孔子时，三次出场并接受了孔子三次训斥，才得以列身孔门。第一次子路身着不伦不类的服装闯进孔子的庭院，孔子指责他目空一切，盛气凌人。子路不答话，退出换了一套武士服进入庭院后立即当场舞剑并对孔子说，古时君子无不配剑自卫，并以孔子之父是虎将为例，认为孔子也应学剑习武。孔子告诉他，古时君子以忠为根本，以仁为中心，用忠信、仁义教育、感化人。只有以德服人而非以力服人，才可使人心悦诚服。子路再次退出，换了一套儒生服才正式投入孔门。孔子针对子路第二次进来后所说的话教导他，“君子应有的态度是知道的事情就说知道，不知的事就说不知”。如此这般，这段耳熟能详的名言就化为了情理兼备的艺术描写，它既增强了小说故事情节的可读性，刻画了人物的性格，同时还包含了深刻的哲理性。

当然，以上是举例性质。如果作进一步要求，我们似乎还嫌《孔子传》等创作“理”的成分或者说文化内涵的描写略显单薄。究其原因，这可能跟作家在文化哲学、理性思辨方面的欠缺有关。由此也提醒我们：写文化先祖，作家相应也要有文化思想哲学的功底，这里功底的深浅厚薄及其程度如何，将直接决定一部作品的成败。另外，写文化先祖，作家同时还要有尊重历史而又超越历史的艺术审美眼光，绝不能拘“理”忘“情”，将历史小说创作看作是对历史不加增删选择、贬褒臧否的简单还原。因为历史小说毕竟是小说而不是历史，它在循守历史必要限制的同时，是可以而且应该展开大胆的艺术创造的。历史之中存在的真实之“理”固然重要，但作为小说创作，它只有与作家之“情”及艺术之“美”结合起来，才有必要被我们引入文本，进行艺术描写。在这里，写与不写，哪些地方详写，那些地方略写，主要取决于作品主题思想表达和人物塑造的需要。站在这样的角度来看曲春礼的传记体历史小说创作，我们感到作家虽不乏成功的范例（像上面举到的孔子对子路的“知与不知”的教导），不过从总体上讲，明显存在着拘史有余、创造不足的弊病。这使其《孔子传》《孟子传》一定程度上变成了文言文《论语》《孟子》的现代白话翻译，因而也就不能不影响作品的艺术审美价值。

对于传记体历史小说而言，人物形象塑造无疑是最关键的。曲春礼认识到了这一点，他努力把孔子、孟子作为独立的生命个体来描写。孔孟都有与常人无异的生老病死、七情六欲。作家描写孔子闻知夫人得了重病后，身体都站立不稳，想着夫人多年来一直为他操劳，自己给她的关怀太少，不由深深地内疚、自责，表明了孔子对妻子的思念与关心。当子路被杀的噩耗传来，孔子悲痛欲绝，多日思念，在知道子路被剁为肉酱而死后，连黄酱都不敢看、不敢吃了。既说明孔子对得意门徒的关爱，也反映出孔子虽为圣人却非草木，做不到"太上忘情"，为免睹物思人，使酱远离他的生活领域。同样，作家笔下的孟子也并非生而知之。他小时候顽劣异常，母亲为了培养他成人而有"孟母三迁"。孟子即便入学后，依旧十分淘气，不但不认真上课，还逃学。这种形象与日后的"亚圣"无论如何都联系不起来，只不过是一个普通的顽童罢了。看得出来作家有意还原孔孟平凡普通的一面。但或许孔孟在人们心目中的地位太崇高，孔孟的影响太深远，加上有关孔孟的史料流传至今的实在太少，《孔子传》《孟子传》在"圣人凡人化"方面虽有拓展，却远远不足。作为"创世"的文化先祖形象，他们虽然受到后人的顶礼膜拜，但其实一生充满了悲剧色彩，留给后人更多感慨的恐怕还是其不平凡的人生遭际。

作家用翔实的笔触写出了孔孟一生的坎坷经历和命运。他告诉我们：孔子虽智慧过人，博学多才，并且志存高远，立志治国平天下，但在本国不受君王厚爱，没有充分施展才华的机会。于是他周游列国，希望有识之君能重用他，然仍然命运不济，不但未被任用，反而处处受窘：在匡受辱于公孙戌，于宋被困于权臣司马氏，陈蔡之间更是绝粮多日；不仅当权者不理解，就是许多贤士也不能真正认识他，孔子曾受长沮、桀溺等人的嘲讽，楚狂接舆甚至以凤歌笑孔丘。孟子与农家的陈相及同时代的告子激烈辩论，且与孔子一样不能实现抱负。然而他们始终不改初衷，无怨无悔地继续追求"道"，追求"仁政""礼治"，这在礼制日渐衰微、法治逐步兴起、崇尚武力的春秋战国时期注定要处处碰壁，可孔孟并不因挫折而气馁，不因坎坷而对社会产生抱怨，他们坚信自己的理想能实现，对未来充满希望，始终保持乐观的情绪。遇到挫折孔子坦然处之，即便在陈蔡绝粮时仍然"弦歌不绝"。子路以为屡屡遭困是因为老师的仁德不够，智慧不多，使得别人不相信，不按照孔子的话去做才造成的。孔子借机教育子路，并不是每个有仁德的人都有好结局，伯夷、叔齐虽有仁德，却饿死于首阳山；也并非有才能的人都有好结局，比干遭剖心之害，伍子胥被责令自刎，这些人都生不逢时，从古到今，有许多贤者死于非命，智者不被重用。但要明白，兰草生长在深山老林里，尽管没有人嗅到它的芬芳气息，它却依旧散发着香气。一个有修养、有仁德的人，也绝不会因为一时的穷困潦倒而改变气节。这番话表达了孔子对人生的理解，也透露出孔子的悲剧命运是时代使然。实际上，孔孟的悲剧在于他们的“知其不可而为之”，在于他们对理想不懈的追求，在于他们要保持独立不倚的人格。作家表现了孔孟为实现自己的社会理想和政治主张经过奋斗—失败—再奋斗—再失败的悲剧历程，从而完成了对其文化人格的塑造和颂扬。从某种意义上说，孔孟都是人文知识分子的典型代表，他们立足现实又超越现实，不遗余力地对现实进行批判，其所作所为，很好地体现了人文知识分子的特殊价值所在。而描写这一切，实际上是对千百年来人文知识分子共同命运的富有意味的概括，它对于我们今天的现实乃至将来，都是很有启迪的。

值得指出的是，作家在描写孔孟悲剧外部社会原因的同时，也注意到了他们作为悲剧主体的自身的独特性格局限，努力从中寻找悲剧发生的个体内在因素。《孔子传》中，他写孔子因太自尊自爱，恪守古礼，结果无论如何也没有勇气去向陈、卫国君自我推荐，造成在陈、卫十数年而于政治上一事无成的悲剧。但更为重要的是，他以严谨的态度，如实揭示孔子追求的理想就是为了恢复周礼，使周公的那一套“大道”行之于天下。这在人格上虽然是高尚的，而却与社会历史潮流背道而驰。《孟子传》中，他赋予孟子以“浩然之气”，并写他不留颜面地严厉批评他人甚至君主，但也如实揭示其基本主张与孔子一样，是为了恢复“周礼”，开历史倒车，因而注定了难逃悲剧的结局。总之，他们的悲剧命运，既是当时腐朽黑暗的社会现实所致，也与他们各自的思想性格缺陷有密切的关系。

耐人寻味的是，这两位人物都是志于从政的，他们的悲剧可以说是由从政开始，也以未能实现政治抱负而告终。从孔孟身上，我们可以发现：作为知识分子的这两位传主，虽然都在政治上怀有雄心，却都在仕途上走得不远。他们在政治上并没有给后人留下多少业绩，为他们带来百世不堕的名声的，主要是他们作为知识分子在专业上的成就。由此，作家带给我们一个深刻的二律背反：知识分子究竟应不应该从政？知识分子当然要关心政治，政治也离不开知识分子的参与，没有知识分子的参与的政治绝不是好政治。然而，知识分子仅仅为政治而生、为政治而活吗？除了政治，他是否还有更重要的工作？政治，是否能替代他的本职工作？所有这些，历来是没有解决的。它致使知识分子在几千年的社会文化中一直处于犹豫徘徊的境地，困惑难以抉择。孔孟看到天下诸侯割据，战事连年，君臣无用，政治腐败，民不聊生，从而激发了治国平天下的政治热情。但政治固然需要知识分子的参与，却有自己独特的运行体制和价值标准，单凭知识分子的书生意气并不能改变现状，解决问题。相反，知识分子一旦介入其中，先不用说要牺牲以自由为本位的“学统”，而且不管主观意愿如何，就身不由己地成为政治机制中的一个“元件”，必须执行政治的指令，注重政治的现实功利。孔孟数度入朝，但都为时不久，原因是他们意识到自己不仅不能改变政治，反而要受到政治的限制，因而无可奈何地感叹：“达则兼济天下，穷则独善其身。”那么，何不“为学统而学统”？但作为知识分子，社会良知是很重要的。尤其是在大转折、大变革时期，社会和人民都期盼知识分子的积极参与。知识分子要担负起拯世济民的责任，就不得不超越“学统”，参与政治。于是，孔孟才“知其不可而为之”地走上了悲剧之路。他们的悲剧是历史的悲剧，也是文化的悲剧。孔孟对此，至死也未能解开这个困惑，而作家通过对孔孟悲剧人生的描写，把他们的困惑带给了社会，带给了我们。

前面说过，《孔子传》《孟子传》属于比较严格意义上的传记体历史小说。与大多数同类小说一样，这两部作品更倾向于传统的现实主义还原的路数。小说采用情节直线、时空连续的中国传统小说写法，严格按照时间顺序展开故事，从主人公的出生写到去世。形式上均借鉴传统章回体的做法，内中回目每回长短大体相当，并都采用二十字的对偶句为题。各回都在情节发展的紧要关节处煞笔。人物刻画多用典型化的言行尤其对话等白描手法；心理描写间或有之，却不多见。作家秉承太史公不虚美、不隐恶的笔法，即使面对孔子，也不为贤者讳。比如孔子轻视庄稼人，以至弟子樊迟请教他关于这方面的知识时，被孔子认为不成器。他以为只要学好礼、仁就足够了。再如孔子严重的等级观念等等，所有这些，在作品中均有不少表现。但在人物形象书写上却打上颇明显的二极评判的烙印：正面人物如师襄子、苌弘要么和善慈祥，要么矫健潇洒；反面人物如阳虎、公山不狃，不是一脸横肉，就是尖嘴猴腮。不必讳言，这样的艺术观念在当下的小说创作中是显得陈旧了。

当然，这也许不是最主要的，作为带有浓厚史传色彩的历史叙事，它还十分注重客观写实。像历史氛围的营造，社会环境、背景的把握，祭祀、围猎各种场面的描写等都明显具有这样的意向。作品中人物的语言、心理乃至一举手、一投足也基本符合人物身份、性格及时代。但作家也并非“惟实是举”“食古不化”，而是采用一条情节主线贯穿始终的故事化的叙述方式将史料予以同化处理：如《孔子传》中的孔子与阳虎的矛盾冲突就属于这样的情况。为了增强小说的观赏性，作家在作品中还吸纳了中国传统的传奇、演义、爱情故事等有关叙述模式。如《孟子传》中徐辟、公都子（孟子高徒）追野兔，却与阙虎（傅卜仁总管）狭路相逢而兵刃相见。这使作品实中有虚，既雅又俗，较好地达到了历史真实与艺术真实的统一。

在论及故事化叙述方式时，这里有必要提一下作家有关“梦”的手法的运用。依照弗洛伊德的观点，梦不仅是一种生理现象，也是一种心理的现象，它“企求一种愿望的满足，分为愿望梦、焦虑梦……梦境材料来源与新近的事件……精神刺激。梦的工作方式的主要特征之一是象征化。即把梦的思想转换为视觉现象”[①]。就拿《孔子传》来说，该作中“梦”出现的次数并不多，一共三次，且同是梦见周公。第一次“梦”出现在孔子首次被鲁昭公召见后，梦中周公对他说，鲁国兴盛的希望就寄托在他的身上，并祝他有志者事成。预示孔子使命重大及今后道路的艰难。而孔子也从此开始了他为实现理想而奋斗不息的人生旅途。第二次“梦”发生，简直不可思议。现实中他请季氏迎回国君不成，只有借助梦来满足自己的愿望。孔子周游列国回来之后做了第三次“梦”。此时，孔子已年近七旬，虽名满天下，理想却终不能实现。梦中，孔子因周公推荐而一度获天子宠信，不料一言不合而被斩首。这实际表明，君主是不会重用孔子的，他的理想在现实中是不可能实现的。而且这是作家花笔墨最多的一次“梦”，它曲折地折射出孔子一生的遭遇，可说是孔子悲剧命运颇富意味的一次总结。当然，作家在将客观写实与故事化叙述结合之时，并没有疏忘山东特有的人文地理。曲春礼在弃政从文前是山东济宁市旅游局局长，对山东自然、人文景观的熟悉是一般作家所无法比拟的。作品中处处可见山东的地域风景，其中既有泰山、东山、石门山等自然风光，也有孔庙、孔林、济宁的名胜古迹等人文景观，尤其是对孔庙布局、规模、建筑特色等的详尽描述，不仅让人增长不少历史知识，具体领略山东独特的自然山川与人文景观，而且还可以帮助我们了解孔孟思想形成的经过，孔子登东山而小鲁，登泰山而小天下；以为登高可使人心胸开阔、放开视野、联想未来。孟子则以为河山可以陶冶人们的情操，激励人们的精神，磨炼人们的意志；他观水发现原来水在迫不得已时，也是要改路的，从而明白自己的弱点所在。这样，作家借助传主对象的行为，把人物的心路历程融合于地域景观的描摹中。此外，作家生长、生活在山东（齐鲁），因紧挨着孔孟“圣人”，他们比外土人多了几分文化自信心和文化优越感，所以不轻易地盲从外土文化。久而久之，发展成为一种心理定式。这逐渐形成了山东人

---

① 车文博主编：《弗洛伊德主义论评》，吉林教育出版社 1992 年版。

的"文化守成主义",同时,山东人抱着"积极入世的理想主义",或者说"士志于道"的态度面对生活。[①] 这样,在写作过程中,就难免带有地域的认同感、自豪感,并且将齐鲁文化独特的内涵,包括正向效应与负向效应都熔铸到文本中,所有这些,限于篇幅,就恕不一一论列了。

第二节　"大唐系列":盛世题材的一种探索

按照历史学家戴逸的解释:"盛世是我国社会发展中的一个特定的历史阶段,是国家从大乱走向大治,在较长时间内保持繁荣而稳定的一个时期。盛世应该具备的条件是,国家统一、经济繁荣、政治稳定、国力强大、文化昌盛等等。"就此而言,中国历史上的盛世有三个:"第一个是西汉'文景之治'到汉武帝、昭帝、宣帝统治的时期,大约在公元前 179 年到公元前 48 年之间,约 130 年;第二个为唐太宗'贞观之治'到唐玄宗开元年间,约为 120 多年;第三个盛世就是清朝的康雍乾盛世,从康熙元年到乾隆六十年,长达 134 年。这都是能称得上盛世的,也是史学界一般都承认的。不过,传统观点认为汉、唐是真正的盛世,无论国力还是文化等诸多方面都达到极盛,而清朝已经开始衰落,不如汉唐。"而戴逸以为:"康雍乾盛世是中国历史上发展程度最高、最兴旺繁荣的盛世。"[②]戴逸此说与传统的"盛世说"有所不同。我们这里讲的盛世,是指大唐盛世,这也是中国历史上最强盛繁荣的一个时期。然而,由于中国封建王朝皇位世袭和"家天下"的政治制度,每个盛世都会积聚起日益严重的社会矛盾,从而导致新一轮"乱世"的出现,由此形成了一治一乱、一盛一衰的历史循环怪圈。王鸿儒的长篇历史小说"大唐系列"(包括《盛唐遗恨》《大唐歌妓》《日落长安》)选择的就是唐朝由盛而衰这段历史作为小说叙述时空,这使其"盛世"书写充溢着浓烈的历史悲剧的意味,而显得凝重而又悲壮。

"大唐系列"中的历史人物,无论是皇帝、太监、名相、名士和名女,王鸿儒着意的是他们在具体历史条件下的个体生存状况及他们为改善生存环境而做的种种努力。然而他们的这种努力又往往化为虚无,在主观愿望与客观现实之间存在着"历史的必然要求和这个要求的实际上不可能实现"的悲

---

① 魏建、贾振勇:《齐鲁文化与新文学》,湖南教育出版社 1985 年版。

② 戴逸:《盛世的沉沦》,《中华读书报》2002 年 3 月 21 日。

剧性冲突。诸多人物之中，皇帝因其特殊的身份，尤为引人注目。

大家知道，皇帝作为一国之尊，历来享有至高无上的权力，“普天之下，莫非王土；率土之滨，莫非王臣”，皇帝的特殊地位决定了他是封建社会中个人欲望能得到最大限度满足的人。臣子黎民的生杀予夺，财富美女的占据享有，全在于皇帝的金口一开之际。“大唐系列”中的几个皇帝也确曾有过这种荣耀。《盛唐遗恨》“千秋节”一章通过“含元殿贺寿”将玄宗皇帝的无边威仪渲染得淋漓尽致。山呼海啸般的“吾皇万岁，万岁，万万岁”的朝寿声中透出臣子们的无比忠心，令安禄山感激涕零以至泣下有声。文中写道：“大唐开元天宝圣文神武皇帝李隆基，此一刻确是心满意得，高兴至极，他坐在含元殿上，一百万人口的京华尽收眼底……”可惜这种君临天下的威势，很快即因安禄山的反叛而成过眼云烟。玄宗以后的皇帝再也没有享受过这种荣耀，朝拜成为例行公事的谒见。更多的表现是大臣为求得皇帝的“自由”而与宦官、权相进行你死我活的争斗。《大唐歌妓》中顺宗李诵在与权阉争斗中不得不最后放弃对王叔文变法的支持；《日落长安》中文宗李涵几次谋诛太监，结果谋诛不成反为太监所挟制，过着胆战心惊的日子。大多数情况下皇帝是失败者，更多时候是依赖皇帝这块招牌而与宦官权臣虚与委蛇。这种权、名颠倒的事实使他们痛苦不堪。当唐玄宗最宠爱的杨贵妃不能得到玄宗的庇护（这是玄宗极想做而又不敢做的）而横尸野外，文宗李涵自比为汉献帝时，皇帝所应该享有的最大权力与他们实际上能行使的最大权力之间产生了矛盾冲突。此时皇帝不再是皇帝，他和平民百姓一样，得为最基本的生存状况着想，必须考虑到自己的身家性命。《日落长安》中曾写李涵在阅览刘蕡策文时听见太监仇士良来，竟慌得将策文掉在了地上，对太监惧怕，以至于斯。曾为李涵出计谋杀太监的大臣宋申锡、李训，事败被杀，李涵还得亲笔批准太监的请功奏折，明知其冤而不敢稍有辞色。太监仇士良甚至当面痛斥皇帝，这对“君叫臣死，臣不得不死”的封建纲常伦理来说，不啻是莫大的讽刺。

需要指出，王鸿儒对这种“最是皇帝不自由”境况的刻画，对皇帝“身不由己”悲剧性命运的揭示并非想表明大唐王朝的衰落是由于皇帝的无能而造成的。恰恰相反，“大唐系列”中的皇帝几乎个个胸怀宏图，玄宗以后的皇帝们都有重振大唐、光复中兴的愿望。如顺宗初期的革新除弊，文宗李涵的勤于政事，谙于治国之道。可最终往往是以失败告终。主观愿望与现实环境的冲突使皇帝们不能如愿以偿，酿成其命运、生存状况的悲剧性质。然而如果仅限于此，王鸿儒还只是充当了一个历史记录者的角色。他的高明之处即在于既看见了皇帝不自由的悲剧命运，更揭示了悲剧性命运的实质：对权力的崇拜。

从根本上说，皇帝的随心所欲在于对权力的绝对掌握。臣子们的活动自由同样决定于皇帝赐给他们的权力。所以皇帝对既有权力的时刻巩固和臣子对权力的不时觊觎成为中国封建权力机制的重要特色。皇帝们也是凭着手中的权力左升右压使臣下相互制约以保太平的。当这种权力机制处于协调状态平稳运行时，社会还能按部就班地维持正常秩序。而一旦对权力的追崇进入"入魔"状态，越出其规范之外时，人必然成为权力的牺牲品。原有机制会因权力的极度膨胀而失控导致天下大乱。《盛唐遗恨》中玄宗对权力的玩弄很能说明问题。这位曾造就"开元盛世"的一代英主，后期却沉醉于昔日辉煌的荣耀，沉湎女色，肆情欢娱。早年的功绩使他自信裕如地玩弄权力，他可以很亲密地叫李林甫"十郎"，叫安禄山"禄儿"，但他对哪方面都不放心，太子、李林甫、杨国忠或安禄山，哪一边稍有苗头，他便一巴掌将其打下去。而恰恰是在他对个人威权的执迷自得和个人私欲的恣意放纵中留下了权力缝隙，安禄山正是以此为契机投其所好乘虚而入的。尤其值得注意的是，安禄山初始只是想多捞一些好处，并无"问鼎九五"的非分之想。现实的混乱和皇上的慵懒，特别是皇上所享有的无比荣耀才激起了他对权力的逐步追求。前期只是求做一重臣而已，然而权力的巨大诱惑使他野心越来越大，最终将眼光盯到了大宝之位上。野心的极度膨胀使他掀起了令唐由盛而衰的"安史之乱"。在自封大燕皇帝登上权力顶峰后，他便急不可耐而又肆无忌惮地挥舞着权力的魔杖，其操纵下的令行禁止使他忘乎所以，被同样追崇权力的儿子安庆绪谋杀。

质而言之，这是对权力极度尊崇而造成的人的"异化"。人的本性扭曲于权力的光环之中，人可以为了权力而酿成子弑父、臣弑君的悲剧。《日落长安》中太监为取得对皇帝权力的变相拥有，刘克明杀死皇帝李湛，迎立绛王李悟为帝，而以枢密使王守澄为首的另一派却依恃武力立即杀了刘派及李悟。血淋淋事实的背后是权力在作祟。书中另一位皇帝李怡，为躲避宫廷权力残杀，装疯卖傻几十年，一旦错被立为皇帝时，为私心计即位伊始便罢名相李德裕。而李德裕这位可能使唐朝有起色人物被罢黜，则标明大唐帝国至此已无可挽回地走向了衰落，李怡为巩固自身的权力客观上竟充当了李氏王朝的掘墓人。就这样，作者将权力的光环层层剥离，露出其核心部分的狰狞面目。笔锋所及，直指封建皇权，它在维护自身的同时，也异化着皇权自身。温情脉脉的伦理纲常后面杀机四伏。皇帝、臣子间原有的协调合作变为因权力而致的相互揣度和提防时，国家机器就处于运转不灵的状态。演至极致，必然导致最后的崩溃。王鸿儒揭开这层关系，使我们得以窥见大唐王朝的衰败乃是历史的必然。一切以权力唯崇，人就成为权力的维护者和制造者，更成为权力的受害者和牺牲品。从这个意义上说，书中挟制皇帝的宦官、权臣与皇帝们处于同一个维面上，他们与皇帝的不同仅仅因为他们不是皇帝而已。名分上的相异并未改变他们对权力的极度追崇和他们受到权力的迫害。他们在成为权力祭品时，命运的悲剧意味也不言自明。

西方《圣经》中夏娃取自亚当的一块肋骨之说，已以"寓言"形式宣告了女性的先天附庸地位。中国"弄璋""弄瓦"的严格区别表明人们对女性降生的不甚情愿和鄙薄。而"兄弟如手足，妻子如衣服"之说更将女性降为物类。在文学表现上也就有《三国演义》中猎户杀妻款待刘备之事。而女人"祸水"的观念更是《封神演义》极力宣扬的主题。传统观念对女性的偏见和不公使得文学中的"女性"很难取得与男性平等对话的权利。历史成为男人的历史，社会即成男权社会。与此相应，男权崇拜成为不少历史小说的欲望叙事也就必成自然，真正关注女性的存在，给她们以公正评价并从人性角度表现其生活的历史小说就少之又少。尽管有《李自成》中红娘子、高夫人那样的巾帼豪杰，但过于浓重的阶级与政治意识形态往往有意无意淹没了她们作为女人的特性，女人男性化了。鉴于此，有些历史小说有意识地在复苏"女性意识"。王鸿儒亦然。

通览"大唐系列"，我们会发现在对女性的观照态度上，王鸿儒有着比较明显的前后期变化。对《盛唐遗恨》中的杨贵妃，他是以一种略带挑剔、贬褒并举的笔触切入这位历史上的著名女性的。然而很明显的事实是，"红颜祸水"的原有观念并没影响和支配王鸿儒对杨贵妃的刻画，他有自己的看法。他写了杨贵妃的蛮横，曾为玄宗临幸梅妃而撒泼使横，写了贵妃的无情，逃难时威胁玄宗丢下了梅妃。尤其安史之乱后，当玄宗准备御驾亲征时，她更是为一己私心横加阻挠。这些已使杨贵妃有了"误国女人"的性质，作者对其的鄙薄也是显而易见的。而在书中作者更多地以同情笔调写杨贵妃如何为求得生存而苦苦挣扎。作者写了她的如花解语，如鸟依人，写了她的聪慧等可爱的侧面。她可以恃宠而骄，敢拧皇帝的耳朵，但这都是表象。作者揭示了贵妃内心深处的惶恐不安。她虽得玄宗宠爱，可稍不如意也会像别人一样被皇帝冷落乃至赶出宫外。玄宗对贵妃的几次驱斥几次迎回都不过是一时兴起，贵妃被赶得谢恩，被迎更得谢恩，满脸堆笑的背后是对失宠的深深恐惧。而对安禄山的非分之念，她只是想为皇上拢住这位边疆大员，心里想的还是大唐安危。故对安禄山的非分之举，虽为贵妃却也只能含辱忍之，以大方来掩饰其惊恐，免得破坏了君臣关系以致国家不宁。在这一点上她为大唐着想（当然也为自己着想）的念头让人嗟叹不已。这与她的“可鄙”一面有着一定的冲突，作者这样写，显示了历史的价值评判和人情的情感评判的矛盾，使杨贵妃人物形象变得丰富复杂。最后写及马嵬驿赐死时，作者更是充满同情地写了一曲女性悲歌。因为从上下文来看，唐朝由盛而衰主要是玄宗后期昏庸、自信和玩弄权力的结果，战乱爆发后，更是听信谗言，错杀封常清，强逼哥舒翰出关，最后才导致不可收拾的局面。杨贵妃并没有起到“女人祸国”那样的作用。而当太子想除掉杨国忠攫取大权时，杨贵妃虽有玄宗宠爱，却也不得不成为权力的牺牲品。因为“她面对这么多都在算计她性命的男人！拿着刀的，提着剑的，舍她而保皇上的，诿过于人而贪生怕死的……”这里，杨贵妃面对的是一大群人，是整个社会传统。除了一死，她别无选择。可见，作者虽写出了杨贵妃“可鄙”的某些方面，更多地写的是杨贵妃在现实环境逼迫下的凄惶和无奈，从人性层面写到她作为一个女人为保存自身而做的“合理”努力。总体来看，作者是颇有恕词的。对贵妃悲剧命运的叙述，收到了像朱光潜先生在《悲剧心理学》中所说的“审美同情”的效果。无疑，作者对杨贵妃的历史观照态度起到了重要作用。

如果说在《盛唐遗恨》中王鸿儒还有对女性“可鄙”方面的审视与批判的话，那么在自此以后的作品中，他在描绘女性时，从笔端涌出的纯是对女性美好品德的赞叹与讴歌。《大唐歌妓》中的桂娘，对感情忠贞不渝，智慧过人，有胆有识。在落入叛贼李希烈手中后，能合纵连横，用计除掉朝廷的这一心腹大患。而在知晓不能同心上人团聚时，毅然自杀殉情，其侠义豪爽，聪慧痴情令人感叹不已；而眉娘为保护王叔文最后被兵士射杀，所表现出的舍己精神亦直追须眉，作者的钦敬之情是不言而喻的。《日落长安》所着意塑造的瑶英、柳枝、婉儿也无不是忠贞贤惠、善良聪明的女性。这些女性的高洁、美丽，往往成为书中的一面面镜子，烛照出周围人物的精神面貌。正是在她们的映照下，王叔文的决断果敢，李商隐的孤高自负才更显生气。王鸿儒对女性的尊重和重视给了她们以足够的地位，在以男性为中心的社会里另辟了一块女性的天地。这无疑是有积极意义的。但同时又必须看到，在对女性的刻画中，王鸿儒又往往是以男性的改革（如王叔文变法）和仕进（如李商隐的官宦之途）为支点的，那些美丽高洁的女性形象在显示女性“存在”的同时，又是作为男性“门当户对”的面貌出现的，因而从根本上说，仍是一种古典式的“才子佳人”叙事模式。这表明作者在思想意识深处的写作态势:他还没有真正完全地对男权观念进行较大规模的颠覆。

黑格尔曾经指出,那些在历史上存在过的东西,如果与现代生活没有关系,它们就不是属于我们的,"只有在我们可以把现在看作过去事件的结果,而所表现的人物和事迹在这些过去事件的联系中,形成主要的一环时,只有在这种情况下,历史的事物才是属于我们的"①。作者如何将不可复现的过去历史化为现代的、"我们"所能理解的内容与情景,作者本人的现代意识起着至关重要的作用。这里现代意识是指作家主体意识的现代性。每一个时代总是有自己的时代意识、时代精神。优秀的历史小说作者不会简单袭用前人的思维观念,而是把自己笔下的对象放在整个历史的坐标系中,用现代人崭新的历史意识和审美意识进行烛照。故其表现的思维空间是开阔的,所表现的思想意识是"重建"的,可以直接反映当今时代的某种情绪和理性思考的特点。所以历史文学强化现代意识,对于帮助和启迪作家透过现象看本质,以便在艺术转化时对历史生活做出更真实、更深刻的反映,提高作品的思想艺术价值和真实品位,无疑有着积极的意义。作为一个学者型的作家,王鸿儒的理性思维使他获益匪浅,使他能够对复杂的历史进行穿透式的观照。

民族关系问题的描写是历史小说无法回避的问题。传统的历史小说由于大汉族思想的作祟,少数民族往往以一种未开化的、野蛮的"异族"面貌出现。像《李自成》《金瓯缺》这样较好地反映了民族团结与中华民族形成过程的作品实在寥寥无几。因此王鸿儒以现代眼光剖析民族关系的努力就颇值得我们重视。或许和作者在少数民族地区生活有关。《盛唐遗恨》中浓郁的民族文化交融氛围,无时无刻不渗透于作者的笔触中。这部小说洋溢着开放的民族观念以及与此相应的开阔思路。作者站在现代人的立场,从整个中华民族的角度去看待古时汉民族与少数民族融合的过程。作者对唐玄宗好战开边欲望的潜在批判已鲜明体现出民族平等的现代意识及观念。而作者对契丹首领阻午可汗这个破坏民族团结的好战分子的批判,使得作者在摆脱大汉族主义的同时也较好地避免了狭隘民族观念的束缚。在这个问题上分寸、尺度的适度把握体现了作者的辩证眼光;对书中出现的战争如天宝二年汉、奚、契丹族大战,作者是以是否符合广大百姓的利益作为判断标准的,对交战各方的人民寄予了无限的同情,显然表露了作者站在现代立场上的人本主义思想。这都为作品的思想增色不少。

---

① [德]黑格尔:《美学》(第1卷),商务印书馆1979年版,第346页。

《大唐歌妓》中作者对眉娘情感历程的理性剖析尤为深刻。眉娘经历了与王叔文的真情之爱，与艺人成辅端的同情之爱，与太监俱文珍的无情之爱。恰恰又是真情之爱离眉娘最为遥远，而无情之爱又偏将她与一个太监联在一起。书中对眉娘每天夜间抛撒制钱，又一枚枚暗中摸索找回以消磨时光的描写令人触目惊心。女性，一位美丽的女性，就这样在黑暗中磨蚀着鲜活的生命和青春。作者笔调冷静地讲述了人性是如何被摧残的，笔触直指当时极具残忍性的封建法权和太监娶妻制度。对被戕害的女性寄予了无限同情。而作者对眉娘在一定程度上的"心甘情愿"（为找寻女儿她得依赖太监俱文珍的帮助）心理的描绘更觉出软刀子杀人的厉害与隐蔽性。当"她（眉娘）毕竟回来了，她不能不来，她愈加要把自己禁锢在这个'丈夫'的家中，在高墙之内，如一匹受伤的母狼，孤独地在这深夜里徘徊，默默地舔舐着心间流出的血浆"时，受害者的无奈依顺和迫害者的现实威压之间形成了一种同构关系。因此，当作者以一种文化审视和理性批判的眼光剖析女性的生存境遇时，表现出的不仅是对女性的同情，更多的是一种拷问式的历史反诘。主体的现实反思在历史中的追问质询中见出其深刻性来。书中对王叔文变法失败的反思也是颇具现代意识的。在王叔文变法之前，作者已勾画出了王叔文的性格：果敢、坚毅、善于谋略等。但他并没忘记向读者展示其性格的另一面：过于自信自负。这就为后文分析其失败作了铺排。当王叔文这批"新贵"只知一意推行变法而不注意团结周边人事的时候，已预示了在旧势力反扑下失败的必然。王鸿儒对变法失败教训的这种反思不仅切合当时实际，对当今现实也有着一定的警戒意味：良好的愿望如没有正确的方法也要归于失败。

王鸿儒没有将唐王朝的衰落原因简单化，更没将其纳入阶级分析法或在生产力与生产关系问题上大做文章（这本是可以做到并且相当稳妥的），而是以皇帝的"不自由"，从权力角度契入来分析了各种错综复杂的力量在权力牵引下对唐王朝的摧毁作用。没有明晰的现代意识和理性的历史思辨，是很难得出这样认识的。与此相应，"大唐系列"总体叙述风格也变得客观朴实。理性化的思维和朴实客观的语体风格使小说清晰实在，同时，尚欠一种灵动和活泼。这与作者的创作态度有关。作者没有以大仲马将历史视为"挂小说的一根钉子"①的态度来创作，更没像"新历史小说"那样执意解构历史，所作基本史出有据。这是理性思维和现代意识发展的符合逻辑的

---

①　[法]参见阿·莫鲁阿：《三仲马》，天津人民出版社 1981 年版，第 216—217 页。

结果。对历史小说的小说特性而言，这是一个潜在的束缚。总体而言，王鸿儒“大唐系列”呈现出理性思考多于形象描绘的整体风貌。阅读效果上表现为深沉的思考多于轻松的娱乐。在视文学为“消闲产品”的当今时代，王鸿儒的历史小说稍稍显得有点沉重。但目前他已有趋向感性表述的迹象，我们可以从《日落长安》对复调小说结构娴熟运用和对某些现代派手法的借鉴中见出端倪。这已为其小说文本带来了阅读上的独特效果。想必他会更广泛地采纳百家之长，以更为开放的眼光构筑新的历史世界，而不仅仅限于晚唐的秋天。

第三节　史诗追求及其历史评价

史诗是人们探讨长篇小说文体的一个重要维度，也是新时期长篇历史小说创作的一个客观存在。过去，我们往往把全景式地反映生活，结构宏大、内容丰富、人物众多、篇幅较长的一类长篇小说称之为史诗，并将其当作衡量长篇小说的最高美学尺度，以致在创作中形成一种错觉，使一些作家在取材谋篇时首先考虑的是所谓的长度和宽度，每每以多卷本、巨构型的形式诉诸表现，以为这就是史诗的文体特征，是长篇历史小说美之所在。事实上，最早的史诗只是人类童年时期一种文学体裁，即指“叙述伟大的历史事件，歌颂英雄的丰功伟绩”的古代长篇叙事诗。到了近现代以后，它被引申解释为“指比较全面地反映一个历史时期社会面貌和人民群众多方面生活的长篇叙事作品”(1979 年版《辞海》)。这里所谓的史诗，还是一个文体概念，传统文学理论也没有赋予它以某种标准性的含义。在这方面，别林斯基有过很好的辨识，托尔斯泰的创作也可佐证。只是在后来，由于种种原因，史诗的地位和作用在当代中国才被高度夸饰了，它不仅成为长篇小说中的一种文体，更被视为代表和象征长篇小说最高荣誉和水平的一个“圣殿”，不知吸引了多少作家为之“英雄竞折腰”。

从中国历史叙事源流角度考察，史诗的出现也并非偶然。大家知道，史诗是一个外来概念而非本土传统，原本与中国历史小说无涉。作为一种传统的文体，中国历史小说在生成和发展的过程中，一直与史传具有密切的渊源关系并深受其影响制约，史传成为中国历史小说创作的主要体式。然而，当历史进入 20 世纪以后，也许是这种体式的“补正史之阙的写作目的、实录的春秋笔法，以及纪传体的叙事技巧”①，难以有效地反映色彩斑斓的历史生活场景和风貌，它在五四以后逐渐被冷淡，而为嗣后从西方引进并加以延扩、比史传体式更恢宏的史诗所取代。当然，这是后来的事，特别是在嗣后的十七年的革命历史题材领域曾经作过大规模的尝试，并因此产生了一大批与当代历史小说具有直接关联的所谓的“红色经典”。但在新文学早期，也许是因挑战颠覆心态影响了对历史的热情关注，也许与功利有关，急于破坏而不是建设使作家难以坐下来以平和心情进入历史，与之进行对话。五四那个时候并没有长篇历史小说，有的只是带有寓言性质的短制，因此历史小说很难充分凸显历史的整体感和丰富性，当然也就谈不上长篇小说美学体系的构建了。

以上种种，就构成了中国当代史诗性历史小说的文化文学背景。显然，在这里存在着相当程度的“误读”(这种“误读”与文学批评和时代导向不无关系)以及因“误读”引发的某种浮泛虚蹈甚至是大而空之类的弊病，从而影响制约了历史小说的艺术质量，没有达到我们所期待的理想之境；但另一方面，它也从一个独特的角度反映了历史小说在经过一个世纪发展以后，在艺术形式上慢慢由简单走向繁复，已呈现出了前所未有的长篇文体自觉意识：这就是长篇小说尽管可以作多样不同的书写，但它应以反映社会生活的整体与整体的社会生活作为自己的特有功能，强调艺术描写和把握的整体性，这是它有别于其他文学样式的最显著特点。应该说，这种文体自觉意识在当代老一代和第二代历史小说作家如姚雪垠、徐兴业、端木蕻良、任光椿、凌力、唐浩明、刘斯奋、熊召政、二月河等身上得到较为明显的体现；从时间上看，20 世纪 80 年代涌现的《李自成》《金瓯缺》《曹雪芹》《戊戌喋血记》《少年天子》《曾国藩》《白门柳》《张居正》《雍正皇帝》等一批作品则似乎最具代表性。它们不仅大多为多卷本，更为重要的是相当自觉地把自己的创作定位为全相式地反映彼时社会历史的所谓“百科全书”“时代历史画卷”等，因而给我们带来了为一般小说(甚至包括一般的长篇小说)所没有的丰富多彩的艺术感受和浓厚的历史质感。20 世纪 80 年代，当时中国文坛还停留在短中篇文体阶段，整个文坛思维视野普遍比较拘囿，艺术格局也比较逼仄。在此情形下，这批作品的出版，对探索和构建长篇历史小说美学体系乃至整体当代文学内部结构的调整，其意义是不言而喻的。

那么，中国当代历史小说中的史诗性是怎样表现的呢，我认为就大而

---

① 陈平原：《中国小说叙事模式的转变》，北京大学出版社 2003 年版，第 212 页。

论，不妨分为以下两种模式：

一种是端木蕻良的《曹雪芹》模式。该作用宏大的网状结构，从社会文化的角度全面描写了清朝康熙、雍正交替时代的全貌，复原了曹雪芹及其家族荣辱兴衰的历史，为我们精心结撰了一幅恢宏的时代历史画卷，也可称之为“历史家族小说”。作者创作的目的是为了更进一步地了解曹雪芹，为续写《红楼梦》后四十回做准备。所以为此付出了很多的心血，从20世纪70年代末期开始到1996年去世，花费了总共近二十年时间。但《曹雪芹》是一部没有完成的小说，只有上卷和中卷（原计划写上、中、下三卷），因而留下了很大的缺憾。作者这样一种“历史生活化”的写作，固然与曹雪芹童年、少年时代几无任何史料，甚至几无任何传说佚事不无有关，但更主要的还是其“历史生活化”的观念及其艺术旨归，这就是模仿《红楼梦》和借鉴巴尔扎克、雨果、福楼拜、左拉、司各特的叙事观念，用绵密工细、交织成网的笔法展示昔日富贵荣耀、鲜花着锦的江宁曹府如何无可挽回地走向破败潦倒，以及在这破败潦倒过程中各色人等的生活境遇和心理状态。该小说所写的人物，除曹雪芹、康熙、允祯、曹頫、李煦外，像男仆金泉、乞丐王有生特别是丫鬟金凤、墨香、茶仙等人物及其非人的生活故事是虚构的，但小说中人物和故事赖以生存的康乾时代社会繁华背后的黑暗的时空背景无疑是真实的。作者关注的不是那个时代的阶级对立和民族矛盾，而是阶级对立和民族矛盾背后的“人与文化”，一种与“家”有关的“人与文化”，是那个时代的特定历史背景和氛围中人的生存状态、文化心理与世态风物。这样，他就使自己的创作不仅从整体格局和具体笔致上超越了传统史传和当时盛行的阶级叙事的窠臼，而且还可挥洒自如地展开对包括日常“小历史”（尤其是“风俗史”“精神史”）在内的多元历史的描写，使历史叙事具有更大的弹性和包容度。由此出发书写的历史，自然也就有了更基元本色因而也更鲜活生动的特点。这在当代众多历史小说中，是很特别的。这种情况与此前的李劼人的《死水微澜》《大波》颇为相似，总体上讲，在历史小说中是不多见的。直到20世纪80年代才得到较大的改观，可以作为例子引证的，主要有鲍昌的《庚子风云》、李克异的《历史的回声》、吴越的《括苍山恩仇记》等。它们尽管与《曹雪芹》在选题和风格存在着较大的差异，但大体是按照这样一种“历史生活化”的模式进行创作。

另一种是姚雪垠的《李自成》模式。这是更加“全景”也更为“理念”的一种史诗模式，如果撇开其中的过分政治化及因政治化带来的历史遗憾外，应该承认，它在史诗的追求和探索方面是做出了贡献的。这不仅表现在作者对长篇历史小说美学体系的构建具有较为明确的理论自觉，即"追求整体开阔美""追求艺术色泽的丰富美""追求形式建构的均衡美"①；而且以其深厚的功力和丰富的创作经验，将其有效地诉诸艺术实践，获得了很大的成功。其中有的描写堪称开创性的创造，具有很高的审美价值。如为解决广阔繁多内容与历史叙事之间的关系，使故事情节推进和空间转换既大开大阖，摇曳多姿，又繁而不乱、井然有序，最大限度地发挥长篇历史小说史诗文体的优势，在艺术结构上巧妙地采用了"单元共同体"的组合方式：将全书每卷若干章捆在一起组成一个单元，单元与单元轻重搭配，它们彼此的转换往往出人意外，变化莫测。如第二卷《商洛壮歌》之后，不是按照时间顺序接着写李自成突围到鄂西，而是突然转入了对开封相国府风光的描写；到了鄂西之后，不接着写李自成入河南，而是笔锋一转，写起了明王朝的内外交困，造成了横云断岭、峰回路转的艺术效果，真是"时而金戈铁马，雷震霆击，时而凤管鹍弦，光风霁月"②。这种"单元共同体"的安排，不仅合乎多线条、复合式、大容量长篇文体的要求，可充分凸显长篇史诗文体的丰富、大气和壮美，而且还可不同程度地使之对固有过于政治化的观念进行修补和调整。如小说对关外清人崛起的描写，对卢象升抗清殉国的描写，对李自成与张献忠、罗汝才关系的描写，对大江南北、长城内外各地民情风俗的描写，所有这些汇总起来，其实在客观上已对他所遵奉的阶级论、本质论有所超离，而多少有点"合力论"的笔意了。史诗性文体在当代文学特别是在十七年文学中有不少，如梁斌的《红旗谱》、欧阳山的《三家巷》、柳青的《创业史》等，但一般限于具体典型环境所在的地域，空间范围是有限的，像《李自成》这样的大视野、大境界，是很少见的。

《李自成》模式因符合新时期初文学的精神气候，曾一度备受推崇而成为历史小说的主导文体，对20世纪80年代长篇历史小说中出现的"史诗热"产生了深刻的影响。在一段时期里，师法此模式者蜂拥，甚至开头模仿《李自成》从宫廷写起，以显高屋建瓴、综揽全局之气氛，也颇有一些，至于声言要写三五卷最终只写了一二卷的也不在少数。像今天那样采用小长篇，在当时是很少见的，多数作家甚至不愿写。这里有理性的选择，也不乏盲目的跟风。这就导致史诗构建带有不少大而空的东西，它在取得令人瞩目成就的同时也付出了相当的艺术代价，往往显得"史"有余而"诗"不足。20世

① 陈美兰：《中国当代长篇小说创作论》，上海文艺出版社1991年版，第53—54页。

② 茅盾：《关于长篇历史小说〈李自成〉》，《文学评论》1978年第2期。

纪 90 年代以降，随着整体文学结构性而且功能性地呈现向内、轻、软、小转换，重情绪、意象、隐喻、简约成为一种思潮，并培养了一批与之相适的新的读者群时（这个读者群现已成为当下文学的主要消费对象），这个问题突现出来了。于是，上述所说的这些传统史诗开始遭遇到了落寞，显得踌躇不前。新创作较多采用"非全景式"的一般长篇乃至小长篇文体，且形式多样，更加个性化、主观化；而这些充满个性化、主观化的"非全景式"的写作，往往又不是建立在理性理想这一史诗的"阿基米德点"基础之上，而是隐含某种无奈、虚无和悲观，带有明显的颠覆和解构倾向。

如此，是否意味史诗就此衰落或寿终正寝了呢？由于个人学识所限，我不敢妄言，但有一点不妨大胆推论：只要人类理想主义不灭，对历史保持应有的敬畏，史诗就会生生不息地流贯下去，永远不会消亡。当然，在日新月异的变化中，史诗也有一个按照时代社会与读者需求而变，不断地创造新的形态的问题，它不应该也没有必要固守以往《曹雪芹》《李自成》模式而不图新进，甚至在什么是理想理性的"精神支点"上也许会有一些调整；但这种调整不应抛弃或冷漠对历史的人文情怀，不应将个性化、主观化写作与透视广阔丰富的历史截然对立起来，而是恰恰要寻求这两者之间的协调。在这个意义上，我对当下小说（包括长篇历史小说）创作出现的过于关注"小历史"而拒绝"大历史"的倾向表示异议。因为当将"小历史"无限放大进而将其夸饰为历史全部的时候，不但否定了"大历史"的存在，同时也失去了对"大历史"的信任和书写的激情，失去了对历史的整体把握和恢宏观照的能力。

青年批评家张莉在论及新世纪以来"非史诗"性创作时指出："史诗性作品的背后需要有作家完满的、整体的历史观在支撑，今天这样的历史观在新一代作家那里几近于无，年轻一代喜欢破碎性叙事，尤其是 1965 年以后出生的作家，他们更喜欢破碎性的历史叙事而不是整体性的历史叙事。与之相伴，文学观也发生了变化，在这一代作者看来，作家只是记录者，他不是书记官，也不自认为一个伟大民族秘史的书写者。他们更多地认为自己是为个人而写，他并不认为文学写作有多么神圣，不认为写作具有某种价值和责任。拥有这种文学观念的作者，没有任何可能去写史诗性作品。"她认为这种非史诗长篇小说写作潮流的出现，"也有它的问题，即写作者的主体性缺失。作家对现实没有思考的能力。他无意判断，不愿判断……那种破碎性的叙事，不愿意做出立场和判断的写作是偷懒的和投机的，是'背着而不是向着火跑'，是作家的逃避，但杰出作品需要作家'向着而不是背着火跑'（别林斯基语)，暧昧的、游移的写作立场产生杰出作品的可能性很小。”[①]这样的分析颇具深度，值得我们深思。

（本章第二、三节与郑西帆、李光龙合撰）

① 参见《新世纪长篇小说的现状与问题》，《文艺报》2012 年 12 月 26 日。

第三章　历史叙事的价值重建与理论探讨

历史叙事的蓬勃发展，既与中华民族传统联系最为密切，又紧贴着时代的思想脉搏跳动，构成了当代文学创作中的重要一极，几乎就是一部探寻、思索现代民族认同建构的文化启示录。面对全球化语境下西方文化的挟势而至，从反封建启蒙到思想解放，从宏大叙事隐退到日常历史的盛行，从多元文化价值的汲取到“新历史”的建构，以历史小说为主体的历史叙事的确肩负着寻找民族传统之根，承继并打通传统文化的精神命脉，为当下社会核心价值的建构提供积极而丰赡的有效资源，并在此基础上寻求现代民族认同。尽管今天是价值多元的时代，但毫无疑问，如何追寻生生不息的五千年文明中含蕴的民族之魂，从传统历史中获得精神支撑与价值确立，通过现代性转换获取国家和民族的浴火重生，已经成为我们时代的重大课题。作家们也正是从重塑民族辉煌的焦虑与渴望出发，用丰富多彩的创作实践完成并正在完成着重寻历史之根。正是从这个意义上来讲，当代历史小说天然地承担着弘扬传统文化，树立民族自尊与自信，探索文化转型、苏生之途的特殊使命，拥有着其他题材文学所没有的特殊价值，与我们这个时代的深刻变革息息相通。

第一节　代际裂变与文化自拯的历史悲剧

若以虚实的角度进行概括，新时期以降的中国当代历史小说大致可分以下两途：一是苏童、叶兆言、刘震云等一批青年作家借“新历史”之名，创作了《一九三四年的逃亡》《故乡面和花朵》《夜泊秦淮》等一大批旨在颠覆旧有的革命历史观，表达个人化、欲望化历史观念的子虚乌有式的“新历史小说”；另一是凌力、唐浩明、二月河等一批年龄稍大的中年作家运用较为传统的历史还原手法，创作了《梦断关河》《曾国藩》《雍正皇帝》等旨在历史写真，具备信史品格的长篇作品。当然，这里所谓的“青年作家”“中年作家”，是指他们发表作品的当初而言，而不是指过了一二十年以后的今天。耐人寻味的是，这一虚一实的历史叙事，都选择了相近或相似的历史年代。前者往往以晚清与民国为题材对象，后者则大多把注意力聚集于上章曾经提及的明清两朝。从大的时间跨度考察，明末至近代是中国封建社会的末世，也是传统文化不可挽回地走向衰败并进行艰难痛苦的现代转型之际。而与此同时，西方文明却处于资本主义上升期，日渐强盛。此消彼长，曾自诩为“天朝”的中国相对西方国家而言，成为停滞的帝国，与世界先进行列的距离愈来愈远。这是几个世纪以来的创痛，因而末世情结，包含了作家们对中国传统和西方文化无限眷恋和批判的矛盾复杂的心态。鉴往知今，作家们不约而同地选择这一时段，正是为了传达他们在全球化语境中，对民族文化身份的焦虑和重塑民族辉煌的渴望。虽然不能武断地说，这些年来历史小说创作就是在应对全球化这一策略的引领下趋于繁荣，但用文学叙事的方式反映代际裂变，以期达到文化自拯，的确已成为许多历史小说写作的“集体无意识”。就这个意义而言，我们认为全球化不仅仅是历史小说一个潜在的写作背景，它已内在地渗透到作家的创作机制之中。具体表现，不妨试作如下概括。

一、本土立场与封建末世的温情回眸

明清是中国封建社会发展到鼎盛和烂熟的时期，但在烈火烹油、鲜花着锦的内里却蕴藏着忽喇喇大厦将倾的深刻危机。与“盛唐”不同，在这一完整的长时段的历史时期里，世界格局发生了前所未有的重大变化，原来后进的西方国家经过工业革命之后迅速崛起，并对包括中国在内的第三世界国家进行殖民扩张。于是，中华民族不得不在痛苦、屈辱和无奈之中开始转型，同时，也被极大地激发了杰姆逊所说的“民族焦虑”。特别是作为民族代表的知识分子，更是站在时代的前沿，以精神与心灵的全部力量，在方生未死之间探索民族文化的新生之路与转型之途。当代历史小说中的明清叙事也不例外，不同的是，这种本土民族文化自我认同增添了更多的反思成分，被有意识地纳入与异域民族平等对话交流的理性框架中进行审思。这样，明清叙事也就自然成为与西方文化的“他者对峙的中国的文化危机的寓言”。作品中所深寓的民族文化思考自然也就成为“被殖民者/殖民者对峙的整个视野”①的思考，从而获得更为广阔的视角和更为深邃的文化观照力量。

凌力的《梦断关河》、“百年辉煌”系列，唐浩明的《曾国藩》《旷代逸才》《张之洞》，二月河的《雍正皇帝》等“落霞”系列，熊召政的《张居正》，刘斯奋的《白门柳》，蔡敦祺的《林则徐》都把目光落在明清时期凝聚着优秀民族精神的人与事之上，尤其将笔力集中于中国封建文化的最后“辉煌”阶段。借着对最后“辉煌”的温情回眸，作家们“把蕴含在封建王朝内质中与人类社会发展不谐和的因素、民间百姓罹遇的苦难、优秀传统文化等提炼凝聚成为鲜活可感的艺术形象，借助文学的形式，向世人展示了华夏文化的魅力和生命力”②。煌煌十三大卷的“落霞”系列，以颇为恢宏的架构写出了最后一个封建王朝走向衰落前的最后“辉煌”。二月河选择具有雄才大略和拯世责任的康熙、雍正、乾隆等封建帝王为表现对象，在这三个封建帝王身上承传与阐扬的是优秀的汉文化传统。他们以一介独夫，为天下谋划，不惜背负“恶与孤独”，其间蕴藏的人格力量，正是外儒内法的政治权谋文化传统所能迸发的积极能量。作品以野史、民间史、神话传说等与正史相融的叙说方式，展开了以王朝图治为核心的民间、市井、官场、朝廷等全景式社会扫描。诗词歌赋、琴棋书画、神道妖鬼时时嵌入质实的史实叙说之中，把施政大略转化为生动的人事纠葛，以此建立自己对本土文化的审美和意义的重构。“我写这书主观意识是灌注我血液中的两样东西：一是爱国，二是华夏文明中我认为美的文化遗产。我们现在太需要这两点了，我想借满族人初入关时那种虎虎生气，振作一下有些萎靡的精神。”③这分明流露了二月河的浓浓的民族本土立场。

熊召政的《张居正》则以明王朝中叶的万历新政始末为题材，同样集中笔力写张居正在历史漩涡中挽狂澜于既倒的不凡作用。在中国的传统历史叙事中，本来就有着帝王将相的描写传统。但经过革命历史叙事对人民作用的强调，加上“新历史小说”的兴起，对宏大叙事的解构以及对小历史小人物的重新关注等多重因素，今天的帝王将相题材，其实早就冲破了原来的英

① [加]谢少波：《抵抗的文化政治学》，中国社会科学出版社 1999 年版，第 135 页。

② 刘克：《全球化语境下的本土化生存——二月河清帝系列小说论略》，《当代文坛》2003 年第 5 期。

③ 二月河：《二月河作者自选集》，河南文艺出版社 1999 年版，第 239—240 页。

雄崇拜格局，而指向民族精英的文化人格塑造。在明君或贤相的身上凝聚了传统文化的精华。张居正不避物议，外拒清流，是对传统文化中自标清高、空疏无用的纠正；其务实耐烦的精神又是对好高骛远式的激进改革的纠偏。正因此，万历新政才成为明王朝的一剂救命良方，而使它的气脉又延续多年。"不以道德论英雄，应为苍生谋福祉"①，这是作家创作《张居正》的历史观，也是小说审视历史人物与事件时的一个文化视角。作品中所展现的绚烂的封建落霞，是封建王朝最后的回光返照。其间的人与事，是封建文化在大厦将倾之前的最后一搏。作家集中笔力写它的美丽和"辉煌"，同样也显露了他潜意识深处的本土文化反抗。

但这又毕竟只是最后的一搏了。这最后一搏，固然绚烂多姿，却有着不容忽视的内在缺陷。封建文化具备强大的体制惰性：权谋文化虽然有着驱动历史演进的重要政治力量，但它却无法抹去其自身抑制民主、摧残人性的落后因素。尤其是以今日的全球化的宏大视角重新审视这段"落霞"时光，我们会发现，在作家们津津乐道的"康乾盛世"的同时，西方文化正以前所未有的开放态势蓬勃兴起，中西方的差距就是在这个时间段被迅速拉大的。回避这个问题，而孤立地描写所谓的"康乾盛世"，这是一种封闭短视，甚至还暗含了某种"天朝心态"。实际上，明中叶的万历新政之后，经济的繁荣紧接着的却是腐朽颓败的晚明习气；"康乾盛世"之后，却是中国传统社会在西方文化冲击下的土崩瓦解。这里的根本原因之一就在于"落霞"式的改革，往往寄托在强有力的英雄人物身上，专制独裁体制的命运掌握在操舵手的个人素养与能力之上，无法获得正常的政策延续性。退一步说，专制体制还无法保证这样的强力意志的出现，无法保证杰出英才的顺利走上历史权力舞台。因为在传统明哲保身的文化惯性之下，优游不迫、漠不关心的政治态度，才是一般官僚最常见的人生观。如雍正、张居正那样对权力眷恋、对经济重视，就会被视为"苛政""俗吏"。雍正之所以背负骂名、居正夺情之所以引起如许大的波澜，就在于他们对实际政务的热衷和对可以保证他们大政顺利执行的权力的热衷。无论是雍正还是张居正，都无法保证身后之事。不仅他们的改革难以为继，甚至无法避免死后身名的被诋毁和守旧势力的卷土重来。权势，是他们成也萧何、败也萧何的症结所在。尽管作家对描写对象充满了深切的同情，历史理性却无法替他们解决"荣辱兴衰转瞬间"的"权势"循环悲剧，无法抹去他们"天涯孤旅、古道悲风"的命运。

① 熊召政：《闲话历史真实》，《理论与创作》2003年第1期。

从统治阶层的角度出发,“落霞”的“辉煌”中产生的是英雄人物的个人力量无法延续的悲剧。而下降到社会民众层面,这种悲剧则是封建专制文化对现代民主萌芽的压抑,使得社会经济的繁荣富强和初始现代意义上商业工业无法走上持续发展的正轨。相当多的史料表明,在明末,我国已经产生资本主义经济的萌芽。在苏州及江南地区的纺织工业蔚为壮观。在对15世纪末与16世纪初的全球经济的考察中,学者们更进一步发现,自地理大发现始的经济全球化趋势中,晚明出人意外地充当着经济强势力量。① 繁荣的海上贸易交通,大力促进了太湖流域的经济发展。而正是在中国南方地区,“海面和陆地犬牙交错,形成一种溺谷型海岸……在这一地带,海上的旅行和冒险推动着中国资本主义的发展。中国资本主义只是在逃脱国内的监督和约束时,才能充分施展其才能”②。而这些民间经济力量问题,和资本主义及现代民主的无法正常生长等相互关涉的问题,却在反映这一时代的历史小说中被民族本土立场有意无意地遮掩了。《雍正皇帝》采取的是缺席策略,《张居正》中写到海上走私问题,也写到了以何心隐等为代表的民主萌芽的私学兴起的问题,但前者被处理成产生于权力交易中的腐败,后者则被认为是世道人心的毁灭力量。恰恰是对这一问题缺乏更深入的思考,使作家们对本土文化的崇扬失之片面。何以西方语境下的经济的正常发展,演变为官商勾结的腐败?何以西方话语下的个性与自由,走上猖狂放荡的邪途?基于这些问题来考察专制体制的劣根性,对剔除传统文化的负面因素,重建本土文化有着不可小视的意义。在此高度上审视封建文化的最后辉煌,才能获得更为宽宏的全球视角。

二、文化冲突与转型自救的悲剧写真

应该说,无论是“末世辉煌”还是“盛世情结”,它都是在全球化浪潮的巨大冲击力下的一种本土文化退守的应对策略。本土情结其实是相当理想化的,现实语境中的文化冲突远不是简单的退守便能解决的。而作为一种独特的小说艺术,为了应对西文文化的压迫,也为了立足于对历史的真切的生命体验,不少历史小说都选择了与当代转型期有着相似心理文化结构的明清代际裂变为表现对象。因为这段民族矛盾、文化冲突异常激烈的历史时期,与当前的现实脉息相通,相当合适地成为作家们表达现实思考的载体。

---

① 樊树志:《“全球化”视野下的晚明》,《复旦学报》2003年第1期。

② [法]布罗代尔:《15至18世纪的物质文明、经济和资本主义》,生活·读书·新知三联书店1993年版,第64页。

明清之际中国传统文化在异族文化或西方文化冲击下的被迫转型，正与当下全球化激发起来的民族身份认同取得了积极的应和关系。

明清叙事的代际裂变有两个代表性的时间段：一是明清鼎革，二是近代转型。《白门柳》《倾城倾国》《少年天子》表现的是前者；《曾国藩》《旷代逸才》《张之洞》等则反映的是后者。实际上，从异族文化入侵的角度来看，两者有很大的相似性。清兵入关，雉发令一下，酷烈的民族矛盾造成的扬州十日、嘉定和江阴屠城的血泪阴影与近代史上枪炮下的民族屈辱如出一辙。刘斯奋的《白门柳》写明清鼎革，其超出同类题材的地方，在于通过对现实文化转型期中的现代民主自由话题的关注，使旧有的《桃花扇》主题有了崭新的开拓。在《白门柳》铺写的历史文化长卷中，知识分子的历史命运和心路历程被格外凸现出来。小说特意择选的这些明末士人，他们把传统的忠君死义当作高悬于顶的达摩克利斯之剑，但对人生的眷恋和对尘俗人性的自然要求，又使他们陷入两难境地不能自拔。方以智从李自成手中逃出后名士做派的大转变，黄宗羲卷入南明实际政务后对明王朝的彻底失望，冒襄逃难途中的家国矛盾。这是传统文化遭到异质文化冲击后产生的深刻危机在知识分子身上的痛苦裂变。一方面，民族气节要求他们死难，另一方面，清王朝入关后的虎虎生气与清廉政治又同旧王朝的糜烂形成鲜明对比，使他们酿生出解构封建纲常的某种现代民主思想萌芽。作家笔下的人物之所以能清醒地看到狭隘民族立场的负面价值，其原因正在于作家自觉的现代意识观照：站在全球化背景下重新审视这个历史时段传达出的文化冲突，并从这场前现代化的文化冲突中发掘出传统文化走到末路时产生的转型可能性与必要性。跳出了民族矛盾与朝代兴衰更替循环，中国传统文化如何产生真正意义上代际裂变？如何使现代西方话语中的民主自由凭借“代际裂变”的文化交融力量，以健康的方式生长在民族文化的土壤上？这正是现实要求作家回答的，而小说也正借着历史中这段时空的描写，以凝聚理性思考的艺术感性形式回答了这一问题。

然而，明清鼎革与近代转型虽然有着民族文化心理上的相似处，但清人入关与近代殖民化毕竟不可同日而语。对清人，传统知识分子仍旧可以保持着高度的文化优越感，军事上的优势抵不过“天朝”文物的傲慢自大。清入关后的迅速汉化说明了中国文化的溶解力量，也使文化危机得以缓解。但近代殖民化历程一俟启动，传统文化再也不能保持它的“天朝”心态了。这次的异质文化迥异于历史上多次发生的异族入侵，它从民族冲突上升到种族冲突，从军事优势上升到现代文化对封建传统文化的全面对峙。于是，

《曾国藩》《旷代逸才》《张之洞》等作品，便着力描写曾国藩、杨度、张之洞在西方文化与传统桎梏间的挣扎，写他们以积极的人生历程回应着他们身处的时代，仍逃不脱悲剧性的失败命运。这种失败不是个人的失败，而是代表了传统文化在西方文化前的全面退却。作家以巨大的同情写他们“知其不可为而为之”的个人奋斗，以此弘扬历史人物身上儒家济世的精神力量。因而，虽败走犹发人深思。曾国藩可以成功地维护被太平天国冲击了的儒家传统，却在标志着中外文化冲突的天津教案中内愧神明、外惭清议；张之洞的渐进式改革如搅动一塘搅不动的稠水，其文化自救失败正是当代知识分子深刻的文化忧患的写照。作家们对这些历史人事的选择，也反映了历史小说从政治爱国主题向文化反省主题转换的创作走向。

按照史家的观点，中国近代殖民化实际上也就是全球化在 19 世纪到 20 世纪初的“初级阶段”①启动。这一阶段是以欧洲实现对全世界的统治为实质内容的。西方现代文化以凌厉的攻势袭击了包括中国在内的东方文化，成就了他们 19 世纪的辉煌。但与西方人眼里全球化的胜利不同，东方视角下的这场全球化却充满血泪与耻辱。由于代际裂变、文化鼎革，这种状况迫使一些知识分子滑出了旧有的政治体制之外，或是游移在体制崩坏的间隙睁眼看世界。《白门柳》中的黄宗羲、《张之洞》中的张之洞就是站在这种体制的空白点上，展现了独立思考的文化人格。作家写他们在“天崩地解”的社会巨变中从举兵抗清到著述民主思想，从以清流立身到投身洋务运动，孜孜以求地思考和实践“中体西用”这样一个时代课题。这里既交织了小说主人公深沉矛盾的探索与思考，也是小说创作者借历史人物，来传达文化冲突语境下的民族自尊与文化自救主题。当然，也有一些知识分子试图在旧体制内修修补补，寻找出路。如唐浩明笔下的另外两个人物：《曾国藩》中的王闿运和《旷代逸才》中的杨度，他们热衷传统的帝王术而拒绝现代变革，结果一生穷途末路，扮演悲剧的角色。这说明传统文化不经过彻底的涤除与转换，是不可能成为建设性的文化因子的。王闿运、杨度的道路，是近代知识分子探索国家自新之途的曲折艰难的道路，他们面临的挑战，是“传统的书院文化面临的挑战”，他们悲剧性的失败，恰是“中华文化的历史命运”②。由此，唐浩明的文化批判，也就指向了更为深刻的体制原因；当然在这之间他也隐隐地流露出对传统文化不由自主的情感依恋，从而使同情与

① 王斯德：《世界通史》前言，华东师范大学出版社 2001 年版。

② 胡良桂：《晚清政坛上的精魂——唐浩明长篇历史小说论》，《文学评论》2003 年第 6 期。

理解成为小说叙述的基调。

其实岂止是唐浩明，几乎所有当下的历史小说创作的软肋都源于这种理性批判与情感依赖的矛盾状态。小说家们之所以留恋明清，以及影视文学中层出不穷的清宫戏，很大程度上是因为对"末世辉煌"，对传统文化挥之不去的"天朝"情结。客观上来讲，也源于这个时代所产生的中西文化冲突中的精英人物，大多是继承了传统文化的菁华，拥有理想人格，并在其时其地建功立业，做出了卓绝精彩的历史表演，这是很容易触发我们的民族情感的。而相对而言，近代的民主转型，除了陈军的《北大之父——蔡元培》和唐浩明的《旷代逸才》之外，写得不多，成功的就更少。这里分析起来，自然有可以理解的客观因素：如题材有较强的意识形态性，古今关系处理难度较大，对纷繁复杂的近代人事把握不准等，但同时恐怕也与恋古的民族文化思维惯性不无相关。不少作家还是抱着传统因袭的历史观从事创作，没有真正树立起现代意识，更没充分认识它在中西古今文化冲突和转换中的特殊意义。这说明，面对全球化的新语境，历史小说特别是传统历史小说确实需要在自身的内在文化结构方面进行调整，应该以更为开放的视角与胸襟应对西方文化对本土文化的挑战。割断对传统的温情留恋也许是痛苦的，但它却是文化新生的必要前提。以文化批判的视野烛照近代史事，探索民主新生的道路，将为近代民主题材带来新的创作活力。

三、文化整合与人类大同的浪漫构想

从某种意义上讲，19世纪西方的殖民扩张，与当下基于文化趋同态势下的全球化，乃是工业大生产后发起的两轮异形同质的人类文明的冲突与整合过程。与赤裸血腥的殖民掠夺不同，今日的文化全球化更隐蔽，也更危险。历史书写中的明清末世，恰是第一轮全球化的全面启动；而书写历史的今日，则是又一轮全球化的开端。站在开端，以文化整合的包容与大度来追忆过去，作家对民族文化身份的体认焦虑往往借对明清历史的理想浪漫的文学书写获得缓释。凌力的"百年辉煌"系列与她的新作《梦断关河》正是在这样的体认下完成她浪漫美好的大同构想的。

《倾城倾国》《少年天子》《暮鼓晨钟》反映的是清王朝初入关到巩固其统治的近百年的历史。皇太极、布木布泰（即后来的孝庄太后）、福临与玄烨祖孙三代人，以"敬天法祖、勤政爱民"为座右铭，乱世求治，努力实现中国传统文化长期提倡和颂扬的仁政，开创了清代前期百年多的和平与繁荣的盛世局面。他们求治过程中交织难解的亲汉改革派与满族守旧势力的权力争斗背后，是满汉民族的文化冲突。而这种文化冲突，说到底正是"传统的党同伐异的种族观念和族群认同”在作祟。“许多最极端的‘我群’‘他群’之分别，主要是建立在主观的文化和生活方式的差异上。人类历史上最重要的敌对关系，并未发生于生物性的种族差异上，而是在文化、政治和经济的冲突方面。生物的种族差异只是附属的原因，甚至可能还是文化差异的结果。”①在守旧的满大臣眼里，汉文化的精致优美是奢侈糜烂的亡国之征。简亲王济度在目睹两个前明宰相的子孙手无缚鸡之力、陷入穷困潦倒中后，越发认定顺治皇帝的学习前明制度、尊崇儒教、重视文士、渐习汉俗，分明是要把满洲子孙送上前明败落的老路。以鳌拜为首的四辅臣，恢复满洲旧制、大肆镇压汉官，抵制玄烨亲政，也都出于维护崇武尚力的淳厚祖风的目的。济度、鳌拜，后宫里的康妃、谨贵人，能以大义凛然的姿态谋逆、劝谏甚至加害皇四子乃至皇帝本人，都不是为自身争权，不是出于个人恩怨，而是为了清朝旧制和祖宗家风。因此，凌力在描写福临、玄烨的政治事业，在写其对立面济度谋乱、鳌拜擅权之时，跳出了权谋文化的陈旧视角，而将之置于民族矛盾的视角下加以审视。双方的对立与争斗，都出于各自的文化理念，是满汉一体的民族融合理想与颟顸守旧的民族仇视心理之间的矛盾冲突。这种新与旧的冲突，实则根源于民族文化自身采取的开放或封闭的不同姿态。

在传统的满汉民族文化冲突之上，凌力还有意在小说中凸显了独特的“第三视角”。这“第三视角”来自贯穿三部曲始终，联结亲汉亲满两派矛盾斗争的一个重要人物——汤若望。汤若望作为西方文化的先行者，本身出于传教的目的来到中国，以宗教的“仁爱”对满汉两民族施以不分彼此的关怀。但以汤若望宗教的平等博爱和西方文化“第三只眼睛”的独立视角，却依然免不了对满、汉两族文化差异的价值判断。满族的杀戮是嗜血的鸷鹰，关闭了他们自己通向上帝的大门；汉族文化的精致优雅和悠远流长的道德教化，却对汤若望充满了吸引力。正是汤若望始终弘扬汉文化的成熟魅力，亲近汉官，才以“仁爱”劝导福临、玄烨采用汉制、施行仁政，从而遭到满族贵戚的忌恨，成为亲汉派与守旧派争斗的砝码，成为其间拉锯交锋的牺牲品。以汤若望的视角观之，满汉两族矛盾其实是专制愚昧与文明民主之间的本质冲突。满大臣的血腥武力征服是野蛮落后的，他们视民命如草芥，视杀戮为寻常。而以福临为首的具有民本思想的君臣，则把国计民生视为巩固统治的圭臬，从而奠定开创了所谓的“康乾盛世”。传统的民族文化冲突就这

① 叶舒宪：《人类学与文学——知识全球化、跨文化生存与本土再阐释》，《文学评论》2002年第4期。

样被置换为专制愚昧与文明民主的对立冲突。小说还进一步描写被鳌拜、杨光先等残酷迫害了的汤若望，面对欧洲科学的被镇压，以一个神职人员的身份却发出了对教会迫害哥白尼、布鲁诺日心说的质疑。这种质疑连接了历史的链条，把对专制愚昧的拷问引进自己的内心，从而有力地跳出了狭隘的自身文化圈子，获得了广博的人类学视野，从而实现了真正意义上的"博爱"。汤若望临死前的深思抑或忏悔，揭示了人类文明史上一代又一代的科学、文明与愚昧、野蛮的冲突。小说正是借此把民族矛盾置放入更加开放的话语环境中，从而赋予传统的满汉民族冲突以基于现代文明高度之上的价值重审。事实上，满族被强大文明的汉文化同化融合的同时，汉文化本身也发生着裂变。"当中心文化发生合理化和失去创造力的时候，往往有一些形质特异的、创造力充溢的边缘文化或民间文化崛起，……在文化调整和重构中焕发出新的生命力……生机蓬勃的边缘文化的救济和补充，给它输入了一种充满活力的新鲜血液。"①

而凌力之所以能用充满激赏的笔调描绘满族兴起到入关统治的"百年辉煌"，其原因正在于开放开阔的民族观使她能不囿于夷夏之分，对汉文化加以冷静的批判，对清王朝给中华文明灌注的新的生机加以历史的肯定。作家借书中人物的对话发出"大明骨、大金肉"的民族新生构想。清王朝的崛起，赋予僵化保守的汉文化以新的生机，将在烂熟的汉文明骨架上生出丰硕强健的筋肉，滚热跳荡的血脉，从而诞生文化整合下的宁馨儿。她着意塑造的乌云珠、费耀色、冰月、孙幼蘩等交融了满汉或者中西不同文明菁华的优秀人物，都成为凌力浪漫而有力的文学书写，也恰是作家文化整合理想的形象显现。"百年辉煌"是各民族文化发生碰撞的时期，凌力对满族上升时期奋发图强，开创"太平盛世"的努力加以称颂，对文化碰撞下产生文化新质肌理的可能性与现实性加以描绘，体现了作家对民族文化冲突一以贯之的关注与重视，从而与那些庸俗的清宫题材戏划开了严格的界限，表现了迥异的美学形态与思想追求。

明清易代间的满汉民族冲突与以鸦片战争为开端的中西文化冲突有着某种应和与相似，因此，历史小说作家们面对文化全球化的新语境，重新审视近代鼎革，探索其时复杂人事背后的历史内蕴，也同样是对民族冲突与融合的严肃思考。凌力的《梦断关河》正是这样的力作。小说一方面坚守正义

---

① 杨义：《中国文学的文化地图及其动力原理》，《重绘中国文学地图——杨义学术讲演集》，中国社会科学出版社 2003 年版，第 93－94 页。

的民族立场，绝不回避这场战争的殖民侵略性质。另一方面，小说以如椽之笔，鞭辟入里地写出清王朝的腐朽昏愦才是战争失败的根本原因：陈旧战争方式在摧枯拉朽的西洋火力之下不堪一击。作者在歌颂葛云飞、彭松年等人的民族气节的同时也指出，以陈旧的孙子兵法式传统战争方式来应付现代战争，是他们必然失败的根本原因。因此，在剧烈的民族冲突背后，实际蕴藏着现代化的必然要求。《梦断关河》对鸦片战争的言说，才不同于以往单纯歌颂爱国主义的《林则徐》《火烧圆明园》和一些描写义和团的小说、电影，不再把二元对立的侵略与反侵略视作价值判断的底线，跳出了政治意识形态的框架，跳出了民族正义感的狭隘视野，简单的道德评判为开放理性的审视取代，战争的胜负被归结到文化内里机制的腐烂上。这样的观察方式是凌力关注民族文化冲突创作的必然发展结果，又是在 20 世纪 90 年代以来全球化语境影响下获得的自身文化体制之外的清醒认识与批判力量。较之《曾国藩》中对西方强势文化冲突的表现，凌力笔下的人物、事件显得更有生机与血肉。唐浩明在描写曾国藩晚年对天津教案举措失当蒙羞含垢的史实时，仍然局限于传统文化之内，不能提出建设性的文化重审视角。而凌力从“百年辉煌”到《梦断关河》，构成了完整的“清代系列”，则把长期以来对民族文化冲突的思考，推进到中西文化冲突的层面，文化冲突的内涵与外延都在扩大，又同时都涉及汉民族文化自身汲取异文化精华更新重构的问题，表现了作家对文化问题严肃而自觉的探索。

更值得注意的是，小说还塑造了英国军医亨利的形象。他赞美向往东方文化，对由自己祖国发动的这场战争的正义性充满了怀疑。他与自幼相识的童年伙伴天寿冲破了民族偏见，相爱而终成眷属。通过这一人物事件的虚构，作家传达了她对全人类的人道主义同情。异国恋情与“百年辉煌”系列中的异族恋情遥相呼应，借助人类最美好的感情——爱情，理想化地勾勒了突破民族、种族偏见的人类大同图景。只不过，这种把开放性的人类文化整合理想，模式化地寄托在异文化恋情上，不免显得有些过于纤弱与理想化，少了些深邃凝重的历史气魄。英国医生亨利的形象其实是“百年辉煌”中汤若望、荷兰教官可莱亚等人物形象系列的延续。他们身为西方人，却醉心华夏文明。如果说福临、玄烨等满族统治者对汉文化的向往认同是当时低位文化对高位文化的自然倾慕的话，西方文化作为当时高位文化对处于低位的汉文化认同则有意无意地表明了汉民族在承认自身弱势的同时，仍然坚守着文化上的优越心理。跨国（族）恋情也好，文化倾慕也好，有把文化整合的理想过于浪漫化的危险倾向。这大概就是福临、玄烨等少年天子被描写得过于理想化的根本原因所在。

历史和现实证明,文化征服、民族冲突从来都是血泪斑斑的胜利者颂歌。不论是处于低位的满族,还是强大的西方文化,作家刻意描写其对华夏文明的醉心与倾慕,未尝不是出于隐秘的本土情节和天朝大国心态。19 世纪发轫的殖民式全球化更是以第三世界国家被掠夺欺凌为特征的,过于强调冲突中的友爱成分,虽出自女性作家的温情理想,却有着遮蔽 20 世纪 90 年代以来文化全球化背后的危险的可能。把本民族在全球文化分配中获得平衡的希望,寄托在如汤若望、亨利医生这极少数人的友爱上,寄托在强势文化的施舍与爱心上,显然是作家某种程度上善良而浪漫的理想。历史小说在以文学书写表达浪漫构想的同时,应该更加冷峻地把历史真相还原到 19 到 20 世纪残酷的文化生存竞争语境中。第三世界的文化崛起必须始终依靠自身的强大与抗争,才能赢得平等交流对话的机会。文化整合的浪漫构想才有可能不仅仅是文学世界的营构,而变成生活的现实。

第二节 传统文化核心价值的现代建构

20 世纪八九十年代以来,伴随着社会体制的深刻转型,文化、观念、价值与信仰也发生迅疾的分化,呈现出开放多样的态势。这种开放多样的文化价值观,一方面打破了诸种束缚,使历史叙述获得了空前的繁荣活跃,另一方面,在繁荣活跃的同时也显得混乱无序,产生了不少为人所诟的"恶搞"性的东西,表现出娱乐化的历史游戏态度与历史价值的虚无主义、悲观心理。这自然与当今社会核心的文化价值相悖,也与千年文化传统不相适应。因此,如何在深度揭示历史悲剧及其本质的同时,探寻和构建符合现代意味的文化价值,实现中华民族传统文化的涅槃式更生,这个问题就显得日益迫切和重要。在某种意义上,它成为当下和未来历史小说创作成败的关捩所在。

当然,历史小说核心价值的现代构建情况很复杂,涉及的问题与方面也很多、很广,这是一个需要不断继承与反省传统文化的动态过程。它既需要艰难的突破与独立探索的勇气,也需要多元开放的宽容审视,才能对民族传统文化进行有效的批判性建设。

一、从现代性出发的传统文化重审

从晚清至五四的现代性转型开始,传统文化成为一个不断被拷问的话题。然而，在今天民族崛起与苏生的语境下，从去蔽了西方神话的现代性出发，打破线性的、单一的文化进化理论，避免对历史是非、功过、义利使用过于简单的价值判断模式，重审传统文化，无疑可以对传统文化中可资借鉴的积极因素重新加以认识与思考。在大文化观、新儒家、新保守主义等重温传统文化的海内外思潮推动下，大批关注传统文化积极方面的历史文学创作出现了，这不仅是在当前文化全球化语境下中华文化的积极应对，也是一次思维方式、价值观念的革新。唐浩明的《曾国藩》《张之洞》《杨度》描写晚清政坛精英的三部历史长篇，首次大胆肯定了封建文化的正面因素和“士”阶层的积极力量；凌力的《倾城倾国》《少年天子》《暮鼓晨钟》（“百年辉煌”三部曲），则把孙中山等革命先驱一度视为“鞑虏”的异族统治者清王室作为讴歌对象；熊召政更在小说《张居正》中塑造了一个“果敢任事”与“贪淫虚荣”并存，在道德上颇有瑕疵的改革良相形象。对帝王将相的集中描写，不是出于权力崇拜，而是着重从文化角度上肯定贤明帝王与杰出将相身上那种浓厚的儒家社会责任感和社会忧患意识。他们不惜背负“恶”与“孤独”，以“先天下之忧而忧”的精神，实现济世拯民的社会理想，与传统中那些优游闲适、疏狂怪诞、伪道德至上主义等负面性格相对立，其“不以道德论英雄，应为苍生谋福祉”（熊召政语）的复杂英雄形象更体现了现代人对历史真实的认知方式。肯定他们挽狂澜、救时世的积极历史作用，正是肯定民族文化中“济苍生，扶社稷”的政治理想，肯定“平治天下，舍我其谁”的伟大人格，肯定“民为贵，社稷次之，君为轻”的民本思想传承。是否有利于国家、民族、人民根本利益这一判断标准，是最根本最核心的历史价值判断。从国家统一、民族团结等中华民族的根本利益出发，对有为帝王将相们加以大胆肯定，也是挖掘传统文化的积极因素，激活历史，在传统与现代的互动中以开放的胸襟建构历史文学的核心价值与精神本质，达成文学的真境界、高品位。这也显然与从历史中寻一点由头戏说一番，打着宫廷牌子吆喝招徕的媚俗作品划清了界限。这些帝王将相身上的人格魅力，也只有在民族根本利益的大前提下，才得以充分展现。甚至他们的人格走向也有偏执的一面：曾国藩一味忠孝的理学规矩，守雌忧谗、谨慎多疑的性格；张居正不避物议，不惜弄权运谋、沉溺物欲的人格缺陷等。在肯定大节的前提下，这些如实的描写，反倒反映了历史丰富的层次。承认他们的人格缺陷，展现历史道德主义与功利主义之间矛盾彷徨的混沌状态，才愈能凸显传统文化精神传承的厚重质地与斑斓色彩。

国家、民族、人民利益的根本判断，是文学的人民性标尺，也是历史文学核心价值最重要的评判标准。描写帝王将相，不能简单地视之为“清官”加“愚忠”的封建思想的回潮。而应看到，在历史的人民性标尺下，大众呼唤明君贤主与渴望清平之治、繁荣盛世的心理期待。但是，帝王将相描写仍要掌握好一个尺度，不能脱离基本史实的底线，一味地拔高颂扬、模糊历史的价值标准。尤其是在影视类作品中，往往投合受众的权力崇拜心理，为帝王脸上贴金、为阴谋弄权大唱赞歌。如《施琅大将军》避而不谈施琅的变节，《大明王朝：1566》赞扬嘉靖帝的英明，《贞观长歌》中省略李世民逼父弑兄、晚年昏聩的事实，引发了历史评价的诸多争议。这就需要我们的作家在将历史文学化之前做足功夫，严肃思考历史文化遗留的正负因素，以“通古今之变”的卓越史识，不虚美、不隐恶，以独立的判断，真正挖掘出中国历史文化中的“脊梁式”精神。

简单的批判或歌颂都不能达成对传统文化的现代性重审。许多描写近代历史的作品都关注到杰出的帝王将相们在面临传统文化危机的末世时痛苦迷惘而又矛盾的心情。恐怕作家本身在描写末世悲剧英雄形象时，也充满了矛盾心理，既赞颂他们辉煌而伟大的最后一搏，又能清醒理智地写出他们有心救世、无力补天的无奈，替传统文化作最后的挽歌。这样的作品承载了更多的文化反思意味，将爱恨交加的传统情结书写得格外深刻动人。遗憾的是，有些作品，尤其是影视作品对传统一味歌颂，失衡失控，迎合消费文化市场的需求，缺乏对文化内涵的思考，没有深层次的沉思况味。它们往往充满权谋、凶杀、色情，　味满足观看欲望和老旧传统的精神意淫，而恰恰遗忘了历史文学的真正价值：以文学的方式寻找历史本质。帝王将相，个个君圣臣贤，朝代更迭，尽是汉唐盛世。缺乏以西方文明为参照系的现代人文理念审视，颂歌型历史文学秉承的仍是古典主义的封闭的创作观念，现代性的文化反思无法进入传统的内在肌理。圣主贤臣们被塑造成完美无缺的古典英雄形象，缺乏现代文学应有的张力，过分夸大了个人的历史作用。法国近代的爱尔维修指出，即使是帝王将相等杰出人物，使他们拥有推动历史更强大的力量的原因乃是历史的必然要求和本质意志。“每一个社会时代都需要有自己的伟大人物，如果没有这样的人物，它就要创造出这样的人物来。”①英雄之伟大，在于他完成了历史赋予的使命。写英雄而没有站在对时代本质的深刻理解的基础上，也就无法写出“历史人物的动机背后并且构成历

---

①　转引自《1848年至1850年的法兰西阶级斗争》，参见《马克思恩格斯选集》（第1卷），人民出版社1972年版，第450页。

史的真正的最后动力的动力”。建立在消费动机下的历史影视，应当努力克服享受、娱乐、消遣的生物性要求，避免把历史和时代精神简单化，而需进一步追求对历史本质的表现，以现代思维理性的成熟态度把握历史精髓：塑造英雄、描写盛世，以全息式的立体全面再现，剖析出每个人物、每个时代背后的精华与糟粕，对传统文化进行全面的反思与重审，从而使之进入当下的积极价值建构。恐怕有必要调整历史文学的结构，去除那些蝇营狗苟于宫女太监间的媚俗打闹、一味匍匐在“圣君”脚下山呼万岁的盲目尊崇，批判那些以娱乐消遣为目的的庸俗之作，大力倡导发展的、理性的、以文化的自我反思与传统的现代转换为严肃主题的优秀历史影视作品。历史剧激发的网上热评表明，观众并非是一味“有什么吃什么”的被动消费。在古装戏充斥荧屏的今天，他们仍然在思考被消费主义冲昏头脑的编导们不曾思考的种种复杂的历史价值观念。这也提醒我们的历史影视创作者们，只有真正担当起历史反思责任，深入剖析传统的优秀作品，才能占领市场，也才能真正融入历史文学的核心价值建构过程。

二、中西冲突视角下文化的自我批判：探索民族命运的新生之途

在现代性参照下重审传统文化时激发出来的优劣掺杂、正负并存的复杂状态，其实正与中国社会现代转型关头遭遇到的中西冲突密切相关。正是在 19 世纪中西文化第一次交锋时，我们才面临了这样一个沉重的问题：五千年的辉煌文明何以在近代西方文明的冲击下一败涂地？强健坚韧的民族力量为何无法挽救中华文化末世衰竭的命运？这又给我们的历史文学价值建构以什么样的启示？何以在帝王将相的描写上，易滑入单纯肯定与讴歌的误区？从大文化观激发出来的传统活力有着怎样的正负因素交织的矛盾状态，关系到对传统文化进行现代转换的关键问题。文化自信力如果盲目尊大为文化自恋，就无疑堕入了曾在晚清中西文化冲突中显现的痼疾——某种难以自拔的“天朝心态”。

历史文学如果仅停留在恋古、崇古与歌功颂德上，就回避了对盛衰之理的深究，也就是对民族命运的问题悬置不问。中华文化五千年岿然不倒，肯定有可资汲取的价值建构钙质；而在近代中西冲突中节节败走，肯定存在着严重问题。这才是问题的关键所在。对此讳莫如深，历史文学的正面价值建构将再次成为盲目封闭自大的“天朝心态”类同物，无法进入现代文化的生长结构。历史的必然要求将文化的自我批判、自我反思与自我解剖推到了创作实践的前台。从 20 世纪 50 年代的《林则徐》，到 90 年代的《鸦片战争》，再到世纪之交凌力的新作《梦断关河》，不约而同地聚焦于近代中西冲

突的历史转折关头，但表现的重点却发生了微妙的转移。与《林则徐》单纯的爱国主题仅仅激发人们的民族感情不同，《鸦片战争》将殖民主义与中华民族的矛盾，深化为积极向外扩张的西方资本主义工业文明与一个闭关自守的东方封建主义的农业文明之间的矛盾，并在两种力量的较量中，不无悲壮地指出，成败的关键在于文明的先进与落后。历史理性的清醒批判告诉我们，仅有爱国的激情远不能拯救中国由盛而衰的命运。《梦断关河》进一步发展了这一传统文化批判的主题，将现代理性批判与民族情感依赖并置在中西冲突的背景下，极大地丰富了历史文学的艺术内涵和思想深度。小说充满历史辩证地描写了镇江都统海龄一方面率全体满兵以死殉国，一方面出于民族封闭与仇视的心理大量屠戮平民。类似这样展现道德与价值、历史与现实、爱国激情与封闭落后等复杂纠葛矛盾的原生态历史真实的描写，在小说中比比皆是。凭借西方强势文化的参照视角，《梦断关河》获得了自身文化体制之外的清醒认识与批判力量。小说还以中西文化交融的开阔胸襟与气度进一步超越民族战争的狭隘立场，虚构了中西恋情，寄托了汉民族文化汲取异文化精华更新重构的文化整合理想。这表明作家已经有意识地将历史文学纳入中/西冲突与传统/现代冲突的格局中思考，严肃地探索民族文化的新生可能与发展方向。从《火烧圆明园》到今天的纪录片《圆明园》，同样显示出从狭隘的爱国主义向文化冲突视角下反思传统的主题深化。我们有理由相信文化的冲突、对话、交流、融合，已经成为今后历史文学创作新的生长点。唯其如此，传统文化的菁华才能在中/西、传统/现代的冲突下再次激活，为当下价值建构提供有效成分，中华民族的盛世重现、辉煌再造才成为可能。历史文学关注近代中西冲突的作品，因此才能获得不寻常的历史悲剧质地和深刻的忧患意。

可以说，传统文化的精华与它的消极面紧密地纠结在一起，这使我们在书写历史时充满了历史道德、情感与现代理想批判间的紧张冲突。历史文学也因之而充满了辩证的、全面的、立体的、富有活力和弹性张力的价值建构。从近代冲突背景下士大夫精英们回天无力、内外交困的悲剧命运，到现代民族文化成长中的壮怀激烈，历史文学以严肃的思考突破了简单的价值二元对立和历史的单维度状态。面对这一沉重的话题，更多的思考还停留在思想史、历史学的层面，如《天朝的崩溃》《戊戌变法史事考》《苦命天子》《圆明园》《大国崛起》等史学专论与历史纪实。随着思想史、历史学上的突破探索，我们有理由期待中西冲突视野下的历史文学书写取得更具艺术水准与文化境界的实绩。

由中西冲突引起的，是对传统文化发展轨迹的根本判断。近代中西冲突使传统中国面临由盛而衰的重大命运转折，而由此上溯剖析中华文化的“创世—盛世—末世”精神内核，借助西方现代文明的参照力量，我们才能清醒地认识到末世文化衰落的历史必然性、盛世文化中已经孕育的内在危机、创世源头活力中可资接继的文化气脉。遗憾的是，许多历史文学创作实践，仍然缺少对中西冲突问题的敏锐感知，缺乏自觉的中西文化对照立场，因而，对传统文化的价值挖掘陷入种种简单化的误区：要么过滤纯化创世文化源头的精神活力，使中华文化的多元发展路向难以揭橥；要么沉迷于盛世讴歌而不自醒；要么回到简单的爱国主义、民族主义，对历史事件与人物作功利性判断；要么面临末世危机，仓皇失措，难以准确把握历史的根本判断原则，陷入价值迷误之中。即使是已经接触到中西冲突问题的《走向共和》《杨度》《梦断关河》等作品，作家的自觉意识水平也仍然高低参差，导致作品的价值判断与历史反思常常停留在较粗糙的水平。正是在这些历史文学核心价值涌动着重大突破的地方，创作主体的非自觉状态影响了对这些敏感而重大的题材的表现深度。因此，有必要呼吁作家们站在新的高度，以自觉的文化冲突意识，对历史题材中蕴涵的核心价值生长点加以充分的关注与思考，创作出更具思考力度与冲击力的优秀作品。

三、从“大历史”到“小历史”：民间自由的历史精神原则

如果上述对传统文化的褒扬与批判都更多地关注帝王将相等杰出人物，那么历史文学核心价值建构的另一关怀对象，则应是掩盖在帝王将相的高大庙堂阴影下的民间。真正将视角从国家、民族的叙述主题上挪移至日常民间，从“大历史”转向“小历史”，才真正走向了日常叙事。作为小历史的民间历史，最具生长意义的是与庙堂传统相对立的民间精神的自由、生命活力与个性勃发。原有的革命历史叙事也写民间，但更多是以单一的革命民间遮蔽了“藏污纳垢”的丰富民间，对民间革命的自觉、成熟常有过分拔高之嫌。而传统文化中的民本思想所着眼的民间，更多是一种自上而下的政治文化精英对民间的外在关怀，只有走向“小历史”的日常民间，才第一次将民间日常自发的生机与活力，民间应对苦难的自我调适与坚韧，展现到历史书写中来。民间不再是知识者统治者关怀的对象，而上升为历史的主体。历史中默默无闻的小人物，他们的日常生活，是“大历史”所不屑一顾的。受新历史主义思潮与新历史小说创作实践的影响，呼应着文学中日常叙事、日常美学观念的兴起及文学底层意识的日渐上扬，“小历史”的日常民间逐渐进入历史的舞台，历史才现出鲜活颜色与丰富层次。回到民间主体本位，“大

历史”与“小历史”交相穿插，虚构小人物进入历史视线，历史的生命正是由这许许多多鲜活独立的生命组成。宗族史、家族史、村落史、家庭史乃至个人的命运史、心灵史、性爱史和欲望史，丰富了历史的多元状态，也将历史向民间还原。“小历史”的繁荣反过来也为“大历史”叙述提供了关爱个体生命，尊重底层民众的新的价值观念。这不仅造成历史小说文体结构发生重要的变化，虚实相生，摇曳多姿，同时也关系到一个重大的历史观问题：谁是历史的主体？写平凡的人、不那么美好的人，将民间普通人视为历史的主体，将国家的历史、民族的历史进一步推进到人的历史，实际上扩大了历史文学的书写范围，繁荣了历史文学的艺术手法，最终扩大了历史的整体观念。民间为历史文学核心价值提供了更为广袤的营养土壤。民间自由粗犷的生命力量是对矫揉造作的庙堂文化的反拨，民间的坚韧执着则是将普通人的喜怒哀乐，将他们应对苦难的生存方式都一一珍视。而这些不同于庙堂的民间精神原则，确实对传统文化的精致烦琐，对文明推进造成的生命委顿、“种的退化”颇具纠偏之力。近些年来的“重述神话”系列已推出苏童的《碧奴》、叶兆言的《后羿》，更把民间历史上溯至文化创世期的原始神话。与原始神话短小简单的情节不同，“重述”加入了复杂的现代感受，实际把原始神话内蕴的民间价值尺度理想化，以此来批判、反抗现实生活的萎靡不振。碧奴之哭、嫦娥之泪，都是现代文明的讨伐者。这说明，民间历史从来都不是纯然的民间，尽管民间已成主体，经由知识分子追述的民间却仍旧不停地贯穿着知识分子对现代西方文明的隐忧，以现代意识反思中华民族的源头与去向。

鲜活饱满的民间精神，内蕴着与庙堂、精英文化大相径庭的异质成分：即自由个性的舒展，它构成了历史的新型形态与价值原则。“小历史”书写那些曾被秩序扼杀了的自由潇洒，书写原始野性的勃发与粗糙未经提炼但却强盛的生命活力，有力地防止历史文学走向单一的僵化，提供了新的价值生长点。

然而，我们也需清醒地看到“小历史”书写中存在的诸多缺陷：刻意以“小历史”瓦解“大历史”，宣扬历史的解构与虚无；一味渲染“小历史”的情爱金钱、风花雪月，带来价值的迷惘与困惑。甚至一些严肃作品也因刻意与“大历史”对立，造成民间精神的过分美化与过度扭曲。这种缺陷正是由于缺乏从现代文明高度，对民间文化加以理性辨析所致。民间面对苦难的坚韧执着，很可能是与狭隘封闭保守的民间超稳态结构联系在一起的。这种超稳态结构要比封建文化的政治结构更持久、更牢固、更隐蔽地影响着国民精神与心灵。民间的自由强力，也很可能流于盲动的暴力倾向。那些由土匪妓女、流氓官绅构成正面角色的所谓“民间历史”，与百年来、数千年来英勇壮烈的争自由求独立的事件、与民族英雄的正统历史，除了形式的对立之外，在核心价值上并没有提供新的东西。他们共同的封闭保守的思维方式，一起构成了传统文化根深蒂固的精神内核。而将民间的自由精神置身于现代性与文化冲突的背景之下，加以严肃的批判与反省，才能写出更深入更丰满的民间历史。如小说《白银谷》、电视剧《乔家大院》、话剧《立秋》不约而同地选择了晋商这一表现对象。作品写民间晋商文化并没有站在与“大历史”主流刻意对立的角度，而是尽可能地勾勒出广阔的历史背景，以展现历史的总体风貌和基本事实，准确地表现了历史事件和历史人物的主要性质和特征。小说《白银谷》与话剧《立秋》描写晋商的没落期，写他们在近代中西冲突下故步自封、难图变革终于失去制度转型的机会，不可避免地走向衰落的过程。主人公们在历史转折关头，以强大的民间人格精神力量，弃小我，成大我，不惜倾家荡产，也要维护传统的信义原则，以道德极端理想化成就了一曲排斥抗拒现代文明的历史悲歌。古典悲剧英雄在精神人格上的高大，警醒着现代人格的萎缩；古典英雄在历史情境前的悲剧选择，则提示着传统民间文化同样处于现代性批判与反省的焦点。抛开“小历史”对抗性，民间的自由个性才真正成为历史的主体，显示出历史杂芜丰厚的立面，与“大历史”一起共同汇聚成历史宏大叙事的真实画卷。由此才能真正挖掘出历史的核心正面价值。

第三节　茅盾对现代历史文学理论的贡献

茅盾的历史文学观是 20 世纪历史文学理论的重要组成部分。然而长期以来，由于种种原因，它并未引起我们足够的重视。据不完全统计，从 1979 年至今，在各类期刊上发表的有关茅盾历史文学的研究文章只有 10 篇左右，而研究茅盾其他方面的文章则多达近 2000 篇，这两个数字形成了鲜明的反差和对比；且在已有的茅盾历史文学研究文章中，能系统地对其理论进行阐释的更是凤毛麟角。而事实上，茅盾在历史文学艺术实践方面也许成就比较一般，但在理论研究上却做出了甚于鲁迅、郭沫若的重要贡献，他也有意识地于此作了不懈的追求和探索。从 1924 年发表《佛罗贝尔》，到 20 世纪 60 年代撰写《关于历史和历史剧》以及“文革”后期对《李自成》的跟踪研究，在时间上跨越了大半个世纪；不仅涉足历史文学理论研究的时间早，而且始终立足创作实践，重说理分析，初步建立了自成一体的理论体系，对迄今以降的历史文学的创作和研究具有重要"指导作用"，[①]也"解决了有关这方面的各种问题"[②]。如果说鲁迅、郭沫若的历史文学理论主要是感悟式的，是基于自己创作实践的一种经验表述的话，那么茅盾的历史文学理论则是理性化的，是对20世纪历史文学乃至整体中国历史文学创作的形而上归纳和总结。因此，它不仅具有强有力的逻辑性和普遍的概括力，而且也为构建现代历史文学理论做出了独特贡献。现今学术界和创作界有关历史文学的一些基本理论、艺术规律、概念定义，其中有不少就源出于茅盾的著述，特别是其代表作《关于历史和历史剧》。大量事实表明，在20世纪的历史文学理论研究中，茅盾是无法绕过去的巨大存在。缺少了对他的理论的探讨和总结，后人的反思与突破就失却了重要的基础。

一、历史论争的总结与体系性的构建

探讨茅盾的历史文学理论，首先不能不谈20世纪历史文学理论的总体状况。这是我们观照和把握茅盾的一个视点。也只有从这样一个宏观的大背景契入，茅盾的历史文学理论才能彰显出卓尔不凡的重要意义，我们才有可能对他在这方面的学术贡献做出较为准确客观的评价。

众所周知，历史文学在中国源远流长。如果将《左传》视为历史文学的源头，那么，它迄今已有两千多年的历史。在漫长的岁月中，也许是由于此种文体特别复杂，也许是由于国人过于感性的思维方式，历史文学一直未曾建立起自己恰当的理论体系。进入20世纪以后，由于西方文化思想、时代环境和新的创作实践的催化影响，情况才发生了变化，人们开始从各个方面关注和重视历史文学理论建设问题。这种关注和重视，大体经历了这样三个阶段。

一是在20世纪40年代，《戏剧春秋》杂志社在桂林举办了历史剧问题座谈会。茅盾、柳亚子、田汉、蔡楚生、胡风等十几位理论家就历史剧的真实与虚构、"古为今用"等问题进行了讨论。[③]本次讨论在抗日救亡的大背景之下展开。在此之前，郭沫若、阳翰笙、欧阳予倩等曾创作了一批广有影响的历史剧作，郭沫若还在《我怎样写〈棠棣之花〉》中提出了历史剧写作的"失事

---

① 谢中征、刘伟林：《茅盾建国后的文艺批评》，《华南师范学院学报》1981年第3期。

② 谢中征、刘伟林：《茅盾建国后的文艺批评》，《华南师范学院学报》1981年第3期。

③ 田汉等：《历史剧问题座谈》，《戏剧春秋》第2卷第4期。

求似”原则。但由于处于动乱时期，加之会议的时间又短，这些问题虽经提出却未能充分展开；会后也缺乏继续深入的探讨与总结。然而它毕竟第一次以会议的形式组织了众多的名家，较为集中地讨论了五四以来历史剧的创作经验和一些基本理论问题，开启了现代历史文学理论构建的先声；其中诸家对历史真实等问题的见解，即使在今天也相当醒人耳目。

二是在 20 世纪 50 年代，主要围绕《新大名府》《新天河配》等新编历史剧、神话剧展开讨论。《新大名府》的作者是负责当时戏改的杨绍萱，延续了他在延安时期创作的《逼上梁山》的“经验”，在新剧《新大名府》有关卢俊义被逼上梁山的故事中机械地添加了宋金民族战争的背景，让大名府与金人联合夹击梁山，甚至还刻意突出了本应属于现代的阶级斗争，让燕青、春梅等人成为无产阶级的代言人。如此“新编”，遭到了艾青、马少波、陈涌、何其芳等人的批评。于是，引发了全国范围的一场大辩论。此后不久，电影《武训传》的播映又引起了更大的争议（后因领袖的介入，进而演化为一场震惊全国的文化大批判运动）。这里讨论的焦点不是历史剧创作和改编是否可以虚构，而是如何古为今用，对历史（包括原著）和艺术怎样进行把握。综观此次争论，一些本属文学或学术的问题被不适当地政治化了，包括杨绍萱对艾青等的批评，也包括艾青等对杨绍萱的批评以及后期对杨的行政处理。这就不能不使这场讨论烙上浓重的政治色彩，许多极富意味的问题无法得以展开，而最终只能草草收场。

三是在 20 世纪 60 年代，以郭沫若的《蔡文姬》为先声，以吴晗的《谈历史剧》为聚焦，以《胆剑篇》《甲午海战》等作为具体文本，何其芳、李希凡、王子野、朱寨乃至吴晗、齐燕铭、翦伯赞、范文澜、侯外庐等众多专家学者，就历史与文学的关系、细节真实与本质真实、历史文学的现代化、历史文学的命名等问题展开了激烈的论争。规模之大、范围之广、参加人数之多、讨论之深入，都大大超过了以往。这是 20 世纪历史文学发展史上最具学术水平和品格的一次讨论。而《甲午海战》《卧薪尝胆》历史剧问题等座谈会的召开，《文学评论》《文艺报》《戏剧报》《光明日报》《人民日报》等大量媒体的介入，更使它不期而然地成为十分抢眼的学术事件。这不仅对当时及今后的历史文学创作产生不可小觑的深刻影响，而且在历史文学现代理论建设方面也取得了颇丰的收获。不少纷繁复杂、歧义迭出的理论问题，通过这次讨论也程度不同地得到了解蔽，甚至获得了共识（如有关“历史真实与艺术真实统一”的问题）。

在上述三次讨论中，茅盾仅参加了第三次讨论，且只发表了一篇文章，即连载于《文学评论》1961 第 5、6 期上的《关于历史和历史剧》这篇九万字的长文。但由于借鉴吸纳了前人及现代众多学者有关历史文学的研究成果，加之视野开阔，学养深厚，又融入了自己长期以来有关这方面的思考，因而，显得内涵丰沛，带有总结性的意义。它标志着我国的历史文学理论从原先零碎松散的经验表述上升为较系统严谨的逻辑推演。在这里，茅盾不同于鲁迅、郭沫若，他们往往立足自己的经验感受而将理性感性化——如鲁迅有关历史小说的"博考文献，言必有据"和"只取一点因由，随意点染"的两种不同的分类[①]，郭沫若有关历史剧创作要"失事求似"而不是"实事求是"观点[②]；但具体到底如何协调处理，把握好彼此的关系和尺度，却并未展开，他们似乎也无意在这方面进行论述。参与上述三次讨论的理论家们也不例外，他们于此付出的心力显然还不够，成就也不高。而茅盾这篇长文与众不同之处，恰恰就表现在这里：他将原有较为感性而又零散的问题理性化、系统化了，并以此为基础初步构建了一套现代的历史文学理论体系。

茅盾的这套理论，内涵相当丰富。如果剔除其个别内容不论，就其主体和本质而言，我们以为不妨可作如下概括：这就是建立在历史文学独特的审美属性基础上的"历史观""今用说" "真实论""虚构说"。这四个板块或曰子系统，它们在现实主义理论统领下彼此之间既相对独立、各具功能，合在一起又成一个互为关联的系统，相当全面地表达了茅盾对历史文学"是什么""怎么样""应该怎样"等问题的现实主义的深刻思考。如果说"历史观""今用说""虚构说"是他主体理论的精神内核、生命动力和审美价值的话，那么，"真实论"便是支撑其整体构架的阿基米德点。也正是这个缘故，茅盾较之鲁迅、郭沫若等不少理论家，往往更强调艺术与生活的关系，强调史实的本源意义，对历史文学的外部关系和外在描写方面，如古代具体的生活环境、阶级关系、意识形态、世俗民情等，给予足够重视。茅盾与鲁迅、郭沫若的历史文学观不尽相同。如果说鲁迅的历史文学观是一种文化哲学，强调的是对处于不同历史文化语境中的民族精神的反思，郭沫若的历史文学观是一种政治哲学，关心的是影射或服务时代的"今用"价值；那么茅盾的历史文学观就是历史哲学，他更客观冷静、富于理性化，重视理论的逻辑性及其与内外之间的复杂关联。也正因此，茅盾的阐释才显得缜密透辟。这是茅盾独擅的理性思辨和惯有学术个性在历史文学研究中的折光反映。他的历

① 鲁迅：《故事新编》序，《鲁迅全集》(第 2 卷)，人民文学出版社 1973 年版，第 450 页。

② 郭沫若：《历史・史剧・现实》，《郭沫若谈创作》，黑龙江人民出版社 1982 年版，第 137 页。

史文学研究，包括前期的《佛罗贝尔》，也包括后期的《李自成》评论文章，都具有这样的特点。

在中外文学理论发展史上，历史文学研究向来是一个弱项。大多的研究都是一些随机性的颖悟，少有真正的具有理论品位的体系性的构建。包括擅长理论体系性建构并在这方面做出较大贡献的黑格尔、别林斯基、卢卡契，也不能完全幸免。他们或由于心力和积累所致，在其《美学》《文学的幻想》《历史小说》等著述中对历史文学只是点到为止，理论的虚蹈和泛化是显而易见的；或因为简单和僵硬的思维局限，在具体阐述时过于偏向时代社会政治，造成理论不应有的概念化和单调。相比之下，茅盾的成就就显得益发难能可贵。他的带有体系性的构建和构建的体系性，从一个侧面反映了中国文学理论批评在经过半个多世纪的嬗变后已逐步走向理性和成熟，而开始具备了现代性的品格。这也可看作是茅盾对中国乃至世界历史文学的一个贡献。

二、历史观：对人民主体性的认同与超越

历史观是指人们对社会历史的根本观点及总的看法，是世界观的组成部分。在历史文学理论研究中，历史观实际上反映了研究主体的价值观、社会主流话语的权力指向等。在不同的时代、不同的意识形态及理论体系中，历史观也呈现出不同的内涵。而就 20 世纪历史文学研究来说，大致可分“人的历史观”和“人民的历史观”两种。茅盾属于后者，他的观念取向突出表现在对人民主体性的认同上，重视他们作为群体、阶级方面的共同含义及其巨大的影响力。它十分契合毛泽东有关人民创造历史的历史观。

大家知道，我国传统历史文学的主体或主角多为帝王将相，即便是在平民意识颇为浓厚的杂剧与传奇中，对平头百姓的歌颂同样离不开明君清官的有力支持，其认可的依然是主流话语所承认的强势主体，人民仅仅是陪衬统治者英明伟大的附属品。正如鲁迅所说的，所谓“正史”，“等于为帝王将相作家谱”①。而茅盾基于对历史动力、历史本质的认识和理解，则强调突出了人民的历史主体作用。在《关于历史和历史剧》中，他肯定了 20 世纪 60 年代初创作的许多以卧薪尝胆为题材的剧本，并将之视作比旧剧“高出了不知多少倍”的重要的“优点”之一。认为它们尽管存在一些简单粗糙、生硬笨拙乃至人为拔高的问题，但毕竟用历史唯物主义和辩证唯物主义的观

① 鲁迅：《中国人失掉自信力了吗》，《且介亭杂文》，人民文学出版社 1973 年版，第 94 页。

点和方法"突出描写了人民的力量",揭示了历史的本质,体现了现代历史文学应有的品格。[①] 特别是对《胆剑篇》(曹禺执笔,梅阡、于是之共同编写)这样将人民主体内化为一个具体切实的苦成形象——他为了自力更生、复仇雪耻,不仅不顾生命危险,献稻穗给勾践,将其刺在禹庙前的镇越神剑拔掉,而且最后还为保全越国的兵器而壮烈牺牲,茅盾更是十分赞赏。他指出这里的苦成以及对人民的力量的描写尽管是虚构的,但"在当时越国已经几乎完全被解除武装而且经济文化又比吴国落后的情况下,越国君臣如果没有人民的有力支持,即使卧薪尝胆,凭什么来发奋图强";[②]另一方面,自勾践入臣于吴那时起,由于客观环境的变化以及越国采取一系列"爱民"政策,它"当然进一步缓和了(越国)阶级矛盾,而人民的力量也会更显著地发挥作用"。[③] 因而它是真实的,也完全符合历史唯物主义观点。茅盾上述思想在后来《李自成》的评论中也有突出的体现。对这部正面歌颂农民起义、以人民为本位的史诗性长篇历史小说,他更是推崇备至,表现了前所未有的热情。不仅在作家创作过程中频频写信给予指导,而且在"文革"时期支持作家用超越"儒法斗争"的观点来描写和把握李自成领导的这场农民运动的"历史意义和作用的深度和广度",并对此给予很高的评价[④]。相反,对突出强调越国君臣"阴谋"(如用西施搞美人计等)而不写他们顺应民心、发愤图强的《浣纱记》等传统历史剧,则提出了尖锐的批评,认为"这是对于吴越关系的历史发展的歪曲,从而也就削弱了剧本的思想教育作用"[⑤]。茅盾的历史观,从某种意义上说,就是对以帝王将相为本位的传统价值观念的一个根本颠覆,它努力探寻和实践的是符合时代旨趣的"人民创造历史"的新的历史观。

当然,肯定人民性并不意味着排斥帝王将相,将彼此截然对立起来。在这个问题上,茅盾也是相当谨慎的。如在评价《胆剑篇》时,他就不因苦成等

---

① 茅盾:《关于历史和历史剧》,《茅盾文艺论文集》(下),文化艺术出版社 1981 年版,第 1002 页。

② 茅盾:《关于历史和历史剧》,《茅盾文艺论文集》(下),文化艺术出版社 1981 年版,第 1002 页。

③ 茅盾:《关于历史和历史剧》,《茅盾文艺论文集》(下),文化艺术出版社 1981 年版,第 1010 页。

④ 茅盾:《关于长篇历史小说〈李自成〉》,上海文艺出版社 1979 年版,第 11 页。

⑤ 茅盾:《关于历史和历史剧》,《茅盾文艺论文集》(下),文化艺术出版社 1981 年版,第 1024 页。

形象的重要而简单地否定勾践、夫差等帝王将相，而是通过大量的史料分析和考证对曹禺等人的有关翻案式的描写表示由衷的赞赏：勾践“确是春秋末期（越国当时还在奴隶经济阶段）的一个有为之主。虽然他自己没有提出什么惊人的计划，他只是善用他人之所长，从善如流，然而领导越国复兴的，确是他。这是符合当时历史事实的”[①]。“夫差比较后代的一些亡国之君（荒淫昏庸的和昏庸而不荒淫的）似乎要强得多了”，“夫差还不失为精明能干的人，因而他之任用伯嚭，和其他昏庸之主的偏信佞臣，不可一概而论”[②]。并盛赞该剧对帝王将相不是一味否定，对人民群众不是一味拔高，而是真实地展现彼此之间实际存在的丰富复杂的权力纠缠角逐的空间；在肯定人民历史主体性的同时，对帝王将相的历史作用包括所采取的相对缓和的“爱民”政策做出客观的评价。这较之当时乃至以后过分贬低帝王将相的简单化的批评，显然是一大进步，它完全符合历史唯物主义和辩证唯物主义的观点。

需要指出，茅盾以人民为本位的历史观与通常教科书中所说的人民性是不同的，甚至具有本质的差异。过去历史文学也讲人民性，但它仅仅只说“民”的存在而不说作为历史主体性的“人民”的存在，而且“民”是被遮蔽的，被强行纳入英雄创造历史的评价体系之中。如司马迁的《史记》，它采用的是以人物身份和地位为标准的分类法（如本纪、世家等），书中的主要人物大多是公侯将相。虽然他也将农民起义首领陈胜单列一章叙述，但始终视其具有“王”的品格而未能脱离“王者为尊”的模式。此后的历史文学的叙事基本上沿袭了这种对“民”的认识。如《三国演义》，特别是《水浒传》，尽管作家力图表现“平等”意识或“官逼民反”的反抗精神，但创作主体对“忠义”的极力推崇实际上还是重复了忠君的老路，再次压抑了“人民”的主体地位。茅盾与此的区别在于，他清晰地看到了现代意义上的“人”与古代的“民”的区别：“前人作品中尽管有很多歌颂劳动人民的篇章，但是从立场、观点说来，他们和我们是完全不同的……春秋后期的人民不等于我们今天所说的劳动人民。”[③]可见，新的历史文学对人民性的表达是立足于人民的主体能动性的，它所强调的是人民在其阶级属性、意识形态方面的先进意识。正如后

---

① 茅盾：《关于历史和历史剧》，《茅盾文艺论文集》（下），文化艺术出版社 1981 年版，第 939 页。

② 茅盾：《关于历史和历史剧》，《茅盾文艺论文集》（下），文化艺术出版社 1981 年版，第 1010 页。

③ 茅盾：《关于历史和历史剧》，《茅盾文艺论文集》（下），文化艺术出版社 1981 年版，第 1011 页。

来有人指出的，“人民的文学”不同于传统文学的地方，乃在于其“以工农兵为主体”，“体现了一种新的文化和政治实践”①。这也告知我们，“人民的文学”的人民性是对无产阶级阶级性的强调，而非从平民、个体启蒙意识的角度来认定“人民”的。在倡导“人民的文学”的过程中，茅盾作为当时的文化部长以及《人民文学》的主编，自然不能也无法超逸主流意识形态的规约。

“人民的历史观”，顾名思义是强调人民的主体历史地位，它更多关注的是内中的阶级的、群体的元素，历史唯物主义和阶级论是其重要的理论基础。因此，历来备受左翼或进步的作家理论家乃至革命领袖的重视，在20世纪历史文学创作和研究过程中占据突出的位置。特别是由于20世纪40年代毛泽东关于《逼上梁山》的信，以及50年代批判电影《武训传》，60年代关于文艺问题的“两个批示”的发表，它更是成为压倒一切的、毋庸置疑的至尊话语；并随着批判的不断升级和人文生态环境的恶化，被充进了不少“左倾”教条的东西，而变得日趋封闭、狭隘和僵硬。以至于像茅盾在《关于历史和历史剧》中批评的，“把越国十年生聚、十年教训的重要措施都归功于人民的主动创议，甚至像尝胆这样的细节也说成是人民的创议”，因而“过高地估计了当时人民的政治觉悟、思想水平乃至文化水平”②的创作也不在少数。至于站在文化批判的高度，对旧时人民特别是农民运动愚昧落后一面及其对社会带来的破坏性进行揭示的，还似未有之。在这样的背景下看茅盾的历史文学研究，我们一方面得承认它的确也程度不同地打上那个时代特有的烙印，存在着这样那样过分夸大阶级性、忽视人性和作家个性的缺憾；但另一方面，也要实事求是地指出，他对阶级性强调的同时又给我们留下了较大的空间和弹性，看到了不同阶级的人在其阶级属性之外还存在着人性的某些共通之处。这便是茅盾通过历史文学理论对人民性的创造性的发挥，也是他对传统的人民性的超越之处。

三、真实观：现实主义事理逻辑与“历史还原”的坚守

真实性问题无疑是历史文学创作和研究中的一个十分重要而又棘手的话题。古今中外有关这方面的论述很多，但大多流于空疏。如清代李渔就曾说过“虚则虚到底，实则实到底”，西方的黑格尔也讲过“徘徊于虚构与真实之间”之类的话。但到底如何循守历史真实、处理虚实关系，都未作具体

---

① 旷新年：《人民文学：未完成的历史建构》，《文艺理论与批评》2005年第6期。

② 茅盾：《关于历史和历史剧》，《茅盾文艺论文集》（下），文化艺术出版社1981年版，第1010页。

细究和深入探讨;即使有,往往也是片断式的颖悟,远未臻于形上而完备的概括和提炼,更不要说对此作较为全面系统的理论表述。茅盾的历史文学研究,恰恰在这方面做出了创造性的贡献。如前所述,他早年在研究福楼拜历史小说时就表现了对历史真实的高度关注,此后40年,随着岁月的流逝和思考的进展,他对历史文学真实问题的思考也在逐步地充实扩展而趋向系统化了:不仅在历史文学虚实关系上有较深入的思考,而且还联系创作实践,就历史文学真实与创作主体真实、接受主体真实等进行了多方面的探讨。这样,就使其历史文学真实理论有了坚实的支撑。

中国的历史文学,或许是史学过于发达的缘故,历来十分强调历史真实。从张德尚的"羽翼信史""庶几乎史",到余象斗的"本诸《左》《史》""考核甚详",到毛宗岗的"据实指陈""真而可考",诸如此类的说法不绝于耳,成为压倒一切的声音。茅盾的历史文学理论也承续了这样的传统,他强调历史叙事与历史真实之间的异质同构关系。不同的是,因时代精神风尚的影响,加之左翼文学的传统以及自己的特殊身份,在崇尚历史真实的同时也十分重视思想倾向性和"古为今用"效果。这一点,只要翻检其有关论述,就不难可见;而在新中国成立后十七年乃至延安时期的历史文学创作中,这种"倾向性"至上的现象的确也很盛行。比较典型的如杨绍萱的《新大名府》,竟让宋江娴熟地运用着现代的"统一战线政策",创作者还不无得意地认为自己:"适应着中国革命的实际情况和反抗民族侵略"的背景,写出了一个反映"武装革命"及"阶级斗争""妇女解放"等现实问题的剧本。① 这一现象在20世纪60年代初也相当普遍,据茅盾所说,有百分之五十左右的以卧薪尝胆为题材的剧本都程度不同地存在"以今变古"的"现代化"之蔽。这种在既定的"倾向性"的规训下的所谓"古为今用",自然是为茅盾所难以接受;作为现实主义大师,他也有不为时俗所拘的、自己的执着坚守。这里所说的坚守,具体地讲,主要就是从现实主义惯有的客观求实原则出发,对历史文学的倾向性作较宽泛的也是合历史、合情理的理解,将现实主义事理逻辑与"古为今用"有机地结合起来;并尽可能融入更多的人文内涵,给予人性的阐释。茅盾这一思想主张,贯穿其历史文学理论始终,成为他真实观的枢机所在。他也就是基此,花费大量时间知识和精力,在深入文本、对照历史分析的基础上,对当时不少"把联系现实(今天我们国家的现实)来理解古为今用"的机

① 杨绍萱:《〈新大名府〉里所反映的阶级斗争和统一战线》,《戏曲报》1951年第3卷,第9—10期。

械实用主义的做法提出严厉的批评：指出这样写不仅"势所必然会变成影射现实，这对我们的现实是一种诬蔑。……同时，这又是以今变古，严重地离开了历史唯物主义的观点"。他认为，古为今用是建立在历史真实的基础之上，"只要反映了历史真实，就是古为今用"[①]；而"借古讽今""借古喻今"以及影射现实等，是没有艺术力量的，它也不可能达到真正的古为今用，最终只能造成政治与艺术的双重失败。后来在《李自成》的评论中，他又再次对此作了强调，肯定了作者对历史真实的高度严肃和认真态度，认为其顶住压力、坚持用"大大超过"所谓的"儒法斗争"的写法是"很对"的[②]。可见，茅盾所说的"古为今用"并非用今人的意识去随意改写历史，它是有条件的，也是有限定的。在这里，历史虽被纳入带有强烈现实指向的"为今用"的机制中进行艺术转换，但却最大限度地复活了历史千百年积淀下来的那些基因，保持对历史（包括历史本体与历史认识）的应有的尊重和敬畏。他所倡导的，实际上是一种通古鉴今、带有历史哲学意味的真实观。用他自己的原话来说，就是"如果能够反映历史矛盾的本质，那末，真实地还历史以本来面目，也就最好地达成了古为今用"[③]。

茅盾上述有关古今关系的论述堪称精深。历史文学作为以历史真实为基点参与现代文化消费的一种特殊文体，它的价值不仅取决于历史本身，同时也取决于它与我们时代关系的功能特质。任何作家在写作时，都不可能发思古之幽情，为古而为，其创作主体必定会表露出一定的思想倾向。让历史文学绝对忠实于史载是不可能的，也没必要。也就是说，历史文学的真实性并不排斥创作主体的思想倾向性。作家的历史观也必定表现于他对人物的塑造、对事件的取舍与剪裁上。问题是当时流行的"倾向性"并不是作家在具备自身主体能动性的条件下自主地获取的，而是受到了意识形态、政治任务等诸多外在因素的制约，在重重束缚和规训中是先天预设或人为强加的。它往往是先定思想，再寻找史料；先定基调，再从现代的主观意识出发，对史料进行合乎现实需要的改动。实际上违反创作规律，是典型的一种"主题先行"。它与茅盾所主张的尊重历史真实的"古为今用"，是完全相违背

---

① 茅盾：《关于历史和历史剧》，《茅盾文艺论文集》（下），文化艺术出版社 1981 年版，第 1010 页。

② 茅盾：《关于长篇历史小说〈李自成〉》，上海文艺出版社 1979 年版，第 11 页。

③ 茅盾：《关于历史和历史剧》，《茅盾文艺论文集》（下），文化艺术出版社 1981 年版，第 994 页。

的。因此，理所当然地引起茅盾的强烈反感，以至使用"诬蔑"这样严厉的措辞加以批评。因为它表现的不是"既真实而对现代文化来说意义还未过去的内容"[①]，而是为了现实"今用"的某种需要，把历史当作随意打扮的姑娘，硬是可笑地从中塞进了它没有也不可能有的东西。

既然历史真实之于历史文学是如此重要，那么，它又如获取呢，有什么样的方式和途径？有关这方面，过去及当时不少作家理论家如郭沫若、陈白尘、姚雪垠等都讲过，但像茅盾那样将其提到这样重要的高度，并且讲得如此透彻到位，则未曾有之。他认为，首先是史料搜集和甄别问题。这也是茅盾用力最多的一个问题，是迄今我们见到的最详尽、最具学术分量的论述。其中有这样三点特别值得称道：一是他用大量的篇幅，反复强调丰富翔实的史料的获取之对历史文学的重要，将史料问题当作历史文学真实性的重要元素予以定位。而以往不少作品之所以出现不应有的失真，恰恰也就在于"对于历史资料掌握不多，或者对于某一历史事实未加查考以意为之，这就往往不必要地违背了历史，或者造成似是而非的描写"，当然它也就不可能向人们传播"正确的历史知识"[②]。二是在对史料意义价值进行定位之后，他进而提出了相应的甄别标准：文字史料的可信度是分层次的，其中最可信的当属对待史料态度客观的一类，如《左传》《史记》等。对于其他几类，他也不因其中的一些不足、糟粕而简单予以否定；而是将其和其他史料一起都纳入自己考证的范畴，通过对官方、民间、文字、口头等多方面资料的比较、分析和推理，从中得出自己的结论，寻找自己的视角。三是强调用逻辑思维来统领史料工作，明确提出："作家必须在充分掌握史料（前人记载和民间的记载或传说）、甄别史料、分析史料之后进行概括，——到此为止，作家是以历史学家身份做科学的历史研究工作，他要严格地探索历史真实；此后，他又必须转变其历史家的身份为艺术家，在自己所探索得的历史真实的基础上进行艺术构思，并且要设身处地、跑进古人的生活中来进行艺术构思，否则，就不免会不自觉地把现代人的意识形态强加于古人身上了。"[③]这也就是说，他不主张在史料搜研过程中"形象思维"过早过多地介入，而试图通过史家身份和逻

① ［德］黑格尔：《美学》（第1卷），商务印书馆1986年版，第343页。

② 茅盾：《关于历史和历史剧》，《茅盾文艺论文集》（下），文化艺术出版社1981年版，第1012、1019页。

③ 茅盾：《关于历史和历史剧》，《茅盾文艺论文集》（下），文化艺术出版社1981年版，第990页。

辑思维的强调，从源头上解决历史真实的难得或难以把握问题。这与郭沫若所说的“史剧家对于所处理的题材范围内，必须是研究的权威”[①]，何乃相似！它不仅对当时而且对今天的历史文学创作和研究，无疑具有重要的现实意义。他自己的出色研究，也证明了他上述的理论的可行。

其次是历史框架选择与确立问题。历史框架是指构成历史事实的基本轮廓、基本纲目，这是后人无法改变的。它的存在不仅具有无可置疑的合理性，而且还有不可易移的逻辑性。尤其是关系重大、影响深远的历史框架，它是彼时彼地特定历史条件、历史环境下的产物，有严密的逻辑性，所以更要慎重。这也是历史固有的客观性、质定性的一个具体表现，是后人对历史应有的一种尊重。《桃花扇》之所在历史文学发展史上占有“卓越的地位”，堪称“是我国古典历史剧中在历史真实与艺术真实的统一方面取得最大成功的作品”，很重要的也就在于“凡属历史重大事件基本上能保存其原来的真相，凡属历上真有的人物，大都能在不改变其本来面目的条件下进行艺术的加工”[②]。相反，当时有些历史剧为了避免“复仇”和“先开第一枪”等所谓的“副作用”，而将勾践起兵伐吴等重大历史事件“改写”成别国乞援、吴国侵犯或被迫反击；致使虚构描写因失去框架的支撑而造成整体的失真，被茅盾批评为“是要不得的，是反历史主义的”[③]。历史文学是以一定历史事实为依据进行创造的文学，所以，历史框架就成为其艺术创造的基点，它也最能彰显历史文学的固有个性。从某种意义上说，历史真实是靠历史框架之真来体现的，没有或背离了历史框架，所谓的历史真实就极有可能堕为主观随意的产物。这也就是茅盾为什么对此特别重视的原因之所在。当然，这是就一般而言，例外也是有的，如《李自成》开篇有关潼关南原大战的描写，经姚雪垠考证系子虚乌有。但一来“这个战役实际上是存在的，不过被明末清初的史学家弄错了地点和夸大了规模。因而由此而作的虚构不但在当时历史条件可能发生，而且还有历史的根源”，更为主要的是，它可藉此“一下子就把李自成及其重要将领推到舞台的正前方”，通过这场激烈的战争揭示了历史胜败的某种必然规律，故而受到茅盾的认肯[④]，可见框架之真对历史文

① 郭沫若：《历史 · 史剧 · 现实》，《郭沫若谈创作》，黑龙江人民出版社1982年版，138页。

② 茅盾：《关于历史和历史剧》，《茅盾文艺论文集》（下），文化艺术出版社1981年版，第1021页。

③ 茅盾：《关于历史和历史剧》，《茅盾文艺论文集》（下），文化艺术出版社1981年版，第1014页。

④ 茅盾：《关于长篇历史小说〈李自成〉》，上海文艺出版社1979年版，第158—159页。

学来说也非绝对的，它大体则有、定体则无，可以而且应该纳入可然性或必然律机制中进行理解。这也是我们探讨历史文学真实性时需注意的，是茅盾批评实践对我们的启发。

再次是历史细节的描写和把握问题。历史框架尽管重要，但它毕竟只是个轮廓性的东西，要将其化作形象具体的历史诗学，还需要融进大容量的丰富鲜活的历史细节。只有这样，方能达到对历史骨肉兼具的、全方位的反映。茅盾自然深谙个中三昧。他主要从生活和艺术两个方面对它的重要性、必要性作了强调。前者，更多体现在传统历史剧和新编历史剧的研究上；后者，着重反映在对《李自成》的评论上。这里有赞许（如对《李自成》《胆剑篇》），较多的是批评（如对诸多关于卧薪尝胆的剧本），并联系具体的时代历史背景一一作了分析，指出在这个问题上要实行"古宽今严"的批评标准："诸如此类的不顾史实、错乱时代的毛病，在古典的历史剧中早已视为逢场作戏、理所当然。这是因为作者下笔之时，心有所注，虽在讥刺，而服务对象，实非广大群众而只是他那一个小圈子的人们，……观众自然心照不宣，既不发生传播错误的历史知识的问题，也不负无端破坏古人名誉的责任"。而在今天以科学的唯物史观为指导、历史文学面向大众的时代，"就是不可取的，就是不必要的了。"[①]否则就有负于时代和人民，并由此及彼毁及作品的整体真实和艺术生命。正是从这样的事实和道理出发，茅盾不仅把历史细节当作历史文学真实的一个重要环节和途径加以重视，而且对它的实施提出了具体的规范和要求：这就是遵循历史还原的原则，要经得起逻辑的推理；在语言运用上要避免时代性错误，古今结合，弃生僻的古语词，避免所使用的现代语中包含古人未有的现代意识；在职官名号、地名、服装、器物、陈设方面也要严格遵循时代的限制，等等。总之，细节描写应符合特定历史时代的真实性，要合情合理，要注意分寸。

四、艺术观："合情合理"的原则与作为本体的"虚构创造"

历史文学既然是文学，它就不能没有虚构，如果没有虚构就没有历史文学。这一点在今天大概不会有什么异议。如果说有什么不同，主要在于在如何虚构问题上有不同的做法：一种是主张不受任何历史真实的规约，采用一般的艺术规律来进行虚构，如人们熟知的杨家将题材，如当下的新历史小说；一种是恪守一定历史真实的规约，在大的历史框架和主要历史人物的书

① 茅盾：《关于历史和历史剧》，《茅盾文艺论文集》（下），文化艺术出版社 1981 年版，第 995－1004 页。

写上进行有限度的虚构。茅盾无疑属于后者，这就是以历史真实为基础的一种虚构，他追求的是历史与文学之间既对立又对话的二维创造，而不是单纯单维的纯艺术创造。或者说，他是用艺术虚构的方式去还原历史，是一种还原式的虚构创造。显然，茅盾的这种艺术观，是建立在历史可以还原的认识论基础之上，他自信历史是可以认知和把握的。这是一种理性、理想的艺术观，它是茅盾这一代作家、理论家历史观和价值观在历史文学研究中的必然反映。

也正是立足这样的艺术观，茅盾对文献史料给予了高度重视，主张作家创作之前，首先要“以历史学家身份做科学的历史研究工作”（这一点前文已述，恕不赘言）。它的目的，除了前文所说“探索历史真实”之外，还可发掘潜在的艺术美质；而大量事实表明，历史原型中的确存在不少可供发掘的艺术美质。黑格尔由此出发，甚至提出了历史文学创作“题材优越论”的主张①。不过尽管如此，我们认为，所有这些在历史文学创作中并不是主要的，它毕竟是历史原生态的东西，是属于历史 1；而非历史 3，它也不能代替作家的艺术虚构和创造②。历史文学所写的历史终究是文学意义上的历史，即所谓的历史 3。从原生态的历史 1，到按照艺术规律加工创造的审美态的历史 3，这之间它已不是对原型历史进行简单的还原或补缺，而是在整体上将其打碎重建，赋予其迥异于历史的不同的目的、功能、向度。这里的关键，首先是作家要有审美眼光，善于发现题材历史原型中蕴含的艺术美质；其次是将其纳入审美机制中，按照美的规律予以造型。茅盾的历史文学艺术观，他的有关虚构创造的论述，主要就集中在这样两个层面。从前者出发，他往往较多强调虚构创造对历史原型的尊重，对那些置历史原生美于不顾的主观随意的创作倾向提出尖锐的批评，如对“把夫差写成戏台上常见的昏君”的批评，认为这样写不仅“距离历史上的夫差太远”，而且也造成艺术上的平庸，它直

① 参见[德]黑格尔《美学》第 1 卷，商务印书馆 1979 年版，第 336—342 页；吴秀明在《文学中的历史世界》第 1 章第 1 节中对此作过较为详细的论述，吉林教育出版社 1994 年版。

② 童庆炳在《“历史 3”——历史题材文学创作的历史真实》中曾列举了历史—史书—历史文学三者不同的性质，他依次称其为历史 1、历史 2、历史 3。他说：“历史小说和历史剧的真正的生活源泉，正是历史 1”，“既然历史 3 是历史题材文学创作的历史真实，它属于文学范畴，那么如何超越历史典籍，让所描写的内容具有想象性、诗意性，就是很自然的。”童庆炳《“历史 3”——历史题材文学创作的历史真实》，《人文杂志》2005 年第 5 期。

接淡化了戏剧冲突的效果①。从后者出发,他特别强调虚构创造的"合情合理",不但主张"真人假事""假人真事"要"合情合理",就是完全虚构的"人事两假",也要"合情合理":"人与事虽非真有,但在作品所反映的时代社会条件下,这些人与事的发生是合理的,是有最大的可能性的"②;并且对人物、结构、语言等给予足够的关注。有关后者,他的论述特别多,也特别充分,可以说是构成其艺术观的核心和主旨。如在评论《李自成》中的"李岩起义"单元时,他就是据此对作者笔下"于史无征,然于理为必有"的汤夫人大加褒奖,给予了很高的评价:"分析封建时代读书明'礼'、有识有胆之大家闺秀之心理甚为精辟,我极为赞成。一部大书,岂但要把若干风云人物写得有声有色,也将要求貌似陪衬人物而在当时有典型性的人物给予一定的地位。汤夫人适当其选……得妙笔创造了她,实可补明末'浮世绘'之不足。"③他甚至用充满诗化的语言称赞"商洛壮歌"单元中子虚乌有的商洛山大战的描写:"十五章中,大起大落,波澜壮阔,而节奏变化,时而金戈铁马,雷震霆击;时而风管鹍弦,光风霁月,紧张杀伐之际,又常插入抒情短曲,虽着墨甚少,而摇曳多姿。"④

由之可见,茅盾尽管恪守历史还原的现实主义历史文学观,但他并未淡化对艺术审美的要求,而是给艺术虚构留下了可供驰骋的广阔空间。在《关于历史和历史剧》一文中,他甚至还提出用"历史真实与艺术虚构的结合"概念来取代传统的"历史真实与艺术真实的统一",以便突出"艺术虚构在历史文学(历史剧)中的重要性"⑤。茅盾在这里所说的,完全合乎历史文学的创作规律。历史文学毕竟是文学,同样是还原历史,它也与史学截然不同:史家关注的是历史普遍性、必然性的规律,是那些形上抽象的东西;而作家注重的是人的心理、情感、命运,是对象本身的审美价值和审美内涵。因此,在史家搁笔的地方,往往是作家的落笔之处。高明的作家与作家的高明,主要也就在于恪守其禁,纵横其许,在循守历史真实(特别是主要历史人事的"基本事实、基本是非")的必要规范与限制同时,按照"合情合理"的原则,通过

---

① 茅盾:《关于历史和历史剧》,《茅盾文艺论文集》(下),文化艺术出版社 1981 年版,第 990 页。

② 茅盾:《关于历史和历史剧》,《茅盾文艺论文集》(下),文化艺术出版社 1981 年版,第 1013 页。

③ 茅盾:《关于长篇历史小说〈李自成〉》,上海文艺出版社 1979 年版,第 18 页。

④ 茅盾:《关于长篇历史小说〈李自成〉》,上海文艺出版社 1979 年版,第 7 页。

⑤ 茅盾:《关于历史和历史剧》,《茅盾文艺论文集》(下),文化艺术出版社 1981 年版,第 1013 页。

写人和写情这样两个艺术中介展开大胆的虚构创造。大量实践表明，没有艺术性的历史观、真实观是没有力量的，也是不可能实现的。鲁迅当年批评郑振铎的历史小说《桂公塘》“太为《指南录》所拘束，未能活泼耳”[①]，主要也是指其为了追求历史真实而放弃忽略了艺术应有的虚构创造，将历史 3 等同于历史 1。而在茅盾撰写《关于历史和历史剧》的 20 世纪 60 年代初，这种“失之于过分的拘谨”，因而“作品干巴巴，缺乏艺术感染力”的现象同样存在[②]。它对历史文学带来的消极影响也不可小觑。在此情况下，茅盾将艺术虚构作为历史文学本体问题提出，其意义就不言而喻的了。这也表明艺术观在他历史文学理论体系中占有重要的地位。

当然，以上所说比较笼统。比这更重要的也许是虚构理论本身，特别是有关虚构的丰富性、深刻性的主张。茅盾毕竟是中国现当代大师级的作家，他的人生阅历、知识结构、思维理念、审美情趣和创作实践，赋予了他以“虚构说”为本位的历史文学艺术观以少有的丰沛内涵。

(1)丰富性。这是茅盾对历史和艺术丰富性的一种认知，也是他对历史和艺术丰富性的一种求索。反映在历史文学研究上，就是超越美丑、善恶绝对对立的二元艺术观，对历史文学人事描写中呈现的丰富复杂的历史、艺术内涵给予充分的重视。这也是现代历史文学理论的一个重要品性，是茅盾《子夜》等创作经验、审美情趣的理性凝结。他的《关于历史和历史剧》一文，也就是据此高度肯定了当时以卧薪尝胆为题材的剧本的 9 种开场方式、3 种结束方式，并将这种“艺术构思”上的“百花齐放”当作这批新编历史剧的四个“优点”之一。[③] 当然，他所说的丰富性更多还是针对具体的人事描写，是对历史个体和个别内涵丰赡的一种指认；在这方面他的论述也多。如上文讲到的夫差形象，他认为这种简单化、漫画化的处理只会对历史和艺术带来双重的伤害。因为经考证，他认为历史上的夫差其实是一个“精明能干的人”，他之所放归勾践，主要“从更大的扩张计划(争霸中原)考虑有必要保留勾践一命以羁縻其他小国”，有其很深的政治用意。而要更立体本真地反映历史的本来面貌，就应该在尊重历史的基础上揭示其人物性格的丰富性、复

---

① 鲁迅:《致郑振铎》,《鲁迅书信集》(上),人民文学出版社 1976 年版,第 545 页。

② 茅盾:《关于历史和历史剧》,《茅盾文艺论文集》(下),文化艺术出版社 1981 年版,第 1003 页。

③ 茅盾:《关于历史和历史剧》,《茅盾文艺论文集》(下),文化艺术出版社 1981 年版,第 962 页。

杂性。如果用“漫画的方法”描写人物，则就“把原来应当有的教育意义庸俗化了。不客气地说，诸如此类的加在夫差身上的虚构和历史真实是不协调的”[①]。这里所谓的“不协调”，不仅道出了茅盾有关历史真实与艺术虚构结合的主张，同时也为历史文学如何书写真实丰富的人物形象提出了很好的警示：艺术的丰富性既是先天才赋的自然发挥，也是后天学养的必然结果，它是建立在对固有的丰富史料的掌握和研究的基础之上的；唯有深入历史，严格地探索历史真实，才有可能在将历史转化为艺术的创造过程中获得更多的自由，创造更丰富的美。茅盾这一思想相当突出，它几乎成为其历史文学艺术观的枢机所在。他对曹禺等人《胆剑篇》中的伍子胥形象在肯定的同时有批评，主要也就在于“剧作者明白地看到伍子胥性格的复杂性”，而在勾践最终获释问题上又给予非历史非审美的简单化处理，没有很好地将对历史和艺术的丰富复杂的理解贯穿始终[②]。他对《李自成》中崇祯、杨嗣昌、李岩、汤夫人等人物形象和潼关南原大战、商洛山大战等战事描写的褒扬，也是基于这样的道理，认为这是作者对历史也是对艺术本体的尊重；它不仅形象地再现了历史的复杂变幻的矛盾本相，而且也极大地拓宽了艺术表现和虚构想象的空间。茅盾所述的丰富性，带有明显的史诗的美学特征，它总与历史本真和本色美联系在一起。因此，它往往境界开阔、大气，这是一般的历史文学作者和研究者很难企及的。

(2)深刻性。这也是茅盾现实主义历史文学理论的必然表现。如果说丰富性主要强调的是空间拓展，那么深刻性则主要指意于深度的揭示。这是由此及彼、由表及里、由现象到本质的一种理性洞烛，它建立在历史本质和真理可以把握认知的前提之上。用茅盾的话来说，就是“以历史唯物主义的观点分析史料并从中找出事件发展的规律，然后在这样的基础上虚构人与事”[③]。在他看来，历史现象不管如何纷纭复杂、变幻莫测，但它还是有内在的本质可寻。这个本质就是历史的胜败最终是由人民决定的，正义必将战胜邪恶，新生必将战胜腐朽。历史文学创作就是借助历史理性之光，揭示现象背后的这些本质的东西。这样，艺术描写才能达到列宁所说的“深刻的

① 茅盾：《关于历史和历史剧》，《茅盾文艺论文集》（下），文化艺术出版社1981年版，第962页。

② 茅盾：《关于历史和历史剧》，《茅盾文艺论文集》（下），文化艺术出版社1981年版，第1024—1027页。

③ 茅盾：《关于历史和历史剧》，《茅盾文艺论文集》（下），文化艺术出版社1981年版，第1002页。

本质”的层次，而对读者产生警世策人的重要影响。他对《李自成》的评价，就很好地体现了这一思想。如在分析潼关南原大战时指出：李自成与崇祯虽力量悬殊，但由于彼此“顺应”或“违反”了历史潮流，因而就不可避免导致了后来的兴衰逆转。在谈及崇祯宫廷内部矛盾和不可救药的腐化无能时也表达了类似的思想，认为这样处理可让读者从中“看到明王朝的没落已成定局。这是历史发展的规律”①。至于对卧薪尝胆剧作的研究，他更是突出强调人民的、正义的力量之对历史发展的决定性作用，并将它视为深刻的本质纳入精心构建的逻辑因果链中给予赞许或批评。茅盾有关深刻性的见解，今天看来某些地方也许不无偏颇，但总体而言是与马克思恩格斯有关“历史活动是群众的事业”②，“构成历史的真正的最后动力的动力，……是使广大群众，使整个的民族，以及在每一个民族中间又使整个阶级行动起来的动机”③的论述相吻合，应值得肯定。它实则反映了论者强烈的一种理性观。当然，茅盾崇尚的理性观不同于西方的理性观。后者是黑格尔历史哲学的核心观念之一：“哲学用以观察历史的惟一的‘思想’便是理性这个简单的概念。是‘理性’是世界的主宰，世界历史因此是一种合理的过程。”黑格尔所认定的“理性”，包含有“宇宙的实体”及“宇宙的无限的权力”两重含义④。茅盾不大赞同这样的观点，他说：“唯理论把理性作为真正知识的唯一源泉，否认经验（感性知识）在认识过程中的必要性，而不知道经验是认识的第一阶段，就必然要把理性和经验分割，把概念和思维绝对化。因此，唯理论者认为真理是直接由理性获得的，真理之是否正确，不是靠实践和经验来证实，而要看我们的概念是否清晰和明确。也就是说，真理的标准不在理性之外，而在理性本身之中。因此，唯理论必然会走到没有具体内容的纯粹抽象的绝境。这是它的消极的一面。”⑤这番话较为确切地道出了茅盾对理性与感性的态度：他虽强调历史现象背后的历史本质，主张在现代思想统领下把握历史本质及其必然性；将理性放于极为重要的位置上；但同时又不忘“写实”，要求作家深入历史，融进经验感受，在此基础上再进而由感性思维过渡到逻辑思维，进行合乎本质的深度写作。在这个意义上，茅盾所谓的深刻已

---

① 茅盾：《关于长篇历史小说〈李自成〉》，上海文艺出版社 1979 年版，第 159—162 页。

② ［德］马克思、恩格斯：《马克思恩格斯选集》（第 2 卷），人民出版社 1965 年版，第 104 页。

③ ［德］马克思、恩格斯：《马克思恩格斯选集》（第 4 卷），人民出版社 1965 年版，第 245 页。

④ ［德］黑格尔：《历史哲学》，上海世纪出版集团 2006 年版，第 8 页。

⑤ 茅盾：《夜读偶记》，《茅盾文艺论文集》（下），文化艺术出版社 1981 年版，第 824 页。

蕴涵了感性的成分，已与西方的理性原则有较大的区别，它是理性感性化与感性理性化的一种双向互融。明乎于此，我们也就不难理解为什么他的历史文学理论较之西方更为灵动，其深刻性的艺术观中蕴涵颇多的审美感知和直觉。显然，这是中国传统文化及其认知方式对他浸润和影响的结果。我们在探讨和总结茅盾的历史文学理论时，对此有必要予以重视。

（本章第一、二节与王姝合撰，第三节与黄健合撰）

第四章　沈从文："边城"之外的另一个世界

沈从文是现代文学史上极具个性和内涵的作家。然而由于种种原因，新中国成立以来在大多数读者甚至包括部分研究者心目中，他的价值就在于书写了以《边城》为代表的神秘优美的"边地桃源"，建筑了"供奉人性的小庙"，以此形成对20世纪中国文学启蒙与革命主题的有力补充。这样的解读是有偏颇的。其实，沈从文与中国大多数现代知识分子一样，内心深处葆有对社会道义、民族命运的强烈责任感和参与重建的热切愿望。沈从文这一特点，在他早期的回忆性的湘西传奇中就已有所展露。到了20世纪30年代中后期，中国进入全面抗战，此时也正是沈从文趋于艺术巅峰之际。在这样一个国家民族命运与个人生活际遇的转折交汇处，沈从文的创作也开始发生了转向：他的"边地桃源"的湘西世界书写在长篇小说《长河》的华美绝唱中徐徐落幕；与此同时，杂文开始成为彰显他积极参与社会的一种新的写作文体。可惜的是，这部长篇小说特别是这些杂文却很少进入研究视野，因此也造成了我们对沈从文及其作品的不应有的误读。

本章试以《长河》与此时的一系列杂文之间的互读来探讨沈从文不同于"湘西"的另一个世界，剖析他在社会转折和民族危机时刻对社会现实的介入、选择乃至失败，从而呈现其丰富、复杂、立体的精神世界。而当我们一俟进入沈从文被遮蔽了的另一个世界时，目前沈从文研究中所存在的一些问题也同样暴露出来，个中原因值得我们深思。

第一节　《长河》:对现实的突进与挫败

沈从文曾强调小说应包含两部分内容:“一是社会现象,便是说人与人相互之间的种种关系;二是梦的现象,便是说人的心或意识的单独活动。”“必须把人事和梦两种成分相混合,用语言文字来好好装饰剪裁,处理得极其恰当”①。这里所谓的“人事”与“梦”,既是他对小说的要求,也是他理解文学的两个基本角度。它说明沈从文并非我们通常理解的一个单纯的“梦”的歌者,他同样也看重现实的“人事”的因素。以此标准来衡量,创作时间横跨1938—1945年却未最终完成的长篇小说《长河》,②则可看作是沈从文创作分野的一个重要标志。

创作《长河》之前,沈从文基本上是一个写“梦”的作家,他试图通过美轮美奂的湘西描写,“把野蛮人的血液注射到老迈腐败的中华民族身体里去使他兴奋起来,年青起来,好在廿世纪舞台上与别人民族争生存权利”③。沈从文这一想法虽然美好,也似乎充满希望,却始终处于尴尬的境地。“湘西世界”自身的封闭、愚昧,使它无法与外部世界形成有效的交流,也因此无法切实地对外部世界进行干预而陷于某种尴尬。那些带着“湘西”气质禀赋的英雄们,一旦走入现代社会,就会丧失神力,不仅无法成为现代人的示范,相反还会陷入困境之中。《虎雏》中的小主人公就是如此,当他用湘西法则去解决城市问题时,只能仓皇离去。文本实践的这种不和谐证明,沈从文虽沉醉于他的美“梦”,却也时常被复杂的现实“人事”从“梦”中惊醒。他笔下宁静谐适的“湘西世界”,实际上也潜伏着不可克服的重重矛盾。特别是当他重返故乡,对客观存在的现实“人事”有了真切的感受和认识之后,“梦”与

---

① 沈从文:《短篇小说》,《沈从文全集》第16卷,北岳文艺出版社2002年版,第493页。

② 《长河》的创作、发表颇费周折。因涉敏感问题,文稿最初遭到国民党当局的长期审查扣留,为了发表沈从文不得不进行大量的删节。作品第一部分的文稿大部分在1938年8月至11月间香港《星岛日报·星座》副刊上连载。个别篇章也曾在其他刊物上发表。1945年1月,作者对已发表过的篇章做了大量非情节性的增补,字数增至10万余字,各章均拟出了篇名,交由昆明文聚出版社出版单行本。1948年8月又由开明书店出版单行本。最初构架为三部曲的《长河》也只完成了第一部。以上据《沈从文全集》第10卷有关《长河》的说明。这一创作过程在沈从文的相关家书中也得到了印证。

③ 沈从文:《〈边城〉题记》,《沈从文全集》(第8卷),北岳文艺出版社2002年版,第59页。

"人事"的裂缝进一步扩展。早在《〈边城〉题词》中他就曾声明："将会在另外一个作品里，来提到二十年来的内战，使一些首当其冲的农民，性格灵魂被大力所压，失去了原有的相持，勤俭，和平，正直的型范之后，成了一个什么样的新东西。"①这部作品就是《长河》。

与《边城》相比，《长河》最大的不同就是将侧重点由"梦"转向了"人事"。作品的题名既有阔大的视野范围，也有着奔腾不止的流动力，足以显示沈从文试图在更为阔大的时空进行表达的宏愿。此前，沈从文小说的叙事空间不是在湘西乡村就是在现代都市，是比较单一的。虽然沈从文想把湘西当作现代都市的"示范"，然而这两种空间从未有过真正的并置或叠合，文明的冲突往往只是被表述为人物因空间变动产生的不适和失败。在《长河》中，沈从文将叙述安排在常德、吕家坪、萝卜溪三个空间里进行②。这三地作为城、镇、乡的表征，它们各自也呈现出了形态殊异又互相映照的艺术世界。作为叙事重点的"吕家坪"是一个连接着城与乡的过渡地带——镇，它的出现为湘西世界与现代文明碰撞提供了充分的平台。随着空间的拓展和转移，作品的叙事时间也发生了很大的变化。以往写湘西时，沈从文大多都采用过去式的时态，文本之中带着古朴的气息。而《长河》中作者却直接引入大量具有标志性意义的现实社会事件，以此凸显故事的现在时态。最明显的就是战争阴影的日渐逼近。另外，还有貌似庄严实则滑稽的"新生活运动"以及蒋介石政府对湘西农村的掠夺，等等。

当沈从文将湘西从遥远的过去拉回到纷繁的现在时，他就不能再像以往那样对湘西所谓的现代"示范"充满美好的想象。这也说明他已意识到了湘西世界无可挽回的"堕落"："表面上看来，事事物物自然都有了极大的进步，试仔细注意注意，便见出在变化中的那点堕落趋势。"③对湘西"堕落"的正视，也证明了沈从文对现实"人事"的清醒，表现了他对于"梦"的失望与质疑。而"堕落"的结果，就是湘西再也无法让现代世界相形见绌，它只能默默地承受外来的劫掠与破坏，而毫无抵抗力。如名目繁多的苛捐杂税，别有目的的征兵，以及现代机械工业对湘西原有的手工业的冲击等等。更为严峻的是，在精神上，外部世界无时不在地对湘西进行着恐吓与诱惑。如书中写

① 苏雪林：《沈从文论》，原载《文学》第三卷第3期，1934年9月。

② 虽然常德并未正面出现，只停留在远航归乡的水手的叙述中，但它对乡村居民们造成了巨大的心理压力，也同样是作品一个重要的叙事空间。

③ 沈从文：《〈长河〉题记》，《沈从文全集》(第10卷)，北岳文艺出版社2002年版，第3页。

到的“新生活运动”，在乡下人看来虽滑稽可笑，可还是在他们的日常生活中造成了恐慌，使其“不免惶恐之至”和“异常不安”①。特别是那个见到橘子能获利便想白白来一船的保安队长，作者用犀利之笔揭示他凭借代表国家权力的军队与武器的支持，通过苛捐杂税、强取豪夺，劫掠乡村财富。他对夭夭的觊觎也并不只是停留在肉体上，同时还想从精神上“引起她对于都市的歆羡憧憬，和对于个人的崇拜”②，即以所谓的现代文明对她进行腐蚀和诱惑。保安队长这样的人物在沈从文湘西小说中是很少见的。作为一个“外来”文化的代表，他对湘西的破坏是双重(从物质到精神)的。

当然，湘西之所以“堕落”而不能成为现代文化的“示范”，主要还在于自我内部的变化。虽然沈从文仍还在描写淳朴的道德和人性，但在《长河》中已掺杂了不少含混暧昧的因素。当这些因素浸染到“自然之子”身上时，他们就变得复杂起来，也因此失去了以往那种原始单纯的英雄性。比如商会会长，从社会地位及职责来说，他与《边城》中的船总顺顺具有某种相似性，与橘园主人滕长顺也有着千丝万缕的联系。他们都负有荫庇一方的职责，是湘西精魂的保护者。然而在会长身上虽还保留着一些仁义慈善和古道热肠，却也流露出了一些不同于顺顺、长顺的油滑和虚伪。他总是利用一些小小的欺诈和计谋，做一些有违本心的事情。面对保安队长的掠夺，滕长顺因受了侮辱而断然拒绝，而他却虚与应付，最终还是一一满足了队长的要求。现存篇目中，由于他的回避使他免却了与保安队长的正面冲突。所以，滕长顺拒绝的结果是得到了把橘子树砍光的恐吓，会长得到的却是一起去打牌的邀请与野猪肉的馈赠。会长这种回避态度的确保全了自身，有时候也荫庇了他人(比如经过他的游说调解，滕长顺的橘园没有继续受到破坏)。可也正是这种态度纵容了保安队长的行为，不能从根本上打消其对夭夭的垂涎。从顺顺、长顺再至会长，我们不难看到在“镇”这样一个城乡杂糅的空间里“产生了怎么样的人性”。会长的变化隐喻着湘西伦理价值观念的深刻嬗变，应该说这也是一种“堕落”，甚至因为这种“堕落”来自湘西世界的内部，不易察觉反而更加可怕。在一定意义上，它向我们昭示了湘西文化背后潜在的深刻的危机。正如费孝通在《乡土中国》中所指出的：“社会文化变迁常是发生在旧有结构不能应付新环境的时候。”③如果这一社会文化本身已丧

---

① 沈从文：《长河》，《沈从文全集》(第10卷)，北岳文艺出版社2002年版，第27页。

② 沈从文：《长河》，《沈从文全集》(第10卷)，北岳文艺出版社2002年版，第152页。

③ 孔范今主编：《二十世纪中国文学史》(上册)，山东文艺出版社1997年版，第740页。

失了对外来冲击产生有效应激的能力,那么等待它的只能是无情的蜕变和衰落。

值得注意的是,在这社会文化蜕变和衰落的过程中,由于文化整体价值观的破毁,沈从文还进而将“堕落”由具体的人扩展到社会的整体。这也就是为什么《长河》在描写会长油滑虚伪的同时,也向我们呈现他所在的吕家坪那里“堕落”已经发展到了相当普遍的程度:原有的橘子尽供路人享用的古道遗风,已慢慢变成了连狗矢橘也要有人看守,用做买卖。面对此种情景,老水手满满禁不住叹惜:“好风水,龙脉走了!”[①]这样的慨叹也同样属于沈从文。

需要指出,《长河》创作之际正是中国进入艰难的抗战时期。在此之前,沈从文试图通过提炼本土经验来为国家、民族提供一种发展方向。然而严峻的现实却将他的美好构想无情轰毁。尽管他想以熟悉的方式弥合“梦”与“人事”之间的错位,并为避免“作品和读者对面,给读者也只是一个痛苦印象,还特意加上一点牧歌的谐趣,取得人事上的调和”,然而他仍“心中不免痛苦”[②]。即便他还想借夭夭、三黑子、满满这些“梦”一样的人物,来证明“某种向上理想,好好移植到年青生命中,似乎还能发芽生根”[③]。可在现存的篇目却没有这方面的美好信息,相反字里行间弥漫着一片秋天的肃杀之气。正因此,《长河》在对酬神戏的大肆渲染处戛然而止。作品的未竟,固然与战乱影响有关,但从更深层角度来看,这也是沈从文对自己旧有方案、旧有创作方式有意识的中止。他已看到了旧“梦”无法弥救的“堕落”,然而他却无法再像以往的湘西小说那样为之寻找一条解救的出路,他似乎陷入了绝境。该怎样走出旧轨,寻求一种新的话语言说呢?这是沈从文必须要面对的问题。

另外,“梦”与“人事”的关系处理不仅体现了沈从文关于国家复兴、民族重塑的构想,它也是其湘西小说的魅力之所系。通过“梦”与“人事”的平衡协调,他既坚持了艺术的原则,也表达了自己对社会的承担。但当“人事”一次次地证明了“梦”的虚妄时,他的创作魅力也随之遭到损毁。孔范今在《二十世纪中国文学史》中评价《长河》“的确不能代表沈从文的主要特色,在艺

① 沈从文:《长河》,《沈从文全集》(第10卷),北岳文艺出版社2002年版,第107页。
② 沈从文:《〈长河〉题记》,《沈从文全集》(第10卷),北岳文艺出版社2002年版,第6—7页。
③ 沈从文:《〈长河〉题记》,《沈从文全集》(第10卷),北岳文艺出版社2002年版,第6页。

术上尤其不如《边城》圆熟精到”①。从这个角度来看是很中肯的。也正是这个缘故,我们看到在《长河》之后特别是20世纪40年代,沈从文的湘西小说创作无可避免地进入了一个相对萎缩、停滞的阶段。不仅创作的数量锐减,而且精神气度也再难达到曾经的从容自若。它们多数的命运与《长河》相仿,成为一个个未完成的作品。《小砦》只是刚刚展开就被放弃,《芸庐纪事》也只进行到第三节;而《雪晴》《赤魇》《巧秀与冬生》《传奇不奇》等虽完篇,却也难以再现当年“边城”的魅力。

在自我怀疑与否定中的沈从文是苦闷的,但他并未因苦闷而泯灭对于国家、民族的希望。《长河》的创作过程是艰难而漫长的,但即便苦痛如斯,他也没有放弃对“人事”的关注与介入。在《〈长河〉题记》中他仍强调吕家坪问题的普遍性:“虽然这只是湘西一隅的问题,说不定它正和西南的好些地方差不多。”“和这些类似的问题,也许会在另一地方发生。”②只是他旧有的写作与表达方式之间有着太过紧密的联系,因此“梦”与“人事”的失衡意味着旧的思想与方式的双重挫败。也是在这个意义上,《长河》是其湘西小说的继续,也是其湘西的小说的终结。单一的突破已不足以解救他的危机,那些不断创作又不断中断的湘西小说已经证明了这一点。他面临的是精神思想和表达方式上的双重突破。我们曾经惋惜沈从文式的抒情小说在20世纪中国文学发展中的中断,但其中的原因决不应仅仅归结于来自于外部的压力,其中也同样存在作家主动的自我否定与超越。20世纪40年代之后,沈从文的创作向心理小说突进,散文发展也基本上与小说的方向一致。评论家认为他进入了一个“抽象的抒情”时代,与时代大潮是疏离的,而实际上沈从文还进行了一系列的杂文写作。在这些杂文中,沈从文接续了《长河》留下的问题,借助于新的文体向现实的“人事”深入掘进。

第二节 《怎样从抗战中训练自己》:对现实新的理解与介入

杂文是20世纪中国所孕育的一种特殊的文体。它与小说之间的差异是非常明显的。小说,尤其是沈从文式的诗化小说,虽也着意于阐发对社会、人生、人性的认识和见解,却往往要借助意象的确立以及曲折的方式进

---

① 费孝通:《乡土中国》,北京大学出版社1998年版,第77页。

② 沈从文:《〈长河〉题记》,《沈从文全集》(第10卷),北岳文艺出版社2002年版,第7页。

行表达,以达到一种“大音希声,大象无形”的艺术效果。相形之下,杂文对文学性手段的依赖程度并不那么高,它可以直接鲜明地阐述作者的逻辑性思考。因此,对于问题的呈现与解答都要比小说来得明显、集中。与沈从文的“姿态是向内转的,是对自我的认识与发现”[①]的小说相比,杂文更多是针对现实中的具体问题发言。从这个意义上来看,沈从文选择杂文这一行为本身就说明了他对“人事”积极的参与。如果说从《边城》到《长河》显示了沈从文对“人事”关注的不断深入,那么从湘西小说到杂文就充分说明了,他在“梦”与“人事”之间的抉择以及探索“人事”问题的急切心情。特别是当《长河》最终证明他的“梦”的虚妄时,这一选择就显得更加可贵,它包含着沈从文超越自我、超越旧“梦”的全部希冀。

其实《长河》中就已经体现出了沈从文对杂文的尝试。在该书第一节《人与地》中,他曾以杂文的笔调对湘西肤浅的“时髦”给予了深刻的嘲讽。在与《长河》创作几乎同步的《芸庐纪事》中也有类似的情况。在该书的第三节,他不惜逸出结构,加入了一段长达六千字而风格迥异于小说整体风格,精神气脉上更接近于杂文的带有时评性质的文字。这种与整体结构和风格相悖的做法,对于视美如生命的沈从文来说,无疑是一个重要的信息,它预示着作者的思想艺术将要发生剧烈的变化。但这毕竟只是在小说文体内萌生的一点新质。出于对湘西的眷恋,也可能受到固有创作模式的规约,这种新质是有限的,它不是被小说的诗化氛围所冲淡(如《长河》),就是与诗化小说相去太远,无法融合,终究难以为继(如《芸庐纪事》)。真正的突破和更为充裕的展示只有寄希望于杂文。也只有杂文,才能更为直接地表达作者对现实世界的看法。所以,当湘西小说旧有模式对日益复杂的“人事”无效时,沈从文就将他的热情转移到了杂文这种新的文体上来。这是作家在选择文体,也是文体在选择作家,它们彼此是双向互动的。

相对于此时期小说创作的一再中断,沈从文所写的杂文数量虽不多却保持了一定的连贯与完整。在《沈从文全集》第 14 卷中收录了沈从文的杂文创作若干,其中与长河创作同期的一系列杂文共 13 篇,被结集为《怎样从抗战中训练自己》[②]。按发表的时间依次为:《怎样从抗战中训练自己——

① 杜素娟:《论沈从文小说对传统文化的承接》,《中国现代文学研究丛刊》2005 年第 4 期。

② 这一组杂文发表时间由 1938 年 2 月至 1945 年 5 月,对照上文对《长河》创作、出版过程的描述,这一组杂文创作的时间正是今天我们所见到的《长河》的修改、定型时期。也是在这个意义上,它为我们理解《长河》,并进而理解沈从文的另一个世界提供了一种角度。

给沅州一个失学的青年》《给青年朋友》《一种状态》《谈人》《“五四”二十一年》《谈英雄崇拜》《谈家庭》《男女平等》《变变作风》《找出路新烛虚二》《欢迎林语堂先生》《田汉到昆明》《谈沉默》。这些文本沈从文生前并未结集出版，直到2002年北岳文艺出版社出版《沈从文全集》(32卷本)，才由编辑依内容特点归类成集。《全集》之前，虽然也有个别篇章被收录入沈从文的各种文集、选集，但都被归入“散文”，并没有引起人们应有的重视。总体而言，这13篇文章均以“抗战”为中心，批评现实生活中的种种“堕落”，提出有关民族精神重建的具体方案，与他前期的《从文自传》《湘行散记》《湘西》及后期的《烛虚》《黑魇》等散文不同，都直接面向社会、针砭时弊。而杂文一般是以“广泛的社会批评和文明批评为主要内容”。① 所以，从精神内核和文体形式上看，它们更接近于“杂文”。将其划归为“散文”，不仅失之宽泛，而且也不够准确。

这一被后来的编纂者命名为《怎样从抗战中训练自己》的杂文，创作时间从1938年2月始至1945年5月止，它既是沈从文在《长河》中艰难探索之际，也是中国被迫进行全面抗战的危机时刻。在这重要的危急关头，沈从文进一步修正了自己，他借助于更为自由的杂文文体，试图解决《长河》以及整体“湘西小说”在介入现实“人事”时所留下的挫败与问题。众所周知，战争是20世纪30年代中后期中国最重要和重大的现实“人事”，它无所不在地影响到了社会各个方面，包括如诗如画的湘西。沈从文的《长河》原本就想写战争中的社会变迁。现存篇目中战争的影响也开始向日常生活层面渗透，以至于会长不得不揣测军队的进程来确定自己的货运安排。同时他还试图描写这些湘西儿女们“如何从抗战中训练自己”，然而这一切还未展开，他的“梦”就已经破碎了。于是沈从文索性不再编“梦”，而是将这些湘西儿女们面临而没有解决的有关问题，留给了更倾向于直接面对现实“人事”的杂文去解决。抗战初期，救亡一度成为压倒一切的主题。出于知识分子的良知与责任，沈从文严厉谴责了这一侵略行为。但他并没有简单地将关注的目光停留在战争本身，而是赋予了战争更重要的意义，即“一面抗战，一面建国”②。他希望借助抗战训练出一种精神，依靠这种精神“打胜仗后方能建国，打败仗时方可翻身”③。而为了实现这样的目标上，就需要“建立一个

① 姚春树、袁勇麟：《20世纪中国杂文史》，福建教育出版社1997年版，第5页。

② 沈从文：《“五四”二十一年》，《沈从文全集》(第14卷)，北岳文艺出版社2002年版，第133页。

③ 沈从文：《变变作风》，《沈从文全集》(第14卷)，北岳文艺出版社2002年版，第158页。

标准,一种模范,由此出发,再说爱国,救国,建国"①,可见,这批杂文与湘西小说在终极目标上还是一致的,即希望通过重塑民族精神来应对沉痛的现实危机。沈从文所谓的民族精神,按他的理解,就是建立一种"坚韧朴实的人生观"②,它具体表现为"肯作事,作事时又能吃苦,耐劳,负责,永不灰心"③;同时还应有"一股热忱,把自己训练得强悍、结实、沉着、而勇于求知服务,更紧要的是忍受打击,不失望,不因之转而堕落"④;以及"律己自重""仁爱雄强""简朴单纯,爱秩序,守纪律"⑤等等。他认为只要拥有了这种民族精神,则"敌人任何猛烈炮火,都压制不住这点民族前进的意志",而"明日的一切情形会与现状不同许多"⑥。

如果说沈从文的杂文仅止于此,那他的思想还基本停留在湘西小说的境界,变化不是很大,只不过是改换了不同的表达方式。然而沈从文毕竟是一位不同凡俗的作家,深厚的人文素养和执着的探索精神也驱使着他不得不对原有的思维观念进行调整,从中注入一些与以往湘西小说不尽相同的新的精神元素。在这个意义上,沈从文这些杂文有必要引起我们的重视。它也许在笔法技巧和逻辑推理上稍嫌平直粗疏,尚未达到鲁迅那样一种精深高远的境界,但对沈从文来说则意义非同寻常,可称得上是一次前所未有的重要的精神蜕变。

这个蜕变最突出的,首先表现在对现代文明的体认和接纳。从总体上看,沈从文的湘西小说可称得上是一种民族本土或乡土的记忆。虽然在《萧萧》《丈夫》等作中也有现代意识的体现,但"回顾"还是沈从文湘西小说的主要趋势。不同于五四鲁迅式的对国民劣根性的揭露,也不同于二三十年代左翼所持的对社会的阶级分析,沈从文试图从过往传统那里寻找资源,为中国的未来提供一种可以利用的乡土(本土)经验。在继发性的现代中国,沈从文此举应该属于文化保守主义。但这一切到了杂文那里却发生了微妙的

---

① 沈从文:《给青年朋友》,《沈从文全集》(第 14 卷),北岳文艺出版社 2002 年版,第 125 页。

② 沈从文:《变变作风》,《沈从文全集》(第 14 卷),北岳文艺出版社 2002 年版,第 159 页。

③ 沈从文:《怎样从抗战中训练自己——给沅州一个失学的青年》,《沈从文全集》(第 14 卷),北岳文艺出版社 2002 年版,第 118 页。

④ 沈从文:《怎样从抗战中训练自己——给沅州一个失学的青年》,《沈从文全集》(第 14 卷),北岳文艺出版社 2002 年版,第 119 页。

⑤ 沈从文:《给青年朋友》,《沈从文全集》(第 14 卷),北岳文艺出版社 2002 年版,第 124 页。

⑥ 沈从文:《怎样从抗战中训练自己——给沅州一个失学的青年》,《沈从文全集》(第 14 卷),北岳文艺出版社 2002 年版,第 124 页。

变化。当他走出“梦”境、直面严酷的现实“人事”，社会文化的责任就自觉不自觉地促使他在原有乡土经验中融入了不少的现代因素。《“五四”二十一年》于此就有一定的代表性。在这篇为纪念五四而作的杂文中，沈从文不再单一地强调过往“梦”的可贵与示范性，而是认可文学革命“二十年来的发展，不特影响了年青人的生活观念，且成为社会变迁的主要动力”[①]。与他以往的文学倾向应该说是有相当大的差异的。众所周知，五四是中国现代化发展进程中的一个逻辑起点，它对传统产生摧枯拉朽的巨大影响。然而，“现代”是伴随着“伤害”来到中国的，所以在中国现代发展进程中，一直存在着激进与保守两种潮流。尤其是当民族危机日益沉重的20世纪30年代中后期，保守主义一度有所抬头，并以各种形式向中国社会渗透。《长河》中的“新生活运动”就带有这样的性质。可就在此时，曾经带有保守主义倾向的沈从文却从自己的经验中看到了固守本土的局限，并自觉融进了现代元素以及“坚韧朴实的人生观”，开始进行了调整和整合。《“五四”二十一年》发表后不久，沈从文曾写过一篇长文就“英雄崇拜”问题与陈铨展开论辩。依据现代的标准，他强调个人的重要性，还特别指出在战争的危机中要防止那些封建的沉渣借“民族主义”死灰复燃。他申明中国未来的发展，包括他最关心的民族精神都需建筑在现代的基础之上，“制度化和专家化及新旧中国新公民道德的培养，除依靠一种真正民主政治的逐渐实行，与科学精神的发扬光大，此外更无简便方式可采”[②]。这样的认识，不能不使他对五四的现代精神产生共鸣。

其次，是与此相适，沈从文对知识分子的看法也发生了很大的变化。在他的湘西世界中，知识分子往往是受嘲弄甚至被漫画化的，他们“大多数人都十分懒惰，拘谨，小气，又全都是营养不足，睡眠不足，生殖力不足”。[③] 这显示出他对知识分子从身体到精神的极为刻薄的鄙夷。而在杂文中，当他开始注重现代文明，他也同时对现代文明的代表——知识分子给予了应有的尊重，并将国家复兴、民族精神重建的重任寄托在他们身上。虽然他也对其中一些庸俗者进行了嘲弄，但这并不妨碍他将知识分子放在领导者的位置作整体评价。他用“中层分子”“智识阶级”等称呼来指称一个广义的知识

---

① 沈从文：《“五四”二十一年》，《沈从文全集》(第14卷)，北岳文艺出版社2002年版，第133页。

② 沈从文：《读英雄崇拜》，《沈从文全集》(第14卷)，北岳文艺出版社2002年版，第147页。

③ 沈从文：《〈八骏图〉题记》，《沈从文全集》(第8卷)，北岳文艺出版社2002年版，第59页。

分子阶层，认为"国家的将来，是要交给青年人来支持的"①。他认为："如不能在普遍国民中（尤其是知识阶级中）造成一种坚韧朴实的人生观，恐怕是不能就会有将来的！"②很明显，他是将知识分子视作民族复兴的中坚力量。沈从文之对知识分子态度的转变，一方面或许与他自己在社会上的际遇改变有关，另一方面也说明他对现代的认同和接纳。现代知识分子的确立与崛起，在很大程度上代表着中国现代化的开始与发展。沈从文这一转变，意义非同寻常。

当然，对现代的认同和接纳并不意味着对它不加选择的简单搬袭，完全走向湘西世界的"梦"的反面。沈从文创作小说《三三》时，就曾尝试让三三与城里少爷结成夫妻，以此来实现传统与现代、乡村与城市的嫁接。但他很快意识到这种简单的叠加无济于事，所以城里的少爷突然死去，结合的可能性也化为乌有。有感于此，沈从文将杂文中认可的现代看作是包含传统精髓的现代，它并非完美无缺。正像他对五四的评价那样，他既强调五四的积极作用，又指出五四"不可免有许多痛心现象。新工具既广泛普遍的运用，由于'滥用'与'误用'，结果，便引出许多问题"③。这种审慎的态度，说明了沈从文依然保持着对现代的警惕，同时也反对对现代的绝对膜拜。也正是在各种因素的互相牵制之下，沈从文的思想才得以在传统与现代之间贯通，并自信从容地应对抗战危机中的诸多问题。所以，同样是面对普遍的"堕落"，《长河》中的沈从文显得忧伤、沉痛甚至束手无策，无法继续创作。而杂文中的沈从文则显得冷静和从容，特别是当战争陷入僵局，很多人悲观绝望的时候，他依然坚信战争必将取得最后的胜利。这并非是他忽略了"人事"的"堕落"——实际上，杂文中的沈从文依然保持着对"人事""堕落"的敏感，当大多数人把关注的重心放在前线时，他仍然强调："我们都知道关心前线的阵地转移，可疏忽了后方的萎靡堕落。这不成！"④他的冷静从容，来自于思想构架中的现代的新因素。

沈从文由《长河》步入杂文逐渐展现的有关国家民族复兴的构想预示着一个美好的方向。然而文明的变化如果脱离了政治、经济变革，最终恐怕只

① 语出《怎样从抗战中训练自己——给沅州一个失学的青年》，《沈从文全集》（第 14 卷），第 118 页，由于是写给一位失学青年的，所以行文中的"青年"指的是青年知识分子。

② 沈从文：《变变作风》，《沈从文全集》（第 14 卷），北岳文艺出版社 2002 年版，第 159 页。

③ 沈从文：《"五四"二十一年》，《沈从文全集》（第 14 卷），北岳文艺出版社 2002 年版，第 134 页。

④ 沈从文：《给青年朋友》，《沈从文全集》（第 14 卷），北岳文艺出版社 2002 年版，第 123 页。

是又一场“梦”而已。因此，他以此为基础对现实“人事”的介入与构想仍然是无法实现的。这也是为什么沈从文会在20世纪40年代“抽象的抒情”中越陷越深，与“人事”隔绝。

第三节 值得注意的一种研究倾向

通过对以上20世纪30年代中后期沈从文小说与杂文的互读，我们可以看到沈从文思想艺术的丰富性和复杂性。这个丰富复杂不仅表现在纵向上受时代社会等复杂因素的影响不断有所变更，而呈现的动态的阶段性特征，内在的一致性背后有不一致；同时还表现在横向上努力介入现实、与时代进行对话所呈现出来的某种开放性特征。因此，他的创作与大多数中国现代作家作品一样，就不能不融入立体复杂的社会文化内涵。甚至像《边城》这样追求纯粹和纯美的湘西小说，也难以回避财富对纯真感情的伤害以及人与人之间的沉重隔膜。

然而这一切在近年来的研究过程中，特别是重写文学史、重排文学大师时，却有意无意地受到忽略，沈从文（包括其他一些边缘作者）被简化为一个只讲艺术而不顾社会或人生的“纯粹”的作家。他在不断被经典化的同时，也在被不适当地特征化、单一化了。当初，沈从文从文学史中消失或被丑化，是因所谓的政治问题。而今，沈从文重新回到文学史并被塑造为新经典，除了作家作品自身无法掩盖的魅力外，研究者刻意贬抑政治而推崇艺术的价值取向恐怕也起到了不可小觑的作用。曾几何时，几乎所有的研究都将注意力投放在沈从文对“梦”的书写和追求上，而他作为人文知识分子对时局、“人事”乃至政治所抱持的应有的敏感和关注的另一侧面，在事实上却被遮蔽了。这种情况与当下学界存在的只讲左翼文学的意识形态性而不讲其艺术性的做法，并无本质的区别，它的偏面和偏颇是显而易见的。给研究也带来了不少的负面影响。凌宇先生在最近一次接受访谈时指出：“近十年来的沈从文研究，尚不尽人意。这主要表现在具有里程碑式的阶段性成果尚未出现。”①

作为对沈从文研究做出过开创性贡献的专家，凌宇先生的批评和忧虑是有道理的，也合乎事实。这其中的原因当然是多方面的，但最根本的还是

---

① 夏义生、张森：《从边城走向世界——凌宇先生言谈录》，《理论与创作》2007年第1期。

在于没有跳脱二元对立的思维模式，将困扰了沈从文也困扰了20世纪中国作家的政治／艺术、阶级／人性等重要命题不适当地简化、平面化了。其实正如凌宇所说，沈从文虽十分强调人性，但这人性观中却具有“社会历史的、现实的和某些朴素的阶级内容，这奠定了沈从文道德评价的唯物主义基础”①。这也是20世纪中国作家普遍的一种文化性格，是沈从文与鲁迅乃至左翼作家具有某种惊人相似或一致的根本之所在。也正因这样，他在写“梦”之《边城》时也写了其间潜存的隐性的裂缝；在写《边城》之后接着写直指现实“人事”的《长河》和写杂文，就显得十分自然而合乎情理。20世纪严酷的现实使中国作家很难进行纯艺术的写作，即使如沈从文这样比较边缘的作家也无法将寻“梦”进行到底。我们大可不必因“翻案”的需要，把过去极端的政治与艺术关系又推向另一个极端。

上述有关沈从文的研究特别是杂文研究，还引发了我们对现代文学文献史料学问题的思考。尽管这些年来，我们在这方面已有颇强的自觉意识，但就总体而言，这一工作尚处在起步阶段，文献史料问题仍然是制约我们研究的一块“软肋”。如史料搜集不全和缺乏及时有效的鉴别整理，作家文集、全集的汇编与校勘没有统一的规范和标准等等。沈从文也不例外，20世纪80年代以来受研究（包括海外汉学研究）的影响，有关沈从文的各种文集特别是选集不仅在文本选择上具有明显的倾向性，像《看虹录》《摘星录》这样一些比较重要的作品都没有收录；而且所选择的作品均突出沈从文“梦”的一面，他对“人事”关注的另一面却没有进入视野，得到应有的展现。这样的选编，对于没有条件持有大量原始材料，主要依靠选集或文集进行研究的学者来说，局限是显见的；不仅无益，反而会给我们研究造成人为的新的“陷阱”。而2002年北岳文艺出版社所出的《沈从文全集》，因辑录了目前所见的沈从文所做的所有文字材料，除了常见的小说、散文之外，还包括他的书信、未刊稿、学术研究甚至包括他在“文革”中所作的检查等等，做到了尽可能的“全”，为我们全面地理解沈从文及其精神艺术世界提供了平台。

但是，强调对史料的全面占有并不意味着研究就一定会有突破。史料的研究并非以历史的复原、重现为旨归，在此基础上，还要对材料进行现代的观照。正如研究者指出的，材料占有与理论观照之间存在着密不可分的联系，“不以文献为基础的理论是空洞的”，同样“没有理论观照的文献研究

① 凌宇：《从边城走向世界》（修订本），岳麓书社2006年版，第111—112页。

是盲目的”①。

从这个意义上说,《沈从文全集》第 14 卷“杂文”的命名,就可以作为一个颇典型的范例。特别是《怎样从抗战中训练自己》这一辑文本的集合、归类。其中既包含了资料的整理、鉴别的基础工作,也包含了对资料的理性审视。对于这些原本被当作“散文”的作品,“杂文”不仅仅是一个更贴切的文体归类概念,它同时为我们研究沈从文提供了一种新的视角,凸显了沈从文的另一个世界。因此有必要予以重视。

(本章与张翼合撰)

附:

论沈从文的杂文写作

——兼及沈从文研究现状和史料编纂问题

在沈从文遗留的数百万的文字中,杂文只是其中很少的一部分。然而当我们把目光投向这一并不被人重视的文体创作时,它却可以帮助我们更加全面地理解沈从文。特别是 20 世纪三四十年代沈从文由湘西的“边地牧歌”转向了“抽象的抒情”,其间的曲折、矛盾和复杂,光是一般地解读沈从文的小说恐怕很难找到满意的答案;相反倒是此时写作的一组杂文彰显了沈从文转向的诸多轨迹。

这里试从这一组杂文入手,探讨沈从文精神世界的另外一隅,它的有意无意地被忽略了的丰富复杂的思想艺术。而这,恰恰是当下沈从文研究的一个缺失。当然这种情形的出现也与以往的沈从文研究以及史料编纂密切相关。为此,在具体探讨沈从文的杂文创作之前,有必要对以小说为主体的沈从文研究的历史与现状做一简要的回顾和梳理。只有这样,我们才能充分体味杂文研究之于沈从文整体研究的意义。

一

从 1924 年郁达夫的《给一个文学青年的公开状》开始,沈从文研究已经

① 张梦阳:《文献研究与理论观照》,《中国现代文学研究丛刊》2005 年第 2 期。

走过了90个年头。新中国成立之前的沈从文研究是充满争议的。褒之者,认为他开创了新的文学范式,是“想借文字的力量,把野蛮人的血液注射到老迈龙钟颓废腐败的中华民族身体里去使他兴奋起来,年青起来,好在20世纪舞台上与别个民族争生存权利”[①]。贬之者,认为其过分拘泥于自我的小天地,是“一个空虚的作者”[②]。抗战爆发之后,与文坛盛行的战争焦虑不同,沈从文似乎仍旧驻留在桃花源般的乡村世界。由于不愿受政治左右,他不仅被划入了“与抗战无关”的异类,而且还被郭沫若等左翼理论家斥为“一直是有意识的作为反动派而活动”的一个“桃红色”的作家。[③]从这些研究我们不难发现,无论是褒是贬,评论家们关注的都是沈从文的小说尤其是其湘西小说创作;杂文很少被提及,它似乎被遗忘了。这种情况也在一定程度上影响了嗣后的沈从文研究。

新中国成立后,沈从文研究进入了停滞阶段。在作为叙述固有文学经验(主要是左翼文学经验)的文学史写作中,沈从文或者被排斥在外,或者被塑造成一个与左翼为敌的“小丑”。直到新时期开始,随着文学与政治关系的渐渐解体以及艺术标准的逐步调整,沈从文才又回到了研究者的视野之中。近30年来,在学界刮起的这股持续的“沈从文热”中,关于沈从文研究的论文、论著不断涌现,并呈现出系统性的特点。其在人性、现代性等方面的独特价值也都得到了较为充分的挖掘。在沈从文个体研究走向深入的同时,人们也注意到了沈从文与世界文学(如福克纳、哈代)、与中国其他作家(如废名、汪曾祺)之间的精神关联。特别是凌宇的《从边城走向世界》(三联书店1985年版)、《沈从文传》(北京十月文艺出版社1985年版)、赵学勇的《沈从文与东西方文化》(兰州大学出版社1990年版)、吴立昌的《沈从文——建筑人性神庙》(复旦大学出版社1991年版)、韩立群《沈从文论——中国现代文化的反思》(天津人民出版社1994年版)、杨瑞仁的《沈从文·福克纳·哈代比较论》(中国文联出版社2002年版)以及《沈从文选集》(四川人民出版社1983年版)、《沈从文文集》(花城出版社、三联书店香港分店1984年版)等一批研究专著和选集、文集的相继出版,更是给沈从文的研究

---

① 苏雪林:《沈从文论》,刘洪涛、杨瑞仁:《沈从文研究资料》(上册),天津人民出版社2006年版。

② 侍桁:《一个空虚的作者——评沈从文先生及其作品》,刘洪涛、杨瑞仁:《沈从文研究资料》(上册),天津人民出版社2006年版。

③ 郭沫若:《斥反动文艺》,见刘洪涛、杨瑞仁编《沈从文研究资料》(上册),天津人民出版社2006年版。

推波助澜，发挥了重要的促进作用。随着研究的日趋深入与拓展，沈从文的文学史地位也在不断攀升。1994年，重排20世纪中国文学大师座次时，沈从文就坐上了“第二把交椅”，地位仅次于鲁迅。

种种迹象表明，沈从文在文学研究、文学史叙述中日趋“伟大和崇高”起来了，但“伟大和崇高”了的沈从文又不免显得有些单薄。尽管有关沈从文及其作品的研究数量颇丰，研究的角度方式方法也相当丰富多样，但从内在逻辑来看，新时期以来的沈从文研究和与此前的沈从文研究却具有某种惊人的相似或一致之处：这就是它们都认定沈从文从登上文坛那天起，就一直不懈地追求纯粹和纯美，书写永恒的人性和人性的永恒，而避免文学突入现实、关注现实。所不同的只是，当以政治为唯一标准时，这种追求被判定为“小丑”的活动；而当以艺术为唯一标准时，这种追求则被视为“大师”的选择。在这样的思维逻辑下，沈从文的研究就不期而然地陷于某种“片面的深刻”。而且无论是作为“大师”的沈从文还是作为“小丑”的沈从文，这些研究所针对的同样都是沈从文诗化的湘西小说创作，研究的逻辑和对象并没有改变。现在，不仅是一般的普通读者，甚至是一部分文学研究者，提到沈从文，就是他的以《边城》为代表的、诗化了的湘西小说，或者是他关于湘西的两部散文集，似乎很少有人知道他写过杂文。实际上，沈从文的确写过杂文，特别是他在创作发生重大转折的抗战时期，也即是在走出《边城》、创作长篇小说《长河》时，他将自己在湘西小说中无法得以展现的对现实的关怀投入到杂文这种文体之中。

实践证明，沈从文不但是一位浪漫唯美的作家，同时也是一位现实济世的作家。他的精神世界是丰富复杂甚至是矛盾的，并不像当下不少“经典化”研究所说的那样简单、绝对和纯粹。

二

杂文是中国现代文学中具有独特精神指向的一种文体。它非常集中地体现了中国精英知识分子对社会现实的直接关注与介入，一般是以“广泛的社会批评和文明批评为主要内容”[①]。谈到杂文，我们往往联想到的是鲁迅的“投枪匕首”，很少会将它与沈从文的“边地牧歌”联系在一起。然而在《沈从文全集》(北岳文艺出版社2002年版)中却有一本“杂文”卷。其中所收录

---

① 姚春树、袁勇麟：《20世纪中国杂文史》，福建教育出版社1997年版。

的个别篇章虽也曾在以往的《沈从文选集》《沈从文文集》中出现过,但都被归类为"散文"。而经我们仔细梳理和辨析,就不难发现这本"杂文"卷里的作品,确与作为"广泛的社会批评和文明批评"的杂文十分相似。尤其是其中创作于1938年至1945年的一组被题为《怎样从抗战中训练自己》的杂文,围绕着此时最切实的战争问题展开,充分体现出了"杂文"命名的合法性。并且,这组杂文写作的时期,又是沈从文湘西小说逐渐停滞的阶段,它同时展现了沈从文继《边城》之后的《长河》创作的精神轨迹。

实际上在《长河》的"湘西世界"里,沈从文以往以"梦"为底色[①]的诗意较之于日益严峻的"人事"就已经显得有些尴尬。《长河》中充满了焦躁不安,全然没有了《边城》式的纯净。虽然作者仍试图证明"某种向上理想,好好移植到年青生命中,似乎还能发芽生根"[②],可是作品中却始终透露着挥之不去的寂寥和隐隐的不安,最终也没能完全实现沈从文最初鸿篇巨制的构想。造成这种结果的原因与外部世界里纷繁的战乱有关,也与精神世界里自身的困扰有关,在某种程度上也来自于作者自身有意识的中止。这种来自于精神领域的困扰,使得沈从文的湘西小说创作数量锐减,精神气度也不再是曾经有过的和谐自若[③]。一再的尝试和失败使他意识到旧"梦"的无可弥救。该怎样走出旧轨,寻求新的突破?这是沈从文必须面对的一个问题。

当"梦"失落之后,沈从文并没有放弃对"人事"的探究,他开始选择更适于表达现实关切的文体——杂文。其实,早在充满挣扎与矛盾的《长河》中,沈从文就曾对湘西世界的肤浅与虚荣给予了杂文式的辛辣嘲讽。《芸庐纪事》第三节有过类似的描写。其间长达六千余字的对于社会现实的梳理与思考,与小说整体风格明显不同,相反倒是与杂文颇为相通。当然,此时的沈从文尚处于诗意与现实之间,杂文所代表的新的精神探索总还是要受到诗化小说的固有思维的干扰。因此《长河》、《芸庐纪事》中的杂文笔意也都只是昙花一现,并没有贯穿始终。当沈从文自身的精神冲突无法靠原有的

---

① 沈从文在《短篇小说》中认为,短篇小说包含两种成分:"一是社会现象,便是说人与人相互之间的种种关系;二是梦的现象,便是说人的心或意识的单独活动。""必须把人事和梦两种成分相混合,用语言文字来好好装饰剪裁,处理得极其恰当。"

② 沈从文:《〈长河〉题记》,《沈从文全集》(第10卷),北岳文艺出版社2002年版。

③ 沈从文在《长河》时期的大部分湘西小说命运与《长河》相仿,都成为一个个未完成的作品。《长河》之前的《小砦》只是刚刚展开就被放弃,《长河》之后的《芸庐纪事》也只进行到第三节,其后讲述沈从文早年在湘西时见闻的《雪晴》《赤魔》《巧秀与冬生》《传奇不奇》也都难以再现"边城"式的魅力。

思路去解决时，他选择调整以应对。这种调整包括思想上的调整，也包括艺术上的调整。于是，他从原先执着的小说里走出来，转而颇为热心地进行杂文写作。《怎样从抗战中训练自己》这一组杂文，就是他在此时期留给我们的实践成果。

纵观沈从文的这一组杂文，也许因缺乏鲁迅式的强大的思维，它的成就与影响并不足以使他在现代杂文史中占据显著位置。但是从沈从文自身的精神思想发展来看，它的意义却不容忽略；它接续并进一步发展了《长河》等后期湘西小说由"梦"向现实"人事"的转换。这组杂文中的《怎样从抗战中训练自己——给沅州一个失学的青年》《给青年朋友》《谈英雄崇拜》《变变作风》《找出路——新烛虚二》诸篇，紧紧围绕着最切实的"人事"——战争展开。其余各篇也都是在关注战争期间各类社会现象的基础上，从不同角度探讨在抗战所引起的种种心态与问题。当然，沈从文毕竟不是军事家。作为作家，他主要关心的，似乎不是战争本身的胜负，而是要借助抗战训练出一种精神，依靠这种精神："打胜仗后方能建国，打败仗时方可翻身！"[①]他希望通过重塑民族精神来应对沉痛的现实危机，也就是要建立一种"坚韧朴实的人生观"[②]。这是他关注战争的一个基本的文化立场。

但是如果只停留在这一层面，那么沈从文仍然是在旧路上徘徊。其表达方式改变的意义，也许就没有那么重要。然而，杂文毕竟包含了他寻求突破的希望，他还是竭力吸纳了一些新的因素来对自己形成新的支撑。在湘西小说时期，沈从文更多的是从封闭、远古的湘西世界中抽取"梦"，作为一种范式提供给"社会现实"。他的民族重建策略是借助于本土资源，这在某种程度上是一种文化保守主义。虽然他也曾尝试从现代角度对湘西世界进行批判，但从整体上看，他所营造的湘西世界是作为现代文明的示范而存在的。可是随着危机的日益沉重，传统的疲弱无力，迫使他对传统进行了重新的审视，并因此意识到了追怀过往的不足。所以，当他开始直接介入社会现实时，也就自觉地在过去所依赖的本土经验里有意识地加重了现代的因素。

这一点最明显地体现在他对现代精神的认同上。在为纪念五四所作的《"五四"二十一年》中，沈从文强调了以五四为代表的现代精神对于目前抗战及今后社会发展的重要性。这与他在湘西小说中的主张有相当大的差异。他不再单一地强调过往之"梦"的示范性，而是推崇现代精神的强力，认

---

① 沈从文：《"五四"二十一年》，《沈从文全集》(第14卷)，北岳文艺出版社2002年版，第158页。

② 沈从文：《"五四"二十一年》，《沈从文全集》(第14卷)，北岳文艺出版社2002年版，第159页。

为以五四为代表的现代精神“二十年来的发展,不特影响了年青人的生活观念,且成为社会变迁的主要动力”①。五四是中国社会的一个质的分界点,由此开始,传统迎来了来自现代精神、现代文明的强烈冲击。但是中国的“现代”也同时充满伤痛与屈辱,因此面对着“现代”,中国知识分子的心态总是十分复杂,既有人摇旗呐喊,也有人抗拒排斥。特别是当亡国危机日益迫近的抗战之后,因为伤痛与屈辱愈加沉重,抗拒与排斥也愈加激烈,民族保守主义一度以各种形式抬头。比如《长河》中所提及的“新生活运动”。而恰恰就在此时,曾经倾向于保守主义的沈从文却指出固守本土的狭隘与局限。他不仅调整着自己的方向,还批评并修正其中的种种缺陷,显得相当难能可贵。比如在围绕“英雄崇拜”与陈铨等人展开辩论时,他除了坚持现代理念和强调个人的重要性之外,还对战争中的“英雄崇拜”背后所包含的封建糟粕表示出忧虑与警惕。他指出要防止封建主义沉渣借民族主义形式复活,而中国未来的发展,“除依靠一种真正民主政治的逐渐实行,与科学精神的发扬光大,此外更无较简便方式可采”②。

将沈从文的《怎样从抗战中训练自己》这组杂文放在他自身精神思想发展的角度考察,我们还不能忽略其中有关知识分子观念的变化。这也可以说是他精神现代性在此时的又一重要表现。曾几何时,知识分子在他眼里,“大多数人都十分懒惰,拘谨,小气,又全都是营养不足,睡眠不足,生殖力不足”③。《八骏图》里以达士为代表的教授们在作家笔下都成为被嘲讽、鄙夷的对象。这种情况在杂文中有所改变。当作家认识到现代精神的实在、可贵与重要之后,他不再去塑造那些神话般的英雄人物,而是将国家复兴、民族精神重建的重担交给了知识分子。认为“国家的将来,是要交给青年人来支持的”④。由于这是写给一位失学青年的,所以行文中的青年指的是知识青年。他执着于“坚韧朴实的人生观”,也渴望这种人生观能够在知识分子中得以贯彻,因为如“不能在普遍国民中(尤其是智识阶级中)”,“恐怕是不能应付将来的”⑤。言下之意,很明显是将知识分子当作是民族复兴的中坚力量。

当然对于沈从文这样曾以“梦”为底子的作家来说,要想完全抛却旧

---

① 沈从文:《“五四”二十一年》,《沈从文全集》(第14卷),北岳文艺出版社2002年版,第133页。

② 沈从文:《读英雄崇拜》,《沈从文全集》(第14卷),北岳文艺出版社2002年版。

③ 沈从文:《〈八骏图〉题记》,《沈从文全集》(第8卷),北岳文艺出版社2002年版。

④ 沈从文:《怎样从抗战中训练自己——给沅州一个失学的青年》,《沈从文全集》(第14卷),北岳文艺出版社2002年版。

⑤ 沈从文:《变变作风》,《沈从文全集》(第14卷),北岳文艺出版社2002年版,第159页。

“梦”是很难的。他的现代思想之中，也必然留有过去精神跋涉的轨迹。事实上，沈从文的确也曾有过将现代与传统打通的实践。比如小说《三三》，他就试图通过三三与城里少爷的婚姻来实现这种理想，但他很快意识到这种简单拼贴的危机所在。所以城里少爷突然死去，成为三三的一个朦胧的梦。在杂文写作中，沈从文有感于此，作了不同于以往的处理。他将现代看成是包含着传统精髓的现代，是有益于国家、民族大业的现代。正因这样，他的杂文显现出小说所没有或欠缺的精神维度，在与传统、现代进行对话的同时，也对它们保持着必要的警惕，而少了一点盲目和麻痹。故而，他一方面热情地推崇五四，另一方面也如实地指出：五四也“不可免有许多痛心现象。新工具既能广泛普遍的运用，由于‘滥用’与‘误用’结果，便引出许多问题”①。由于有了这种态度与精神，同样是面临抗战危机的严峻时刻，他的这组杂文一扫《长河》曾有过的沉痛、忧郁和无奈，而显得分外的冷静、从容和自信。显然，这里根本的原因，是作家对民族精神的重构有了新的精神构架和新的思考维度。这使他在一定程度上超越了纯粹却又不免封闭的旧我，融入了更加开放、开阔的社会时代之中。

不过，民族精神的重构是一项复杂的系统工程。文明的变化与精神的变革如果脱离了政治、经济的相应变革，最终还是会落空。因此，这就决定了沈从文美好构想的悲剧命运。也正是这个原因，才导致了沈从文在20世纪40年代的“抽象的抒情”中越陷越深，以至精神迷失，痛苦不堪。

三

由上述分析，我们可以看到沈从文于边地牧歌之外，对时代社会所做的直接介入与思索。他不仅仅是写“梦”，也不仅仅是以“梦”来写现实，同时更有对现实的积极关注与参与。虽然到后来他走向了“抽象的抒情”，但在此期间他所经历的艰难的选择与突破却不容忽略。沈从文此种情形颇耐人寻味。它一方面说明他自身创作的复杂与变动，同时也从一个侧面反映了我们以往对沈从文理解的简单与肤浅。沈从文研究专家凌宇先生在不久前的一次访谈中曾指出：“近十年来的沈从文研究，尚不尽如人意。这主要表现在具有里程碑式的阶段性成果尚未出现。”②他的批评值得我们三思。

---

① 沈从文：《“五四”二十一年》，《沈从文全集》(第14卷)，北岳文艺出版社2002年版，第134页。

② 夏义生、张森：《从边城走向世界——凌宇先生言谈录》，《理论与创作》2007年第1期。

之所以出现这样的倾向,最根本的原因就在于困扰沈从文的“梦”与“人事”:他曾借助两者的平衡达到了创作的巅峰,同时也是由于两者的失衡中止了湘西世界的营造,不无痛苦地进行艰难的重构。当然,这一矛盾不仅仅属于沈从文,一定意义上,它也是20世纪中国作家所面临的普遍矛盾,他们或者为沉重不堪的现实所羁绊难以超拔,或者被过于飘忽的梦所吸引失去了应有的质感。这是中国社会和文学现代化所不可避免的两难。它融涵了人生与艺术,个人与集体、救亡与启蒙、阶级与人性、文学与政治、主流与边缘等众多命题。中国现代知识分子就在这样的两极之间豕突狼奔,而这仿佛成了他们无法克服的宿命——包括创作也包括研究。当文学观念偏重于社会现实“人事”,即强调阶级、政治、群体时,崇尚人性、艺术、个人的作家就备受打压,以至被逐出文学史;而当这一极端观念所造成精神压抑引起逆反时,人们又急切地转向了它们的反面,从“梦”即人性、艺术、个人、边缘等角度来为之翻案。从某种意义上说,沈从文研究就是这种思维模式的一个颇为典型的例子。其实岂止是沈从文,还有鲁迅、左翼作家,还包括王国维、钱钟书、张爱玲等在文学史的叙述中何尝没有经历过这样的颠倒与反复。中国社会文化艰难的历程似乎注定了文学、文学研究要走这么一段坎坷之路。只有当我们的认识日趋成熟和理性化的时候,有关的作家作品研究才能够渐渐回归他们本来的复杂与丰富。

当然,这个问题的修正和最终解决还将借助于文献史料的搜集、整理与编纂,都需建立在扎实的文献史料的基础之上。文献史料是一个客观的存在,它的客观性,在一定程度上,可对我们长期以来所形成的封闭僵硬的观念起到某种克制和纠正的作用。但是,恰恰在这方面,目前的现代文学文献史料工作仍存在着问题。沈从文各个时期的文集、选集受到种种思想观念的影响,在编纂过程中也使一部分史料被遮蔽。如他思想倾向比较复杂却又非常重要的作品《看虹录》《摘星录》,在20世纪80年代的诸多版本中少有收录。当沈从文被简化成一个唯美、唯艺术的大师时,各种选集编纂的往往只是那些“梦”的色彩浓重的作品,而对他的有关“人事”探索与关注的作品大多视而不见。这样的选编原则,对于普及沈从文作品来说当然无可厚非,且有意义;但对于研究者,尤其是对于那些无法接触到第一手资料的研究者来说,恐怕就是一个障碍甚至是陷阱了,它会有意无意地影响和误导人们对作家作品的判断。所幸的是,学界已经认识到了这个问题的重要,正在逐渐改变对文献史料的态度。2002年北岳文艺出版社所出版的《沈从文全集》,就是基于这样一种认知,编纂整理了目前所能见到的沈从文的全部文字材料，包括小说、散文、书信、未刊稿、学术研究甚至“文革”中所作的检查等等。通过这种尽可能的“全”，来向我们展现沈从文创作与精神世界的各个方面。

需要指出，重视文献史料并不等于拘泥于文献史料，更不意味用它来取代研究。文献史料的整理是一个基础性的工作，还需要我们对史料进行由此及彼、由表及里、去粗存精、去伪存真的理性观照和把握。因为“不以文献为基础的理论是空洞的”，同样“没有理论观照的文献研究是盲目的”①。《沈从文全集》第14卷“杂文”的搜集和命名就较好地体现了这一点。在此卷中，当编者在“杂文”的名目下将这些原本被当作“散文”的作品收辑在一起，我们就会发现：它不仅为这些作品找到了一个更妥帖的文体归类，而且为我们探寻沈从文丰富复杂的精神世界提供了一个颇佳的研究视角。

（本文与张翼合撰）

---

① 张梦阳：《文献研究与理论观照》，《中国现代文学研究丛刊》2005年第2期。

第五章　柔石:政治意识形态语境中的人道主义写作

柔石是左翼文学史上一位颇独特的作家,他始终保持着对自我风格的不懈追求,创作了一些与当时革命文学主潮相错位的作品。在思想上,柔石把人道主义精神融入小说,并加以个性化的阐释;在艺术上,他从个人的体验出发,进行了多种题材、多样风格和多类人物的探索,从而在一定程度上超越了概念化、公式化的革命文学创作模式。

第一节　左翼文学类型与作家创作实践的错位

左翼文学是适应20世纪30年代特定社会历史状态而发展起来的一种新兴文学。从美学意义上讲,它也许存在着明显的欠缺,其形式构造上的粗糙和公式化、概念化的倾向是一眼可以看出的弱点。但是作为一种文学潮流,它的出现有其深刻的必然性,曾对20世纪30年代争取国家独立统一起到了很大的鼓动和促进作用。同时它还最先在革命文学领域方面进行了探索并成就了一批较为优秀的作品,为新文学注入了新的血液和生机。因此,左翼文学具有不可漠视的价值,在中国现代文学史上始终占据着独特的地位。从总体而言,左翼文学既是五四文学的发展和延伸,它继承了反帝反封建的文化传统及知识分子高扬的社会责任感和民族忧患意识,同时又加入了阶级斗争的新内涵,在一定意义上表现了对五四精神的批判和超越。如果说五四文学是建立在"人"的尊严基础上的,把个体思想情感体验与社会的启蒙责任相结合的探索,那么左翼文学在更大程度上体现出与时代同声的情感波澜及日渐清晰的阶级意识。从个体的“我”走向集团的“我们”，从私我的感性评判进入到共通的理性界定，在这之间，可以看见作家们日益开拓的观察视野和激荡着责任及勇气的宽广胸襟。

一个组织，或是更确切地说是一个时代，把一批作家凝聚在一起，发出相似的声音，往往是来自社会政治方面的要求。这种要求或多或少会介入艺术的构成，赋予其明显的社会政治实践品格，使之出现某种雷同；但是另一方面，作家彼此不同的个性和契入点也必使他们程度不同地保持着自我的相对独立性。以此来审视当年的左翼文学，我们发现其内部事实上还是存在着对革命文学歧义互见的几种类型。首先是以鲁迅、胡风、冯雪峰为代表的一批作家，他们较多地保持了自我的独立精神，从文学和生活关系的角度进行表现，因此在凸显强烈现实意义的同时就具有良好的文学品性。另有如李初梨、郭沫若等作家基本上以政治的态度来从事文学创作，发展到后来就有了以周扬为代表的一群，他们逐渐变成了相当意义上的政治话语或泛政治话语的阐释者。在上面两类之间还存在一批作家，他们用马克思主义的理论作为自己话语的逻辑起点，但实际追求的则是鲁迅那样的独立精神。正是这些作家真正介入了革命文学艰难曲折的探索历程，文学性、革命性、艺术性、阶级性等等范畴构筑了他们矛盾的话语世界，在如何融合统一的实践中，他们为后世留下了许多宝贵的经验。柔石就是这群作家中的重要一员，鉴于他在这方面的尝试出现在左翼文学的早期，其意义就更为深远了。

20 世纪 30 年代国内风起云涌的社会政治斗争是左翼文学产生的重要原因，它使得部分的革命理念直接进入到文学创作中。与此同时，国际左翼文学即“拉普”的许多观点也被引进，在形式上原封不动地被借鉴。特别是“唯物辩证法”的创作方法被匆匆拿过来用以反拨初期左翼文学创作的“革命罗曼蒂克”倾向。这些未被本土文学充分吸收内化甚至是被绝对化的东西，使得左翼文学特别是初期的左翼文学在充盈着热情的同时没有冷静地去面对现实，艺术上也明显地流于公式化、概念化。柔石作为左翼作家的一分子，当然不可能不受到这种集团性思维方式的影响。他在当时本来就是一个进步青年，参加“左联”后更是成为这个组织的中坚力量，与那个时代许多左翼作家一样，对革命文学的主张是深信不疑并充满向往。极富意味的是，柔石的创作实践本身与当时革命文学的主要趋向却有错位，他以自我的方式解读着革命和文学的双重命题。造成这种状况的原因有很多，从柔石本人的角度看，大致可以归纳为以下三个方面。

首先,起决定性作用的是他的生活经历。从童年开始的艰难岁月、较长时间的乡村体验以及坎坷的求学之路,使柔石积累了十分真实和丰富的生活生命感受。他的创作很多时候就是基于自我的感受而完成的，特别是他早中期的创作就清晰地表现出一个小资产阶级知识分子在五四大潮渐渐退去后的苦闷和彷徨。在许多人看来,这似乎反映出柔石思想起点不高，不过和那些先理论后实践的革命者相比,真切的生活生命体验恰恰成了柔石创作的最大财富。他在自我的生活磨砺中一步一个脚印地迈向进步、迈向革命,在文学创作中天然地削减了许多概念化、公式化的毛病。其次,是与鲁迅的影响有关。柔石一生最大的幸事也许就是能够结识鲁迅,并可以经常性地聆听他的教诲。1928 年,柔石来到上海后在鲁迅的直接关心下进行写作,可称为"鲁迅派"的成员之一。鲁迅曾在多次论战中表明了对纯粹出于宣传目的的创作的不满,在后来给沙汀、艾芜的《关于小说题材的通信》中也表达了拓宽选材范围的主张。鲁迅这一思想必然对柔石产生深刻的影响,使他继续执着地选择自己熟悉的题材,在创作风格上更接近于五四"为人生"一路。最后柔石的错位创作,还可归因于他短暂的革命生涯。柔石加入"左联"的时间其实很短,从 1929 年 10 月中旬参加"左联"的第一次筹备会议到 1931 年 2 月 7 日被害,在不到一年半的时间里,柔石的创作风格还来不及发生很大的转变。或者说流行的革命文学中的一些创作风潮虽已浸漫到了柔石的写作观念,但它还未在其文本创作里完整全面地得到体现。所以在作者短暂的一生中,柔石更多的是作为一个进步的知识分子而不是作为一个革命的作家从事创作,他的作品中着重反映的也是他通过自我生活艰难探索、不断奋进的心路历程。这在客观上淡化了他作品的革命政治倾向,提升了艺术审美价值,从而突显了他在左翼文学中的特殊性。

当然,这样讲并不意味柔石是左翼文学的异类,更不是说他的作品是跳出革命文学大语境的非政治化写作。其实,从 1928 年开始,柔石作品的政治化色彩渐渐浓重起来,像《夜底怪眼》《别》等都开始较为直接地反映社会的政治斗争和革命活动。1930 年前后,他曾向鲁迅表达了自己转变作品内容和形式的愿望,还对友人林淡秋谈起过想要尝试"革命的作品"①。可惜由于过早牺牲而未付诸实践。柔石是左翼文学中的柔石,他的艺术个性和文学追求只有放在左翼这个范畴中才会体现出真正的意义和可比的价值。在革命文学大潮中既从众又独立的创作风范使他从左翼青年一代作家里率

① 林淡秋:《忆柔石》,《文萃》第 2 卷第 18 期,1947 年 2 月 6 日。

先脱颖而出。作为一个文学家，柔石的创作成就不仅是“左联”五烈士中最高的，而且在整个左翼文学乃至新文学发展史上都有着不可替代的地位。特别是他小说的成就，远远超越了当时左翼文学的范畴，而成为 20 世纪文学文化中的不可或缺的一个重要组成部分。

第二节 革命主题下的人道主义写作

如前所述，阶级意识的强化而导致的政治式写作，是左翼文学不同于五四文学的一个显著特点。由于自觉地要以文学促使政治秩序的颠覆与革命，左翼作家普遍倾向于用革命的功利主义去看待文艺，有的甚至把创作看成是一种政治活动，认为写作实际上就是把抽象的政治话语予以形象的转述和翻译。罗兰·巴尔特在《写作的零度》中曾区分出政治写作的两种基本形式：法国的革命式写作和马克思主义式写作[①]。20 世纪 30 年代的左翼文学创作以 1932 年为界，可以分为前后两个阶段。左翼文学的前期崇尚和宣扬暴力革命，作家们用激越的文字塑造突进的英雄形象，用充满浪漫的故事礼赞着血与火的斗争。他们在膨胀式的语言背后蕴含的是不可抑制的高昂情绪，使其宣传鼓动的作用得到淋漓尽致的发挥。如蒋光慈的《短裤党》等就是这个阶段作品的代表。1932 年后，随着对早期革命文学创作中“罗曼蒂克”倾向的批判和对文学半自律性的体认，这股风潮渐趋平实。以茅盾为代表的一批左翼作家开始通过包含着一定意识形态内容的语言和形象来转述既定的法则和判断。于是，马克思主义式写作代替了法国式革命写作，不同于五四及其他时期的作品，题材和主题普遍呈现出了外向性、积极性、现实性、变化性等特点。[②]

立足这样的层次角度来观照柔石的小说创造，我们便不难发现：尽管从时间上看，他正处在法国式革命写作的大环境中，因此其创作不可避免地和政治、革命等主题密切地联系在一起；但是在具体的写作过程中却一直保持着自我的独特追求，在一大批热烈激昂的左翼作家中，显现出超越一般意义的个性化的自我色彩。在创作早期，柔石的小说以表现男女婚恋和知识分

---

① [法]罗兰·巴尔特：《写作的零度》，见《符号学原理》，生活·读书·新知三联书店 1988 年版。

② 参见许志英、邹恬主编：《中国现代文学主潮》，福建教育出版社 2001 年版，第 235 页。

子心态为主,像《疯人》《离校的一年》《生日》等都是那个时期的作品。小说除了表达对纯真爱情的追求外,抒发的大多是觉醒后无路可走的知识分子面对人生、爱情的迷惑和苦闷,作品的调子比较灰暗,它反映了五四退潮后的时代特征,并融入了自我强烈的情感体验,因此我们常常可以在作品里发现他自己的影子。不过,这还不是他的"自我色彩"的主旨,我们所说的他的"自我色彩",更主要的是指他在1929年前后文艺思想的"转换"和进入"左联"后,仍一往情深地实践其自我的个性化创作尤其是人道主义立场的个性化写作。也就是说,他在法国式的革命写作的大环境中,更多从事的是人道主义的写作,从而在一定程度上实现了对以社会阶级划分和政治判断为前提的政治式写作的超越。

柔石的这一思想在他的短篇小说集《希望》里得到了较好的展示,作家努力避免大喊大叫,尽量通过客观的手法来描绘现实并把他对人的关注自然地糅合进去。不过最完整地体现柔石此思想的还是他1929年出版的中篇小说《二月》。该作没有正面描述如火如荼的斗争,而把目光集中到一个宁静的江南小镇——芙蓉镇,一身疲惫的萧涧秋来到这里,为的是寻求失落后超然的逃逸;新寡的文嫂回到这里,为的是平复丧夫的伤悲和开始一段抚养子女的艰辛日子。小说通过他们来真实地沟通外部世界。除此之外,小镇就基本处在封闭的状态中。这样一个甚至带有点诗情画意的地方是适合心灵作战而非血淋淋的肉搏的。于是,柔石就在芙蓉镇里展开了一场属于思想和情感的大碰撞。萧涧秋是一个博学多才的青年知识分子,坎坷的经历使他敏感而迷惘,善良而懦弱。从思想倾向上来讲,他不信奉当时流行的什么主义,恪守的是人道的立场。萧涧秋在渡口初次遇见文嫂一家所产生的深切同情,并不是来自对李先生的革命同志式的钦佩和敬仰,倒是文嫂凄苦的神情和采莲天真的神态举止深深地震撼了他。这种同情和关怀是建立在人道主义之上的、对无差别的人的美好天性和生存权利的尊重,无功利性是其突出的特点。萧涧秋无条件地资助采莲读书,时刻关心着他们一家的生计,最后甚至愿意离开陶岚、牺牲自己的爱情和幸福。不过柔石并没有局限于对这种人道主义的颂扬,而是进一步从另一角度去完善对人道主义的理解。萧涧秋的帮助最终没有使文嫂一家走出困境,男孩病死,文嫂自尽,采莲成了无家可归的孤儿,就连萧涧秋自己也陷入更深的迷惘。看来温情的关爱、无私的奉献并没有发挥神奇的力量,在困苦的生活和卑鄙的诽谤面前它有时是显得那样的苍白无力,这就是柔石笔下关于人道主义的悖论。回顾五四时期的文学,我们可以发现许多关于"人"的主题的创作,如冰心、叶圣陶等作家都在这方面留下了不少经典的作品，他们站在启蒙者的立场上对人道主义进行倡导和褒扬。随着五四的退潮和新一轮革命斗争的酝酿，时代斗争的形势早已不是简单的人道主义能够解决得了的，社会需要更充沛的勇气和更果敢的决断，萧涧秋们必须重新振作。这就是柔石在革命主题下提出的对人道的新诠释，他把五四时的“人的文学”与“左联”时的“革命文学”有机地融合在一起，同时又有所突破。这其实是以个人的创作为支点，在一定程度上实现了对两种文学的超越。就作品内在思想的丰沛和震撼力而言，1930 年创作的《为奴隶的母亲》堪称是柔石所有小说中最杰出的华章。他所描绘的《典妻》题材内容在中国现代文学史上也许并非仅见，如许杰的《赌徒吉顺》、罗淑的《生人妻》等都是这方面较为成功的作品。前者着重于描绘一个丈夫处于良知崩溃边缘的痛苦和心灵挣扎，而后者侧重于表现一个妻子在典嫁后所受的非人的折磨及最后走向抗争的选择。但柔石的《为奴隶的母亲》与它们相比，有着更鲜明的个性色彩。“典妻”是存在于部分农村中的一个陋习，它造成夫妻分隔、母子离散，上演了一幕幕人间悲剧。生活的艰辛让丈夫和妻子不得不丧失为人的起码尊严，人性和人道被任意践踏、蹂躏。柔石正是从这一点契入，以人道主义的立场来完成小说的创作。作品里的春宝娘是作者寄予了深切同情和人道关怀的农村妇女，她勤劳善良但却一生不幸，被典前忍受着丈夫的虐待，被典后除了承担繁重的劳作外还要对秀才娘子忍气吞声。对此柔石并没有加以浓墨重彩的描绘，而是别开生面地选取了“母爱”这个原始的人类本性，通过它去反观“典妻”制度对人道的摧残。他以无比冷峻和痛楚的笔墨向我们揭示：春宝娘这个一辈子都活在别人意志里的女人，对她而言最真实的就是对孩子的无尽牵挂。母亲和孩子在一起是人的最基本的权利，但对春宝娘来说却成为一种奢求：孩子被从她身边夺走，春宝已经对她陌生；秋宝注定也会忘了她的存在。对春宝娘这样的母亲，母性使她弥散出人性的最后一抹光彩，失去了，她只是一副空洞的躯壳。

从这个意义上讲，柔石的命题无疑是十分深刻的。在他的作品里虽也存在相互对照的两个阶层：富足的秀才家和赤贫的皮贩家，只是柔石并没有简单地用阶级论的观点去图解笔下的人事，小说中的秀才和秀才娘子虽然是反面角色，但他们绝不是一个“恶”字就能概括的。秀才自负而迂腐、虚伪而又惧内；秀才娘子专断而刻薄、迷信而好妒。柔石用了不少文字来表现他们的意识和行为，在他笔端恶的属性是融合在人物具体的思想性格之中的，而不是表现为一种外在的阶级立场的符号或表征。不仅如此，在《为奴隶的母亲》的人物身上,我们还可以发现更深刻的内涵,它直指中国文化的层面。文中的秀才显然是一个考取功名后留在乡间安享富足生活的地主,他一方面对自己的生活充满自得;另一方面对于秀才的地位又十分看重,常常摆出一副文人的腔调,高兴时来个所谓的灯下读《诗经》,在为儿子取名时甚至还要翻出《易经》《书经》去查找好字眼。矛盾的心态、双重的身份,使秀才表现得既虚假滑稽,又让人觉得真实,因为他无形中概括了中国一部分传统文人的精神思想和文化取向。还有秀才娘了,一个生活在封建时代的正妻形象,在春宝娘刚进门时她做出过宽宏大量的姿态,可不久就被醋意冲撞得消失殆尽。践踏妾室或是典妻以维护妻的尊严和地位是秀才娘子的独特心理,它不妨也可看作是封建正统文化和道德观念在民间的一种折射反映。正因融合了人性和文化的双重内容,故而《为奴隶的母亲》显示出了不同于一般的厚重感,其成就及其内涵甚至高于中篇小说《二月》之上。这标志着柔石的小说创作至此已经达到了一个新的高度。

需要指出的是,柔石上述这种带有超越性和"自我色彩"的人道主义写作,除了时代和个人的因素外,显然还和俄国文学的影响不无关系。柔石曾经在日记中说到过自己的理想和托尔斯泰颇有相通之处。读他的作品,我们的确也可窥见托尔斯泰主义的影子。像《三姊妹》中对章先生最后忏悔心态及赎罪行为的描写就不能不说是受到了《复活》的启发。所不同的是聂赫留朵夫最后拯救了玛丝洛娃并获得了良心上的平衡,而章先生却永远也不能使三姐妹重获新生,自己也必将活在后悔之中。由此不难发现柔石对人道主义的态度还是较为客观的,他联系当时的客观现实,力求对人道主义做出一个比较合理的解释。柔石对人道主义的理解既有异于托尔斯泰和五四启蒙文学的赞美和倡导,也不同于左翼文学中大部分作家对之的规避和否定;而是基于自我独特的理解和感受进行多方面的具体切实的阐释,这在整个左翼文学中都是不多见的。

第三节　超越"唯物辩证法"的独特艺术个性

从艺术上看,柔石也颇值得称道。由于标举鲜明的阶级和政治立场,也由于大部分作家是从激进的小资产阶级文学青年转变而来,这一特异的情况,使得左翼文学普遍在艺术上呈现十分高昂的基调,写人叙事往往铺张扬厉、刚健激越。它突破了五四时代文学固有的格局,热心于塑造高大的共产党人和战斗的工农大众的形象，并以“力的品格”丰富和开拓了艺术的审美领域。面对新的题材对象，不少作家总是迫不及待地倾吐他们刚刚获得、但还来不及完全消化理解的无产阶级的观念意识，一时之间，他们未能完成革命主题、革命激情与艺术形式的有机磨合。于是就产生了一大批呈现粗犷风貌的作品，它们在暗合作为文学主潮的恢宏气度的同时也暴露出艺术品格上的欠缺。当然，这是与同时期的非左翼写作相比较而言，并不是说左翼文学的创作就不注重艺术形式和艺术个性。事实上，左翼文学本身就是一种动态的文学，它在运动过程中也一直不断地进行着调节和修正。特别在“左联”成立后，除了鲁迅对历史小说体式的实践和茅盾对长篇小说体式的贡献外，在鲁迅先生的影响下，当时还出现了一批颇具艺术个性的左翼青年作家，如艾芜、叶紫、萧军、张天翼等都是其中的代表。他们立足于自我独特的生活经历，以开放的心态博采众家之长，大胆尝试抒情小说、讽刺小说等写作体式，创造出了风格多样且具有较高艺术水平的佳作。他们的加入无疑为左翼文学增添了新的生机，使其整体创作迈向了一个新的高度。尽管在这方面，左翼作家不像上海的现代派作家那样热衷于标新立异，也不像“京派”作家群那样在艺术上精雕细刻。左翼文学自有其特殊的创作背景。然而唯其如此，他们中的不少人都在作品里表现出独特的艺术个性，显示出对文学本性的孜孜追求，这就愈发难能可贵了。

柔石无疑是属于上述充分尊重艺术规律、凸显艺术个性的作家中的突出的一位。不必讳言，从 1928 年前后无产阶级革命文学的倡导者提出的革命文学要表现工农群众的革命斗争生活，到 1931 年“左联”决议要求把那些“身边琐事”的、小资产阶级“革命的兴奋和幻灭”“恋爱和革命的冲突”等题材排斥出去。所有这些观念主张对柔石的创作当然也是有影响的。但是柔石之所以为柔石，就在于并没有为了某种政治理念而舍弃自己熟悉的生活内容。恰恰相反，而是十分珍爱自己静观默察、烂熟于胸的生活题材，以此建立自己的艺术立足点，保持从生活出发寻找题材的一贯做法。从整体上看，柔石小说的题材大致可分为三方面：一是表现农村的苦难生活，二是表现知识分子在爱情和事业上的探索，三是表现革命斗争。我们可以发现，这些内容与柔石的经历有着密切的关系。他在浙东农村的生活，他的求学的生涯，他从事的革命斗争的历程成为他最宝贵的艺术资源。柔石没有为了应和革命文学潮流而轻易地放弃表现农村和知识分子生活的创作优势，这显示出他成熟健全的创作心态。另外，即便是面对革命斗争的题材，柔石也往往能选取一个合理的角度，理性而智慧地进行处理。在柔石现存的作品里，几乎看不到对革命的正面描绘，但读者从人物的言行举止中仍可约略地窥见当时斗争风暴的影子。像在《别》中，柔石只是表现了一个青年人在清晨告别妻子去远行的一幕，但透过他们的言谈和别样的气氛，我们还是可以感受到越来越逼近的革命风潮。对于柔石而言，他在更多时候是以知识分子的思维视野去看待革命斗争，血与火的厮杀对他来说毕竟是陌生的。柔石扬长避短，能从自我经历出发选择熟悉的题材内容和契入点，这正反映出他对于文学艺术的严谨和执着。

众所周知，左翼文学的初期，"革命＋恋爱"的罗曼蒂克曾经风行一时。嗣后，它又被"唯物辩证法"的创作方法所代替。从这以后虽几经变化，现实主义的创作方法在革命文学中的地位逐渐得以确立。在相当长的一段时间里，这种现实主义强调表现人物的阶级性和群像性，在一定程度上成为公式化、概念化、脸谱化的诱因之一。而现实主义应该具有的深刻现实意义反而被削弱了，左翼文坛上一度缺失了像鲁迅小说那样深刻的作品。另一方面，现实主义成为区分写作立场的重要标志后，其他创作风格被剔除在主潮文学之外，造成了写作上的单一化。纯粹的浪漫风格固然是少人问津，即便是抒情的笔调也很少被人运用。如何处理好政治立场和写作风格的关系，革命文学是否只属于硬朗的风格成了众多作家困扰的问题。柔石虽然并未对此提出过明确的主张，但他的创作经历也颇能说明这个问题。

在创作的早期，像许多青年作家一样，柔石创作了不少充满浪漫色彩的作品，藉此表达追求个性解放和真挚爱情的愿望。在《疯人》一类作品里弥漫着诗意的色彩和哲理的气息，我们从中甚至可以发现五四时期庐隐们的影子。同时，柔石在作品里又融合了鲁迅反封建的战斗精神和创作手法，《疯人》在运用第三人称叙述的同时穿插了第一人称叙述直接表现疯人狂乱的心理，这多少受到《狂人日记》的启发。不过，此时的柔石还没有形成成熟的创作风格，大致到 1928 年的《旧时代之死》才标志着他艺术上的飞跃。该作对主人公疯狂心态的描写和剖析显示出他文学创作上的巨大潜力。与《旧时代之死》同年发表的《三姊妹》，又体现柔石对另一种风格的探索，作者在小说中对人性、爱情、道德的阐释，使整篇作品散发出清婉和缓的抒情气息。更值得一提的是《二月》这个中篇，柔石将他此前所做的艺术探索进行了一次成功的融合。他在革命文学风潮涌动的时代里，没有因为跟随大流而放弃原本的艺术主张，而是以沉静的心态把审美的目光投向偏安一隅的江南小镇，去探索一个青年知识分子的人生道路和心路历程；用清新的笔调描绘江南小镇的如画风光，借此与人物微妙的内心感受互相映衬，使作品呈现出一种舒缓的调子。他还运用了书信和音乐进一步营造抒情的氛围，书信直接表现出主人公的思想；而音乐除了反映萧涧秋的才情和心态外，还起到了渲染环境、延展情感的作用。《二月》通篇洋溢着浓郁的抒情气息，读来犹如散文般绵长隽永。这样的文本风格在左翼文学中极为罕见，柔石独特的艺术个性也由此可见一斑。在创作的后期，柔石小说在现实主义方面进行了更有价值的尝试。他于此较多师法鲁迅，其所运用的客观的视角、深刻的剖析、冷峻的笔调，都明显地打上了鲁迅小说的印记。当然这又不是简单的模仿，柔石有属于自己的思想主张和艺术个性。他的作品也许没有鲁迅那么犀利尖锐，但却有作者投下的深情的关怀；也许没有鲁迅那么深层的内涵，但却有着浓厚的生活意趣。在艺术追求上，柔石在兼容并蓄的同时永远保持着一份独立的品格，这使他成为"左联"中独树一帜的一位作家。

从创作数量上看，柔石自然不能称为高产作家，但是他小说中的人物却常常给读者留下深刻的印象，像萧涧秋、陶岚、春宝娘、秀才娘子等都具有相当的典型性。由此可见柔石在小说人物塑造上还是有其不凡的才情和功力的。在创作的早期，他曾尝试通过直接的心理描写去表现人物，在进入成熟期后，就更多地采用传统的"写灵魂"手法，即通过人物自己的语言、行动、表情等可见的形象来显示深处的灵魂，作者的立场则尽量隐藏在作品背后。像《为奴隶的母亲》中的春宝娘本身是一个没有知识的农村妇女，在生活的重压下，她在丧失为人的尊严的同时也丧失了自我。这样一个人物如果用大量内心独白式的心理描写去表现她的情感，显然是不大合适的。而柔石用行动和简单的语言来反映春宝娘的心理状态，这就比较符合人物的文化属性。作品里写到春宝娘即将离开秋宝，她为秋宝穿衣服时泪流满面，哽咽地答应着秋宝"婶婶"的呼唤，提出迟走片刻的请求，走出三里后产生对孩子哭声的幻觉，几个细节把一个母亲离开孩子时的心理状态刻画得入木三分。

总体而言，柔石小说主要塑造了两类人物形象：一是知识分子形象，二是受损害的下层民众特别是农村妇女形象。当然这并不是柔石的首创，早在五四时这两类人物形象就被很多作家描写过。从一定意义上讲，他们正是启蒙文学所要表现的重点，因为他们本身就恰好构成了启蒙的施动和受动的两面。柔石对这两类人物是很熟悉的，他也是从五四过来的，所以就自然地继承这一传统，从而打破左翼文学工农革命者一统天下的艺术格局；同时他又把这两类人物纳入革命的背景下，以更广阔的视野、更理性的分析赋予他们新的生命力。客观上，柔石对表现对象不同一般的选择，也使他在一定程度上避免了左翼文学在人物塑造上的弊病——即类型化、脸谱化。

左翼的一部分作品为了达到宣传的目的往往盲目地描写革命英雄，一些作家甚至认为只有如此才具有真正的革命属性。在这样的观点影响之下，许多作家不顾自己的实际去塑造陌生的、尚未被自己理解消化的英雄形象。没有充实的积累和情感的浸泡，光靠抽象理论的指引和对英雄的想象，结果只能写成一些没有血肉、没有生活真情实感的人物形象。柔石在小说中没有正面表现革命的英雄，因为他深知自己建立在生活基础上的艺术个性在这方面没有多少“用武之地”。我们不妨把它看作是柔石的一种富有意味的回避。当然我们应该珍视这种回避，它同样需要勇气和智慧，从一个侧面体现了一个作家对自我的理性评估和对艺术精神的无上尊重。

（本章与戴燕合撰）

第六章　金庸:武侠叙事的文化内涵与当代意义

20世纪80年代改革开放以来,处于文化消费饥渴状态的大陆读者,遭遇金庸时得以释放的武侠情结,与海外华人世界的金庸热潮交相辉映,造就了金庸武侠小说万众瞩目的盛况,也直接促成了其在大陆文学史中地位的直线上升。金庸的出现为大陆学者打破几十年文学研究的狭隘视角,提供了可供言说的理论话题和辩难资源;他甚至颠覆了居现代文学史几十年的"鲁(迅)、郭(沫若)、茅(盾)、巴(金)、老(舍)、曹(禺)"的超稳定结构,引发了重新确立文学史秩序的尝试。围绕他展开的争论,以至成为20世纪文学发展中的经典事件,见证着中国文学的世纪变迁与心态演变。事实上,以金庸为代表的新武侠小说作为中国文学重要的一翼,直接参与了20世纪中国文学的现代性建构。而在新武侠50年的发展历程中,金庸起着承前启后的重要作用。相较于新武侠鼻祖梁羽生的名士情怀和左翼色彩,金庸小说丰富而深刻的现代性文化内涵,不仅满足了中国文学现代性的文化想象和大众的审美需求,同时也为古龙完成新武侠的现代性转换,奠定了坚实的基础。从金庸1955年的《书剑恩仇录》至1972年的《鹿鼎记》,这期间,在漫画、电影、电视剧、互联网技术等多种媒体的推波助澜下,在华人世界的流行之广、影响力之大,叹为观止。今天,早已封笔的金庸,还在不断地引发更多人的"胡思乱想"。①

那么,金庸的武侠小说除了雅俗共赏的武侠题材内容,是什么样的文化

① 金庸1994年在台湾《中国时报》为"金庸茶馆"开办而作的关于《历史人物与武侠人物》的演讲中,说自己的武侠小说是"自己胡思乱想,几千几万人跟著自己胡思乱想"。

内涵和艺术特质赢得广大读者欢迎？它在“后金庸”时代又将面临怎样的境遇，与嗣后的武侠小说具有怎样的逻辑关联和承续关系？本章拟对此作一番探讨。

第一节　吴越文化内涵与现代性的构建

探讨金庸武侠小说，地域文化也许是一个重要的契入点。从吴越之地走出去、定居香港的金庸，当他在香港异质的文化语境下，创作富有传统形式的武侠小说时，他又是以怎样的视角观望地域文化，为地域文化的转型提供了新的文化基因，这个问题在以往的金庸武侠小说研究中，尽管有所涉及，但总体而言成果是比较薄弱的。这里择其要者，略述如下，以期为处在转型期的吴越文化提供一些启示。

一、“书剑”传统与作家的价值取向

20 世纪五六十年代，当大陆的武侠前辈作家，因为政治的规训，惴惴不安地袪除自己的“武侠梦想”时，金庸在殖民地的香港异军突起。对他的创作取得超乎意料的成就，一直是学界乃至大众十分感兴趣的话题。我们认为，金庸武侠小说的成功首先在于具有根文化意义的吴越赋予他的创作精神和文化内涵。吴越文化指的是以古代吴越地区为地理文化疆界成长起来，在历史发展中吸收、融合、创造、充实而逐渐定型的一种区域性文化传统。龚自珍“一剑一箫”的概括，很好地道出了吴越文化刚柔并济、山性和水性文化并存的主要特点。当然，吴越地域文化并非是固有的，更不是静态的。历史上它的特殊性在于它处在长江文明和黄河文明“太极式推移”的交岔口上，相对于中原主流文化，吴越文化的边缘位置，使它较少地受到政治意识形态的染指而获得某种独立性和自足性。滨海的地理位置又使它与海洋文化唇齿相依，成为外来文明传向中原的中介站，起着过滤和稀释的作用。在与主流的中原文化和时尚的海洋文化既抗拒又融合的过程中，犹如新鲜血液般的激荡和结合，激活了吴越文化内在的张力，使它裂变出更为丰富驳杂的文化内涵。“在异质文化因素相互化合的过程当中，也就改变了原来的文化形态。”①晋代以后，历史上三次大规模的人口南迁，大运河的开

① 杨义:《杨义访谈录》,《东南学术》2003 年第 1 期。

凿，特别是士族南迁后，带来了玄学和佛学的兴盛，形成了“尚文”的文化心理，导致越文化中“崇武”的精神逐渐式微。但事实上，越文化最核心的刚烈和坚韧并没有消失，如明代东林党人的“冷风热血，洗涤乾坤”的豪气；近现代的章太炎、秋瑾、鲁迅身上，还是颇多铿锵之音。

丰厚的文化滋养和得天独厚的地域优势，形成吴越子民开放的文化心态和开拓创造的文化品性。这体现在金庸武侠小说的价值观上，主要是构成了其“刚柔相济”的精神品质。金庸出生成长于浙江海宁，从小耳濡吴越之地的神话传说，接受了吴越机智柔和、重乐轻礼、富有创造精神的文化品性；雄伟壮观的海宁潮也在金庸貌似文柔的书生气中，镌刻下了勇敢叛逆的性格。金庸从小就爱看武侠小说中“琴剑二侠”的行侠生活，年轻时代走南闯北，也不乏“行侠仗义”之举。1955 年，金庸在报纸上连载第一部武侠小说《书剑恩仇录》时，其一书一剑，代表的一文一武，传神地点出了吴越文化的精髓，“剑”是实践恩仇的工具，书是对剑的反思和沉淀，开山之作，在“侠”“义”“情”的起承转合中，渗透着吴越文化刚柔相济的品性，呈现出超越“旧武侠”打打杀杀的不凡气度。二十年后，金庸在修订版的后记中说：“乾隆皇帝的传说，从小就在故乡听到了的。小时候做童子军，曾在海宁乾隆皇帝所造的石塘边露营，半夜里瞧着滚滚怒潮汹涌而来。因此第一部小说写了我印象最深刻的故事，那是很自然的。”①当金庸在异域的环境中，开始写作武侠小说时，是浩瀚的海宁潮，撞击出他的创作灵感。江南雅致的生活情节，陈家洛由西湖而引发的故园情怀，他与霍青桐姐妹浪漫而伤感的柔情蜜意，在小说中被反复咏叹，充分展示了吴文化温文尔雅的情致。但“玉城雪岭”“万马奔腾”的海宁潮水所启示的不仅是“吞天沃月”的自然奇观，也是“金鼓齐鸣”的武林江湖。金庸的武侠小说情节发展的内在驱动，永远是家仇国恨；陈家洛等英雄人物行走江湖的一个最重要的目的是为了“反清复明”的家国仇恨，越文化中勇敢剽悍的精神，越王勾践“卧薪尝胆”的复仇精神，在小说中，得到了淋漓尽致的表达。短篇《越女剑》就直接以“卧薪尝胆”的故事为蓝本，再现了勾践在吴越争霸时期的复仇精神。可见吴越精神已经以一种潜移默化的影响力，渗透在金庸的血脉之中。但“永嘉之乱”之后，江南士族在政治上受到压制后，所产生的“朝隐心态”，深刻影响了吴越地区的社会风尚。西施和范蠡纵情于山水的浪漫的爱情归宿，消解了因为复仇所产生的巨大的压迫感，吴越文化重乐轻礼、酷爱自然的一面得到了张扬，范蠡

---

① 金庸：《书剑恩仇录》后记，广州出版社 2002 年版，第 749 页。

身上“远离庙堂,纵情山水”的理想,有浓郁的江南士大夫气。“书剑并存”的吴越特色基本贯穿在金庸的武侠小说中,貌似对立的“一剑一箫”的吴越文化,在金庸笔下被从容演绎,使他的小说既有“正气凛然,豪气干云”的刚毅气质,也有“一折青山一扇屏,一湾碧水一条琴”的超凡脱俗的诗化意境。

当然,武侠小说作为一种文体,最本质的特点在于“武”和“侠”。武功和武打依然是金庸小说的基本和重心。琳琅满目的江湖门派,眼花缭乱的掌拳手法、精妙绝伦的搏击比拼、卓尔不群的套路招式,构成了金庸的武侠世界,也凸显出小说“剑性”的主调;它与金庸接受吴越文化时偏爱“书性”的价值取向,存在着某种偏差。他笔下血腥或暴力的江湖仇恨和武林厮杀,与其对安稳平静的生活方式的向往,也是一种对立。这是武侠小说的文体特点规约作家创作理念的必然结果。

与金庸武侠小说“刚柔相济”的精神风貌相对应的是,小说雅俗并举的艺术特色。中国文学发展过程中,雅俗的界限并不泾渭分明,划分尺度也随时代而变化。吴越到隋唐宋时期,成为经济和文化的中心,城市和商业文化兴起,与越文化式微后的士人韵致结合,在明清时期建构了成熟的雅俗相得的江南风尚,并逐步发展为经典性的主导文化。“其民老死不识兵革,四时嬉游,歌鼓之声相闻。”①苏轼的话,写出了吴越子民的文化消费意识,而在野的士大夫阶层是沟通雅俗文学的主要力量。明代以后,历史文化转型,吴越在野的文人更是进入了与雅文学对立的戏曲等俗文学领域,极大地提升了俗文学的内在品质,促成了吴越民间文化的兴盛。武侠小说是富有活力的民间文学形式,金庸的意图是创作大众文学,他的武侠叙事也体现出追求小说的趣味性和吸引力的大众特点。“我本人认为武侠小说还是娱乐性的,是一种普及大众的文字形式,不能当成是一种纯文学。”②曲折离奇的情节、浪漫的多角爱情故事,以及登峰造极的武功描写,其目的指向娱乐性和消遣性;不断地制造“惊喜”,迎合大众的阅读需求。但是,金庸并没有止步于仅仅制造大众武侠的一般文本,而是努力调动自己的文化资源,赋予武侠小说丰厚的传统文化内涵。中原文化是传统文化的主干,吴越文化中“雅”的一极主要是中原士人南迁后,逐步兴盛起来的,所以带有较浓郁的传统文化的韵致。金庸的小说把“庄骚”传统中天马行空的想象力,与古吴越之地少数

---

① 〔北宋〕苏轼:《表忠观碑记》。

② 转引自费勇、钟晓毅:《金庸传奇》附录,广东人民出版社 1996 年版,第 395 页。

民族的神话幻想和史诗思维结合①，营造出小说亦真亦幻的美学风格，在很大程度上弥补了20世纪中国文学缺少想象力的弱点。《书剑恩仇录》由海宁民间耳熟能详的乾隆身世传说，串联起“反清复明”与“八大遗诏”的历史事实，最终引发了清廷与红花会的大对决；民间与庙堂对立所产生的狂欢气氛，大历史和小历史交相辉映的丰富想象力，不仅满足了读者的猎奇心理，也让他们感觉到历史的恢宏与震撼。同时，为了让小说更具阅读趣味，金庸也采用了《史记》《三国演义》历史文学化的手法。《天龙八部》中的段氏家族，历史上是带有神秘色彩的大理国的建立者，段誉的原型段和誉是大理历史上文韬武略的优秀帝王。让这样一位帝王化身英俊潇洒的“侠士”行走江湖，并演绎出浪漫的爱情故事，其所产生的对于读者的心理诱惑是可想而知的。历史与民间传说相交融的手法，使小说既能满足读者的浪漫幻想，也能让他们得到窥视历史的喜悦；同时，在虚实相间的叙述中，不仅增添小说的神秘感，也丰富了武侠小说的内涵。

另外，士人文学传统相对于民间文学传统，比较注重哲思。庄子的《秋水》篇相对于《诗经》，更注重以百川灌河、万川归海探讨人生境界的哲学思考。中原士人的南迁，对吴越比较注重文饰的思维习惯，带来了冲击。中原士人受孔子“文质观”的影响，文学思维比较质朴，重视内在的仁德。金庸出身海宁望族，海宁虽是滨海小城，但自古学风兴盛，民风淳厚，名人辈出，为文化之邦，诗书家庭使金庸对吴越的士人文化有很深的感受。与前辈武侠小说家不同的是，金庸在粗粝的武侠想象中，注入了精妙高雅、更多哲学味道的士人思维，“武侠小说本身是娱乐性的东西，但是我希望它多少有一点人生哲理或个人的思想，通过小说可以表现一些自己对社会的看法”②。所以他的武侠小说虽然是大众文学，却与一般大众文学容易出现的低俗平庸的格调拉开了距离。《射雕英雄传》一方面是郭靖历经磨难，成为一代大侠的个人成长史；另一方面描绘一个边塞部落崛起为历史上庞大帝国的扩张史。于历史的史诗性表达中渗透着浓郁个体的体验，特别是小说最后，当郭靖与老年的成吉思汗相对，两人关于“英雄”的争论，见出金庸对传统英雄观现代性改造的哲思。他放弃了《水浒》《三国演义》《杨家将》以“忠君与爱国”

① 按照杨义先生的说法，中国传统文化中的完整的神话和史诗集中在少数民族中。如今已成为中华民族共同的创世神话资源的盘古，在少数民族的起源传说中频繁出现，南朝梁人任昉认为是来自于“吴楚间说”。

② 转引自费勇、钟晓毅：《金庸传奇》附录，广东人民出版社1996年版，第390页。

为行为准则的古典英雄崇拜，而是以对民众的关怀和乡土家园的热爱为标识，来塑造富有现代性的英雄人物。这显然也符合身处不同政治和文化语境中的华人读者的爱国情怀。

金庸在小说中还将这种哲思延伸到了对武侠自身的哲学思考："其实我自己真正喜欢的武侠小说，最重要的不在武功，而在侠气——人物中的侠义之气，有侠有义。"①金庸小说中的英雄不一定是武功最高的，但往往具有"仁义"和"侠义"精神。他认为中国传统的儒家与墨家思想的"极致是'杀身成仁，舍生取义'，武侠小说的基本传统也就是表达这种哲学思想"②。《鸳鸯刀》不是金庸小说中最有代表性的，却是探讨"武功"与"仁义"最为直接的。武林人士苦苦寻觅一对有天大秘密的宝刀，结果刻在上面的秘密是"仁者"和"无敌"。虽然小说在表现中国传统的仁义精神的重要性时，显得过于直露，有概念化之嫌；但由此看出金庸对"以德服人""神武不杀"的武学最高境界的标举。当然，金庸更多的是将武德的哲学探讨隐含在情节的叙述和人物的性格中。《雪山飞狐》中胡一刀和苗人凤在沧州相逢，展开了一场空前绝后的鏖战，神出鬼没的胡家刀法遭遇了举世无双的苗家剑法，难分胜负；但几天苦战，两个仇家都为对方的品格和武艺折服，萌生了英雄相惜的感觉，于是仇杀有了"义"的亲切感。所以，比武中武功只能决定胜负，而渗透在武功中的"德性"，才能引发道德的崇高感。即使是《鹿鼎记》中，有着"嬉皮士"色彩的韦小宝，"五毒俱全"，但金庸一再强调他"重视义气，那是好的品德"③。韦小宝的"中间人物"性由此而确立。所以侠之大者，不在于有无掌握绝世武功，是否天下无敌，更重要的是在于"德性"的高下。金庸的小说，在改变旧武侠过于狭隘的"忠义"境界上，更注重对传统文化的改造与借鉴。

在武侠小说比较固定的通俗文学叙述模式中，引入丰富的想象、深刻的哲思，是金庸借助吴越"雅俗相得"的地域文化，将武侠小说推陈出新的一个重要原因。

二、地域文化与现代人性及大众传媒的同构

然而刚柔相济的武侠演绎，雅俗共赏的审美趣味，如果没有现代性内容

---

① 金庸：《历史人物与武侠人物》，《明报月刊》1994年第12期。

② 金庸：《小序：男主角的两种类型》，参见吴蔼仪：《金庸小说的男子》，香港明窗出版社1992年版，第2页。

③ 金庸：《鹿鼎记》后记，广州出版社2002年版，第1813页。

和多元文化的渗透，则无法提升其现代品性。20世纪中国文学现代性进程的大背景，其思想启蒙和文学市场的双向推动力，为金庸提供了新的文化视野，注入了新的文化资源。金庸从事武侠创作的时期，正是大陆、台湾、香港文学各行其是、各自为政的时期，上半个世纪所开创和进行的中国文学的现代化进程，在复杂的政治对峙中，举步维艰。在"刚柔相济"的侠、义、情的叙事中，金庸继承了五四以来形成的人的解放和自由的现代精神，延续了处于瓶颈期的中国文学的现代性进程。诚如王德威所言，"晚清以来种种不入主流的文艺试验中，有一种'被压抑的现代性'"，它却可以指陈一个文学传统内生生不息的创造力[①]。武侠小说被压抑的现代性，在五四新文学关于人的自由解放的探讨中被激活，"我写小说，旨在刻划个性，抒写人性中的喜愁悲欢"[②]。

当然，金庸对人性的浓厚兴趣，一方面与地域文化赋予他的开放的心态有关，另一方面则与吴越前辈作家积极参与中国文学现代性进程的表率有关。如鲁迅、茅盾等，他们基本上是在异域的环境中，将故乡作为创作的精神园地，透视了老中国儿女的人性，为吴越文化的发展注入了现代性的内涵。然而同样是注重人性的表达，金庸的开拓，是在文学现代性发展的关键时期，关注到了处在复杂民族关系中的"人性"困境。这是中华文明从秦汉时代形成复合形态的多元民族国家起就一直存在但又被忽视的问题，同样也是中国社会走向现代进程的一个必须面对的重要话题。为此，金庸小说的背景基本都选择在宋元之交和明末清初，前者如《射雕英雄传》《神雕侠侣》，后者如《书剑恩仇录》《鹿鼎记》《碧血剑》等。这两个时代，都是少数民族入侵中原、民族矛盾激化的时期。金庸由此表达了他"多元共生""和而不同"的民族关系的理想："我认为过去的历史家都说蛮夷戎狄、五胡乱华、蒙古人、满洲人侵略中华，大好山河沦亡于异族等等，这个观念要改一改。我想写几篇历史文章，说少数民族也是中华民族的一分子，北魏、元朝、清朝只是少数派执政，谈不上中华亡于异族，只是'轮流做庄'。"[③]

正是在这个意义上，他把《天龙八部》演绎成中华民族内部的大理、宋、辽、西夏、吐蕃、燕等的"多国演义"；也正是在这个意义上，小说有了透视人性的独特视角。金庸笔下主人公的民族身份往往不是单一的，但民族在征

① 王德威：《想像中国的方法》，生活·读书·新知三联书店1998年版，第12页。

② 金庸：《天龙八部·金庸作品集》新序，广州出版社2004年版，第7页。

③ 金庸：《金庸的历史观》，《明报月刊》1994年第12期。

战中,迫使他们急需要完成自我的身份确认,困境由此而生。《射雕英雄传》中郭靖与杨康一个生长于蒙古大漠,一个生长在金国。无论是金国王爷、蒙古大汗,以及周围的人,在他们成长的过程中,都赋予了他们温暖与关爱。但他们的根却在吴越之地的临安牛家村,由此而引发的人性的矛盾,显示着家国仇恨对人性情感自由的压抑。小说在郭靖形象的处理上比较简单,主要以高扬的爱国主义情怀演绎了郭靖的英雄壮举,规避了其内心抵抗蒙古入侵时可能发生的矛盾冲突。但金庸显然不想用同样的方法处理杨康。面对未曾谋面的"生父"与视如己出的"养父",他个人的情感选择,却是关乎民族国家的,金庸最终是通过其品格的"非道德性",完成其因为背叛家国而导致的人性"恶"的评价;但对于杨康处在个人与民族间的人性痛苦,金庸是同情的。所以杨康虽然"恶",在金庸笔下却是一位相当成功的悲剧人物。而在《天龙八部》中的乔峰身上,金庸显然把郭靖和杨康糅合在一起,他的处境与杨康类似,却比杨康多了一层英雄人物严格的道德自律,所以其内在的人性冲突,则更为惨烈。乔峰是中原武林的丐帮帮主,英雄人物,却是由汉人养大的辽人,血缘之爱,养育之恩,都不能丢弃;家国之忠,难以两全,民族之间的杀戮与争斗撕扯着他的人性,纵然是顶天立地的大英雄,但以一己之力,如何改变民族的仇恨:"然而我爹爹是契丹人,如何要他为了汉人,去杀契丹人?"明着说父亲的苦,其实又何尝不是自己的苦楚:"如此杀来杀去,不知何日方了?"英雄末路的绝望,使乔峰最终只有以死亡解脱自己。民族歧见所导致的冲突,同样也阻碍了爱情的自由选择。在《白马啸西风》《书剑恩仇录》《天龙八部》中,异族男女间的自由恋情,遭遇种种的阻碍和牵绊,最终导向悲伤的结局。

除了表现人性的冲突,金庸也歌颂了自由的人性选择,这契合五四文学关于人的解放话题。武侠精神成长的土壤是社会的无序和失范,需要依靠民间的个人的力量,来纠正种种不公平的现象。正是在这个层面上,金庸最终更愿意还他的侠士以崇高的自由,这与吴越文化纵情山水的士人韵致和人生理想是一致的。《笑傲江湖》的令狐冲傲视权贵和功名,在自由自在中体现了武学的最高境界;"神雕大侠"杨过,自幼愤世独立,欺师叛祖地做了古墓派传人,并公然对抗礼教大防,娶师父小龙女为妻。所以金庸眼中真正的"侠"不仅是有德之人,更有自由之心,这分明是五四话语在通俗的武侠小说中的渗透。此种人性的自由落实到爱情上,则是"携手走天涯"的理想情爱模式的构筑。虽然,受男权文化的影响,金庸小说中不乏以"男人"为中心的情爱观念,但男女平等与恋爱自由的现代社会思潮,还是深刻地影响了金庸情感本位的价值取向；述说着个人选择的自由倾向，毕竟爱情选择的自由是人性自由最集中的体现。《倚天屠龙记》中，殷离原来一直苦苦追求张无忌，但当张无忌终于接受她后，她却觉得张无忌其实并不是自己理想中的爱人，便又毅然离开了张。这类根植于现代个体自由意识基础上的爱情故事，真诚而义无反顾，体现了武侠小说既张扬自由个性，又强调精神自律的理想爱情模式，比较契合五四高举自由民主的精神宗旨。金庸小说继承了五四的现代性内涵，提升了武侠小说的内在品格，顺应了中国文学现代性的历史潮流："武侠小说反映的追求个性解放、追求人与人之间的平等……这许多精神和理想在当今时代并没有过时，依然有着积极的意义。"①

这种现代性内涵同样也进入了金庸小说雅俗共赏的审美系统中，从而提升了他小说的艺术品性。应该说，金庸武侠小说进入大陆文学史的前提是由俗入雅，即首先确认其有进入雅文学的通行证，然后再确认它的文学史意义。这种结论本身还是带着雅文学的有色眼镜，而不是从雅俗文学平等的角度做出评判。金庸武侠小说的大众文化属性，某种程度是对精英文化霸权的一种抵抗。所以，如果否认了其最本质的俗文学特点，也容易消解其对话抗衡的力量。吴越本是商业文化比较兴盛的地区，但金庸创作的直接地域背景是充分商业化了的香港。具有吴越传统文人气质的金庸，正是在与英殖工商社会市民文化的互动中，逐步生产出武侠小说的新范式。香港商业文化与吴越地区最大的不同，是现代发达的报业传媒，它对金庸武侠小说的传播与流行，起了决定性的推动作用。小说在报纸上分期连载，以带动报纸的销售，"报纸要吸引读者，那么我写点小说就增加点读者"②。金庸小说一开始就呈现出现代大众传媒的眩人光芒，努力迎合香港的市民文化心理和审美需求，营造精神狂欢的娱乐效果，带有浓郁的商业文化气息。事实上，金庸本人，早年也料不到自己的文学史地位将会靠几本"武侠小说"奠定："我以小说作为赚钱与谋生的工具，谈不上有什么崇高的社会目标，……一直没有鲁迅先生、巴金先生那样伟大的动机。"③但现代大众传媒在促成文学大众化和商业化的现代性特征的同时，反过来制约了武侠小说在性格情节方面的发展。最典型的莫过于《神雕侠侣》的结尾，当小龙女殉情跳下绝涧，此时的金庸，考虑到读者的关注和期待，又设置了别有洞天的大团圆

---

① 金庸：《金庸大侠问答录》，《齐鲁晚报》2000 年 5 月 11 日。

② 金庸：《答现场观众问》，《中国历史大势》，湖南大学出版社 2001 年版，第 17 页。

③ 转引自冷夏、辛磊：《金庸传》，湖北人民出版社 2007 年版，第 244 页。

结局。读者永远是通俗小说的上帝，关心他们的需求，是俗文学不变的"定理"；而武侠小说的受制于市场和读者可见一斑。金庸后来花大力多次修改自己的小说，应该说是清晰地认识到，当年的写作因为受制于市场和读者，其间颇多粗糙和悖理之处。当然，这也体现了金庸对通俗文学的独到处理：他一开始是把武侠小说作为快餐文化来写的，但由此而引发的读者的阅读热情，却激励了金庸的"精品意识"（一般是精英文学的专利）。这体现了金庸与众不同的文学追求和创作心态。

然而，金庸并没有被香港五光十色的商业文化冲昏头脑。他清醒地认识到，香港依托丰富的海洋文化资源和中西文化交汇优势，以及相对于西方和中国大陆的"边缘"性生存，所形成的开放探索的地域文化特点。而且不同文化背景的人，犹如多元民族群居的一个缩影，在逐步萌生的家园意识和本土历史意识中，香港的文化资源得到多方面开掘。相比吴越的文化熏陶，金庸在香港更直接地感受到中西文化的碰撞，触摸到了殖民地文化影响下港人共同的身份焦虑和虚根性导致的对传统文化的依恋心态。基于此，金庸的武侠小说可以说满足了港人对母体文化的期待与想象；而他小说的主人公，如杨过、胡斐、乔峰、虚竹等的"孤儿"身份，也暗合了香港脱离母体的少年沧桑，他们在流浪生活中创造的"赤手空拳打天下"的创业神话，就如励志故事，激励着处于"虚根"状态的港人的立业想象。而最为振奋人心的是，荡气回肠的爱国主义精神，作为金庸江湖世界中永不变色的主旋律，"贯穿在金庸小说里的思想主流，是爱国主义和民族精神"①。在金庸笔下，快意恩仇、行侠仗义，只是一般的"侠客"所为，为国为民，才是"侠之大者"。这思想主流贯穿在郭靖、乔峰、陈家洛、张无忌等英雄人物身上，激荡着殖民地文化心态下的香港民众，使他们颇有知遇之感。但金庸小说中爱国主义的张扬，并没有忽视处在中西方文化中香港社会的另一种心态，"十八世纪、十九世纪时最大的困难，就是个人想发展个人主义，争取自由，但背后有个国家，如果过分争取个人自由，组织、国家就会无力，所以自由和组织都应有所限度，不要逾越，也不能任由国家权力无限膨胀，漠视人民自由，如此国家会变得混乱"②。人既承担一定的社会责任，又保持独立的人格，这种不乏理想化的中庸，恰到好处地传达了中国人与西方不同的现代意识，也使从吴越

① 冯其庸：《读〈金庸笔下的一百零八将〉》，《落叶集》，中国社会科学出版社 1997 年版，第 222 页。

② 金庸：《历史人物与武侠人物》，《明报月刊》1994 年第 12 期。

走出来的金庸得到了更为广泛的华人世界的认可。

另外，金庸小说因为通俗文学的特性规约，一般会淡化政治的影响，这里有吴越士人传统的影响。永嘉南渡后，吴越士人比较倾向于远离政治。金庸也曾指出梁羽生小说中过于浓郁的政治色彩，表明自己对政治的疏离："因为小说写得好不好，和是否依照什么正确的主义全不相干。"①但作为写社评的"香港第一健笔"，金庸的小说并非与政治绝缘，特别是他的小说创作和其政论家的生涯是同步的，所以很难完全摆脱政论的思维模式。首先他以江湖隐喻朝廷，中国几千年的封建政治文化在他的小说中，被大幅度的展开。但如果仅仅停留于此，金庸的小说可能与大陆裹挟在政治热情中的小说，并没有太大的差别。其次，香港开放的文化环境和独立于内地的政治语境，为金庸提供了反思中国以权力为中心的政治文化的"他者"视角，这是当时的内地作家无法想象和企及的创作领域。小说中江湖好汉的恩怨情仇总是与各民族的逐鹿中原纠结，前者为了争得武林霸主，后者是为了"谁主沉浮"。所以武林中的"千秋万载，一统江湖"，事实上是"普天之下，莫非王土"的另一种说法。权力斗争是金庸反思的重点，他在《笑傲江湖》的后记中说："不顾一切的夺取权力，是古今中外政治生活的基本情况，过去几千年是这样，今后几千年恐怕仍会是这样。"②小说中的任我行、东方不败、岳不群、方证大师、冲虚道人等，表面看是武林高手或佛道子弟，事实上是政治人物。江湖世界背后永远是政治强大的操纵性和异化性的力量，"葵花宝典"是武术的制高点，给予了江湖好汉笑傲江湖的无限想象，其实质是对权力的崇拜。

不仅如此，金庸还进一步从权力斗争对人的异化，反映出它的残酷性和非人性。江湖作为庙堂的缩影，与此相连的是被神化了的不男不女的东方不败和无法逃离权力神话的任我行。在《天龙八部》的慕容复身上，金庸关于人性异化的述说是最为直接的。为了恢复慕容家族百年前的大燕王朝，处心积虑的慕容复牺牲了与王语嫣纯洁无瑕的爱情，践踏了兄弟情义，一代翩翩公子最终变成了一个疯子。欲望是人的一种本能，但当它依附于权力无限膨胀后，却给人性和道德带来毁灭性的打击。所以真正的英雄即使抱着"为国为民"的宗旨，也要竭力避免成为权力斗争的工具，追求与权力对立的"且自逍遥没人管"的人生境界。联系金庸"武侠小说没有前途"的悲观一

---

① 金庸：《飞狐外传》后记，广州出版社 2002 年版，第 664 页。

② 金庸：《笑傲江湖》后记，生活·读书·新知三联书店 1994 年版，第 1591 页。

叹,一方面固然是对代表"实质公正"的惩恶扬善之举、超乎法律"程序公正"之上的武侠精神,如何在现代民族文化中生存的一种反思;更是基于其对江湖世界类似于庙堂的权力斗争的深刻失望。这最终促成了他的封笔之作《鹿鼎记》,"《鹿鼎记》已然不太像武侠小说,毋宁说是历史小说"①。通过韦小宝,作者揭示了传统的侠之群体认同和社会现实的拯救功能,与权力游戏的纠缠,表现了金庸后期创作中对武侠小说自身的反思和否定。正是在与香港文化的碰撞和对接中产生的反思气质,使得金庸小说得以超越一般通俗小说的浅薄,获得了深厚的精神品格和艺术风格。

三、"金庸现象"与吴越文化现代性构建

全球政治经济的一体化和西方文化的全面辐射,不仅对中国文化产生了深刻的影响,同时也对地域文化的现代性建构带来了重大的冲击。如何在走向世界的进程中,用文学的方式保存地域文化的个性,增强其留存、发展的动力,是摆在吴越作家面前的一个沉重的话题。从20世纪地域文化的现代性建构看,特别是浙江文化作为吴越文化的一种现代形式,更应关注金庸作为一个典型的文化现象,其所具有的文学价值和地域文化建构的参照系意义。

首先,从地域文化的体悟上认识金庸,他的艺术经验所具有的典范意义,主要源于其丰富的文化体验。作家既是地域文化的欣赏者,更是地域文化的创作者和实践者。现代文学发展的三十年中,作为吴越文化重要一族的浙籍作家,曾经撑起了中国现代文学的半壁江山。但到当代,无论是文艺思潮还是作家作品,都无法与前半个世纪的辉煌相比。造成这种局面,自然有诸多因素,但它无疑与地域文化现代性的改造不无有关。当现代性的威力穿过地域文化的屏障,投射到作家的创作中时,如何既保存地域文化的个性,又走出地域的束缚,是当代浙江作家急需思考的问题。金庸的小说无疑提供了一个可资借鉴的文化范本。这里至少有两点值得注意。

一是他对吴越文化传统的正确体悟。金庸亲沐地域文化的滋养,更对地域文化有细致的体会和考察。他在撰写《越女剑》时,曾经指出吴越文化"外来"的特点,见出其开放性和吸纳性的优势。对于内涵丰富驳杂的吴越文化,金庸用动态的眼光,抓住了"刚柔相济""雅俗共赏"的基本特点,对宋以后式微的越文化中"刚"的一面,进行了张扬,保持了吴越文化在文化精神

---

① 金庸:《鹿鼎记》后记,广州出版社2002年版,第1812页。

生态上的平衡。虽然一个作家可以偏重于吴越文化中的“柔性”特征，但如果所有的作家都忽视吴越文化中“刚性”的一面，则对地域文化的发展是很不利的。王旭烽的《茶人三部曲》将茶文化的精致与茶人的坚忍负重相结合，深得吴越地域文化“刚柔相济”的精髓。浓郁的地域文化气息和厚重的历史感，是她走向“茅盾文学奖”的基础。而目前浙江作家最大的缺憾，就在于身处地域文化的场域中，却缺乏对地域文化的深刻体味。特别是对当下处在不断变化中的地域文化的脉搏，缺乏应有的把握。“闭门造车”的创作，容易导致作家创作的滞后和表现的僵化，现实中开拓进取的浙江人和浙江文化，在目前浙江作家的笔下，却没有得到充分的表现。这不仅无法揭示地域文化的现代进程，更不要说对地域文化现代性建构提供鲜活的理念，以自己的审美理想丰富地域文化。

二是多元的文化背景。多元文化的融合，有利于开拓良性的文化生态环境和调动多姿多彩的文化能量，从而推动文学出现新局面和大气象。金庸早年辗转流离，但也为后来的创作积累了丰厚的文化资源。诚如陆游所说：“天恐文章不尽材，教尔零落在蒿莱。”金庸在与吴越相异的文化“空间”中，超越了不同意识形态和不同地域文化的差异，在保持武侠小说传统范式的同时，成功地实现了从思想到艺术的多方面革新。他的作品所造就的“有华人处，皆看金庸”的壮观，在 20 世纪吴越作家中是绝无仅有的，同时他也以自己对通俗文学的特殊贡献，很自然地切入了百年中国文学的现代性进程。更为难能可贵的是，在一个并非正常的殖民环境中，金庸努力保持一种正常的心态。既利用了香港文化开放探索的特点，又感悟到其与母体文化的源流关系：“香港是中国传统文化与西方现代文化交融的地区。香港人受西方国家如英国、美国等的影响较深，但他们毕竟是中国人，也具有深厚的传统文化背景。”①这种理性冷静的文化观，使金庸即使身处香港的商业环境中，即使在追逐市场和读者过程中，依然能保持一份平稳的心态，为吴越作家如何超越自身文化并保持独立性提供了异常宝贵的经验。特别是改革开放以后，吴越在经济文化以及精神风貌上都发生了巨大的变化，商品经济对作家的冲击，容易使他们趋于浮躁，迎合市场的心态可能导致创作的低俗化、商品化。这样说，当然并不是提倡作家都去创作雅文学，而是在一个商业化的环境中，应该认识到刚性文化对抵抗现代消费文化对人的异化的重要性；即使是迎合大众，也能保持自己作为一个作家的清醒和独立，创作出

---

① 戴雪松：《立业香江乐太平——金庸访问记》，《世界博览》1997 年第 4 期。

为大众所喜闻乐见的富有文化内涵的通俗作品。毕竟通俗小说在文学市场的驱动下,也应该不断进行现代性的变革尝试。

其次,从地域文化的精神角度考察金庸,他出入于吴越的文化思维的创新,为地域文化注入了新的活力,提升了它的文化品性。一个地域文化生生不息的动力,来自于它的创新精神。而创新的基础是反省。吴越文化的现代性构造本身是一个包含着内在冲突的结构,如果不能正视其内在的紧张而一味地迷信现代性,那么就会丧失起码的反省能力。金庸在南京大学的一次演讲中提到,东晋以后南方政权更迭中皇帝与大将的相互争斗,导致了中国南方人性格的文弱,这是金庸对吴越地域文化偏重阴柔秀美的单一性的一次审视。虽然在理念上,他更倾向于吴越安稳平和的一面①,却以对"武侠"的崇尚,激活吴越文化中粗野奔放的一面。更重要的是,中国武侠小说经历了由古典重"义",到民国重"情"的历程,而到了金庸则在义之刚和情之柔的矛盾中渗透了"理"。虽然他的小说仍属于通俗小说模式,但并非有意为之的内在意蕴的提升,使武侠小说足以与新文学或纯文学鼎足而立。这一点,也表现在他创办和主持《明报》时期,"虽千万人吾往矣"的行事风格。其实,早在五四时期,吴越作家就体现出参与中国文学现代性进程的热情。鲁迅振臂一呼,不仅开创了白话小说的新时代,同时也开创了文学启蒙的五四传统。这种敢于创新的精神,对吴越文化来讲,应该成为其现代性建构中,最值得提倡的一种精神。由此可见,现代地域文化的创新,主要基于文学创作中地域文化的展示或渗透,不是一个完全还原的过程。因为文学除了表现地域文化的特色外,还对地域文化的发掘与创造负有一定的责任。金庸小说中的吴越文化传统,也已经按照新武侠小说和读者需要,获得了新的发掘,从而显示出它的现代性色彩。

目前,在地域文化的现代性创新中,就缺少这种敢作敢当的作风。很多时候,是大家都在设定一种标准,这极容易实现福柯所说的把公共资源和知识资源成功转化为自己的利益源泉的预言。当文化的表达和创新成为满足自大心态和权力欲望的工具,创新则只是一个遥远的回响。其次,也要排斥怀古的心态。金庸虽然很快适应了香港的生活,但因为分离而产生的对母体文化和地域文化的思念感怀,容易产生一种顶礼膜拜或过于深情的心态。一切以古代为标准,特别是在弘扬传统文化的高调之下,很容易导致崇古的

① 金庸在为吴蔼仪《金庸小说的男子》作的序中提到,"少年时代的颠沛流离使我一直渴望恬淡安泰的生活"。

心态，这同样不利于地域文化的创新。最后也应该防止过度表达导致的对地域文化的误解。美国汉学家费正清一度认为："在我们所理解的中国农民的传统中，充斥了大量的江湖义气。"[①]其实，在金庸的小说中，也存在着对地域文化的过度表达的缺陷，从而使他的小说带有某种公式化的嫌疑。如他小说中的南方人一般没有北方人那样的豪气和侠骨丹心。这些都是作家在地域文化的创新性表达中，需要引起重视的。

最后，从地域文化建构的态度理解金庸。金庸武侠创作中包容开放的心态，应该成为地域文化建构的一个最基本的姿态。因为地域文化和历史的特征不是某种自我的规定，而是在具体的历史网络中多种力量和文化互动的结果。首先是对中华民族母文化的态度。地域文化的发展既要保持自己的特色，又要能够融入整个民族文化发展的大环境。金庸正是凭借自己对中国文化的深刻理解和深厚扎实的国学根底，把武功与文化结合并提到了"妙参化境"的高度，使文化成为武侠小说最基本的精神支柱。中华民族文化的起源如满天星斗，母文化大格局下的地域文化星罗棋布，陈寅恪认为中国是"文化大于种族"[②]，不同的种族之间的矛盾可以用母文化来包容，和而不同。金庸准确地把握了中国传统文化的精髓，他用道德至上的武学思想，阐释以"仁孝""中正平和"等伦理道德为本位的中国文化的精核，以此契合了华人对文化传统的崇仰和感怀，获得不同地域文化圈和语境中的读者认同。目前，在发展市场经济，改善人们生活的口号下，很多作家醉心于"大跃进"式的创作，心态浮躁，不仅无心构建自己深厚的文化底蕴，而且也缺失创作的精品意识。浅薄、狭隘的文化视野和积累，显然不利于创作出优秀的文学品。其次是对少数民族文化的重视。金庸小说对少数民族英雄慷慨豪烈的表现，体现了"天子失官，学在四夷"的开放姿态[③]。尊重各民族、各地域文化差异多样性的存在，可以防止地域文化发展的过分单一和专门化，也为主流文化的应变和实现创造性转换提供重要资源。"历史和现实证明，文化征服和民族冲突从来都是血泪斑斑的胜利者颂歌。"[④]特别是在各地经济发展极不平衡的现状下，更应该消除狭隘的"地方之见"，尊重其他地域文化的存在，吸纳它们的文化精华，为地域文化的转型创造条件。"在文化调整

① [美]费正清：《费正清对华回忆录》，知识出版社 1991 年版，第 552 页。

② 刘梦溪：《论国学》，上海人民出版社 2008 年版，第 155 页。

③ 孔子语，见《左传·鲁昭公十七年》。

④ 吴秀明、王姝：《全球化语境与历史叙事的民族本土立场》，《学术月刊》2005 年第 9 期。

和重构中焕发出新的生命力……生机蓬勃的边缘文化的救济和补充,给它输入了一种充满活力的新鲜血液。”[1]如相邻的岭南地域文化,虽然是边缘文化,但其高山文明的原始性、神秘性和阳刚的气质,对激活吴越文化中的刚性文化,显然是有益的。

还有,是对于地域文化系统内子文化的态度。吴越文化自身也是一个多层面的文化系统,这是吴越文化共同体得以形成和发展的基础。在认识地域文化特征时不仅要着眼于地域文化要素的整体性,也要着眼于文化各层面诸要素的差异。如海派文化[2],作为中国最早接受西方现代工业文明的地域,它的文化辐射力,会为吴越文化的现代性建构带来更多的现代文化理念,将其发展为吴越地域文化的共同性特点,应该能提升其现代性的内涵。但文化的开放融合,绝非诸种文化因子之间单纯的“传递”,也不是各种文化因子的简单叠加,而是在地域文化的基础上,重视其累积和裂变,从而使地域文化的构建具有强大的生存活力。

以金庸为代表的新武侠小说,立足地域文化,在民族文化传统的继承和叙事系统的现代性改造中,呈现出融合吴越乡土味和现代性的迷人魅力。他所取得的成就为吴越文化在多重价值体系的冲突中,寻求独立审美品格和发展途径的现代性建构所提供的启示,足以引起我们的深思。

第二节　男性叙事与孤独的生命体验

孤独是人类共通的情感,因此,揭示人类、民族、个人的孤独,探寻孤独的意义以及如何直面孤独,也就成了历来所有人文学者共同关注的话题。我国古代对孤独的理解,宽泛地讲,主要表现在以下三个方面:一是幼而失父,老而无子,如《荀子·王霸》中的“有非理者如豪末,则虽孤独鳏寡必不加焉”;二是孤立无援,孤单无助,如《晏子春秋·谏下二》中的“勇士不以众强凌孤独”;三是形影相吊,孤单寂寞,如明李贽《又与周友山书》中的“我既无眷属之乐,又无朋友之乐,茕然孤独”。显然,这是形而下、古典式的一种表述,它与我们今天所讲的孤独并不是一回事——我们今天所讲孤独,是指

---

① 杨义:《中国文学的文化地图及其动力原理》,《重绘中国文学地图——杨义学术讲演集》,中国社会科学出版社 2003 年版,第 93—94 页。

② 本文将海派文化作为吴越文化的子系统来定位及阐述。

19 世纪后半期至 20 世纪初以来，人们在备受战争摧残和进入科技发达、物质富裕的现代化社会以后而产生的苦闷、绝望、孤独、无助、焦虑等情绪，它是人对自身生存的一种反思，属于现代文化的一个概念。这样的孤独在卡夫卡的《变形记》，海明威的系列作品，加西亚·马尔克斯的《百年孤独》，卡森·麦卡勒斯的《心是孤独的猎手》，大卫·理斯曼的《孤独的人群》，赫拉巴尔的《过于喧嚣的孤独》等中都有精准而又深刻的表述，它几乎构成了西方现代主义文学的"世袭领地"。

但孤独之于武侠小说，却又别具一格。尽管历史记载、民间流传的武侠人物与武侠故事，为武侠小说创作提供了丰富的资源，但小说创造的"江湖世界"是虚拟的世界。作家在武侠叙事时，传统文化尤其传统文化根基之一的家文化，往往成为被古代武侠小说作家用来表达孤独的重要的精神平台，其中主人公的性别角色的定位(男性)和家庭的价值意义就成了展现孤独的主要手段，这是传统文化民族性、本土性的具体体现。发展至现代，武侠小说人物和情节设置的理念虽依然关乎传统文化性别角色和家庭的价值，但更多地吸收和接受西方文学理念和思想，以现代性和人的文学为主题，以人性的剖析和深层展示为突破口，把当下对自我、对他人的理解有意无意地融入虚幻的武侠人物，古今双重元素折射在文本中，以现代情感的铺展丰满武侠人物性格，达到古今融通。用两性之间的爱恋和交往替代家的永恒，更强调个体精神上的遗世独立，突出英雄侠客在性格上的特立独行。不仅如此，作为主题的深化和升华，武侠小说作家常常将英雄人物置于民族矛盾空前激烈或极端困窘寂寞的历史语境，展示其崇高品格，以人性作为生命的审美归宿，凸显男性孤独生命的极致和辉煌。

一、江湖、家、庙堂：男性生命的孤独寻根

古今武侠小说，呈现在读者眼中的是不同的镜像。在以群体生命为特征的传统文化体系里，统一、民本、和谐、仁义、中庸、道德自我完善等构成主要内容，更强调集体主义精神，个体生命的主体意识还处于沉睡状态。职是之故，中国古代武侠小说没有和人的主体意识觉醒和张扬勾上关联，其对孤独的思考和表述停留在人的基本生存状况的比较简单的解释上，靠向读者提供传统文化中不能提供的、带有拯救力的东西，即传统文化深层纹理中匮乏的"昂扬的中国人，原始的、奔涌的生命力"，博取读者的喜爱。但这一切都是借助男性的行动予以落实，基本上与女性无缘，由此造成文本中男女两性角色的严重对立。一方面江湖让女性走开，男性孤独地行走其中，另一方面，孤独男性寻找他的根——家，需要女性的参与，但女性却是隐身的。他

们都不是孤立的人群,两者的纽带即是庙堂,庙堂可以给流浪江湖的英雄以家,而家却是以两性存在为标志,小说中,江湖、家、庙堂构成互为表里的关系。但无论如何,登上舞台表演的都是男性,女性默默甘居于后台。在传统文化对女性的歧视和偏见中,女性属于被冷落忽视的群体。

在小说史上占据重要地位为读者所津津乐道的武侠小说,主人公几乎都是清一色的男性。男性虽一如既往地承担拯救弱者的重任,在江湖上仗剑行侠肆意潇洒,高扬人类原始的野性、勇与力,但其茕茕孑立形影相吊的形象依然投射出飘萍一样的孤独生命本质,一副无家无根的江湖浪子相。这种远离家和庙堂的江湖虽为侠客提供了生存的一切,却无法保证江湖豪士灵魂的祥和和安栖。《水浒传》就清晰地传递了这一现象,它把家国与江湖内在关系表现得非常明显,并以家为轴心支撑着男性生命的本质——孤独寻根。《水浒传》有一条主干线索:茫茫江湖,家在何方?无家或家毁,啸聚孤洲,抗拒失家的孤独;"替天行道"等待招安,以期博得封妻荫子,重塑家的社会核心;重回庙堂,东征西讨,最后功业未就万骨枯。绵绵的孤独寻根之路终不敌毁灭的生命本质。重读《水浒传》,我们可以深刻地体味这一种悲凉,恰如茫茫水泊中孤零零地矗立着"梁山"一样随水漂浮,单调、孤寂、无根。发展到现代,武侠小说的理念有了一些变化,江湖和庙堂开始分家,江湖英雄不再以跻身庙堂作为终极目标,在完成江湖壮举后,抱得美人归,不是双双合璧,继续仗剑走天下,而是选择归隐江湖,以退出江湖作为家的最终归宿。如陈家洛带着霍青桐等隐居回疆(《飞狐外传》里提到),令狐冲和任盈盈隐居西湖湖底,张无忌有了赵敏,把教主位置让给杨逍后飘然隐去,杨过和小龙女顶着神雕侠侣的荣光逍遥于自然山川中,等等。

当江湖群豪一旦成功招安,或投身庙堂或有家有室,他们栖身的江湖空间也就随之消失。随着江湖的退隐,这些昔日英豪不是毁灭就是被世俗淹没,其结果是让人扼腕叹息。王国维认为表现生活的感性意味背后的痛苦本质叫壮美,并说:"夫壮美与优美,皆使吾人离生活之欲,而入纯粹之知识者,若美术中有眩惑之原质乎,则又使吾人自纯粹之知识出,而复归于生活之欲。"[①]虽然江湖群豪如王国维所说的那样,其人生是痛苦的,但却没有真正超脱物欲的解脱,他们仍然眩惑于物欲,为追求物欲(家)不可得感到痛苦。而这种人生痛苦的体验,也就成为男性寻根之旅的一种孤独的生命体现。杨义指出,审美视觉"是作者和文本的心灵结合点,是作者把他体验到

① 王国维:《王国维文学美学论著集》,北岳文艺出版社1987年版,第10页。

的世界转化为语言叙事世界的基本角度。同时它也是读者进入这个语言叙事世界,打开作者心灵窗扉的钥匙”①。男性的孤独或生命不完整,源于缺少女性,单性的灵魂是孤独和躁动不安,情感无所依。只有男性拥有了家,他的生命本质才会发生根本的变化。古龙小说中的江湖杀手有一个共同规律,杀手必须无情,一旦杀手情迷女性,或有了爱情,他就不再是纯粹的杀手,也就意味着杀手生涯的结束,还极有可能招来杀身之祸。这种理念延续到现代香港的很多警匪片,其中杀手的情节和理念和古龙小说如出一辙。

男性寻根(家),实际是向孤独寻求一种向往、一种慰藉、一种仁义、一种道德,它构成武侠小说侠之大者的精神原点。武侠作家有一个颇为执着的观念,总认为人在江湖身不由己,侠客的灵魂和生命总是处于不安定状态。一个生命完整之人大都安耽于当前惬意生活心有所属,生命的重量超越了精神和道义的价值,即便行走江湖也不能完全做到牺牲小我而成就大我,便无法成为世所景仰的大侠。

二、女性:男性生命孤独的诗意补偿

以家为男性生命的核心是中国武侠小说数百年以来强调的本土理论,但晚近的创作实践告诉我们,在进入 20 世纪以后,当文化交流成为一种自觉的历史意识,这无疑为本土理论的现代转换提供了一次新的契机。新武侠小说的产生和发展,就明显地反映了这种情形。它具备了广义的大文化现代性特征,但与其他文学样式相比,其现代性的体征又有其先天不足。在精英文学那里,从主题到结构等各个方面,也许不妨都可以全盘西化,而武侠小说以传统文化为根,就很难做到这一点。有人认为,现代武侠小说作家的“现代”意识,比精英文学来的弱,也“远不如西方的那么‘单纯’,它既包含了我们对于新的时间观念的接受,同时又包含着大量的对于现实空间的生存体验,而后者更是中国社会和中国人自我生长的结果”②。他所说的在理。所以我们不妨可将武侠小说中的孤独与现代对孤独的理解结合起来,在寻求理解中理解自我。以金庸为例,他在内地对传统文化进行全盘否定而又寓居于香港的特殊情境下,努力追求与实践的就是中西合璧的一种叙事策略,对传统文化进行现代阐释,是他获得成功,引起全世界华人热烈回应的重要原因。

所以,现代武侠小说叙事虽一如既往地阐扬传统文化,表达对家的认同

① 杨义:《中国叙事学》,人民出版社 2009 年版,第 197 页。

② 李怡:《现代性:批判的批判》,人民文学出版社 2006 年版,第 19 页。

和理解，但同时也吸纳西方的女性价值观，逐渐转向到这个男女以组合成家的结构之外的另一个空间，即男女的情爱空间，把传统江湖世界中家的观念转换成以男性为中心两性之间的交往和爱恋，以爱情的纷繁复杂替代未竟的家庭追求。在这个空间里，男性（英雄）虽然还是中心，身边也常常围绕着几个女性，但女性以其主体意识的确立告别历史的附庸地位，与男性同顶一片天。我们不否认，确实有几个女性同时爱上一个男性，但却不是三妻四妾的旧时尚，而是被作家转而设定为另一种角色——男性孤独生命的补偿。她们与传统武侠的最大不同，是具有现代独立自主的意识。同样，在这个空间里，男性也不再把追求家作为人生的终极目标，而是以追求爱情的永恒作为人生的句号。从而，女性作为男性生命孤独的诗意补偿的命题得以确立，爱情成为武侠小说情感的最大支撑，女性从更大范围内走进小说的视野。

在一定意义上，武侠小说其实是“现实社会、当代境遇、现代心态和人类情感的重新书写。借助于复杂错乱的时序、大开大合的思维实践、汪洋恣肆的想象、现代性主题的表达，心理需求的情节确立、古代人物的装束与品格，掺和着当代人的孤独、迷茫、焦灼与渴望，构建出一个乌托邦式的畅想型、怀旧式的侠义世界，满足现代人的社会文化心理需求，从而达到古今渗合”①。文学是复杂的，它是多重因素叠加的结果。韦勒克、沃伦认为：“一部文学作品，不是一件简单的东西，而是交织着多层意义和关系的一个极其复杂的组合体。”②现代武侠小说亦然，它写的是“过去”的侠人侠事，但却融入了“现代”文化的元素，成为古今兼具而又迷离虚幻的极其复杂的组合体。清代以前的武侠小说，虽也有《红线》《聂隐娘》这样的作品，但它走的却是女性复仇的武侠叙事套路，较少有复杂情感的表述。清代以后在传统“武与侠”之上添加了现代的“情”，《绿牡丹全传》《儿女英雄传》《白发魔女传》《散花女侠》等小说为女性的生命增添过绚烂的光彩，赢得了一定程度的回应，但依然没有摆脱作为从属地位的弱势命运。有限的几部小说远不能充当主流现象，在这个世界里也只是男性孤独生命幕布上的星星点点。

其实，《水浒传》之后，武侠小说的作者已经发现，光是以男性构筑的武与侠世界，即使生命极其绚烂，也不足以表达人类生存的本质本真，一种花团锦簇的两性世界的悠游自在，一种秉承自然的和谐存在。于是在传统“武

① 周仲强：《文化的传承与变革——跨文化语境下金庸小说的艺术转型》，浙江大学出版社 2013 年版，第 5 页。

② ［美］韦勒克、沃伦：《文学理论》，生活·读书·新知三联书店 1984 年版，第 16 页。

十侠”的小说结构中融入现代“情”的元素继而占据主流地位,女性作为小说的配角成为普遍的现象,间或也充当主角在这个世界中耀武扬威,这在新派武侠小说中大放光彩。梁羽生、古龙都亲力而为,在女性身上倾注了大量心血,几乎每部作品中都含有女性身影的闪烁,梁羽生还以女性为主人公创作了三部长篇。作为20世纪武侠小说的一个高峰,金庸在思考总结了一千多年武侠小说创作经验后,虽然肯定了女性形象的积极意义,但骨子里还是认定武侠小说是男人的自留地,“男性中心说”依然成为他创作的主流,12部长篇小说清一色的以男性为主人公,表明侠文化中性别角色依然存在巨大差异。严家炎就此指出:“金庸小说积淀着千百年来以男子为中心,女性处于依附地位的文化心理意识。”①

但金庸在写作中还是较多接受了西方的观念,把西方对女性的理解及对爱情的看法融入作品之中。他一方面以女性为主角创作了三部中篇小说,涂抹完成了《水浒传》无法做到的两性世界的多彩色调;另一方面富有意味地赋予了女性对爱情的自主意识,女性可以大胆追求自己所喜欢的人,男性主人公身旁常常环绕着多个女性,二个、三个、四个,甚至是七个,女性对爱情自主意识的觉醒和付诸实践,实际上就是现代意识的显现和张扬。这让见惯了刀光剑影、血肉飞溅场景的武侠迷们有了些春天和煦阳光的温暖。不仅如此,金庸还设计了一些让人欢喜让人忧的爱情故事,作为对江湖故事的补充,使得小说中“武+侠”的百草园中长出摇曳多姿的“情”花,让人们可以思考更多性别角色的分工和地位的漂移。这表明“金庸小说中的女性并不是受中国传统文化观念牢牢控制的那一群人。她们的爱情行为、爱情心理和爱情形态,在文化的意义上是融会中西、贯通古今,更多地呈现出现代性的意味”②。

金庸笔下的郭靖被理想铸就了一生,当异族入侵、社稷难保之际,郭靖作为一个抗击外族入侵的理想英雄义无反顾地肩负起民族重负,明知不可为而为之,鞠躬尽瘁,死而后已,实现了英雄人格的集体主义精神升华,却也因此被推上了神坛,成了正统道德的化身。他的一生背负沉重的道义仁义大旗,鲜有仗剑潇洒走天下的风采。如果金庸没有安排黄蓉做他的妻子,享受人生的乐趣,而仅凭一个将国家责任扛于肩上、将江山社稷置于胸膛的七尺男儿,一个心系天下百姓苍生的大侠,他的心该有多孤独沉重,他的步履

---

① 严家炎:《金庸小说论稿》,北京大学出版社1999年版,第100页。

② 曹布拉:《金庸小说的文化意蕴》,浙江人民出版社2004年版,第225页。

该有多艰难,由此而深深地感叹——郭靖人生选择的残酷。也许,金庸觉得让一介武夫的他承担如此大的国家和社会责任,确实有点勉为其难。因为太过理想,这个世上再也无法寻找另一个"郭靖"。因后继无人,郭大侠变成"独孤大侠","前不见古人,后不见来者",除了道义和责任外,他还有什么?同样,郭靖的英雄壮举也让江湖人物望而却步,又有谁能像郭靖这样一生为国为民而鞠躬尽瘁死而后已呢?所以他不惜使用曲笔,向读者推出既有现代意识又集合女性优点的黄蓉,弥补郭靖身上亦即男性身上的一切缺点或疏阙,陪伴孤独大侠共铸人生辉煌,走完孤独的人生之旅。然而,恰恰是这个郭靖,在他身上我们看到不少金庸自身的影子。金庸一生并不美满的婚姻(结过三次婚)和爱情的追求——梦中女神夏梦不可得,他是否想借助于事业上的成功来弥补婚姻爱情的遗憾?所以把郭靖塑造成世间第一大侠,把黄蓉幻化为夏梦,借郭靖和黄蓉的互补完成一生未了的理想和愿望。从根本上说,是金庸自己的孤独,才导致了郭靖的孤独。

乔峰,另一个比郭靖更符合英雄取向的真正的英雄,所以他的内心的孤独与凄苦,也比郭靖以及常人更深一层。乔峰自杀从另一个角度解读,是乔峰忍受不了人生孤独。杏子林事件发生后他从一呼百应的丐帮帮主一下子变成孤家寡人,聚贤庄大战更是他对中原武林直接宣战。在中原,他的内心是非常孤独的,阿朱出现,使他孤独的心灵从此不再孤独,所以才有不顾一切请薛神医救治阿朱的疯狂举动。从人性角度分析,落寞的乔峰其实非常乞求精神的慰藉,乔峰对阿朱的感情从无到有直到情有独钟,是他那孤单的灵魂对情感的强烈需求,相较于对段誉和虚竹的情感还是有本质的差异,他们的聚合更多的是基于江湖道义和义气,更在于三个人相似的孤独感,所以一点就着。身世大白于天下之后,乔峰情感是孤独的,在极度孤独之下,乔峰已是"生而何欢,死而何惧",死是乔峰可能的唯一路径。这既是对宋、辽两国,两种文化情义的一个绝好交代,也是对自己孤独心灵的一次绝好安抚。在乔峰的一生中,阿朱成了乔峰伟岸性格最灿烂的绿叶,如果缺了阿朱,乔峰的形象显得单薄,肯定没有如此高大而丰满。

孤独既需要独自品味也需要排解,也非常需要异性填补阙如。所以,杨过就有了小龙女,张无忌有了赵敏,令狐冲有了任盈盈,连乔峰也曾经拥有过阿朱;英雄的孤单生命因此变得丰满起来,不再如《水浒传》般压着一生的赌注去寻求另一半。同时代代表台湾武侠小说最高成就的古龙,虽然擅长写男性,写尽了男人与男人的友谊,更写尽了男人的孤独,但爱情描写依然五彩缤纷,呈现了为世人熟知的十大爱情故事:如小鱼儿与苏樱,陆小凤与薛冰,李寻欢与林诗音等。女性作为男性孤独生命诗意补偿的功能与价值定格在历史的记事本上,在大陆新武侠小说兴盛之前,女性的描写在作家的笔下完成了历史赋予它的任务。

新世纪大陆新武侠的兴起,让我们看到了女性武侠叙事的新景观,如沧月的《血薇》《护花铃》等女性系列,沈璎璎的《金缕曲》等女性系列,优客李玲的《红颜四大名捕》,媚媚猫的《杜黄皮》,明晓溪的《烈火如歌》,伊吕的《流光夜雪》,独角仙子的《雁过无痕》,叶迷的《寒露洗清秋》,步非烟的《传奇之温柔坊》等。女性主义思想在武侠小说中的实践,女性从欲望客体变成叙事主体,从被动走向主动,女性第一次真正成为武侠小说的第一主人公,凡此种种,都标志着武侠小说思维空间随时应势,在不断地嬗变与发展。

三、人性:男性孤独生命的审美归宿

从跨文化的"原创—交流—再生"的动态过程来看,现代武侠小说创作其实已置身多维立体的审美对话领域。人类对美的追求和美本身的原始魅力,存在于武侠小说这种永无止境的通变之中。从这个意义上说,读者对武侠小说的认同、发挥、重构,抑或误读、转义、剥离、解构,都离不开小说呈现的审美本身,离不开读者自身对美所具备的认知结构。孤独尤其是现代孤独,就其本质而言,是属于现代的,它是现代性的主要特点,也是生命美学的深沉体验。所以现代作家立足于现代人性,放笔描写漂泊江湖男性生命的孤独寻根,除了将孤独转换成一种形而上存在,使之文化和生命的意义得以深化与升华之外,同时还必然有效强化了小说人物(主要是英雄形象)的"内在张力",推动武侠叙事由平面走向纵深,达到传统武侠写作无法达到的审美境界。

刘再复认为:"作家之别,作品之别,归根结底是境界的差别。"①武侠小说比起其他小说,文化意义更加突出,在创造的"成人童话世界"中,男性形象身上所赋予的当代文化价值将直接标榜着小说境界的高远。愈是孤独的内心世界,才愈有可能成为世界上最强有力的人。而那种无人可与之分享的苦楚,才是心灵的荒漠,爱之愈深,对孤独的体会就愈加强烈。现代的小说作家都喜欢描写孤独,但笔下的孤独各自呈现不同面貌。金庸对英雄人物的塑造,更喜欢从传统文化中寻找资源,从那里落笔,即把生命铸就的孤独置于民族矛盾的风口浪尖上,让英雄生命绽放出烈焰火球,作为其审美归

---

① 刘再复:《鲁迅论:兼与李泽厚、林岗共悟鲁迅》,中信出版社 2011 年版,第 1 页。

宿,其方法从本质上说没有脱离传统文化的巢窠。他的卓尔不群之处,是在人物形象塑造的过程中把人性付诸人物的行为和性格上,使人性的张扬达至饱满,读者沉浸其中油然而生一种血脉偾张的亢奋,这就形成其武侠叙事特有的恢宏博大和震撼人心。

如《天龙八部》中的乔峰,他生在宋代,一个民族极端对立的时代,一个两种文化高度对峙的时代。乔峰身上背负大宋与少数民族对峙的巨大的文化符号,他想逃避江湖纷争,却卷入了更大的国家之争。他能从血缘上厘清"我是谁",却无法从精神上弄清"我是谁",他也没有办法像郭靖那样得到镇守襄阳城的好运气,而完成单一文化意义的选择。作为符号,乔峰独自扛着这面巨大的文化大纛,孤独地行走在精神沙漠中。他竖起了形而上的标杆式英雄模样。他所追求的各民族和睦相处的江湖已不仅仅是武侠的江湖,更应是大同世界的人类梦想,那是当代社会所有意识形态共同追求的理想境界,就是放在当下纷扰世界也是最为理想的一种存在。这种融古今文化为一体的思想碰撞、交流、接轨所产生的文化普世价值观有其重大的文学意义,它体现了金庸所站的历史高度和深度。在历史发展进程中,英雄的行为所产生的深远意义已经为世人所知,有学者认为要重视英雄对历史作用:"在历史发展处于重大选择关头 ,英雄人物的活动会发生决定作用 。"[①]所以,他的悲壮自戕所具备的意义也不仅仅是一个豪士侠客所体现的人格亮点,更是个体所能亮显的最高等级的时代意义的极限。

金庸对乔峰这样的英雄,用文化与文化想象完成其形象的塑造,很少着力写他的内心之苦,力求正面突出其英雄的豪侠之处。文化熏陶和接受的教育可以造就一个人,也可以毁灭一个人。此时乔峰已不是现实中存在的个体本身,而是一个符号存在,他不仅属于传统更属于现代,以人性作为乔峰孤独生命的归宿,孤独乔峰人生展示的价值是属于全人类的。覃闲茂在《金庸人物排行榜》中指出:"不在其极端的语境、极端的情感意志冲突,不在其芸芸众生俗不可耐的琐屑的喧哗中,这些都难以将英雄的生命本色浮雕般塑为永恒。愈是那种孤立无援,那种辽远的悲苦与寂寞,那种让人恐惧心灵颤抖的既没有回声又没有布景的空洞舞台上的绝对孤独,愈是悲剧性地表达出生命最为深刻和本质的绝望。"[②]这其实是金庸对英雄宿命理解的历

① 胡为雄:《英雄观的变迁——从卡莱尔到普列汉诺夫再到胡克》,《中国社会科学》1994年第1期。

② 覃闲茂:《金庸人物排行榜》,农村读物出版社2005年版,第178页。

史沉淀，也是文化意义上英雄悲剧的历史总结，更开启了现代“大英雄”塑造的“芝麻之门”。

但于古龙身上，我们看到了最具现代性的武侠作家，古龙对人性更深层的挖掘是英雄身上浓郁的孤独感。古龙笔下的英雄往往都以浪子身份出现，他小说中孤独的具象，和金庸笔下的郭靖、乔峰和杨过都很不相同，古龙小说中孤独生命的最基本状态是在受挑拨和误解下处于和社会的基本对立，浪子式的英雄没有由来，没有去处，无限漂泊，不知归属，仿佛天生即是如此，处在漂泊无定的浪子生存状态和极度寂寞痛苦中，把西方宣扬的自我的完善和人格的独立完整地保存在人物身上。即使有关感情、色情甚至是暴力的场面，“也将之引向个体生命意识和社会责任感的高度，属于‘社会人性’”。而相较于金庸等以前的武侠作家更具有现代性体验的鲜活性和丰富性，古龙小说“还用虚拟的传统文明空间，默默抵抗着现代文明对人的心灵的桎梏”，[①]作者进入主人公的内心世界，探索生命的悲情与无奈。这在《萧十一郎》中表现得最为典型。萧十一郎平常以铲强助弱、救济贫苦为志，行侠仗义过着潇洒浪荡的日子，因卷入神秘宝物割鹿刀之争，被污蔑、被误解、被错认为江洋大盗，“恶”名播于天下，他创下一个奇迹，几乎是孤身一人独抗整个武林，那首以孤独狼自居的苍凉的歌曲时常停留在嘴边，眉头深锁，忧郁、冷峭、挺拔的外表下隐藏着绵绵的无以诉说的悲伤和忧郁，为了武林的正义和心中的挚爱，屡蹈险境，无怨无悔，在萧十一郎终需与连城璧一战时，为了沈璧君，萧十一郎去了，连城璧却因为沈璧君活了下来，他一生中所希冀的一切——希望、骄傲、光荣，随着他的江湖谢幕全部烟消云散。他的一生义无反顾地选择了痛苦和孤独，坚守自己的原则，宁可孤独一世，绝不屈服于世俗。以生命为代价坚守自己的理想和独立人格。西方的爱情至上主义精神和自我意识的坚弥在古龙小说里得到全面贯彻。

英雄的孤独既是文化的，同时也是诗意的，其本身之美散发着人类太多的文化律动，支撑着我们的情感一如既往。只有真正体会文化选项的孤独与美的共存，才会拥有那种辽远、空旷、静默、伟岸的文化回响，男性孤独生命才会达到极致与辉煌，人生之花，愈长愈香愈浓。当一个人真正懂得了什么是孤独，孤独已深嵌在生命之中，构成生命的内容底色，人生由此开始成熟。华山派剑宗的一代宗师，独秉“无招胜有招”剑术并达化境的高手风清

① 陈中亮：《现代性视野下的20世纪武侠小说——以梁羽生、金庸、古龙为中心》，浙江大学博士论文，2012年。

扬，在洞察世情冷暖，人心不古后，离群索居，孤独地隐居华山后山不复出入江湖。他晚年时在思过崖传授令狐冲人生独到见解——世上最厉害的武功不是独孤九剑的“无招胜有招”，而是阴谋诡计，那是他一生经验的凝结，孤独静思后的思想独到而高远，事实上风清扬代表的就是孤独的文化符号。从风清扬身上，我们不禁对独孤求败一生求一败而不可得，站在巅峰之上，拔剑四顾心茫然那种孤独深切感就有了更深一层的理解。金庸把这种理解诉之于小说叙事，就有了无数侠客在事业巅峰之时，却选择归隐之路的情节呈现，都表明英雄侠士在看破红尘后心路历程的自然天成。

当孤独构成一种文化意象，在意识形态领域就是最为雅致而又高亢的一面，当小说叙述为“爱”和“义”而追求侠义的永恒自心灵深处溢于坚韧奋斗之中时，精神的绝世风范便如花开的幽香，诠释着人性之雄和壮、雅和美。与生俱来的所有功利、贪欲和浮躁被模糊淡忘或被弃置后，心灵花香重现芬芳的浓香，便可细细地品味孤独风流！

第三节　“历史连续性”与金庸武侠叙事的当代意义

以上讲的是金庸武侠小说的文化内涵，它属于金庸武侠小说本体论的范畴。下面，我们试从“金庸武侠小说本体”与“当代武侠小说关联”的角度再进行探讨，看看金庸武侠小说给当代带来了什么，它具有怎样的当代意义，以便将问题的探讨推向深入。

2003 年，笔者曾与人合撰了一篇《论“后金庸”时代的武侠小说》的文章①。那篇拙文，我们主要从思想艺术流变的角度探讨古龙、黄易、温瑞安以及大陆有关武侠小说的新情况新问题；所谓“后金庸”的“后”，更多的只是一个时间的概念，可作金庸“之后”之解，而且主要是就传统的图书阅读即纸质文化而言的。弹指一挥间，十年很快过去了，今天再来谈“后金庸”的话题，感到整个阅读语境似乎完全变了：随着大陆消费文化、网络文化的日趋盛行和发达，武侠小说创作的中心已由港台逐渐移至内地，小椴、沧月、沈璎璎、步非烟、糖小小讯、小米、时未寒、李亮等一批年轻作家用那迥异于古龙、黄易、温瑞安的网络化或准网络化写作，不仅改变了传统武侠小说的“读图”方式，而且也颠覆了其“成人童话”式的欣赏趣味。至此，武侠小说似乎真正

---

① 吴秀明、陈洁：《论“后金庸”时代的武侠小说》，《文学评论》2003 年第 6 期。

迎来了它的“后现代主义”的时代。这里所谓“后金庸”的“后”，它也就具有了“后现代主义”才有的颠覆和消解传统价值的概念内涵。而这，在十年前则是不明显的，它可以说是武侠小说有史以来的最大、也是最深刻的一次转型。也许是这个缘故，在大陆盛热不衰的“金庸神话”似乎开始降温，与我们渐行渐远，他的作品更多是以影像改编的方式（而不是像原来那样以“读图”的方式）出现在我们的媒体上。相应地，金庸研究也逐渐逸出了原来的文学评论的范畴，演变并进入了现在的文学史或准文学史的研究层面。

面对上述变化，我们在感慨万端之余，不得不思考这样一个问题：金庸的淡出和“后金庸”时代的到来，是否意味着我们可以割断与金庸的联系，对他创作的当代意义采取漠视的态度。是的，作为一个特定的武侠小说的辉煌时代，金庸现在是束笔了（连同他的如椽大笔或许已结束了），他用15部小说为它画上了圆满的句号。但作为一种精神和艺术资源，他在创作中追求和实践的诸如侠义呈现、文化挖掘、人性书写、故事叙述、武功展示、场面渲染、细节刻画、武境描绘等，并没有结束，而是以各种方式和途径存在于当下的武侠小说之中，并与之形成一种非常复杂的纠缠迎拒和矛盾对接关系。金庸不同于晚清民国时的“南向北赵”（向恺然、赵焕亭），甚至不同于30年代的张恨水，他与我们毕竟具有一种特殊的“时代同构”的关系。其所产生的辐射和影响也是很大的，为前人所无法比拟。事实上，“后金庸”时代的许多作家如凤歌、沧月、步非烟等，他们也曾经都是虔诚的“金迷”，其中不少还有从喜读金庸等港台武侠小说到继而自己写武侠小说的创作经历。这种影响，一定程度上改造并修正了他们的后现代式的武侠叙事，使之相对显得有些蕴涵。这也就是金庸之于“后金庸”的特殊价值和意义，是本文不用“大陆新武侠小说”而用“后金庸时代武侠小说”的原因之所在。显然，在这里，我主要强调的是后现代语境中的武侠叙事应充分重视对自身传统历史资源的承接，即所谓的“历史连续性”（而不是后现代所说的“历史的断裂”）。至于对金庸的超越与突破，那又是另外一个话题了。

金庸在“后金庸”时代的价值意义是多方面的，他与当下武侠小说的“历史连续性”对接也颇为复杂。但从创作论层面上讲，笔者认为主要体现在以下这样三个关系的处理上，这也是“后金庸”时代武侠小说创作的主要难点问题。

一、传统侠义观与现代伦理道德观之间的关系

可能与作家所接受的教育有关，也可能受今天时代环境的影响，“后金庸”时代武侠小说在诠释侠义精神时是比较强调以“人”为本位的个体的自

我,包括自我的生命、个性、尊严、利益,表现了现代人特别是现代青年人要求个性自由的精神趋向。尤其是沧月等女性作家所写的带有女性主义色彩的作品,更是如此。它不仅与传统武侠小说大相径庭,就是与金庸也相去甚远。这样的写作,从文学现代性的角度讲当然无可非议,且很有必要;但这之中是否也蕴含着对社会公义的某种冷漠呢?武侠小说的核心价值观是行侠仗义、主持社会公义,即所谓的“路见不平,拔刀相助”。如果过分强调和突出个体自我而不是个体对群体的责任,碰到“不平”之事就拔腿开溜,那是武侠小说吗?它是否契合武侠小说的文体特征和中国文化的个性,符合那个时代的历史真实?在这方面,金庸的个体与群体兼容、既立人又爱国的伦理道德取向是否值得借鉴呢?

二、艺术想象与人生经验之间的关系

“后金庸”时代武侠小说,尽管在艺术想象方面也存在着随意性、复制性、缺乏意义连接等大众文学难以避免的缺陷,但就大多数作家的创作来看,还是较好地发挥这种文体所独具的奇思遐想的特点。特别是有关超验想象——一种带有明显反经验反逻辑的艺术想象的大胆运用,更给他们的武侠小说增添了为过去所没有的奇特和荒诞之感。他们在创作中,的确也有意识地从“哈利·波特”、“大话西游”、玄幻文学、神魔小说那里借鉴吸纳了不少的现代艺术资源。这说明这批年轻的作家不仅有艺术的叛逆精神,而且也是有才华的,甚至有令人羡慕的想象力和创造性。问题是艺术想象对“成人童话”的武侠小说尽管重要,但它不是其创造的完整的、全部的意义。武侠小说毕竟建立在人生经验基础之上。即使是想象,哪怕是超验想象,它也应有人生经验的影子和内在的逻辑。以此来考量当下武侠小说,它的问题和不足也十分显见。而金庸将武侠小说当作是一种有生命感悟的写作,因而他的艺术想象能虚中有实地深入历史、社会以及人与人之间的复杂关系之中,无疑也给我们提供了很好的参照。

三、科技主义与文化蕴涵之间的关系

武侠小说从某种意义上说,就是一种竞技(武功)的文学。技如何竞,为谁而竞,这是根本性的问题。而竞技就涉及技术含量问题。尤其是金庸之后的近几十年来,武侠小说进入了科技主义时代。一方面,影视、网络、动漫等高科技为载体的现代铺天盖地而来,对武侠小说产生了深刻的影响;另一方面,武侠小说为图变求新和扩大影响,也会主动地向这些新兴的载体或文体靠拢。于是,从古龙开始,便出现了愈后技术含量愈强、文化蕴涵愈弱的特点。“后金庸”时代武侠小说创作在这方面就更突出了，几乎所有的作家都崇拜科技。他们作品中技术含量是大大增加了，但文化质量就总体而言却出现不应有的下滑。这种情况，也使我们对金庸那充满中国文化韵味的武侠小说在倾慕的同时似乎又多了一种新的认识。技术(竞技)对武侠小说来讲毕竟是术而不是道，如果过分沉迷于此(尤其是影视、网络、动漫化技术)而不求超拔，那么它对作为小说语言艺术的武侠小说来说，无疑是舍本求末。

也许是缺少大师级的领军人物，也许是文化消费的视觉化转向，自20世纪70年代金庸金盆洗手、退出江湖之后，在这几十年期间，武侠小说尽管数量不少，且有新的开拓，特别是大陆方面，经过诸多同仁的共同努力，已开始形成一股不可小觑的潮流，但就总体成就和影响而言，无论如何不能与金庸那个时代相提并论。一定程度上，我们不妨可将“后金庸”时代的武侠小说视作是它历经高峰之后的一个低迷时期。

面对这种情形，人们不无忧虑。也有的从民主法制发展的角度，对武侠小说的发展前景表示怀疑和悲观。我们的看法与之不尽相同，坚持认为只要社会还需要精神情感，武侠小说就永远不会消弭。道理很简单，即使最健全的民主和法制，也不可能解决人的精神情感问题。现在需要引起我们关注和重视的是：武侠小说在回归和立足小说本体属性的基础上，如何创作富有时代旨趣的新的经典作品。这是问题的关键。这里所说的新的经典，当然吸纳和整合了当今时代最新的思维理念、形式手法，符合大众文学的从众原则；但同时并不唯新是从，把娱乐消遣当作创作的唯一目的，而是对之有适度的批判、抵制和超越。也就是说，它是有底线原则和创作境界的。武侠小说创作是不应停留在“有益无害”的纯娱乐的底线层次。我们倡导武侠小说的新的经典，就是倡导一种高境界、高品位和高质量的创作。可惜的是这样的作品，迄今为止实在太少，批评也没有很好地尽到责任。后现代本身是带有颠覆性、消解性的，这对经典写作是不利的。为此，我们有必要对它进行超越。

(本章第一、二节，分别与黄亚清、周仲强合撰)

下　编　文学经典与文学教育

第七章　学科建设现状

将现当代文学当作一个独特的学科，对之进行研究，这是近些年来现当代文学研究领域值得关注的一个现象和学术生长点。它反映了现当代文学学科在经过百年的磨砺后，已有相当丰厚的积淀，这个学科不再那样“年轻”了。我们现在需要的是，在仔细梳理辨析的基础上，实事求是地反思和总结。本章重点探讨当代文学，具体论述分如下三个层面：首先，是从学科字源解释和学术研究划分入手，归纳当代文学学科所取得的成绩；其次，在正视成绩的同时，如实指出现有的学科地位与实际成就之间存在的较大差距，并探寻其原因；最后，上升到中国语言文学层面，联系当下面临的客观境遇，对之如何突围和发展，提出自己的一些思考。

第一节　学科：作为知识专门化的一个体系

所谓学科，就字源上解，就是知识的生产和组织的“操控体系”（福柯语）。按西方古拉丁文的本义，学科兼有“知识”和“权力”的双重内涵，它是知识专门化的表现，也是知识专门化的结果。学科与现代大学体制关系密切，特别是研究型大学，更为学科的产生和发展奠定了基础。它一方面使知识生产专业化，另一方面又依赖专业化的组织来联络分散的学者，使之成为连接大学与社会的中介。我国的学科主要源于西方和苏联，像中国现当代文学这样的二级学科，都建立在大学下属的院系管理的教研室基础之上。它与中国社科院系统的中国现代（当代）文学研究室，以及中国作协、中国文联系统的创作研究室等，互为相通，联在一起，形成一个大体对应的“知识专门化”的体系。

粗略地说，文学研究可分“作家作品—文学思潮—文学史—学科”四个序列。在这里，每个序列都是独立的本体，但同时又含有一定的递进式的关系。正因这样，学科总是与文学史、文学思潮和作家作品联系在一起。尤其是文学史和作家作品，更是其中的核心和关键。如果说作家作品(特别是经典或准经典的作家作品)可称之是支撑一个学科的阿基米德点的话，那么文学史则成为规范和确立一个学科地位的基础工程。正因这样，20 世纪 80 年代以来，随着现当代作家作品研究的深入推进和多相发展，现当代文学史的写作蔚然成风，先后出版的专著超过二百多部。其中有的还颇具个性和特点，仅以当代文学史为例，就有洪子诚的《中国当代文学史》，陈思和主编的《中国当代文学史教程》，孟繁华、程光炜的《中国当代文学发展史》，董健、丁帆、王彬彬主编的《中国当代文学史新稿》等。他们或以还原历史情境的方法，或用知识分子和民间立场的理念，或以多元现代性的立场，或用五四元启蒙的精神，向我们展示了当代文学学科特殊的生成机制，它体现了作者的学科建设的有关思想，以及对这个学科的忧思和批评等。尽管这之中，存在着这样那样的问题和不足，如少数民族文学、港台文学“入史”颇为生硬，与中国当代文学的整体进程及中国当代的社会历史似无必然的联系；又如对有些新发掘的作家作品有过分夸大和拔高的倾向，与原有大家熟知的作家作品之间缺乏统一的标准等等。但他们毕竟用自己的认识、理解、角度和方式，为这门年轻学科的建设奉献出了一份属于自己的劳绩。如果再推演开来，将它们与 20 世纪 80 年代出版的《中国当代文学史初稿》(十院校编写组)、《中国当代文学史》(二十二院校编写组)，甚至五六十年代出版的《中国当代文学史稿》(华中师院中文系编著)、《中国当代文学史》(山东师院中文系编著)、《十年来的新中国文学》(中国社科院文学研究所编著)等相比，那么其对学科的意义就更不言而喻了。

在此，我们要感谢这些当代文学史编写者。正是在他们的执着努力之下，加上时代社会的促成以及广大作家和批评家的携手合作、共同努力，一向比较孱弱的当代文学学科在历经半个多世纪的艰难坎坷以后才迅速发展起来，并开始摆脱了附庸(开始附庸于古代文学，以后附庸于现代文学)的地位，进入了现代大学的教育体系。学科建设方面大体也具有如下四方面的成绩和积累：

一是初步形成了以高校、研究所以及作协、文联为主体，并以相关学术团体和报纸杂志乃至网络载体为依托的一支研究队伍；

二是先后建立了为数众多的现当代文学硕博点，并以此为平台为学科源源不断地培养了一批又一批训练有素的后续接班人；

三是陆续推出了一批数量庞大的、当然也是质量参差不齐的，涵盖资料、专论、文学史等各个方面各个领域的标志性研究成果；

四是在学科建设方面初步实现或正在实现由政治性向现代性、由大陆性向中华性、由苏式向欧式、由批评向学术的转换。

尤其是在新时期以降的这三十多年，有关这方面的成绩更为突出和明显。学科发展的步履也大大加快了，并一跃而成为高校新开设的一门独立的主干课程，以知识的形式在大学中产生较大的影响。国家教育部还将它与现代文学合在一起，以“中国现当代文学”的称谓，规定为大学中文系名下的二级学科。有条件的学校还设有中国现当代文学的硕士点和博士点，面向全国招生。所有这一切，当然极大地改变和提升了当代文学在各学科中的地位和影响，使之不期而然地成为文学研究中的一门不可或缺的显学。

第二节　“丘陵”：当代文学学科现状的基本评估

不过尽管如此，笔者认为，当代文学现有的学科地位与实际成就是有差距甚至是有颇大差距的。这从其研究成果（论文、论著）、研究对象（作家、作品）中多少可窥见一二。翻看“文革”前十七年的众多的评论和研究文章，能经得起历史检验的又有多少？就是新时期以来的这三十多年，留下来的也不是很多。社会政治的因素和近距离的观照，往往使当代文学的评论研究工作在较低水平上徘徊。而研究对象本身的相对庸常，又反过来制约了这种研究的价值，降低了研究的质量。这是历史和时代造成的遗憾，也与当代文学的学科属性特点有关。正是在这个意义上，我赞成对当代文学作这样的评价：“现代文学有高山，当代文学却只有小有起伏的丘陵与广阔的平原。”①并认为有必要站在时代的高度，对它的学科历史和现状在归纳清理的基础上作深刻的反思。

众所周知，“文革”前十七年，当代文学研究，附庸于政治的、时评式的研究居多。由于刚跨入新中国的门槛，时间短，缺乏丰富的文学实践和积累，

---

① 曹文轩：《20世纪末中国文学现象研究》绪论，北京大学出版社2002年版。

作为一门新兴的学科，当代文学一时还没有独立出来，而是基于依附在当时并不那么发达的现代文学的范畴。但正如有的文学史家所说的那样："'当代文学'概念的提出，不仅是单纯的时间划分，同时有着有关现阶段和未来文学的性质的指认和预设的内涵。"[①]因此从诞生那天起，它就一直备受主流政治意识形态的特殊青睐。不仅在短短的十年之间，就提前进入了"修史"[②]，而且还被定性为"社会主义文学"，给予比古代文学、外国文学和现代文学(因为它们往往被视为封建文学、资产阶级文学和新民主主义文学)高得多的学科地位。事实上，无论是就成果还是就积累来看，它都相当薄弱，无法与上述三个学科相比。这是根据政治需要的一种人为拔高，拔高的结果就是使它们离文学实践愈来愈远，而与现实政治愈来愈近，以至被高度政治化了。于是在享受政治给它带来礼遇的同时，也受到了政治对它产生的震荡。政治上稍有风吹草动，就要祸及学科自身。这也可以解释，为什么"文革"前十七年当代文学备受主流政治意识形态特殊关爱，但在接连不断的文化批判运动中却有那么多的作家和评论家纷纷中箭落马。可见在"政治决定论"或"从属论"的文化语境中，当代文学学科所谓的高位是带有很大预设性和想象性的。它看似"高"，其实并没有取得主体的独立性。

这种情况一直延续到20世纪80年代初。在走出了政治激情喷涌的伤痕文学、反思文学、改革文学，尝试了各种各样的"新"主义或"后"思潮，遭遇了文化市场的无情挑战而日益被"边缘化"之后，当代文学研究才真正有了自己的学科意识和学科危机感。特别是进入21世纪，随着时间的转移，使人们在盘点半个多世纪文学历史时更感到问题的严峻性，从而也促成了他们从更广大的时空范围对当代文学学科进行反思。所以一时之间，对该学科批评乃至质疑的声音不绝于耳。像前面提到的"现代文学有高山，当代文学却只有小有起伏的丘陵与广阔的平原"的批评，就是其中颇具代表性的一个例子。而没有"高山"的学科，试想它又怎么可能具有很高的地位呢？中国当代原本就没有多少重量级的作家作品，而八九十年代的"重写文学史""重排文学大师"，却把赵树理、柳青、郭小川、杨朔等一批名家从原先文学高位上拉下来进行"降格"处理，这样就使"只有小有起伏的丘陵与广阔的平原"的当代文学愈发显得空寂。消解"经典"作家作品的结果，在一定程度上

---

① 洪子诚:《中国当代文学史》前言，北京大学出版社1999年版。

② 华中师院、山东师大、中国社科院文学研究所的修史成果《中国当代文学史稿》《中国当代学史》《十年来的新中国文学》，先后于1959、1960、1963年出版。

也消解了当代文学，对自身学科造成了颇大的“杀伤力”，这大概是当时所有的“重写”和“重排”者没有想到、也不可能想到的。

有人从“代际”角度，曾对当代老、中、青作家有过这样的比较分析，认为“跨时代的老作家，在 1949 年之后，因认识价值与艺术价值体系的根本改变，使他们实无超越往日的建树。他们充其量守住了昔日的荣耀。而 20 世纪 50 年代、60 年代成长起来的作家，无论在主观的知识方面还是在客观的环境方面，都先天不足。他们根本无力承担文学的重任。80 年代末，当文学的真正含义得到逐步的阐释时，我们所发现的不过是：从前他们所从事的并非是文学。当时，他们只不过是与一个文学的门外汉站在同一水平线上。这是一个使人感到颇为残酷的事实。不以文学价值为依据的中国当代文学史，给了他们受之有愧的位置与评语。……80 年代成长起来的作家，才使我们看到中国当代文学的真正希望。他们是国际文学背景下成长起来的，并受到高等教育或相当于高等教育的教育。苏童、余华等人所表现出来的才气与力量，使我们对当代文学的明天产生了幻想。但，毕竟是明天，而不是对现在。他们只是才开始”[①]。这也从一个侧面向我们揭示了过去以往的当代文学，为什么出现文学实践与学科地位错位的原因之所在。这一点，连倾力支持并为之提供体制保障的毛泽东、周扬也不否认，他们在不少场合对此就多有批评和不满。可见问题之严重。

当然，严格地讲，其他学科如古代文学、现代文学、外国文学等也都有类似的这样那样的问题，有的甚至不无危机。但因有经典的作家作品的依托，毕竟不易动摇。相比之下，当代文学面临的问题似乎更突出，也更严峻。另外，当代文学不同于古代文学和现代文学，它与研究对象之间近距离的对话，是制约该学科发展的不可改变的因素，也是构成它与其他学科差异的最主要标志。尤其是它的下限（近十年来），对象本身与我们完全重合，生活在同一时空领域，而没有经过哪怕些微的历时性意义上的时间筛选和考验，就更是如此；它也更适合于作文学批评式的研究或纳入文学批评的范畴。这样，也就自然而然地使这个学科具有特别强的当代性、开放性特征，并含有一定的风险性、实验性的因素。

当代文学学科的这一特点，从正向意义上讲，可使我们对它的研究，有效地跳脱传统僵化的经院范式而真正成为富有生命活力的现实开放体系。在这里，无论是阐释还是接受，无论是学术层面还是教学层面，我们都可以

---

① 曹文轩：《20 世纪末中国文学现象研究》绪论，北京大学出版社 2002 年版。

而且有必要融进自我的生存体验。只有这样，才能最大限度地凸现和激活这个学科的生命内涵，感受、理解和体会其中的丰富文本和历史过程，达到作家和研究者、教与学之间的能动对话。正是因为这个缘故，不少学校的有关当代文学教学，往往腾出相当课时，组织学生围绕当代或当前某一代表性的作家作品、文学现象进行课堂讨论。这完全符合当代文学学科的属性特点。当然，有利也有弊。与时代社会和研究对象靠得太近，拉不开距离，也容易使作者被时势所左右，从而自觉不自觉地给研究抹上了更多主观随意的东西，使之缺少应有的学科规范。而后者，恰恰是当代文学研究的一大陷阱。如果对之不保持必要的警觉，将个人主观化的因素（尽管这是不可避免的）不适当地无限扩大，任其纵横驰骋，那就很可能使当代文学产生严重的主观独断论。而这，我们是有不少教训可记取的。

第三节　几个难点问题的阐释

一个学科的存在，一般都有自己的精神原理和逻辑基点，有相对稳定的学科范畴和学科观念。以这样的标准来看当代文学学科的现状，我们认为它还没有建立起自己一套切实有效的学科理论。当代文学面临的挑战和困难很多，如媒体上炒作的所谓国学热、流行文化等。但这并不是最主要的。真正的危机和挑战，我们以为主要的还是来自以下两方面：一是当代文学的内部自身，包括我们还没有找到适当的理论对当代文学及其相关的学科概念、范畴、结构、方法、体系做出有说服力的解说；一是当代文学的外部关系，它在历经了六十多年的变化之后，未能相应很好地做出调整。大量的事实表明，当代文学现正处在又一轮转型的十字路口。因此，如何从生态审美存在的高度出发对它进行反思，就显得重要且必要。下面，拟围绕当代文学如何协调学科内外关系这样的题旨，就如下四个方面展开探讨，提出自己的几点思考。当代文学的最大特点是它的当代性，我们希望自己的探讨具有前沿性和现实针对性，涉及大家共同关心的几个难点问题。

一、当代文学与现代文学的关系问题

这也是近些年来现当代文学领域议论较多的话题之一。主导的声音似乎是主张现当代文学“打通”，并且也出现了实践“打通”的不少的诸如《20世纪中国文学史》《中国现当代文学史》等有关文学史。但如何“打通”，“打通”的标准是什么，是五四单纯的“人的文学”，还是同时兼及其他特别是“人

民的文学”？如果是单纯的“人的文学”，那么延安及延安以后文学怎么评价？如果是大于“人的文学”而又同时涵盖“人民的文学”，那么它又是什么性质的文学，怎样体现学科的本质规定性？对此，我们似乎还没在理论上做出应有的回答，实践上也存在不少问题。不少文学史在“打通”当代文学与现代文学的关系时，不是将它们彼此简单拼凑，就是将延安和当代文学有意无意地压缩或虚化。这样编写的现当代文学史看似“打通”了，内在却存在着明显的“肠阻”。它只不过是现当代文学之间的随机“嫁接”，或是现代文学对当代文学的不经意“收编”。这是一种新的简单化和学术粗糙化。现在，有很多人主张将1949年至1979年甚至将20世纪末的这三十年乃至半个世纪之长的当代文学，都并入现代文学；而当代文学呢，它就相当于我们通常所说的“当前文学”或“当下文学”，或是成为“当前文学”或“当下文学”的一种别称。我不反对上述有关现当代文学边界和时期划分的新主张——也许这种边界和时期的重新划分，不仅是对当代文学而且对现代文学，恐将都是迟早必然的趋势，而且它还由此可为我们对原有的当代文学提供某种“长时段”审视的意义和价值。当代文学是一个只有“起点”而没有“终点”的文学，同时也是一个不断往后撤的文学。后撤的结果就是将原有的“起点”不断地延后、纳入现代文学范畴，而自己再重新去确立一个新的“起点”。当代文学的当代性，似乎注定了它很难像古代文学甚至现代文学那样有稳定的研究对象。这与现代文学是不一样的。现代文学按照“用现代人的语言来表现现代人的思想感情”①的标准，是一个可作延伸的概念。只要在未来的文学发展过程中没有出现像1917年那样与以前文学全面而深刻质变的“界碑”，就不妨可一直延伸下去。现当代文学学科出现的如上变化，它应该被视作是文学研究走向深化和成熟的一个标志。这也是文学在走出百年、历经一个“长时段”之后的一个必然调节。它体现一种大文学、大学科的理念。对此，我们应站在学科和学术研究整体的高度进行审思。也只有站在学科和学术研究整体的高度，才能超越跑马圈地或所谓“捍卫学科”的狭隘功利的层面，给予真正的理性审思和认同。当然就该学科的具体研究来说，我们认为还是要注意对其独特历史语境及其个性特质的把握，不能为了一般而忘了特殊。我们可以立足一百年或三千年的文学大视野观照当代文学，但我们却不可以也不应该大而化之地用一百年或三千年的文学来替代

① 王瑶：《关于现代文学史的起讫时间问题》，《王瑶全集》（第8卷），河北教育出版社2000年版，第52页。

当代文学。

二、当代文学自身内部的关系问题

众所周知，当代文学是涵盖十七年文学、“文革”文学、新时期文学、后新时期文学、新世纪文学的一个相对独立的系统。在这个系统内部，从这种文学到那种文学，它们往往是以大幅度摇摆乃至相当强烈否定、断裂的形式推进的。当代文学学科的很多问题，都由此而来。但这仅仅是一方面。与此同时我们也要看到，这些文学之间尽管复杂多变，差异很大；但彼此又藕断丝连，不可分割，并且常常是以隐性或变体的方式将其精神、思想、情感、文体、结构、语言等潜存下来，以至延续至今。有的看似颠覆或截然对立，在深层次上看彼此则有内在的一致和贯通，如十七年文学与“文革”文学，“文革”文学与新时期文学。更为重要的是，由于文学的复杂性，特别是由于“在文学的历史性与非历史性，在文学的时代精神与它的超越时代的品格之间，存在着矛盾”①，这使当代文学即使在政治化的时代，往往也会与社会的主流观念形成一种矛盾碰撞的张力，而对原有的僵硬的思维理念有所僭越。十七年文学在这方面就很典型，李扬、董之林、程光炜、贺桂梅等近年来于此所做的有关研究，也充分证实了这一点。因此，倘若我们以意识形态为由，对以往政治化时代的文学采取一概贬斥的态度，就有失简单，也不利于当代文学学科建设及其有关历史经验的总结。文学与政治虽有不同的性质和功能，但它们毕竟都同属于意识形态，彼此是很难截然分离的。往远说，如傅斯年写《中国古代文学史讲义》，往近说，如董健等主编的《中国当代文学史新稿》，他们虽想离析文学与政治关系，但具体论述时仍未能很好地贯彻自己的意图。所幸的是这些年学术界开始有所调整，这也可以说是当代文学理性化回归的一个表现吧。需要指出，在当代文学学科自身内部，由于十七年文学正值该学科的草创和发端期，迄今影响甚大的文学体制和“红色经典”大都源于此，加之它又处于上承现代文学、下接“文革”及新时期文学的特殊历史阶段，因而尤有必要引起我们的足够重视。说实在的，谈当代文学自身内部关系处理及其学科建设，十七年文学无论如何都是无法绕过也不应绕过的一个环节。

三、经典与通俗的关系问题

一个学科的建设和发展有很多因素，有无经典就是其中的重要原因。

---

① 刘纳：《嬗变——辛亥革命时期至五四时期的中国文学》，中国社会科学出版社 1998 年版，第 53 页。

当代文学因直承延安的创作经验(如赵树理的《小二黑结婚》、丁玲的《太阳照在桑干河上》、周立波的《暴风骤雨》等),又以苏联的革命文学作借鉴,从20世纪50年代后期开始就连续不断地推出了“三红一创”“青山保林”等一批“红色经典”。这些“红色经典”曾成为这个学科的最闪耀的精神亮点。至于西方现代主义、干预生活和“潜在写作”等作品,在那时是受批判排斥的。八九十年代以后,情况相反,“红色经典”在相当程度是被解构的,代替它的则是《红高粱》《古船》《白鹿原》《长恨歌》《许三观卖血记》以及金庸武侠小说等新经典。即使是“红色经典”的原创或改编,也稀释了原有的政治意识形态,加进了通俗娱乐的元素。社会文化的转型,使政治色彩甚浓的当代文学在整体上明显地向日常消费靠拢,并日趋短平快和高产量(仅长篇小说,近些年来的年产量都在三四千部以上),经典写作让位于大众制作。像柳青、姚雪垠那样毕其功于一役从事一部作品写作,在今天似乎不太有了。经典是要经受历史的严格筛选,经典也需要花费时间精雕细琢、用心打造,它需要有一种良好的氛围、心态甚至人格操守。也许当下的后现代和商业主义双重夹击的语境,是不利于经典写作的。但不利于不等于不能,关键在于是否具有独立的精神坚守和艺术担当。从这个意义上,我们以为有必要对“红色经典”那种严谨认真的创作态度,那种人我不分的忘情投入表示钦佩和敬意。事实上,以往的“红色经典”中也存在着不少的可称经典性的元素或潜质。如果拂去其意识形态浮尘,我们是可以从中挖掘一些可资新经典创作借鉴的宝贵资源。经典都是带有时代性的。我们应该充分利用目前自己所处的“在场”优势,放出眼光,吸纳包括“红色经典”也包括大众文学在内的各种精神艺术资源。只有这样,才能创造富有时代特色的新经典,从根本上改变当代文学学科只见“丘陵”不见“高山”的积弱状态。

四、意识与事实的关系问题

可能与思想革命、政治革命有关吧,当代文学向来是很崇尚意识的,意识性,可以说是它有别于其他学科的一个显著特点。特别是在进入新时期以后,学科面临的问题纷繁复杂,在此情况下,意识或观念的创新就显得更为重要。而曾几何时,在某一特定的历史阶段,这样的新意识或新观念的确也对当代文学乃至其他众多学科起到了很大的推动和促进作用。但这毕竟不是常态。一味地崇尚意识(哪怕是新的意识),使它因失去固有客观事实的倚托而容易走向主观随意。这种主观随意与往昔的“政治决定论”以及现阶段的“学术浮躁风”随影相伴,曾经并继续对当代文学学科造成了不轻的伤害,以至迄今弥漫着甚烈的名曰“观念创新”实则“观念过剩”的遗风,不看作品,就凭几个新概念、新术语侃侃而谈者,也绝非少数。当代文学虽然“年轻”,它也有文献史料的问题,而且受当代中国政治和文化国情的规约,往往显得特别复杂。其具体内容和特点,笔者十年前在与人合写的一篇文章中,曾将它归纳为八个方面、六种表现,并认为在搜集、发掘和整理上存在六大困难①。在这里,它的每个史料(事实)的发现,都有可能改写或修正原有的意识,对整体的当代文学学科包括教学和研究带来影响。当然,有些史料由于种种原因特别是政治原因,可能迄今还被封存,有的将是一个永远无法破译的“历史悬案”。这也给现实和未来的当代文学在增加扑朔迷离的同时,留下了相当的不确定性和可供阐释的空间。文学研究大体而言,可分实证研究、文化研究、审美研究三种类型。古代文学是以实证研究见长,长期的积累,使它在意识与事实互动关系方面形成了一套相当完备系统的学问。这很值得当代文学学科借鉴。当代文学为了改变原有的“以论带史”“以论代史”的局限,提升自己的学术内涵,也有必要在保持自己学术个性的基础上从古代文学那里寻找重文献史料、崇尚实证的思维、理念和方法,不能过于放纵自己的意识和才情。

第四节　中文学科的浴火重生之路

这里想拉开去,从更高一级的中国语言文学学科层面来展开探讨。它也许嫌粗疏了,但对我们进一步“了解”现当代文学学科,应该是有启迪的。

说到中文学科现状,首先我们得承认,这些年来随着国家“文化强国”战略的加速推进,随着高等教育事业的突飞猛进,它的确获得了前所未有的大发展,并由原来比较单一的综合性、师范性学校向姓“商”、姓“工”等专科性,乃至二级学院、职业学校等多种类型的学校拓展,几乎所有的大学都办有中文系。中文是关于意义、情感、审美的一门学科,是构建和提升学校整体文化素质的一个重要的平台。也因这个缘故,20 世纪 80 年代中期的清华、原浙大等工科背景的学校纷纷创办或恢复中文系。以浙江省的高校为例,中文系也从“文革”前的少数几家,在短短十年左右的时间发展到了 30 余家。其中有的还具有研究生学位授予权;有的办学历史虽不长,但由于在各方面

① 参见吴秀明、赵卫东:《应当重视当代文学史料建设——兼谈当代文学史写作中的史料运用问题》,《中国现代文学研究丛刊》2005 年第 5 期。

尤其是人才引进方面行“非常之道”，推出一系列行之有效的特殊“吸引”政策，因而迅速从无到有，由弱至强。这就有效地改变了原有的中文学科几家经营的狭小格局，使之在整体上呈现出了人丁兴旺、立体多元的发展态势。从20世纪90年代中期开始，为了扶持包括中文在内的传统基础学科，国家通过文科“基地”、211工程、985专项经费，还有每年都在“行情看涨”的国家社科基金，以及各地各层次各种各样的文化工程，给中文学科以相当力度的经费资助。而中文学科，在上述时代精神气候的影响和推动下，当然也是为了自身的生存和发展，亦在诸如学科国际化、规范化，学科与时代社会，学科与学科之间合作、学科内部之间的合作，学科团队的组建等方面进行了探索，并取得了成就。以上这一切，我们都应该正视并给予充分的肯定，任何的抹煞和妄自菲薄，都是不合适的，也有失公允。

但另一方面，也不必讳言，这之中的确存在着不少问题，有的甚至相当严重。有关这些，近年来在各种不同的场合、各个不同的层次，大家是有议论有批评的，有的还颇为尖锐。如学术评估指标化即通常所说的“量化”问题，就是其中的一个问题。它开始表现在“研究成果”上只讲“量”而不求“质”，并因此制造了一大批学术垃圾或准垃圾，也催生了许多学术腐败和学术造假。这些年来，这个问题似乎有所淡化，它被另一种新的、更为重要的方式所取代，这就是“研究项目”的“量化”。国家出资设立研究项目，目的是为了支持人文学科（从精神和经费双重支持），这种支持，的确也催生了一些好的成果，并对人文学科起到了积极的推动促进作用。但当我们的管理层将它强行纳入一种刚性的“量化指标”体制，作为衡量和考察某个人或某个学科学术成就和水平的标准，并将其与个人和单位利益如职称、硕博士点、学术和专业评估等要命的利益直接挂钩，就程度不同地变味了：它有意无意地诱导和迫使不少人抛弃本来应修的“内功”，而去从事不熟悉也不愿做的“外功”，走出安静的书斋去“跑课题”。这样的结果，就使原来最重要的“研究的结果”即成果不重要了；相反，“研究的过程”则显得很重要，也很突出，这就有点本末倒置了，长此下去，对学科和个人学术发展是不利的。目前国内申报的项目一般都要求在一两年内完成，而高校老师迫于生存，往往一个人同时承担好几个项目。所以为了结项，疲于应付，整天忙得团团转，借用早些年有人所形容的，“被逼得连撒泡尿的功夫都没有”。在这样情形之下，恐怕只能写些短平快的、比较平庸的东西。这不能单纯怪研究者，也不能拿他们的“道德”说事。说实在的，假如浙大中文系的夏承焘、姜亮夫等老先生再世，恐怕也无能为力——不仅难以写出被我们今天奉为“经典”的传世之作,弄得不好,甚至有可能被我们体制“下岗”或“转岗”了。为什么包括国家社科基金在内的各种项目大多不能按时结题,从中产生的力作也很有限,这也从一个侧面反映了这个问题。需要指出,这几年项目申报中开始加大了“后期资助”的力度,这说明自上而下都看到了问题并开始着手进行调整,也说明我们上述的担忧并非多余。由此及彼,我不禁想到了“钱学森之问”,想到了社会和学界经常提及“为何当代出不了大师”等问题,这里寻根究底,是否可以从上述这套日趋强化、完善并且往往被贴上“现代的、科学的”标签的“量化”学术评价体制中找到部分解释呢?

有人将当今时代称之为“量化时代”。这种“量化”也许是社会文化现代化所难以完全避免的,特别是后发国家为跟上“迟到的现代化”而采取的跨越式发展战略所必须付出的历史代价。面对这种盖天铺地、无所不在的“量化”,作为社会的一分子,我们中文学科也许无能为力,去改变这种现状;但我们却认为可以而且应该对之保持适度的距离和适当的超越,不要太为这些“量化”指标所拘。特别是学科负责人、带头人,包括想在专业领域有所作为,希望为今后中文系史留下一点东西的年轻学者,对此应该保持一份理性的态度,做到有所为有所不为。即使申报研究项目,也要站得更高一点,看得更远一点,将其与以往研究特别是与未来长远的研究计划结合起来,与自己构建的学术“根据地”结合起来。因为我们知道,项目毕竟只是项目而不是成果(严格地讲,它只是“过程”而不是“结果”),我们不必将它的功能价值过分夸大,将项目转化为成果还需要付出更为艰苦的劳动。从长远的角度来讲,是不是项目以及是什么样的项目,都是不重要的,甚至是无所谓的,关键是看你的学术质量,你的研究是否推动了学术进步,是否为学术史提供了前人所没有的新的东西。

当然,以上只是举例性质。其实,除“量化”之外,在经费投入、政策制定、招收学生(特别是研究生)、专业设置等方面,尤其是长期以来形成的重理轻文以及由此导致对人文学科特殊性的忽视等诸多方面,都存在着类似问题,尤其是长期以来形成的重理轻文思想和对人文学科特殊性的忽视。从而导致了人文学科地位的相应下降,甚至被不适当地“边缘化”了,程度不同地陷于困境。上述这些问题,有的与历史特别是历次政治运动干扰有关,有的与现有的体制有关,有的带有时代通病的特点,是包括西方发达国家在内的世界性的普遍问题而不是中国所独有的(中国可能更突出),不必讳言,也有的是我们自身的问题(面对时代变革和社会发展,囿于固有思维观念和学术陈规,不能有效地做出理性回应;还有就是抱残守缺,或简单照搬西方理论和方法,缺乏原创精神)。它的情况相当复杂,需要做实事求是的、具体的分析。实践表明,中文学科是支撑一所大学尤其是高水平大学的“阿基米德点”(还有一个学科是数学),它具有超越一个狭义系科组织单位的特殊地位和功能价值,会对全校整体学科建设乃至整体精神文化产生重要的辐射影响。因而历来受到有识见的学校领导的高度重视。蔡元培、梅贻琦、竺可桢、苏步青等名冠中外的老校长在这方面为我们留下许多脍炙人口的佳话(如竺可桢校长专门聘请国学大师马一浮来浙大授课)。中文学科也不负上述这些老校长和时代社会厚望,在百年发展过程中为时代社会和民族进步做出了巨大的贡献。

大量事实表明,中文学科目前正处在机遇与挑战并存的特殊的历史“拐点”上。在“经济中心”时代,中文学科要想返回到我们所期待的那样引领风骚、独占鳌头的辉煌时代(如五四,哪怕是20世纪80年代),我们认为是不可能甚至也没必要;但是,在时代社会方方面面共同“合力”作用下,经过我们自己的努力,当然也包括借鉴和发掘以往丰富的历史经验、学术资源,及早采取应对措施,减少其负面效应,而在现有基础上有所改善和提高,这是可能的,也是应该的。最近几年,中央做出的大力推进社会主义文化建设的有关重要决定,为中文学科发展提供了强有力的精神和政策支撑。现在的关键是把握时机,趋利祛弊,寻找“突围”和发展的方向与途径。

那么,中文学科怎么进行突围和发展呢?这当然很复杂,涉及的问题也很多,但就大而言,不妨可概括为如下五个方面:按照学术规律行事,力戒浮躁,做到有所为有所不为;协调西学方法与传统学术的关系,努力寻求新的突破口;探寻个人与团体相结合的新的学术运行机制,在主流学术圈里发出有力的声音;参与跨文化跨语际跨学科的对话交流,在国际舞台展示自己,拓宽发展空间;积极介入当代社会改革和文化建设,使之成为当代思想文化创造者和人文精神建设者。这里限于篇幅,仅就其中第四个有关“国际化”问题略述一二,以概其余。

关于国际化问题,这几年谈得比较多,随着综合国力的增强和文化交流的深入展开,中文学科的国际化将日益凸显并逐渐成为这个学科一个新的生长点,新的发展空间,并进而使其内涵、外延乃至从课程体系、授课内容到讲授方式方法等发生结构性的变化。这是可以预料的。当然,这需要相当长的一个过程,现在还没到这个阶段。现在所谓的国际化,更多的是通过召开或者参与国际研讨会这种“交流”方式,从他人那里“引进”(包括引进海外汉学),而“输出”的则很少,在“引进”与“输出”之间存在着严重的贸易逆差。

最近几年开始注意到“输出”,包括翻译和到人家那里开办孔子学院。但基本上属于初级阶段,成果有限,大多也停留在浅层次(与他人进行“交流”和向他人“学习”的层次)。中文学科在国际“主流”学术界乃至汉学界事实上是处于“边缘”的位置,发出的“声音”相当微弱。针对这种现状,窃以为当前及今后的国际化有必要强调在文化自觉自信基础上的文化创新,尤其是带有“原创性”的文化创新。只有这样,才能真正进入国际学术的“主流”并发出属于自己的独特的声音,为世界和人类文明做贡献而真正受到人家的尊重,使中文学科真正走向世界,成为全人类共享的精神财富。而这,当然很难,但又是必须的。在这个意义上,中文学科能否国际化及其国际化程度如何,最后又取决于我们自身的精神学术质量,特别是创造、创新的能力,取决于我们能否为国际学术界提供他人所没有而又契合时代精神文化的新的东西,能否为人类文明做出贡献。如果做不到这一点,很难真正走向国际化,即使“走出去”了,也只能是浅层次的。

基于上述现状,回到中文学科如何“突围”和发展的话题上来,我们以为它应该是立足现实,背靠历史,面向世界和未来。今天毕竟是21世纪,中文学科面临的环境变了,在高等教育由精英化向大众化转换,在全球化、市场化、信息化、网络化的大背景下,时代社会对中文学科提出了不同于以往的要求;而中文学科事实上也在发生变化(无论内涵还是外延)。在这种情形之下,简单地循守或照搬过去的做法,恐怕是不合适的,也无助于问题的解决;像有些做法一样,用诸如文化企业、文化管理等来取代(事实上则是取消)中文学科也是不可取的,因为它不是在解决而是在回避问题。但是,中文学科历经百年积淀下来的那种执着求真求是精神却永远不会过时,值得我们很好地继承并发扬光大,它对我们诊治学术浮躁浮夸学风具有强烈的现实意义。

第八章　学院批评场域

在当代文学的理论批评中，如果说北京以其长期占据政治中心地位的有利条件成为令中国学术界“唯马首是瞻”的龙头，那么，上海也以其丰厚的学术积淀带动了江南理论研究的蓬勃开展，并使之在全国形成了另一个独特的中心。或许以北京为代表的地域学术批评特色多表现于学者高屋建瓴的气势以及政治敏感度上，而江南的理论建树则更多的是对“回到文学本身”的重视，以及对商品大潮的谨慎而宽容的态度。北方与南方两种不同的治学风格在20世纪80年代思想解放的语境中体现得尤为明显。恰恰因为风格的迥异，学者在观察文学现象、思维方式、论证角度、行文特点方面均具有明显的地域差别。虽然一些争论由此而产生，但它们也正好填补了学术界的众多空白，延伸了学术研究的视线，使当下的学术论坛显现出勃勃生机。

虽然就作家创作来说，上海作家带有“海派”的独特性而与江南其他地域的作家区别开来；但就文学理论来看，上海的批评家却可以划归到统一的江南文化圈中。这不仅因为历史上长期以来彼此之间的学术合作传统，还在于理论研究中上海评论家并不具有“海派”的突出特征（如后殖民色彩等）。不过也应该看到，在新的历史条件下，随着城市建设的进展，上海高度发展的经济使此地的学者不得不更多地关注文学与商业的关系问题，表现于研究领域便是上海的批评家在讨论文学命题时具有更突出的“商业敏感性”，这是与其他地域的批评有所区别的。

江南视域下的文学批评涵盖的内容很多，本章仅选择江浙沪三所重点大学现当代文学学科的批评实践，从学院派的角度契入探讨。显然，这样的概括不仅挂一漏万，而且具有很大的片面性。希望不要将其看成是对江浙沪三地文学批评的全面梳理和评价。

第一节 学院派批评的理论建树

江南的灵山秀水养育、吸引了诸多学者文人,加之复旦大学、南京大学、浙江大学、华东师范大学等著名高等学府林立,学术气氛尤为浓厚。就现当代文学这一仅仅出现了半个多世纪的学科来说,学院派批评不仅在国内同行中先声夺人,而且也以此树立起江南理论批评的一面旗帜。

现代大学的当代文学理论批评与现代大学的现当代文学学科密切相关,它在不同的大学往往有不同的特色,不同的建树。以复旦大学、南京大学、浙江大学三所大学为例,我们就可发现他们各自的学科建设对其当代文学理论批评都产生了较大的影响。

复旦大学的现当代文学学科实力很强,于 2008 年被批准为国家重点学科。老一辈学者贾植芳、潘旭澜、陈鸣树等教授为该博士点的建立和发展奠定了坚实的基础。现有教授陈思和、吴立昌、袁进、朱文华、郜元宝、栾梅健、张新颖、张业松等。该博士点近年来举办过一系列有影响的学术会议,如纪念胡风诞生一百周年暨第二届胡风研究学术讨论会、世界华文文学国际学术研讨会、基于文献史料整理的左翼文学诗学国际研讨会等;出版了《新中国文学词典》《中国新文学整体观》《中国当代文学史教程》等一批代表作;提出了“潜在写作”“民间”“无名与共名”等一些极具创意的学术观点。他们与华东师范大学的陈子善、杨扬、殷国明,上海大学的王晓明、蔡翔、王光东,上海师范大学的杨剑龙等互为呼应,组成一个蓬勃活跃的、也是更大的学术群体,不仅对上海本地文学的发展起到了重要的推动促进作用,而且在全国的理论批评界也产生了较大的辐射和影响。

南京大学的现当代文学学科也具有很强的实力,在陈瘦竹、陈白尘、叶子铭、许志英等几代学者的引领下,现已发展成为国家重点学科和教育部人文社会科学重点研究基地。在半个世纪的发展过程中,该学科逐步形成了以中国现当代文学思潮、中国现当代戏剧、中国现当代乡土小说、海外华文文学研究为主要方向的学科研究体系。现有董健、丁帆、王彬彬、沈卫威、吴俊、张光芒、刘俊、黄发有等教授。加之南京师范大学的谭桂林、朱晓进、杨洪承,苏州大学的朱栋霖、范培松、王尧等本省其他院校学者的联手,在当地形成浓厚的评论研究的学术氛围。该团体坚守理论批评的独立性,强调和突出批判精神,并推出了《中国现代戏剧史稿》《中国当代文学史新稿》《中国新时期小说主潮》《中国西部现代文学史》等一批有个性特色的著作，在学界有重要的发言权。

浙江大学的现当代文学学科也取得不俗的成绩，老一辈学者孙席珍、吕漠野、张仲甫的筚路蓝缕的开拓，郑择魁、陈坚、张颂南等第二代学人的悉心培育，使之逐渐形成了以浙籍现代作家为主并辅之以小说、诗歌、戏剧、影视等文体研究的特色鲜明的研究方向与优势。现有吴秀明、吴晓、黄健、胡志毅、盘剑、江弱水、姚晓雷等教授。他们与浙江师范大学的王嘉良、高玉、方卫平，宁波大学的戴光中，杭州师范大学的张直心、洪治纲等一起，在学术研究的同时积极参与当代文学批评特别是浙江现当代文学批评，推出了《吴越文化与中国现代文学》《夏衍的艺术世界》《鲁迅美学思想浅探》《"两浙"作家与中国新文学》《"文学浙军"与吴越文化》等一批有关浙籍现当代作家作品的著述。

上述研究成果的取得并非一朝一夕之功，而是与江南学术圈内浓厚的人文气息与良好的学术传统有着密切的关系。进入新时期，该领域内的学术研究不仅开展得早，而且功夫下得足，下得深。伴随着文学研究的不仅是人们文学审美观念的改变，而且是被束缚已久的思想的全面开禁与进一步的活跃。从这个意义上来说，他们的成果已经突破了文学批评范畴而进入了思想研究的领域了。江南文化的当代文学理论建树林林总总，令人眼花缭乱。但若透过繁复的表面看进去，它们还是有规律可循的，那就是对文学之高雅与世俗倾向的双重追求；几次颇具影响力的争鸣都离不开对人的生存的思考；批评家们注意将文学思想的深刻性灌注于对当下生活的描述之中；文学期刊同样也走着雅俗共赏的道路。对于俗世的尊重与热爱使江南文化中的文学批评不太可能端起高深莫测的架子，作孤寂清高的自语，而必然要落到坚实的人生土地上，做着具体而细致的工作；江南评论家对待文学的态度，更多地体现于"把玩"二字而非剑拔弩张的"批判"，虽说少了些宏阔，却多了些细密。

第二节 "重写文学史"及其引发的讨论

身处当下多元的文化语境中，文学历史的踪迹已不再呈现为唯一的线性的进化模式，而是以其多维复杂的面目令人"欲辨已忘言"。各种话语争相粉墨登场，过去、现在、未来，显在的与潜在的，实在的与虚幻的，各式文学现象交汇贯通,形成了文学虚构与此在之间巨大的张力。从“上帝死了”直至“作者死了”,文学不再仅仅将人视为最值得顶礼膜拜的“万物的灵长”,而是产生了对宇宙间所有生命存在的尊重;文学的历史也不再是单一话语统治下的文本,它关注文学事件所赖以发生的所有环境因素,具有绝对话语权威的一元化的“文本的历史”被消解,纷纭复杂的文学事件与地域文化、社会政治经济条件等因素构成了不可分割的文学生态系统。所有出现于这一文学生态链上的环节都成为“历史的文本”,它们不同的聚合关系不断引导我们对文学历史的解构与重组。因此,从这个层面上来说,20 世纪八九十年代之际“重写文学史”口号的提出以及相关文学运动的展开就具有划时代的意义。它不仅打破了我们对文学史认识的一元思维局限,而且站在文学生态批评的高度提出了整合文学生态资源的命题,欲使那些曾经为我们所忽略、遗忘的边缘的声音重新回到我们当下的视野之内。

“重写文学史”的口号于 1988 年在《上海文论》上首先由上海学者陈思和、王晓明提出。但这一质疑传统的思潮却可以上溯到更早的时候:1979 年“为文艺正名”的讨论,实际上奏响了这一反思的序曲。

新时期的诸多文艺争鸣都离不开 20 世纪七八十年代之交思想解放运动的大背景。在这一背景中,文艺界的“为文艺正名”的大讨论可说是开风气之先。1979 年,《上海文学》第 4 期极为显著的位置刊登了评论员文章《为文艺正名——驳“文艺是阶级斗争的工具”说》,由此拉开了文艺界解放思想、拨乱反正的序幕。显然,这场持续了一年有余的争鸣,其历史作用是不可抹煞的。当然,我们今天来反思这场辩论,把它放在文学生态系统中来把握,其中的不足之处依然值得深思。

当时,无论是评论员文章还是后来的争鸣文章,都紧紧抓住了交锋的焦点——“文艺是阶级斗争的工具”论。虽然从表面上来看十分热闹:反对者有之,支持者亦不乏其人,但深究下去,众人对此论点的意见实际上有着一致之处,即:文艺离不开阶级斗争这一政治内容。值得关注的是,尽管“阶级斗争工具”论被质疑并进而被否定,但“文艺为政治服务”的总原则却得到了加强。也就是说,众人看到了阶级工具论对文艺发展的限制,但却并未追本溯源,考察文艺与政治所应具有的平衡关系,最后仅仅以改变文艺所反映的政治内容作为反对阶级工具论的法宝,结果必定无法改变文艺附属于政治的工具地位,无法高扬其审美本质的旗帜。

这场看似激烈的争论实际上还是延续了文艺臣属于政治的观点。它在当时固然具有强烈的现实意义:“在今天,当我们把工作重点转移到四个现代化的时候，当阶级斗争虽然存在，但已不是社会的主要矛盾的时候，生活在日新月异的发展，文艺也必须跟上。”[①]很显然，是新的时代新的政治需要产生了“正名”的需要，人们通过否定“阶级斗争工具”论而否定了“四人帮”统治下的文艺，从而试图开创文艺的新天地；然而，经过一系列的讨论，文艺仍然未获得自身独立的价值，它仍然被视为政治的工具，或被进一步被演化为各种工具：认识生活的，改造世界的，等等。能够重视其审美价值、规律的文章，少而又少，而且还往往把它放诸政治价值之后，明显只具有次要的地位。

可见，尽管争鸣的形式是激进的，但是其中表现出来的评论的思维方式、做法都是保守的、具有强烈实用功利色彩的，它们依然忽略了文艺自身的重要规律——审美性。思维方式的保守，使争论并不能产生真正尖锐的交锋，许多观点尽管提法各异，但实是大同小异的。李扬后来也指出：“这是一次并不彻底的论争，人们只注意到了从政治上彻底清算‘左’的思想影响，但文学艺术自身的本体特征并没有得到充分的重视，以至于人们刚刚摆脱‘从属论’的阴影，便马上陷入了‘反映论’的误区。”[②]

因此，虽然其中不乏真知灼见，但究其根本的思维方式和具体的做法，所用的常常是非此即彼的绝对论，而且，虽然否定了“阶级斗争”扩大化的错误，但依然保留了“政治服务”说。由此可见，它还远未能使文艺的生态系统达到平衡。

20 世纪 80 年代中期，随着思想解放运动的深入开展，文艺批评的思路才逐渐被打开。先有北大钱理群、黄子平、陈平原的“三人谈”，突破了长期以来统治着现当代文学史写作的政治标准第一的单向限制，提出了“二十世纪中国文学”这样一个整体性的观点。后又有上海的陈思和、王晓明等主张“重写文学史”，他们用“重写”而不是“另写”概括自己的主张，表明了学者们多角度地突破限制，把握不同的主体心中对文学的不同理解，真正地实现文学史写作的繁荣的迫切愿望。如果说前者的努力在于确立了新的文学史观，那么后者的主要成就则在于进一步地将新观念深化、细化，在实践中对“经典”文本、权威观点进行了合情合理的解构与颠覆。

由此可见，“为文艺正名”的提出确有振聋发聩的意义，然而，它仅仅是提供了一种突围的姿态，还无法在思维方式上真正地有所颠覆；但也正因

---

① 顾经谭：《文学的发展与“为文艺正名”》，《上海文学》1979 年第 7 期。

② 李扬：《中国当代文学思潮史》，上海社会科学院出版社 2005 年版，第 104 页。

此，它给后人留下了一个可供开拓的广阔空间。

在"重写文学史"提出之前，江南本土学者其实已经开始了反思文学史的工作(如1987年陈思和出版论著《中国新文学整体观》)。无论是前文提到的"三人谈"，还是江南学者的某些尝试，都试图将"现代文学"与"当代文学"之间的界限消除掉，这也就意味着文学史研究酝酿着重大的变革。综观与"重写文学史"的提出有着千丝万缕联系的思潮与事件，它们固然形成了"重写"背后广阔的背景，但口号的提出还是标志着一种质的超越。

关于文学史"重写"的意义，陈思和认为："对现代文学史的编写和研究，从一开始就带有教科书的特征。关于它的进程与轨迹的描述，总是应和了中国现代革命史的发展进程和轨迹。文学和政治之间互相制约的关系，也成了研究现代文学史的中心。学术研究需要有个人自由创造精神，需要不断有新的见解和新的材料来改变或修正前人的成果；但作为一种教科书式的文学史，它不但受制于教育大纲的总方针，也必须受制于对整个现代史的认识的结论。我们现在所缺的，正是个人写的文学史，它必须显现出个人对文学史的独特看法。如果提倡个人写的文学史，也可能在理论构架上出现若干新的尝试。"①要求现代文学史研究向"个人"视界倾斜，这种对个体生命的尊重，对个人心灵的还原的指向预示着发生于江南的"重写文学史"运动绝非形式主义的改写，也绝非学者把玩学术概念的文字游戏，它不啻是在传统一元文学史观上的一次强烈地震。发起者对"新的见解和新的材料"的高度重视充分说明了接下来的文学运动解构"文学经典""公论"的决心以及由作品而理论、由下而上颠覆传统的策略。

由此不难看出"重写文学史"口号的提出并非如前人所理解的，仅仅是对一大堆思潮进行吸收归纳，而是在借鉴前人学术养分的基础上提出了自己的观点。当时江南学术界并没有过多地纠缠于"改写"与"重写"的概念之争，随即便投入解构传统的工作中去，率先迈出了探讨如何"重写"的第一步。这种研究的思路显然与讲究"名不正则言不顺"，主张先从逻辑起点、研究方法入手的中原学术思维模式有着显著的区别。当其他地区的许多学者还在为"重写"的合理性而争论不休的时候，江南学者却首先抛开了沉重的包袱，奔跑在"重写"的第一线了。江南文人一贯的敏锐、务实、坚韧、包容的学术品格由此可见一斑。1988—1989年，"重写文学史"的发起者们在《上海文论》上小试牛刀，切切实实地做起了"重写"的工作。江南文化圈的一大

---

① 陈思和：《要有个人写的文学史》，《文艺报》1988年9月24日。

批学者从具体的文本解读开始，对现当代文学史上的“经典”进行了“去经典化”的实践。对于经典的解构又反过来更为有效地指导学者们反思“如何重写”的问题。他们从具体作品到抽象理论，从观念到方法，强烈地撼动了传统文学史研究的大厦。

江南的文学研究的学术氛围历来十分浓厚。这一现象或许与江南文化深厚的文学积淀以及具有良好文学欣赏品味的大众有着密切的关系。优越的文化条件为江南学者在现当代文学史研究中提供了丰富的史料及人文资源。因此，当“重写文学史”运动展开时，首先出现在世人面前的便是来自于江南学者见解独到的研究成果，如戴光中、宋炳辉、王雪瑛的文章一反过去的经典“公论”，“一心一意地在那里诉说自己的感受和理解”，分别对赵树理、柳青、丁玲的创作提出了有别于以往主流政治话语观点的看法[①]；范伯群反省了有关鸳鸯蝴蝶派的批判；夏中义反思“现实主义”，沈永宝解构的是20世纪30年代革命文学运动的宗派主义倾向。江南学者的言论在“重写文学史”运动的初始阶段可以说是占据了绝对的优势。同时，江南各大文学、理论期刊纷纷为之提供坚实的阵地：以《上海文论》为主，辐射到《上海文学》《钟山》等刊物的理论版，它们的有力支持遂使各家言论得到了及时广泛的传播。可以说，口号一经形成，便迅速地由上海波及江南其他地区乃至全国，形成了颇具规模的文学运动。与北方学者注重文学史的宏观建构有所不同，江南学者的探索主要是针对具体个案的剖析，但大家所得到的新颖见解均是具有重要的学术价值的。彼此努力的方向不同，但对于人类精神文化的贡献却同样是举足轻重的。若如一些学者所认为的那样，要求“重写文学史”的研究都应面向哲思的高度[②]，则未免显得片面了。

---

① 陈思和、王晓明：《“重写文学史”专栏主持人的对话》，引自陈思和：《笔走龙蛇》，山东友谊出版社1997年版，125页。

② 如陶东风认为：“这场讨论的焦点与实绩似乎主要集中在对具体作家、作品、口号、论争或思潮的重新评价上，而不是在对文学史观、文学史建构模式、价值尺度等的整体反思与重建上（‘整体’的意思是说，现在只有零星的一些旨在探讨建构模式的文章）”，“这不能不在很大程度上削弱了这场讨论的理论深度和整体建构力”，“实际上，重写文学史的前提是重构文学史观。对于原有文学史的哲学意义上的反思应该在具体的重写之前”（参见陶东风：《文学史哲学》，河南人民出版社1994年版，第11—12页）。这番话强调了“重写文学史”的理论逻辑起点应该是“哲学意义上的反思”，也突出了北方学术体系对宏观理论建树的执着。但对于江南学者来说，人的气质、传统的习得都促使他们将更多的精力放在对生动、具体的文学案例的解读上，他们实际上走的是一条由具体而抽象，由感性而理性之路。彼此着力的方向不一样，但却是殊途同归的。

发端于上海的这场文学运动及时得到了江南学者的理论呼应(实际上，江南学者对中国现当代文学史研究从未间断的深刻反思可以视为“重写”精神的另一种外化形式，运动的正式启动起到了将这种人文资源进行整合的作用)，在整个江南文化圈内首先形成了“重写文学史”研究的热潮。相较于其他地区，江南学者在这一研究课题上无疑具有先锋的意味。王晓明在主持该专栏时说:“三年以前就已经有人郑重地拉开了‘重写文学史’的序幕，可直到今天，我们依然在兴奋于‘开头’，在激励着‘坚持下去’的决心:这序幕未免拖延得太久了。一百多年来，有多少代知识分子的心血和精力，就是在这形形色色的序幕当中消耗殆尽！随着有越来越多的研究者参加讨论，我们是不是有可能尽早结束这过于冗长的序幕呢?”①这番话道出了江南学者的原型——“不安于”现状、勇于开拓进取。

究其原因，从地理位置上说，江南曾长期远离政治中心，偏在一隅;在历史上，它不仅接纳了大量的中原移民，深得魏晋之风的精髓，并且与海外的联系比较频繁，这些因素都使本土文人形成对主流话语的怀疑精神。反映到学术研究上，如果说中原文化博大厚重、更注重科学理性的话，那么，江南的学术研究则处处显出奇思诡辩，更具有视野开阔、思维灵动、勇于实践的进取精神。因此，“重写文学史”的主要“战场”首先出现在江南也就是情理之中的事情了。

专栏推出以后，“重写文学史”逐渐演变为全国范围内的争论焦点。权威报刊《文学评论》《文艺报》等也开出相当的篇幅登载有关文章，一时间，讨论进行得沸沸扬扬。有关的争鸣并没有随着1989年专栏在《上海文论》上谢幕而停息。许多学者顺着各个问题的思路深入下去，推广开去，取得了更多“重写”的硕果。进入20世纪90年代以后，现当代文学史的写作开展得如火如荼，一大批取材角度各异的文学史著作呈现在读者的面前。有的关注“民间”视角与“潜在写作”;有的以“文学是人学”的理念统领全书;有的将评论的主动权交到了读者的手中，等等。此外，对现当代文学的作家、作品、批评进行重评的热潮也一再掀起，充分展示出“重写文学史”强大的后劲。它们在文学领域中形成了蔚为壮观的“多声部”。

自然，话题本身的吸引力是造成该研究热潮经久不退的一大原因，不过，也应该看到，在推出这一话题并展开讨论的过程中，组织者、参与者十分

① 陈思和、王晓明:《“重写文学史”专栏主持人的对话》，引自陈思和:《笔走龙蛇》，山东友谊出版社1997年版，第124—127页。

注意营造宽松的学术环境也是关键。现在看来，众多的评论文章基本上以学术探讨为宗旨，文字间流露出商榷的态度，以理服人，而不是“戴帽子”“打棍子”式地作一家言。陈思和在组织专栏文章的时候，十分注意挑选不同的“声音”，既有作家论，也有作品论；既有从理论的角度，也有从作品角度去研究批评方法的。王晓明认为：文学史写作是“主观性和个人性都很强的东西”，自然也就具有“多样化”的特征，“从读者着眼也好，从作者立论也罢，虽然角度不同，却都是为了学术”，“所谓多样化就意味着宽容”①。这种海纳百川的包容态度对于研究深入、持久地开展确实具有不可抹煞的功劳。20世纪90年代的“人文精神大讨论”“文学现代性讨论”等争鸣，还有今天学术界对现当代文学史研究层出不穷的多元解构，都可以视为对文学史写作问题的继续深化。在这个意义上说，“重写文学史”运动其实一直持续到了当下，并必会延伸到未来。

除了“包容性”，作为江南文化圈中发起的一场大运动，“重写文学史”还具有以下鲜明的地域人文特色：

一是它的务实精神。当“二十世纪中国文学”的构想在观念的层面上止步不前时，江南的学者脚踏实地地开始了艰巨而又精深的细部工作，他们解构“经典”“公论”的实绩充分验证了“重写”设想的科学性。

二是它的大胆开拓与细致绵密相结合的学术精神。前文已经提及江南文化中“反叛”的传统，这样的“遗传基因”使江南的学者更有可能英勇果敢地对传统文学研究中的不合理性发起进攻。而江南历史悠久的浓厚的学术氛围以及江南人性格中特有的细腻又使得这些学者们在分析问题、阐释观点时更注重细致严密，力求从实际出发，以实例服人，以理服人。

浓厚优越的江南人文特色令这一文学运动长盛不衰，硕果累累。同时，文学研究的成果也大大丰富了江南人文精神的内涵；世人也正是通过这样的成果深深领略了江南学术界文学研究的魅力。

文学生态的优化离不开“艺术链”上各个环节的畅通。社会环境、文化传承、学术氛围等，彼此交织在一起而成为互为影响的因子。其中任何一个环节被堵塞都将给文学生态系统带来恶性循环。透过“重写文学史”运动在江南文化的沃土中发芽壮大的事实以及运动相应地对江南人文精神建设的促进作用，我们看到江南人文精神与“重写文学史”这两个环节之间和谐平

---

① 王晓明：《从万寿寺到镜泊湖——关于“二十世纪中国文学研究”》，《文艺研究》1989年第3期。

衡的关系。这对于优化文学生态的命题来说,也必定是具有独特性与普适性的经验。

第三节 “人文精神”大讨论

生活在现代大都市的上海,本土的评论家对“商业”的敏感度是很高的。且不说历史上此地曾如何辉煌地担当了金融中心的角色,就说进入新时期以后,随着国家经济政策的调整,上海的经济也随即迅速崛起,有利的地理位置与优越的传统条件使之具有比其他地区更大的经济发展的潜能,并使之在较短的时间内重新跻身世界金融中心的行列。上海作为金融中心的重新崛起也带动了整个江南地区经济的迅猛发展,这使原本就处于极度敏感之中的江南文人意识到了文学所面临的复杂局面,“在北京,人们依然能感觉到旧的意识形态的影响的时候”,上海的人们更多目睹了 20 世纪 90 年代的流行风尚和“大众”文化与新的意识形态之间的“共谋”关系的成形,开始了“重新以批判姿态面向文化现实的新阶段”①。陈思和等学者早在 20 世纪 80 年代中期便已开始了对文学的“民间”视角的研究,他们在 80 年代末提出的对“人文精神”失落的忧虑不能不说是有感而发的②。同时期开展的“重写文学史”运动,实际上也是对文学评价领域高扬人文精神的一种呼唤。随着“纯文学”与现实的矛盾日益突出,人们逐渐意识到对这一命题进行探讨的必要性与迫切性。

1993 年,王晓明等人在《上海文学》发表题为《旷野上的废墟——文学和人文精神的危机》一文,拉开了“人文精神”大讨论的序幕。讨论的参与者并不限于上海一地,也不仅仅限于文学批评家,而是扩展到了作家以及从事思想研究的学者。为讨论提供阵地的报刊包括了《上海文学》《读书》《文艺理论与批评》《东方》《文艺争鸣》《光明日报》《文艺报》等,可谓阵容强大。在 1995 年有关讨论降下帷幕之后,还有相当一部分学者继续从事着与话题有关的研究工作。由此可见它的影响力之大,影响面之广。

现代都市的话语、象征性的符号,商品潮对于市民生活的深刻影响,种种由社会而文学的问题,在陈思和、王晓明、吴炫、费振钟、王彬彬等学者的

① 王晓明:《思想与文学之间》,人民文学出版社 2004 年版,第 47—58 页。

② 参见陈思和等发表于《上海文学》1989 年第 7 期的《关于“世纪末”的对话》。

著述中得到了较为深刻的反思。在这样的背景下，一个突出的问题开始浮出水面，即：在世纪末的都市中，人们对商品的兴趣日趋浓厚，而这种兴趣似乎是以放弃文学艺术的人文理想作为代价的。当艺术中的人文精神日益淡薄，而商品气息日益浓厚之时，是否就意味着文艺的没落、人类崇高精神理想的消亡？如果这样的命题成立的话，那么，人类的明天是否就意味着精神的萎靡和肉欲的极度膨胀？人类是否从此被打入自己设立的地狱之中？

不难发现，江南较为开放的经济环境带来了都市的快速发展，而这样的地域条件又为学者的观察、思考提供了丰富的现实图景。因此，这一讨论首发于上海而波及江南学术界，并在这一三角洲地带首先得以迅速、深入的展开，是有其必然的人文地理因素的。

同时，上海、南京、杭州等地高校林立，人文学科有着悠久的历史渊源；加之人才济济，学术氛围宽松，文化积淀深厚，这样的人文条件均为“人文精神”大讨论的展开创造了优越的条件。

当然，所谓“乱花迷人眼”，令人眼花缭乱的生活图景与文本在这么短的时间内一下子在人们眼前打开，也使学者刹那间无法很好地处理这众多的信息。讨论的展开陷于“众声喧哗”之中。正因为本次讨论存在着许多不成熟的观点，故在学者之间形成了激烈的交锋。著名的两场辩论发生在陈思和与张颐武以及“二王”（王蒙与王彬彬）之间。陈思和认为：“知识分子人文精神，其失落也早，其遮蔽也久，并不是近年的经济大潮冲击下才出现的。相反，恰恰是今天时代环境为我们提供了重新提倡人文精神的可能性。”[①]但张颐武却提出“人文精神”意味着话语的霸权：“这无非是在重复着80年代有关‘主体’‘人的本质力量’的神话，只是将处于语言之外的神秘的权威表述为‘人文精神’而已”，“它决不是对当下文化的拯救．而是更深地陷入了知识/权力运作的网络之中，乃是在全球性的西方话语中提供的一种驯服的‘他者’的形象”[②]。此一波未平，一波又起，王蒙意识到“人文精神失落”的提法是针对“通俗文艺”“调侃文学”与“痞子文学”而发的，因此在极为不满的情况下，驳斥道：“一个未曾拥有过的东西，怎么可能失落呢？”[③]他甚至将

① 陈思和：《就95“人文精神”论争致日本学者》，收入王晓明编：《人文精神寻思录》，文汇出版社1996年版，第147页。

② 张颐武：《人文精神：最后的神话》，收入王晓明编：《人文精神寻思录》，文汇出版社1996年版，第139—140页。

③ 王蒙：《人文精神问题偶感》，收入王晓明编：《人文精神寻思录》，文汇出版社1996年版，第107页、第111页。

原本属于学术上的探讨想象成罪无可恕的暴政，联想到："我们这里会不会有奥姆真理教？"[①]而王彬彬则接过这个话题，强调了人文精神失落的严峻局面："中国作家、文人的聪明，则是与人文精神形同冰炭的。那种技术性的生存策略，那种过于发达的现实感和务实精神，那种形而下的'术'，都绝对是排斥、阻碍真正的人文精神的。"[②]"我感到奇怪的是，为什么低调论者只对这种具有宗教性质的，以神圣、崇高、理想名义出现的恶感兴趣，而对更多更普遍的世俗性质的、丝毫不带神圣、崇高、理想色彩的恶则无动于衷"，"人固然可能在神圣、崇高、理想的名义下作恶，但人更可能在'我是流氓我怕谁'、'千万别把我当人'旗号下作恶，更可能在践踏了一切神圣、崇高、理想的情况下，在泯灭了最起码的良知和正义的情况下作恶"[③]。于是，文人之间展开了火药味十足的论争。与此同时，作家刘心武与"二张"（张承志、张炜）分别"加盟"反对派与主张派，他们激情十足的言论无疑又给这些辩论增添了许多主观色彩，使许多问题纠缠于武断片面的论断而无法在学理的层面上深入下去。

今天在我们看来，颇具趣味性的是，两场大争论似乎代表了北方与南方学者的学术方法、思维方式之争。虽然当初在具体论争展开时，还有相当多的学者参与其中，也无法绝对地用南方或北方的划分来圈定学者们的"属性"，但就站在争论最前沿的这些学者来看，却的确大体存在着这种地域性，如北方的张颐武、陈晓明、王蒙等；南方的陈思和、王晓明、王彬彬等。南北方的学者在学术上表现出了各自不同的特性。南方，尤以江南文人为主体，显然认为对"人文精神"的提倡是必要的。不管这个命名是否能找到历史的渊源，是否具有科学性，总之，在他们看来，这是一个无须证明的公理，研究的重点不在于其合法性，而在于其如何提倡，如何在当下文学研究中反映出它的精髓。而北方的学者恰好强调的是这个命题的合法性，所谓"名不正则言不顺"，传统中原文化的思维方式再一次地在这个讨论中显示出它的巨大惯性来。他们对历史上的"人文主义"与当下所提倡的"人文精神"进行了诸多比较，认为这两者并不能混为一谈，既然如此，那么，从逻辑学的角度出

---

① 王蒙：《我们这里会不会有奥姆真理教？》，收入丁东、孙珉选编：《世纪之交的冲撞——王蒙现象争鸣录》，光明日报出版社 1996 年版，第 171 页。

② 王彬彬：《过于聪明的中国作家》，收入愚士编：《以笔为旗：世纪末文化批判》，湖南文艺出版社 1997 年版，第 111 页。

③ 王彬彬：《宗教之恶与世俗之恶》，收入丁东、孙珉选编：《世纪之交的冲撞——王蒙现象争鸣录》，光明日报出版社 1996 年版，第 173—174 页。

发,“人文精神”就缺乏了在历史上存在的必要证据,因此,也不可能“重提”。从这个论证思路出发,“人文精神”存在的科学性就受到了质疑。

理解了南北学者在研究问题时的不同思维方式,我们就不难理解,何以在论争中,会出现诸如张颐武指责“小的利益集团为了蝇头小利”之类尖刻的话语,或如王蒙、王朔等所提到的“躲避崇高”等话题,又或如“二张”(张承志、张炜)所高举的颠覆一切、进行文化批判的大旗。的确,在商品大潮的挤压下,北方的学者更多地是回溯到往昔,思考历史上文学以附庸的身份出现时的经验教训。在回顾中,他们看到文学以政治的附庸、以“假、大、空”的方式出现的种种可憎的面目,于是王蒙才有“躲避崇高”一说(这里的崇高其实是指传统束缚着文学的狭隘的现实主义、意识形态等,将如此“崇高”与“人文精神”相对等,难免会产生对于“人文精神”的排斥心理),王朔的“痞子学说”才能够非常奇妙地与之结合为一体。而“二张”的主张看似为对江南学者的有力支持,但其中的偏执观点却并非江南文人的主张。这两位在抬高人文理想的地位的同时,也暴露出与“二王”等文人同样的思维模式,即回到历史中去考察“人文精神”这一命题的意义。与王蒙等人相比,他们从同样的思维模式出发,却正好走了一个相反的方向——走向了对当下商品社会的否定,因此,在他们的有关文集中,对当下商品经济的绝然否定成为其中主要的思想。他们主张要用人文精神来制约商品经济,这显然是过于悲观偏激了。而在争论另一方的江南学者看来,“人文精神大讨论”是针对当下的社会现实而展开的,自然有着自身的独特性与现实意义,因此也无须过多地纠缠于历史,或在故纸堆中寻找它的渊源。五四启蒙精神固然可以作为它的思想源流,但他们更多的还是强调当下语境中的人文精神,探讨它与商品大潮之间所存在的矛盾以及它如何走向超越的问题。从文学对人的理想的张扬来说,这样的要求并不过分,它实际上反映了这些学者对当下问题极为敏锐的视觉和高度关注的责任感。遗憾的是,在双方火药味颇浓的论争中,彼此的观念并未得到很好的交流沟通,对许多问题的探讨未能在一个方向上用力,结果造成了资源的浪费以及最后的草草收场。

鉴于这场讨论由于概念上的含糊不清而带来混乱,在后来有关文人精神的讨论中,出现了“知识分子立场”这一“更为确切的术语”。上海学者许纪霖、南京学者周宪等人成为研究这一命题的中坚力量。江南文化圈再次表现出学者们对于人文精神的高扬和坚守。

“人文精神”讨论虽然在争议中降下了帷幕,但它依然以各种衍化的形式出现在文坛,如“纯文学”的讨论便是典型的一例。有关“纯文学”问题的探讨，断断续续见于20世纪80年代的文学争鸣中。2001年，《上海文学》的"批评家俱乐部"栏目举办了有关"纯文学"的专题讨论，陆续刊发了一系列颇有见地的论文，遂引发了我们对新时代中的"纯文学"的重新认识。

本次讨论关注的是商业社会对文学自身的强大影响，具有强烈的现实意义。这次讨论衔接了"人文精神大讨论"的某些话题，显示了江南学者对"商品—文学—人"这一关系链的敏感。

处于文学探索前沿的《上海文学》在20世纪90年代中期，就已率先关注起文学中的都市文化、市民文化，先后举办过"文化关怀小说"及"新市民小说"等征文活动，并在民间立场等理论研究上有重大的突破。① 在研究的重点上，它是有着都市民间立场的传统的。丰富的理论与创作实践的准备为日后关于"纯文学"的讨论奠定了坚实的基础。

2001年，作家李陀与李静的谈话录发表，从而掀起了"纯文学"的讨论。在这次讨论中，南北学者同样显示出各自对于商品化大潮的不同态度。北京的李陀将两者对立起来，认为"虽然'纯文学'在抵制商业化对文学的侵蚀方面起到了一定作用，但是更重要的是，它使得文学很难适应今天社会环境的巨大变化，不能建立文学和社会的新的关系，以致90年代的严肃文学（或非商业性文学）越来越不能被社会所关注，更不必说在有效地抵抗商业文化和大众文化的侵蚀同时，还能对社会发言，对百姓说话，以文学独有的方式对正在进行的巨大社会变革进行干预"②。

但江南学者却大多持较为乐观的态度，认为两者的关系并非简单的对抗。如葛红兵虽然认为当下的文学"不再介入人民的经验世界，也不再介入人民的精神世界，它远远地独自跑开了，它成了不介入的文学"。但依然还存在着"启蒙的纯文学"，它存在着两种思路，"一种是客观人本主义思路，这个思路相信科学和理性在人类生活中的核心作用，相信人类可以整体地运用自己的理性来认识世界，把握自身，通过总体革命获得解放和自由"；另一种"我称之为主观人本主义思路，它反对客观人本主义忽略个体价值和感性存在的做法，将人的自由和解放基点从国家、民族、集团的整体转化到感性生命个体，将欲望和激情看作人的本质"③。显然，对个人欲望的追求在这

---

① 参见陈思和：《民间的浮沉：从抗战到文革文学史的一个解释》，《上海文学》1994年第1期。

② 李陀、李静：《漫说"纯文学"》，《上海文学》2001年第3期。

③ 葛红兵：《介入：作为一种纯粹的文学信念》，《上海文学》2001年第4期。

里被赋予“启蒙”的崇高意义，再也不是与人文理想相冲突的卑琐之物了。在这个意义上，文学的精神与市场经济间抹去了剑拔弩张的对立关系，这反映了评论家试图在两者之间寻求统一的一种努力。如果纯文学与商品化大潮并行不悖，那么，我们也就没有必要对文学的现状悲观失望，只要换一个角度，我们就可以发现文学在进步而不是衰落。原来，文学介入生活的方式可以是多种多样的，严肃文学与大众文学之间也不是你死我活的敌对关系，而是可以实现互补。

讨论中，江南学者显示出对于文学与商业关系敏锐而宽容的心态、灵活的视角。他们指出商业与文学的不可回避的相互影响力，而作家们应该做的，不是对商业围追堵截，而是探讨如何疏导与贯通两者关系。这些真知灼见使我们学会了应怎样在商业化的条件下理性地看待文学的精神与文学的职能；它也使前期“人文精神大讨论”的有关问题得以深入展开。

（本章与黄健合撰）

第九章　经典历史化与历史经典化

文学经典历史化是一个“庞大的系统工程”，包括从创作到传播、接受等各个环节，各个方面。我们这里所说的经典历史化，主要是指对文学经典的筛选和编纂，即通常所说的当代文学史编写。具体论述，拟结合自己的编写实践展开。这样，不仅内涵与外延大大缩小了许多，而且可能缺少了常见的理性深度。但也许正是这种“缩小”和实践性，给有关经典历史化的探讨，提供了为其他一般论著所欠缺的具体、切实与细致。

第一节　文学经典：从确立到阅读的一种阐释

对经典的文化自觉始于20世纪初。彼时国门洞开，西方著述不断涌入，一个新的文化空间第一次为中国知识分子敞开。与此同时，对“他者”的发现，也让他们对传统文学经典的合理性产生了深刻的质疑。这在漫长的非现代社会中是难以想象的。文学经典体现着秩序，是在时间的淘洗中能够让一代又一代的心灵得以安顿的文化范本序列，在某种程度上，它还决定着后人继续前行的方向。在西方文化进入中国之前，对经典的拷问鲜有耳闻。李卓吾等人对“童心”的诉求，究其实质，还是庄子—魏晋玄学这一流脉的赓续；说到底，还只是中国文学内部的文化冲突。但西方文化进入之后，封闭自足的文化空间第一次无法同化这些异质元素。在这样的历史情境下，对中国文学经典的追问开始了。不同文化参照系的比较，随之而来的，是对传统中国文学经典的叩问和整理以及对新的文化范本序列的建构。这种文化自觉在胡适的“整理国故”，学衡派的“昌明国粹，融化新知”中得到了具体的体现。然而，在20世纪上半叶的中国，知识分子虽然始终在拷问传统经典中为自己寻找一个前行的出口，以期建构新的经典，却常常迷失在行走的路上。就像冯至所说：“我们天天走着一条熟路，/回到我们居住的地方。/但是在这林里面还隐藏/许多小路，又深邃，又生疏。”

方向莫明，建构中国文学经典的焦虑成为20世纪中国知识分子的一种普泛的心灵状态。1949年以后，对中国文学经典尤其是现代文学经典的确立再次成为知识分子的文化自觉。有位文学史家指出：“某个时期确立哪一种文学‘经典’，实际上是提出了思想秩序和艺术秩序确立的范本，从‘范例’的角度来参与左右一个时期的文学走向。”①确立范本的前提，是对一个恒定标准的建立。但真的有一个不会改变的标准的存在吗？可以说是，对这一疑问的争执一直持续到20世纪末，在北大谢冕和钱理群主编的《百年中国文学经典》(北京大学出版社1998年版)出版时，争论达到了高潮。尤其是“当代”部分，更是成为争论的焦点。也就是说，不是所有经典问题都具有同等的尖锐性质，争论的程度也有所不同。洪子诚认为，20世纪50年代以来这方面所展开的尖锐冲突，主要集中于外国文学(尤其是20世纪的外国文学)和现代文学。而就当代文学来看，我认为在十七年文学方面表现为甚。其中最突出的要数所谓的“红色经典”。因为在政治与文学的“一体化”机制中，它“对经典的确立有严格的监督和控制，并且提出了一些明确的评价尺度。……这种监督和控制，主要通过理论批评、书刊出版、图书流通等渠道来实现。哪些作家的哪些作品可以出版，获得什么样的评价；哪些书可供借阅都有规定。……“文革”之后，经典的选择和确立有了比较大的自由度。统一的监督和控制虽然也很想继续实施，但是效果已经不很理想。……一个明显的例子是，有的重要的评奖，常常反映了文学界不同力量、不同评价标准的妥协。授给长篇小说创作的茅盾文学奖，以及近年新设的鲁迅文学奖，中国图书奖等就是这样。它们的权威性已很脆弱”②。

当然，这只是一方面，除此之外，还有一个问题需要强调，那就是这些经典是“给谁读”，或者说“谁在读”？这似乎被大家忽略了。说到底，如果你心

① 洪子诚：《问题与方法——中国当代文学史研究讲稿》，生活·读书·新知三联书店2002年版，第233页。

② 洪子诚：《问题与方法——中国当代文学史研究讲稿》，生活·读书·新知三联书店2002年版，第245—246页。

中没有一个预设的经典阅读对象，而人人都能接受的经典在实践层面上又很难存在，那么这就意味着你所确立的经典，很难在一个具体确定的层面上获得合理性乃至合法性。尤其是对现当代文学这样一个不那么稳定、与主流意识形态贴得很近的学科来说，更是如此。其经典地位有无确立以及确立的程度和效果如何，更与“阅读对象”密切有关。

正是基于上述这一认识和理解，也是考虑“阅读对象”立体存在的复杂情况，笔者结合具体实践，曾作过如下两种探索：

一是在浙大中文系集体编纂的“多维视野中的百部经典”大框架下，参照教育部推荐的有关书目，编纂出版了一套旨在供中文系学生阅读的“中国现当代文学卷”①。该书精选了郭沫若的《女神》、鲁迅的《呐喊》《彷徨》、茅盾的《子夜》、沈从文的《边城》、钱钟书的《围城》等15部“现代文学经典”，老舍的《茶馆》、柳青的《创业史》、陈忠实的《白鹿原》、《王蒙代表作》等4部“当代文学经典”，以及《台湾小说选》《余光中精品文集》等。每部经典作品由“语境还原”“多维视野”“重点提示”“课外链接”四个部分组成，它具体内含了“资料汇编”与“编者评点”两方面内容。为契合中文系“培养目标”——“他们不仅需要深厚的人文知识，充分体现人文知识分子的历史责任，而且他们求智寻美的特点又决定了他们必须是拥有丰富审美品质的人”②，不同于流行的经典解读，我们努力从历史的、人文的、审美的“多维视野”对现当代文学经典进行阐释。

二是编纂出版了一套供非中文系大学生和社会文学爱好者阅读的“大学文学读本”(内含《文与历史》《文与民族》《文与现实》3卷)。这里所收的文学作品，除少数的古代和外国文学经典外，大多属于现当代文学范畴。其中不乏经典之作，但更多是非经典或泛经典，或借用有的学者的话来说，叫“文学史经典”。如在《文与现实》第二编“都市流变镜像”单元中，遴选了易中天的《城市的魅力》、邱华栋的《城市漫步》、巴宇特等的《2002年5月10日》、贾平凹的《闲人》、翟永明的《轻伤的人，重伤的城市》、冯骥才的《手下留情》等6篇作品；在“民间写生”单元中，遴选了刘恒的《贫嘴张大民的幸福生活》、汪曾祺的《故里三陈》、庞余亮的《半个父亲在疼》、袭山山的《靳师傅的

① 李杭春主编:《多维视野中的百部经典·中国现当代文学卷》，浙江古籍出版社2004年版。

② 李杭春主编:《多维视野中的百部经典·中国现当代文学卷》总序，浙江古籍出版社2004年版。

太阳光》、费振钟的《失踪的乡间手艺人》等 5 篇作品①。在这里，我们编选的重要原则之一，就是看它们在相同或相似的主旨下，怎样进行极富意味的个性创造，以及这些个性创造与经典及非经典之间的矛盾统一的关系。具体地说，主要追求和体现包容性、开放性、可读性的编选理念。

第一，包容性，即强调经典文本与非经典文本的兼容并包。为了保证该读本应有的权威性和厚重感，一方面重视经典，在每一单元中都遴选相当数量的有关这方面的文本，使之成为主要的支撑构架和精神钙质；另一方面又不为经典所拘，而是站在现代的立场上，按照艺术多样化的原则，有效地选择一些虽非经典但却别具意味或富有代表性的其他作品，组成一个新的立体多层的审美空间。实践告诉我们，经典虽然非常重要，它表征着一个国家和民族文学的最高成就，但绝不是唯一的，不能反映和代表其他一切，尤其是不能反映和代表丰富复杂的文学史本身。而从当代文学的角度讲，经典与非经典的组合，也正是它本体属性的基本特征之一。在这个意义上，所谓的包容性其实包含了对当代文学史和文学本体的尊重，它为我们提供了一部更加接近原生本真和本美、具有更大涵盖面的当代文学史或准文学史的读本。

第二，开放性，就是打破过去封闭狭隘的思维，将包括"未完成态"当代文学在内的所有文本都纳入开放的阐释体系中进行解读或重组。传统文本特别是传统的经典文本是历史积淀的产物，它只有敞开，才能有效地发挥潜在的思想艺术价值，不断地获取新的生命力。这也是古今中外一切名著经典的普遍规律。此处所谓的开放，也许包含了上述的包容性，即横向上注意经典与非经典的连接，但更主要的是指纵向上由古至今的转换，即对一个经典与非经典文本在主题内容和话语叙述等方面做出颇不相同的模仿、重写、再创造乃至完全相异的颠覆、消解的描写处理。如《文与历史》第一编"寻找原典"单元中，围绕"孔子"，就遴选了鲁迅的《补天》、杨书案的《孔子》、井上靖的《孔子》、冯至的《仲尼之将丧》、李冯的《孔子》等 5 篇作品②。这里既有赞扬，有批判，也有解构；既有严肃的正说，有激愤的反说，也有娱乐性的戏说。不同取向的写作背后，深深打上了文学从现实主义向现代主义、后现代主义演变的轨迹。开放性编选是建立在经典文本开放性阐释的基础之上，它说到底是将经典文本看成是一个永远敞开的生命体系而不是超稳定的僵

---

① 贺昌盛、黄云霞主编：《大学文学读本·文与现实》，浙江大学出版社 2006 年版。

② 吴秀明、吴遐土编：《大学文学读本·文与历史》，浙江大学出版社 2006 年版。

硬的系统;认为它不仅可以有多样的解读,甚至有权按照自己的理解进行重塑。

第三,可读性,这也是文学读本的起码要求,是历史、民族、现实这样的刚性题材内容必须正视和解决的一个重要问题。因为唯其题材内容太刚性了,这在事实上就对文本的可读性提出了更高的要求。作家只有充分考虑感人动心的阅读效果,才有可能化刚为柔,真正走近读者,达到与他们的亲密接触。而可读性,则涉及文学读本的自我定位、编写理念以及选材、主题、规格和体例等诸多问题。我们在读本编选时较多地选择了生存境遇、信仰迷失、重写历史等紧契当下的题材或主题,它暗含了我们对现实时代社会的一种精神诉求;同时在文体、形式、趣味和格调等方面也力求丰富驳杂,多样搭配,特别是注意从中融进最新的艺术探索。即使是像“红色经典”这样严肃的题材,也十分注意其艺术实践的个性化乃至后现代主义式的写作,赋予文学应有的杂色、情趣和魅力。这与夏中义主编的《大学人文读本》[①]是不大一样的。

总之,我们不想将文学锁定在封闭狭隘的课堂作纯教科书式的解读,而是力求将它从课堂里解放出来,推向鲜活丰盈的现实社会。一方面采用多种视角、多样形式和多重蕴涵,充分展示历史和现实生活的丰富殊相和真实本性,让读者对文学在复杂背景下的生存状态及其自我演变有更透彻的理解;另一方面以文学为母本,借此增强他们的文学修养,改变他们的知识结构,培养他们的创造性和想象力。

第二节　文学史在经典历史化中需要正视的几个问题

文学经典历史化离不开文学史家的参与,从某种意义上讲,文学史家的工作就是文学经典历史化的工作,他从文学史编写的角度对文学经典进行筛选、确立和排列。所谓的“历史化”,就是文学史家按照一定的评价标准,将“文学经典”或“文学史经典”写入文学史,即通常所说的“入史”。从这个角度观照文学经典历史化,我们也许对当代文学史又多了一种认识。

众所周知,自 1962 年华中师范学院编写的《中国当代文学史初稿》和同时期山东大学编写的《中国当代文学史》(这里还没将北京大学中文系 1955

① 夏中义主编:《大学人文读本》,广西师范大学出版社 2002 年版。

级编写的《中国现代文学史当代部分纲要》和20世纪50年代后期中国社科院文学所编写的《十年来的新中国文学》包括在内）出版以来，作为一门具有独立性质的学科，当代文学史编写迄今为止已有六十多年的历史了。在此期间，尽管充满歧义，甚至连可否"写史"这样一个基本前提都存在歧义，但它却抑制不住人们的编写热情和冲动，出了近百部文学史。[①] 尤其是20世纪90年代，更是蔚然成风，各路行家，大显身手，以密集的方式不断涌现，取得了丰硕的成果，其中还产生了洪子诚的《中国当代文学史》、陈思和主编的《中国当代文学史教程》等一批各具千秋的史著。

如今，当代文学领域的这股"文学史热"随着学界和教育界整体环境的转型已明显降温，在文学观念日趋多样复杂的情况下，人们也开始对那种千篇一律的文学史感到生厌，他们希望看到更多的具有个性化的文学史的出现。更为可喜的是，不少人在总结经验教训的基础上从各个方面进行反思：他们有的立足于宏观的文化生态与教育体制，有的侧重于中观的文学理念与研究范式，有的着眼于微观的作家作品与文学史料。这些反思与当下纷繁复杂的精神文化纠缠在一起，不仅在相当程度上规约着当代文学评论与研究的走向，而且对近年或嗣后的当代文学史编写产生潜在而又深刻的影响。如张炯总主编，张柠、张闳、贺仲明、洪治纲合著的4卷本《共和国文学60年》，从整体框架到具体阐述都融入了文化研究的理念，与20世纪八九十年代文学史不同，带有明显的反思成分。甚至在黄修己主编的《20世纪中国文学史》、孟繁华和程光炜合著的《中国当代文学发展史》等新出的修订版中，我们也不难看出这种反思的具体切实的投影。一定意义上，当代文学研究领域的确已形成了与"文学史热"相反相成的一股"反思文学史热"的潮流。这也从一个侧面反映了当代文学学科正由无序走向有序，它在不断加快推进着"历史化"的进程。

当代文学史编写很复杂，涉及的方面与问题也很多。本节为避免空泛，

---

① 据许子东统计，截至2008年10月，中国大陆已经出版当代文学史至少有72种。参见王德威、许子东、陈思和：《一九四九以后——当代文学六十年》，上海文艺出版社2011年版，第84页。此后陆续出版的当代文学史还有不少，如孟繁华的《中国当代文学通论》，张志忠主编的《中国当代文学60年》，韩晗的《中国当代文学发展三十年（1979—2008）》，陈思和总主编的《中国当代文学60年》，张炯总主编的《共和国文学60年》，杨义、江腊生的《中国当代文学研究1949—2009》，樊星的《中国当代文学》，王万森等主编的《中国当代文学新编》，赵树勤主编的《中国当代文学史1949—2012》等等，出版总数至少有80多部。这还不包括诗歌史、散文史、小说史和戏剧史这样的文体史。

也为了强化问题的现实针对性，主要想结合笔者有关《当代中国文学六十年》①的编写实践，就以下三个问题谈点粗浅的看法，权且当作是对当代文学史的一种思考吧。这里所述，既有笔者编写文学史教材的体会，又有阅读同行相关文学史的观感，同时还包含对现实和未来文学史教材编写的设想。

一、文学时段的长短

当代文学毕竟只有六十多年的历史，它放在几千年的历史长河中只是短暂的瞬间。从六十年看六十年，我们可以对当代文学的成败得失及其发展情况进行总结；从几千年看六十年，我们也可以对当代文学及其发展情况做出归纳。不同的视角，认识和理解可能是不一样的。就前者而言，它在大容量地融进自己的现实生存体验，最大限度地凸显和激活当代文学固有的生命内涵的同时，也可能因为与时代社会之间靠得太近，反倒对其总体性格及其阶段性特征缺乏富有理性的把握。相反，后者将当代文学纳入几千年的中国大文学格局中进行考察，也许显得有点粗疏和隔膜，容易忽略其间存在的只有我们今人才能体验的丰富复杂的特质；但由于主要强调的不是它们之间的所谓的"断裂"而是彼此的整体血脉关系，因此就不仅赋予当代文学史不同于前的更加深长的写作背景，而且也为其时段的划分提供了新的参照和评价标准：一些放在当代文学格局中看似重要甚至值得大书特书的文学现象和文学事件，随着历史距离的拉长，可能显得不那么重要；一些当时被视为"支流"或"逆流"的文学现象和文学事件，经过时间的检验，则有新的认识和评价，这就导致了文学史的重组以及由此而来的内部组成与结构的大变动。

最明显的是20世纪80年代初推出的几部当代文学史，如人民文学出版社的《中国当代文学史稿》，福建人民出版社的《中国当代文学史》等，大多都采用"三分法"或"四分法"，即将1949年以降的当代文学具体分为：1949—1966（新中国成立后十七年；"四分法"的不同之处在于将它一分为二为1949—1956、1956—1966）、1966—1976（"文革"十年）、1976以降（新时期）这样几个阶段。它们更多看到的是当代文学自身内部的具体阶段性差异，而忽视彼此之间的共同基质，尤其是与古代文学、现代文学的血脉联系，故视野不免显得有些狭隘，时段划分比较琐细，且社会学政治学的色彩十分明显。20世纪90年代以来出版的当代文学史，上述的"三分法"或"四分

① 吴秀明主编：《当代中国文学六十年》，浙江文艺出版社2009年版。

法”就日见减少，人们不约而同地普遍采用相对较为长远也更符合文学本义的长时段的构架，如洪子诚的《中国当代文学史》、於可训的《中国当代文学史概论》。更值得注意的是不少文学史家将它与现代文学打通，整合到“二十世纪中国文学史”的大框架中，如黄修己、孔范今分别主编的两本《二十世纪中国文学史》。有的还进而把它与绵延三千余年的古代文学体系融会贯通，实践真正古今一体的大文学史的编写理念，如张炯、邓绍基、樊骏主编的《中华文学通史》。这应该看作是人们对文学史认识不断深化并逐步走向开放的一个具体表现。

笔者主编的《当代中国文学六十年》就是基于这样的事实和道理，将当代文学分成“统一”(1949—1979)、“开放”(1980—2009)这样两个阶段。前者可称为当代“前三十年”，它以文学和社会政治关系为逻辑基点，将通常文学史所说的“十七年”“‘文革’十年”和“新时期早期”这样三个时段的文学整合在一起，主要描述在“政治中心”时期当代文学如何逐步被政治化、计划化、纯洁化，并最终在多种复杂因素的“合力”之下走向封闭统一，尽管在这种历史生成及其演变的过程中也产生了许多矛盾和悖论。后者不妨称之为当代“后三十年”，它则以文学和文化及经济关系为内在结构，将通常所谓的“新时期实验阶段”和“后新时期”视为一个相对独立的单元，着重展现由“政治中心”向“经济中心”转型的过程中，当代文学是怎样从封闭统一不断走向开放多元，自然也不免显得有些混沌无序、杂乱无章。显然，这样的划分和重组较之以前的“三分法”“四分法”，可能更易把握当代文学质的定性的东西；而且由于历史距离的拉长，它还可将当代文学及其作家作品纳入深长的坐标中进行严格的“历史的重新筛选”。这对加强当代文学史的历史感，提高价值评估的准确性和学术内涵无疑是很有裨益的。

可以预料，随着时间的推移，未来当代文学史的时段将会进一步拉长，内在的研究格局也会有所调整；原来称为阶段或时期的文学内容迟早将并入更大的阶段或时期之中，文学史经过严格的历史筛选后反而删繁就简，会越写越薄，显得更加简洁。有人在谈及文学史写作的发展趋向时认为，未来文学史编写的繁简厚薄的过程就是“一个螺旋上升的过程”：“当定论形成之时，便越写越薄；当定论发生问题时，便越写越厚。厚则有缝隙，可以颠覆定论，然后再渐次薄下去。”①这是很有见地的。在经过不断的整合之后，我们相信在不久的将来，当代文学史是可以而且应该写得薄一点了。

---

① 孔庆东：《1921：谁主沉浮》后记，山东教育出版社 1998 年版。

二、文学内容的繁简

作为一部文学史著，当代文学史编写当然有其基本的价值基准：如基本切合当代文学发展的实际，大致能够反映当代文学的主要特点，大体可以对当代文学丰富复杂的实践进行学术整合。为此，它就不能不大量地引进有关的当代作家作品、文学思潮及现象，并将其置于时间序列中作空间化的分类处理。文学史的编写是建立在作家作品和文学思潮及现象的研究的基础之上的。它的内容的繁简实际上也就是作家作品和文学思潮及现象的繁简。如果为了内容的求简，将作家作品和文学思潮及现象不适当地加以砍删压缩，那么就很有可能使写成的文学史显得单薄；反之，如果为了内容的丰富，不加选择地把所有的作家作品和文学思潮及现象都囊括笔端，那么则使文学史变得臃肿不堪，犹如史料长编。这两种情况都存在，但后者的问题无疑更突出。因为"当代"不同于属于"历史记忆"的古代及现代，诚如法国文学社会学家埃斯卡皮在《文学社会学》中所说：根据心理学家的调查，"历史记忆"所记住的作家，大概只占发表作品的人的百分之一；而当代与过去的作家被"记住"的比例，则大概是一比一。因此，当代文学史的编写稍有不慎，很容易成为一大批作家作品的目录清单。

这种情况自20世纪50年代后期以来，一直成为当代文学史写作一个难以摆脱的通病。最典型的恐怕要数《中华文学通史》的"当代编"。它不仅在总体设置上与全书存在着严重的比例失调(《通史》全书共十卷，"当代编"竟占三卷，这无论如何都是不合适的)，同时在具体的作家作品的筛选上也欠严格，进入史的叙述的还是太多。当然，它也增添了以往文学史很少写到并真正具有现代"扩容"价值和意义的通俗文学、影视文学、儿童文学、民间文学、少数民族文学、港台文学等。文学史不同于文学批评，它所面对的是藤萝交葛、浩繁无比的文学世界，要将其整合成为规范有序的史的叙述，就不能不对研究对象有所损删淘汰，即所谓的"简化"选择与处理。而选择什么，不选择什么，哪些详写，哪些略写，这不能不涉及文学史编写的价值基准，也与编写者的文学史观和史家眼光有关。当然，不同的文学史，它们彼此的选择和处理是有差异的。

在这方面，我们迄今实践最多的是条块式的编排组合。它以时代为经、文体为纬、作家作品为中心，对原生态文学历史进行选择和处理。这也是古代文学和现代文学最常见并且相当成熟的一种述史模式。因此，当代文学借而用之虽不免有些刻板、生硬和模仿之嫌，但它对应于原生固有的丰富复杂的文学历史，仍不失为一种稳健有效的选择。像洪子诚的《中国当代文学史》等大部分史著都属于这种范型。除此之外，就是线型式、专题式的。这也是90年代比较引人注目的两种述史模式。前者最具代表性的是陈思和主编的《中国当代文学史教程》，它是以民间知识分子精神史为线索和契入点的新颖叙述，在简化整合错杂纠缠的当代文学史内容，疏导出被主流文学压抑的“边缘作品”“潜在写作”上，的确取得了很好的效果；但因为线型的局限，也使它在走向个性化和高度紧凑集中的历史叙述的同时，有意无意地简化了多元立体的文学内容。后者比较典型的要数杨匡汉、孟繁华主编的《共和国文学五十年》，它所采用的以具体的文体或主题模式依次编排的叙述，在敞开历史的丰富性复杂性方面则充裕自如，具有自己独到的优势；但由于整体框架比较松散，专题与专题之间随机拼盘的色彩太浓，因而其所展示的文学内容不免显得冗繁庞杂，缺少作为一部文学史所应有的历史质感及其阶段性特征。可以这样说，内容的繁简是所有的当代文学史无法回避的一个实践话题。对它的探讨，从一个侧面反映了人们对业已定型的当代文学史的不满。

上述种种，构成了我们当时述史的一个具体背景。显而易见，这里存在着不少彼此相互借鉴的东西，即被学术界和所有的教材普遍认同的属于知识谱系的通识。凡是这些，无论是传统的条块式叙述模式，还是线型式、专题式的叙述模式，它们在叙述层面上都可找到文学与历史的诸多的“共同性”。笔者主编的《当代中国文学六十年》自然也借鉴了它们的成果，在一定意义上，我们甚至可以说是对众家述史模式的一种整合。但另一方面，基于自己对当代文学及其演变的理解和认识，也是立足于对文学史编写的个性化的追求，我们致力于从历史与现实的双重视角观照把握当代文学，简化和处理了蕴含在其中的芜杂多变的历史内容。具体说来，主要有以下几点：(一)借鉴传统的条块述史方式，设置能充分体现历史阶段性特点的整体框架，即上文所说的由“统一”逐渐走向“开放”的这样两个历史阶段，使当代文学内容的叙述不仅因此有切实的历史感，而且其增删取舍也有相应的客观标准。(二)具体叙述打破过去按作家作品尤其是按主要作家作品编排的模式，统一采用按文体或主题为章，将几个或一组作家合在一起的体例。显然，这种写法与上述的专题式的当代文学史有某种相似之处，它也较好地体现了我们对当代文学所作的“虽群星璀璨但却鲜有重量级作家作品出现”的基本判断。(三)强化突出文学事件包括文学期刊对文学的影响制约，将它看作驱动和规范当代文学发展走向，连接文学与政治、创作与批评、生产与传播、组织体制宏观调控与作家个体写作之间的特殊的中介。文学事件，如当代“前三十年”的批判电影《武训传》等有关的文化批判等,它们的确曾发挥了这样的中介关联作用,是中国特色的文学体制的重要组成部分和具体表现。在某种意义上,当代文学就是通过这样一系列文学事件的运作,不断地由开放走向统一,又由统一走向开放,逐步确立自己的一套精神原则;尽管这些文学事件本身并不是“文本”,而是“文本”之外的一种现实存在。但正是这一系列的“非文本”,不仅深刻地影响着当代作家的写作,甚至在很大程度上改写和扭转了整个当代文学的命运。

三、文学主体的强弱

文学史是由人编撰的,故它不可能不蕴含编写者的主体意识。当代文学史也不例外。所不同的是“当代人”叙述“当代史”,意味着在讲述刚刚消逝的往事或正在进行中的今事,这给述史带来不利的同时也获得了后来人依靠间接资料所不能取代的长处。所以,当代文学史的叙述,用不着遮遮掩掩,隐匿自己的研究主体。问题是能不能把研究主体的这些鲜活的、极具个体生命体验的认知转化成为一种洞见的优势,而不是成为固执偏狭的屏障,并且将它与具体的文学史模式体例和追求目标结合起来。主体的隐显强弱只有立足于此,放在这样的整体框架格局中才有切实的意义。实践表明,至今的当代文学史编写,大多不避主体自我的介入,即:包括了主体自我的见闻感受和其他个体及同时代的情感心理反映,也包括主体自我的独到发现和研究视角等等。这在20世纪90年代的一批文学史中表现得尤为明显。也就是从那时开始,当代文学史才有了为过去所鲜见的个性化的色彩,尽管这是非常初步的。当然,这样说并不意味着研究主体可以天马行空,随意而为,而是建立在对文学史研究客体的两大限制——历史事实限制和文本事实限制的认同的基础之上的。

所谓历史事实,是指与作家作品相关的文学事件、文学思潮和社会文化环境等。过去,人们往往将它看成是凝固不变的。但按美国学者特雷西在《诠释学、宗教、希望》中提出的现实关系“相互作用”说的观点来看,它与文学史的研究主体存在着相互制约的复杂关系:“任何解释活动,至少涉及三种现实:某种有待解释的现象,某个对那一现象进行解释的人,以及上述两者之间的某种相互作用。”因此,历史事实本身并不凝固,“事实”与“主体”之间在实际的研究过程中会产生微妙的变化,处于一种不稳定的状态。不仅是不同的文学史家,就是同一文学史家在不同时期,什么“事实”能纳入他的视野，成为他的文学史事实，也在不断发生变化。[①] 一个大家都很熟悉的例子是，在新中国成立后十七年出版的文学史中，有关的文化大批判运动总受到高度的肯定；与之相对应的，被批判对象都一概给予无情抨击。而到了20世纪八九十年代，所有这些，在多种不同版本的文学史中则作了根本的颠覆性处理。另外像文学组织、报纸杂志、大众传媒与民间写作等过去很少被关注或被遮蔽的"事实"，从20世纪90年代开始，因观念的开放开阔也不断被彰显与敞开，成为当代文学史编写的一个新的热点与亮点。

所谓文本事实，是指作品存在本身和它所体现出来的相对自足的价值。这也是近年来文学史教学与写作中谈论较多的一个话题。"文本事实"不同于"历史事实"，它是作家知、情、意在特定语境中氤氲的产物。因此，作为文学事实，它较之后者具有更大的不稳定性，其隐显变易与研究主体更有一种同步对应的密切关系。就拿《红旗谱》来说，同样一个"文学事实"，在新中国成立十七年、"文革"十年和新时期竟有三种完全不同的评价。即使是肯定的，不同的文学史也大相径庭，有的从阶级斗争角度阅读，将其誉为"一部描绘农民革命斗争的壮丽史诗"[②]，有的从民间角度解读，发现它"对自己所要描写的农村生活和农民文化心理有了真正透彻的理解和美学上的把握"[③]。这里，"文本事实"在"主体"的影响作用下，总会发生一部分被不断发掘，而另一部分被不断掩埋的情形。

尽管如此，我们还是不能否认文学史中的"事实"具有相对的客观性，不能将它与研究"主体"之间的不稳定性推向极端。虽然在文学史写作中，主体的介入是不可避免的，但这种介入应该要顾及基本的"历史事实"和"文本事实"，而不可无限膨胀。否则，就会像新中国成立后十七年间的有些文学史那样，"以论带史"，出现严重失真。指出这一点非常重要，它可使我们的文学史在重视发挥主体作用的同时，不至于重犯以前的主观化的错误，而是在"事实"与"主体"之间寻求一种互动生成的平衡。本书也就是基于这样的认识和理解来处理主客关系的。作为文学史，我们一方面当然要大量引进"历史事实"和"文本事实"，关注它们彼此的属性及其真实性内涵，尤其是关注作为文学事实存在的"文本"的创造性价值，借以为学生提供一个较为全

---

① ［美］特雷西：《诠释学、宗教、希望——多元性与含混性》，（香港）汉语基督教文化研究所出版社1995年版，第21页。

② 王庆生主编：《中国当代文学》（二），上海文艺出版社1994年版，第80页。

③ 陈思和主编：《中国当代文学史教程》，复旦大学出版社1999版，第79页。

面立体的、具有独特个性魅力的知识谱系。另一方面，在引进和展示“事实”的同时，也不忘站在现代的文化立场进行必要的评价和阐释，尽一个文学史家应尽的责任。这样的历史叙述，事实上也为现今不少的阐释性文学史所采用。它当然不是唯一的，但在如何协调和处理文学史写作中的主客关系，使之实现向主体客体化与客体主体化转换方面仍不失为一种颇理想的模式。现在的问题是，大多的当代文学史似乎太相似或一致，而且主观色彩过于强烈，有明显的话语霸权的嫌疑。所以，我们在具体的编写过程中，有意识地对此进行淡化处理。全书除了每章设置一节能较好体现我们编写理念并带有总结性意向的文字外，其余的尽可能用较为平和或中性的语言予以道出，而不作褒贬强烈的价值判断。

当代文学如今已年逾一甲子，它本身就是一部内涵丰富、杂糅着无数知识和价值的精神启示录，是现代文学特别是延安文学的继续发展和更加完备系统的表述，是 20 世纪现代化进程中的一个不可忽视的单位。面对这样一种新的文学形态，我们的文学史家将如何言说，把它引进大学课堂上进行讲授，这是一个新的课题。现有的当代文学史在这方面积累了不少经验，并初步形成了一个与教学密切相关的教材型的文学史编写体系。当代文学之所认由原来的边缘，跻身于现代大学的中心位置，成为中文学科八门主干课程之一，就与文学史的这种“历史化”“经典化”的努力直接有关。当然，当代文学毕竟只有六十多年的历史，它与我们处于“同构”状态以及只有起点而没有终点的特点，加之学风方面的问题，使它在言说历史时不仅缺少严格的规范，而且往往显得比较随意乃至出现较多失判。当代文学史这些历史局限和先天不足，随着近些年来学术回归(由“广场”向“学院”回归)，其弊端显得愈加明显。笔者前面所说的篇幅长短、内容繁简与主体强弱等问题，就可窥见这一点。当代文学史编写实践出现的这种状况，从一定意义上讲，是所有新兴学科尤其是与当代社会密切关联的新兴学科的通病。对此，我们一方面需要批评和继续反思，另一方面更希望通过批评来进一步推动文学史编写，使之在更高层面上达到对当代文学历史的合目的合规律的书写。现实与未来的当代文学史，也许就处在文学史研究对象的历史稳定性与研究或教学主体的“当代性”之间，不断地平衡与协调之中。

第三节 “系史”编纂：一种特殊的经典历史化

作为现代大学制度下的一个独立组织形态的传统学科，中文系是随着西学东渐，由传统书院教育向现代专业教育转型的产物。百年中国，风云激荡，中文系和其所属的大学一起历经坎坷，包涵着极其丰富复杂的内容。一方面，它成为包括当代文学在内的中国语言文学的共同之“家”，另一方面，又内在规约和影响着包括当代文学在内的中国语言文学的发展。因此，在谈文学经典历史化和当代文学史时，有必要将中文系的历史纳入思维视野。下面，笔者拟以浙江大学中文系“系史”编纂为例，对此作一番粗浅的探讨。

与国内不少高校一样，浙大中文系的构成和发展是比较复杂和曲折的，这主要表现在以下两个方面：从纵向时间来看，它先后经历了“母体”孵化新的分支、又由分支复归“母体”这样分分合合的过程，由这些分分合合，也必然派生可以想见的对分支或“母体”的不适，有一个由不适到逐步适应的过程；而就横向空间来看，它在发展的过程中同时整合了之江大学、国立浙江大学（包括抗战时期浙江大学的龙泉分校、广西宜山和贵州遵义临时总校等）、英士大学、原浙江师院、杭州大学等办学背景不同甚至差异很大的国文系或中文门（系），最后诸流汇聚，于 1998 年融入新成立的浙江大学而成为现在的浙大中文系。如果从 1897 年求是书院创立时延请名家开设国文课程算起，浙大中文系已历春秋近 120 载，倘若将 1920 年的之江大学文理学院国文系视作现代意义上的浙大中文系的源头，那么它迄今已走过近百年风雨沧桑的历史。

浙大中文系是一部精彩纷呈的大书，它有自己的故事，自己的节律，自己的性格与命运。回顾往昔，也许与年龄不无关系，笔者听得最多、感受最深的是这样两个阶段：一是 20 世纪 60 年代，一是 20 世纪 80 年代。对于 60 年代，余生晚矣，所以虽心向往之，但却无法返回那风云际会的历史现场——笔者主要是从我的师辈那里聆听到“老系的故事”，以及谱写中文系历史精彩华章的夏老（夏承焘）、姜老（姜亮夫）等老教授的故事，通过自己想象去打造我心中的中文系。至于 80 年代，笔者多少倒是赶上了那时的一点“尾巴”，曾真正切实地感受和体会到在走出十年阴霾之后一个老系如何老树新花，焕发昔日的青春，释放出惊人的能量；我还目睹了夏老、姜老等名师大家的风采，甚至笔者还有幸日睹姜老在旁人的携扶下颤颤巍巍地走上讲台,以“老马识途”的身份给大一新生进行学术启蒙,并在某个晚上叩门向他请教一个学术疑难问题,有幸听到王驾吾(王焕镳)先生讲授《韩非子》《墨子》,与孙席珍先生多次在一个小组里讨论……

也许是历史记忆的缘故吧,现在人们谈论中文系,讲得最多、最集中的往往就是上述这两个阶段,它似乎成了中文系的一个“传统节目”,一个百讲不厌、反复演绎的“原典故事”。特别是每逢系友聚会、每次同学会(尤其是年长一辈的同学会)更是如此,它成了人们津津乐道的一个话题。中文系是一个特别“瞻前顾后”的知识专门化教育组织,它本身就充溢着浓重的感念情怀。也因此,我们的不少系友似乎更认同那个时代的“老杭大中文系”,“老杭大中文系”不啻成了他们的精神圣地。而“老杭大中文系”作为现在浙大中文系的前身,它在1958至1998年这40年的特定的历史阶段,在继承之江大学国文系和老浙大中文门(系)传统的基础上,的确以其难能可贵的两度辉煌为延绵至今的浙大中文系做出了贡献,增添了璀璨夺目的精彩华章,这是很了不起的,很值得我们重视和珍惜。讲浙大中文系历史,无论如何是不能绕开“老杭大中文系”的。正是它,给我们今天中文系的发展奠定了坚实的基础,筑就了很高的学术平台。

追忆中文系历史,人们自然很容易聚焦于那些著名教授。与国内外其他不少名校一样,浙大中文系在其漫长的办学历史中,曾涌现一批灿若繁星、在国内外学界享有盛誉的名师大家,如刘大白、沈尹默、祝文白、马叙伦、钱基博、郑奠、许钦文、陆维钊、钱南扬、郭斌龢、夏承焘、王驾吾、沙孟海、胡士莹、徐震堮、姜亮夫、钟敬文、缪钺、孙席珍、王季思、陈学昭、任铭善、陈企霞、王西彦、蒋礼鸿、徐朔方、沈文倬、郭在贻、吴熊和等。尽管我知道,今天所讲的这些名家经过后人的不断诠释多少已被“经典化”了,他们与作为自由率性、立体鲜活的人文教授的“他们”也许并不完全吻合;但从历史高度来看,从他们对中文系所做的贡献和人格魅力来看,我们不得不发自肺腑地对他们充满仰慕和感激之情。我们不会忘记,无论是在动荡的岁月,还是在和平的环境,他们在历史各个阶段留下的上下求索、坚定前行的足迹与身影。他们不仅以高尚的师德教书育人,为国家培养了数以万计的优秀学子,而且以深厚的学养为中国文化的传承和浙大富有特色和优势的中文学科的建设,做出了不可磨灭的、创造性的贡献。自晚清以迄于今,浙大中文系之所以能坚守学术命脉,不为时势左右,很重要的原因就在于他们的引领和示范。他们无愧是中文系的功臣。如今,这些堪称时代中坚的名师大家早已先后离开了我们,但他们的知识、思想和人格一直在滋养着后人;其中不少成果至今依然成为代表中文系最高学术成就和水平的一个“标杆”，一个很难逾越的学术上的“哥德巴赫猜想”。正是有他们筚路蓝缕的开拓创造，才使浙大中文系迅速崛起于东南，成为名重一时的学术重镇；也使我们今日经过努力，才有可能在原有基础上发展成为一个具有本硕博兼及博士后流动站的高水平的中文一级学科；从教学建制来看，从原有 1 个汉语言文学专业发展成为现在拥有汉语言文学、古典文献学、编辑出版学 3 个专业和 1 个汉语言文学专业影视与动漫编导方向的立体多层专业。

追忆中文系历史，我们还不能忘记从这里走出去的一批又一批的毕业生。是他们在五湖四海、世界各地，在不同领域、不同岗位的不懈努力，在传承浙大中文系薪火、倾情为社会和人民奉献心血及智慧的同时，也给浙大中文系带来了良好的声誉。一所好的大学，一个好的系科，光有教授(包括著名教授)是不够的，它还应该有一大批优秀的学生。而能否培养这样的优秀学生，这也是衡量一所大学和一个系科的很重要的标准。毕竟，大学不同于研究院，它是培养人才的地方，我们的主要“产品”是人才。而重视人才培养，特别是高素质的专业人才的培养，恰恰也是浙大中文系的一个传统。我们的师辈不止一次地告知，他们在求学乃至毕业以后是如何得到包括夏老、姜老在内的中文系老师的循循教导，无私的关心、帮助和提掖，师生之间保持亦师亦友的密切关系。及此我们才明白，为什么我们中文系培养的学生中有作家琦君(后去台湾)、翻译家朱生豪、园林学家陈从周、新闻学家金仲华等声名远播的名师大家，有遍布学术界、教育界、文艺界、新闻界、政界、商界企业界等各个行业、各个领域的大批领军人物和精英骨干，很大程度上就得益于师生之间的这种良好互动。

在这个意义上，笔者认为对一所大学和一个系科而言，学生与教师同等重要。我们在谈中文系及其成就和影响时，没有理由不将学生纳入视野。可以这样说，浙大中文系是教师与学生共同打造的，他们彼此构成一个教学相长又相互激励的“精神共同体”。中文系之所以有今日，这之中自然也包含了历届学生的努力和劳绩。正因此，我们在编纂三卷本中文系史时，专门做一卷“校友卷”，用这样一种方式对包括至今仍奋斗在海内外各行各业的从浙大中文系毕业的广大系友，表示由衷的感谢和敬意。

当然，作为历史悠久、积淀深厚的传统老系，浙大中文系还须值得大书一笔的是它的传统。90 多年的历史，浙学的影响，名师的垂范，使它逐渐形成了求是、求实、求真的学术传统。这里所说的传统，在 2009 年前为中文系编辑、由中国社会科学出版社出版的《钱江新潮文丛》序中，笔者曾把它具体诠释为:“不尚空谈,不发虚辞,以追求真理为目标,以崇尚事实为基础,强调学术研究的‘实事求是’与‘实事求是’的学术研究。”我认为中文系“求是博雅”的系训,就很好地概括和体现了上述这样一种学术传统。这种学术传统,它生生不息地“贯穿百年而又存活于当下,已内化为我们的一种精神生命,一种支撑当下中文系存在和发展、坚守学术家园的‘阿基米德点’”①。浙大中文系的教学、科研、学科、师资队伍、人才培养等各个方面,都深深地打上了它的烙印;而从学科的角度看,笔者认为中文系的传统“三古”即古代文学、古代汉语、古典文献,在这方面则表现尤为突出。它们高度重视文献史料,强调建立在言必有据、真实可信史实基础上的实证研究,使之哪怕在20世纪五六十年代比较闭锁的时代条件下也能较好超越政治意识形态的樊篱,而拿出了一批经得起时间检验的传世之作。中国现代大学中文系主要由传统与新兴两大学科群组成。由于历史的原因,前者一般在各大学中占有明显的优势。但像浙大中文系这样传统学科如此齐整,成就和影响又大的,似乎并不多见。由之,它也为中文系赢得很好的学术声誉,并形成了自己独特的“品牌”,其深厚根须一直伸展到现在。

中文系上述这一学术传统,我们今天当然要十分珍惜——不仅要珍惜,而且还要将其发扬光大。这一点毋庸置疑。但传统的“三古”毕竟不是中文系的全部,它不能也无法代替其他新兴学科。更为重要的是随着社会文化的发展变化,特别是随着20世纪90年代以来的全球一体化和“政治中心”向“经济中心”的转型,时代的嬗变与嬗变了的时代对中文需求渐渐出现了一些变化;而中文自身在这样的背景和诸多因素的影响下,其原有的内涵及其功能事实上也在发生变化。今天毕竟不是20世纪五六十年代,也迥异于五四或20世纪三四十年代,我们现在似乎很难产生满腹经纶、具有深厚中国传统文化学养的名家大师;今天大学实施的不是精英教育,而是量多面广的大众化教育。所有这一切,不能不对中文及其传统的“三古”产生影响。而从中文学术发展的历史、现状来看,传统的“三古”也需要在方法论和思想观念上有不断的创新和突破。同样的,新兴学科的成长,也总是在不断探索中建构起自己的知识体系、学术生产和运思方式的。

我们高兴地看到,从20世纪八九十年代开始,浙大中文系一些新兴学科——先是文艺学,嗣后是现当代文学、比较文学与世界文学、现代语言学、影视文学、编辑出版学等应时而起,有的还于传统的“三古”之后相继建立了

---

① 吴秀明:《中国现当代文学史与生态场》前言,中国社会科学出版社2009年版。

博士点；与此同时，传统的“三古”也出现了一些新变，一向比较推崇实证考据的他们也开始既考又论。受西方文化思想和时代风尚的影响，年轻或较年轻的一代更进而尝试新方法论或准新方法论等研究方法；反之，新兴学科则开始比较自觉地重视文献史料搜集、整理和研究，将文学与史料学结合起来，致力于从传统的“三古”那里寻求借鉴，以求提升自己的学术层次、规格与水平。1999 年中文博士后流动站和 2000 年中文一级学科博士点的建立，对中文系来讲意义非同寻常。它标志着浙大中文学科建设又上了一个新的台阶，已初步形成了古今会通、中西兼容、语言与文学并包的多元立体的格局。先前的传统“三古”一枝独秀乃至独尊的局面有了很大乃至根本的改观。在研究方法上，开始蕴生并呈现了新兴学科“历史化”与传统学科“现代化”的研究态势。尽管这是初步的，但它却表明中文系的学术传统已与时俱进地发生嬗变，一种新的学科交叉融合可望出现。不过尽管如此，笔者还是坚持认为传统的“三古”依然是我们的强项，这个长期累积的优势特色不能丢，也丢不得。当然它应与其他学科平衡协调地发展，并且积极应对现实、与之形成能动的对话关系，不仅像以往那样继续传承中国文化，而且还要进而传播中国文化。在新的历史条件下，传统的“三古”应该有更大的作为，它的潜力和能量远远没有释放出来。

浙大中文系是现代大学人才培养和学术发展的一个缩影。它有过辉煌与荣光，也不乏坎坷与落寞。在近十几年来，特别自 1998 年四校合并、结束分分合合回归“母体”以来，在新浙大的总体格局下又开始了新一轮的“长征”。一方面，中文系在经历的“回归适应期”的过程中，在全系同仁和广大系友的共同努力及积极支持下，在教学和学科建设方面取得了一些新的成就；另一方面，人文学科的边缘化、市场化的大环境，也给我们带来了不少冲击。中文系在艰难的语境下左冲右突，谋求自己的发展之道，表现出了一个老系应有的顽强和执着。不必讳言，浙大中文系当下的确碰到了一些困难和问题，面临的生存处境也有些尴尬：从外部“生态”来看，周边有关高校中文系（包括新办的中文系），他们为了自己系科的发展往往励精图治，行非常之道，这给我们增加了不少的压力，而且对比全国绝大多数大学中文系的“实体”状态，浙大中文系办学也存在体制上的挤压；从内部“生态”来看，社会科学如经济学、金融学、法学、新闻传播学等学科因与“经济中心”直接或比较对接而逐渐成为大学文科话语的执掌者，它们讲求“实用”的思维观念和价值取向对着重讲精神、情感、审美的中文学科，也形成了一个不可小觑的严峻挑战。但我们无须杞人忧天，近百年浙大中文系的历史也告诉我们：

困难和问题并不可怕，关键是看我们自己，看我们自己对困难和问题的认知以及解决它的决心和办法。只要我们努力去做，做到了，没有什么困难和问题不能克服，能阻挡住我们前进的脚步。对中文系来讲，从来就没有迈不过去的门槛。过去没有，现在和将来也不应该有。

北大中文系前些年提出了一个很好的应对新形势的策略，叫“守正创新”。笔者想在这里不妨借而用之，作为参考。以笔者个人之浅见，中文系目前面临的困难和问题，除了大的文化生态环境等超出我们能力和范围的因素外，就我们学科自身的角度来讲，主要表现在以下几个方面；而中文系要“守正创新”，在原有基础上有新的发展，有大的作为，也有必要在以下几个方面进行反思，寻找浴火重生之路：如何面对整个社会世俗化、教育市场化、学术评估指标化的生存环境，力戒浮躁，真正按照教学规律、人才成长规律、学术研究规律和学科建设规律办事，做到有所为有所不为；如何协调西方学术方法与中国传统固有学术的关系，在继续保持传统“三古”优势的同时，根据时代发展和现有的客观实际，凝练适合中文系实际的兼容中西、打通古今的学术方向，寻找新的学术突破口；如何探寻在尊重学术多样化和个体独立性创造性的基础上，融个人与团体于一炉的有效的新的学术运行机制，推出整合团队整体综合力量并对社会产生重大影响的标志性成果，在主流的学术圈子里发出强有力的声音；如何积极创造条件，加大横向文化传播的力度，寻找跨文化跨语际跨学科的对话交流，使中国文学文化不但能“走出去”，而且“走得好”，在国际舞台上拓展自己的发展空间和纵横驰骋的天地；如何在关注自己专业、练好内功的同时，介入当下社会改革与国家文化思想建设，发挥作为重点大学人文学科应有的“思想库”和“文化智囊”的作用，等等。上述种种，现成的结论和做法显然是没有也不可能有的。但它的价值和魅力恰恰也正在于此。只要我们用心去探索、尝试和体验，相信总会有收获。未来的成功，从来都是属于它的探索者的。

在即将结束这篇“系史”综述文章时，笔者想起了一位年轻同事与我讲的一段话，他说：每一代学者似乎都有一个宿命式的拐点，对于民国年间的教授们来说，抗战是一个转折；对于由民国进入新中国的教授们来说，解放是一个转折；对于吴熊和、王元骧直到你们这一代教授们来说，“文革”是一个转折；而对于我们四十岁左右的这一代人来说，20 世纪 80 年代后期的政治风波直至 90 年代初期市场经济的启动则是一个转折。每一次转折都对学术和思想乃至教育产生重要的影响。如果说他所说的是契合中文系几代人学术思想实际的话，那么我们是否可以把“学术与世俗”或者说是怎样在世俗化环境下从事学术研究，继承和发扬中文系固有的求是、求实、求真的学术精神，看作是考量新一代中文学人的一个重要评价指标呢？显然，这不仅对我们而且对年轻一代，都是一个全新的课题。笔者相信年轻的一代借助前辈的经验、智慧、思考和探索，会做好这个课题的，而且比我们这一代做得更好——不仅把中国文学文化传承下去，而且传播出去，使之走向世界，成为全人类共享的精神财富。现在四十岁左右以及更年轻一代的新的学人象征和代表着浙大中文系的未来，时代对他们提出了不同于我们的新的、更高的要求。我相信他们是不会辜负时代对他们的期待的，他们应该而且完全有能力把浙大中文系引向更加多元、更加开阔、也更加美好的未来。

《浙江大学中文系系史》编纂起始于2008年上半年，前后历时三年多。其初衷是想为汇承两浙学风、春秋近百载的浙江大学中文系作传，使其历史面貌得以清晰，其精神华彩得以彰显，其优良传统得以发扬，为未来学者感受当代之中文教育提供真实的个案记录。由于“系史”编纂牵涉到近百年的人和事，支脉庞大而错综，资料需求相当高。而浙大中文系几经变迁，相当多的历史没有留下记录，或者记录的文字在变迁中不幸佚失，特别是新中国成立之前的相关材料，十分缺乏。教师和系友，遍布天南海北乃至分散在世界各地，有的无迹可寻，有的早已作古，其相关生平事迹的材料，搜集起来十分困难。因此，尽管全体参编师生煞费苦心，通过各种途径和想尽各种方式去解决，但还是留下了很多无法解决的问题和遗憾。我们希望得到来自社会各界尤其是“系友”的批评指正。

第十章　文学教育与文学选本

在当下琳琅满目的“书海”里，“文学选本”是一个值得关注的现象。特别是现当代文学“选本”，不仅不同的文体、流派、主题、时期、年度的作品选源源不断地大量涌现，而且因为作家、题材、选文的现实性以及市场机制的驱动（如排行榜）也显现出了不可小觑的影响力，在一定程度上，它反映和标示着文学及其市场化的发展脉络和基本走向。这里，我不想就“文学选本”现象进行具体的分析和评价，而是试从文学教育和教科书的“选本”角度契入，联系自己的编选实践对之作延展性的思考，以期将问题的探讨拓宽并进一步推向深入。

第一节　问题的提出

之所以这样提出问题，主要基于如下两点。

第一，现有的现当代文学“选本”与“文学史”一样，尽管数量很多，但相比于文学史，并没有引起人们足够的重视，有关的研究成果也非常薄弱。其实，“选本”作为对某一历史时段文本成果的反映，它的如何遴选以及遴选的水平和程度如何，不仅直接反映了选家的眼光和取向，而且对经典建构和传播影响也都发挥了重要的作用。尤其是像现当代文学这样只有起点而没有终端、价值处于不那么稳定状态的新兴学科，就更是如此。在这里，面对现当代巨量生产的作品，它既有一个如何沙里淘金的艰难选择的问题，更有一个如何与文学史既配套又独立的问题。如果对之忽略，不但造成“选本”研究的滞后和失衡，同时也会反过来影响文学史的编写，因此有必要纳入教科书视域给予关注。

现当代文学"选本"，当然有它的"选学"的渊源，如作刨根究底的追溯，我们也许可从《昭明文选》《古文观止》《古文辞类纂》《唐诗三百首》和《中国新文学大系》那里找到它的投影。是的，在面对洋洋大观当然也是鱼龙混杂的原生态作品如何进行筛选这一问题上，现当代文学"选本"与上述这些经典"选本"的确具有相似或一致之处。但它作为课堂教学之用的教科书，毕竟又不同于《昭明文选》和《中国新文学大系》等一般"选本"，除了遵循上述一般"选本"的规律外，还有一个按照教学规律和人才成长规律编选的问题。在某种意义上，作为教科书的现当代文学"选本"与其"文学史"一样，源于现代大学教育制度又服膺于现代大学教育制度。其优长与局限、个性与特色，都与现代大学教育制度和教科书体制息息相关，只有从现代大学教育制度和教科书体制那里才能找到合理的解释，做出比较实事求是的评价；它较之一般的"选本"也似乎多了一种功能价值，而显得更为复杂。职是之故，所以泛泛地用一般的"选本"去取代之，或按此标准去对它进行衡估，都不甚合适，甚至会产生意想不到的负作用。应该说，这样一种"错位"在当下是客观存在的。这也是笔者为什么提出"选本"问题的一个原因。

第二，还有一些现当代文学"选本"，虽然遵循或基本遵循教学和人才培养规律，按照教科书的目的和要求进行遴选，但由于思维观念的拘囿，在选择文本对象上又表现出另一种偏至。其中一个突出的现象，就是将选文的对象严格限定在具有"诗学"价值的现当代"文学作品"范围，"非文学"的文本如理论或理性文字，特别是具有"史学"价值的文学史料等，一概被排斥于"选本"的视域之外。现当代文学作品作为20世纪以降文学创作的表征和载体，它凝聚了百年来时代思想与艺术的精华，对中文专业的学生来说其重要性自不待言。尤其是近些年因诸多原因导致的审美贫乏症，在往往只看文学史而不读作家作品、只背概念术语而对原著内在美不知何物的情况下，更是具有非同寻常的特殊意义。但从文学教育和教科书的多样化，从宽口径、厚基础和创新型人才培养的角度考量，如果只要求学生读"文学作品"，只关心审美的传达而不同时兼及其他，特别是兼及史学素养的训练和提高，那也会带来另外的问题。这一点，对办学历史比较悠久和师资力量比较雄厚的研究型大学，或进行研究型教学来说，其问题和局限可能表现得更加明显。

实践表明，研究型教学为强调和突出研究性的教学理念，一般都注意学生根源性学养的培养和健全而又合理的专业知识结构的建构。其所编写的教材，为学生提供知识的同时也提供对知识的史料来源的追问探究，引导他们去思考和钻研一些问题，使之具有初步的研究意识和研究能力。像南京大学文学院2006年编撰出版的《大学研究型课程专业系列教材》之一的《中国现当代文学研究导引》，为了强调教材的研究性，激发和培养学生的学术兴趣，就以“问题”为核心，精心汇集了48篇富有代表性的有关作家作品、思潮流派、艺术形态的论文作为主干。这样，不仅“有利于将启发式、自学式、对话讨论式的教学方式引入课堂，从而有益于培养学生独立思考、发现问题和解决问题的能力，而教材本身由具有较高学术水准的论文组成，也可使学生较早地受到学术熏陶和训练”①。总之，在“选什么”与“怎样选”问题上，现如今的现当代文学“选本”存在着结构性的局限，它的只向“文学作品”开放的编选理念，在呼应文学教育精英化、经典化和审美体验化的同时，从一个侧面反映了其所存在的简单狭隘之弊。而这，则是笔者之所以提出“选本”问题的另一个重要缘由。

第二节 “诗史互证”的可能与可行

假如将迄今为止种类繁多的中国语言文学“选本”进行分类，我们以为大体可分为非专业与专业两种类型。前者，主要针对大学非中文专业的学生而言，也包括社会上的一般语言文学爱好者，它侧重于作品的诗学价值；后者，则主要针对大学中文专业的学生而言，它除了诗学价值外，还要兼及史学价值。它带有专业化、专门化的性质和特点，其初衷是为从事大学中文专业学习的学生提供诗、史兼备，并与现行的“通史”（语言史、文学史）教材相配套的一套“选本”，以满足厚基础、高素质和具有可持续发展的中文专业人才培养的需要。这也是大学中文核心主干课程的主要教材。按时下的类型划分，即为研究型教材。本章接下来的二节，拟结合浙大中文系集体合作的《中国语言文学作品与史料选》系列教材之一种《中国现当代文学作品与史料选》②的编选，对此作专门探讨。这里先谈我们编选这套“选本”的理念：表面上看，它只是在“作品”之外增加了一些“史料”，但它却反映和体现

① 刘俊等：《中国现当代文学研究导引》前言，南京大学出版社2006年版。

② 吴秀明、陈建新主编：《中国现当代文学作品与史料选》，浙江大学出版社2012年版。

了我们对厚基础中文人才培养的一些思考及探索。

首先，在目标定位上打破单纯的知识传授的套路，旨在植入和强调一种研究意识。这里所说的研究意识，主要体现在选文以及选文的注解上，也体现在对史料的选择上。在这些地方，这套系列教材努力倡导研究意识，体现研究理念：一方面用研究的眼光进行选与注，在“选什么”与“怎样选”问题上体现史家的眼光，使之超越庸常而具有一定的学术含量；另一方面调动和激发学生的学术兴趣，从选文、注解和从史料那里切入探寻问题，进行必要当然也是初步的学术训练。而从史料角度来讲，主要体现在以下两个向度：一是立足史料，以史料为基点向历史学、文献学、文化学、政治学、传播学等辐射出去，广泛地涉及彼时彼地的“社会关系总和”，从那里寻找质疑和问题的点；当然也包括新发现的有关史料，以此为基点研求问题，不仅可以开拓一个新的学术领域，而且还能进而演化为一个“时代学术之新潮流”(陈寅恪语)。20世纪上半叶中国四大文献史料甲骨文、敦煌遗书、居延竹简、明清档案的发现对中国文学研究产生的重大影响，就充分证明了这一点。二是通过史料与作品之间的关系，特别是它们彼此之间潜在的矛盾和抵牾，从中思考和发现，形成问题意识。大量事实表明，中国语言文学中的很多问题往往都源于史料，正是基于对这些史料的精心收集和整理，特别是对这些史料与作品裂缝的敏锐发现和质疑，人们才从习见的话题中翻出新意。这也可以说是迄今为止浙大中文系不少优秀学生学位论文或学年论文成功的主要原因之一吧。

当然，文学研究是复杂的，它的如何进入和展开因人因对象而异，有不同的范式和路径，也有一个循序渐进的过程；作为教材，它对学生研究意识的培养主要是引导，而不是刚性的指令，且在本科阶段不可操之过急，对学生提出不切实际的太高要求。但无论如何，强调研究意识的培养，强调对本源性史料尊重的实事求是学风，强调必要的学术训练，对学生来讲不仅都十分必要，而且须臾不可或缺。可能是受西方文化和学术思想的影响，也与现行的体制有关，文学教学长期以来是“思想阐释”的教学。这种“思想”在以前是政治学、社会学的，它也被强行纳入政治学、社会学视域中进行解读；现在则被纳入现代主义、后现代主义视域中进行解读，从观念到术语完全是西式的。一切都效法西方，而很少顾及作品的“历史语境”和自身的实际情况，更没有很好地考虑与中国固有、迄今仍然富有价值的传统思维理念和研究方法的对接。这样的解读貌似时尚，实则是用虚蹈空洞的所谓“思想”(准确地说是“西方思想”)代替具体而微的艺术分析。这样一种“不及物”的研究，往往不可避免地对作品进行粗暴图解和肢解，显然是不可能真正发现美、享受美的。现在不少学生对经典作品反应比较冷漠，体会不到其中妙处，先入为主地用某种所谓的“思想”去套作品，这不能不说是一个重要的原因。

需要指出，在最近一些年时代整体学术风气的影响下，文学教育的上述情形已程度不同地有所改正。在现当代文学那里，开始出现了由单一的“思想阐释”向“思想阐释”与“史料考据”双向互融的方向发展。这是很令人欣慰的，它标志着文学教育出现了带有“战略转移”性质的重要调整。但这仅仅是开始，我们应该清醒地看到，由于西学在中国的强势存在，也由于学术浮躁风的盛行，这种弊端还没从根本上得到改观。据说前几年有人在做“重返 80 年代”研究时去采访韩少功，曾把新时期的一次重要的文学自觉运动“寻根文学”，说成是因为政治“压力之后的不得已而为之”，弄得韩少功很郁闷很生气。① 这里之所出现这样的误读，主要原因在于它不是从“事实”（史料）而是从“思想”（观念）出发进行。陈寅恪先生在 1936 年曾批评“今日中国，旧人有学无术；新人有术无学，识见很好而论断错误，即因所根据之材料不足”②。陈氏所说的“学”指史料，“术”指方法。旧人只有材料而没有好的方法，失之僵滞，固然难有所为，但新人不依据材料简单套用外国理论进行研究也同样不可取。陈氏的批评需要引起我们的高度重视。

其次，在编撰原则上超越狭隘的纯文本的呈现方式，注重历史情境和现场的还原。这也是我们这套教材比较自觉的一个追求。此处所说的还原，当然包括教材所选的“文学作品”在这方面的功能价值——文学作品尤其是现实主义文学作品，它的“书记官”的功能价值，使它在反映历史和现实生活的毕肖酷似上往往达到连史家都叹服不已的程度；但主要还是指被我们特别引进的社团、报刊、文件、讲话、批示、社论、纪要、评论、评奖、调研以及域外交流、传播、影响（如海外汉学、华文文学乃至 2000 年、2012 年高行健和莫言获诺贝尔文学奖有关资料）等。这些形态各异的文献史料的编选，不仅有效地拓宽了原有教材的内涵和外延，而且还引领我们穿越时空隧道，返回到彼时彼地的语境与场域，与“作品”形成了富有意味的对话关系。

史料作为中国语言文学的载体，它原本就是属于历史的，在它身上积淀着丰富的历史信息；而文献史料作为史料的重要组成部分（还有一种史料是

---

① 参见《文学批评的语境与伦理——第二届‘今日批评家’论坛纪要》，《南方文坛》2012 年第 1 期。

② 引自卞僧慧：《陈寅恪先生年谱长编》，中华书局 2010 年版，第 367 页。

实物史料)，它凭借语言文字同时兼具能指与所指的双重功能，在还原和营造历史尤其是历史现场感方面有自己独到的优势。因此它特别适用于文学作品的历史解读，历来备受重视，成为自古至今人们解读文学作品的重要参考和佐证。“文学作品”与“文学史料”，从某种意义上讲就是一对孪生体，它们彼此具有难以切割的血缘联系。如果说“文学作品”是悬浮在空中的一种空灵的感性存在，那么“文学史料”就是紧紧扎根在大地之上的一种具体切实的物态存在。也正因此，史料的有无、多少以及真实与否，史料意识的自觉与否以及实践运用的程度如何，不仅直接关涉和影响着具体作品的解读，而且也反映乃至决定着整体中文教育的水平和质量。文学教学的睿智与睿智的文学教学，都十分注意“作品”与“史料”之间的内在关联，而不是将它们彼此孤离割裂。王国维在《古史新证》中提出的“二重证据法”①，可以说是对此的精辟概括。他的《宋元戏曲考》以及陈寅恪的《元白诗笺证稿》、梁启超的《古书真伪及其年代》、胡适的《中国章回小说考证》、鲁迅的《中国小说史略》、郑振铎的《中国俗文学史》、俞平伯的《红楼梦研究》、阿英的《晚清小说史》、郭绍虞的《中国文学批评史》、姜亮夫的《楚辞通故》、夏承焘的《唐宋词人年谱》等作，都称得上是这方面的典范。在他们那里，史料经过发掘、勘误、订正、转化、处理，不仅具有“独立存在”的价值，而且成为还原历史、破译作品奥秘的一个重要的载体。许多长期以来的语言文学之“司芬克斯之谜”，也因之得到了合理解释。

北大中文系温儒敏教授有感于“专业阅读”存在的经典作品与当代读者之间的“历史隔膜”，在十年前曾提出了一个很有意思的主张，叫“三步阅读法”，其中第二步为“设身处地”，就是借助和调动文学史及文化史知识，再融会自己的想象，努力“回到作品产生和传播的历史现场”②。我们之所以在教材中增加了史料，其实也就是借助于史料“设身处地”地“回到作品产生和传播的历史现场”。在这里，史料一方面可以很好地起到营造历史氛围的作用，这对因“历史隔膜”造成的各种主观随意或过度阐释无形之中形成一种防范和反弹；另一方面它也引导我们情不自禁地进入到特定的历史规定情境之中，以“了解之同情……必神游冥想，与立说之古人，处同一境界……始

---

① 王国维:《古史新证》，清华大学出版社 1994 年版，第 2 页。

② 温儒敏、赵祖谟主编:《中国现当代文学专题研究》，北京大学出版社 2002 年版，第 26—29 页。

能批评其学说之是非得失，而无隔阂肤廓之论”①，从而对作品做出更加精准到位的解读。当然，重视史料之于还原历史以及参证和解读作品的功能，绝非意味着它存在着一种像客体那样自明的“事实”，更无意于说它可以取代对作品的艺术分析。用所谓的“史学价值”来代替“诗学价值”，那同样是不可取的。在“作品与史料”或者说在“文学与史料”的关系问题上，我还是比较赞赏一位年轻学者的这样一种说法：“勇敢地跨出樊篱，而更丰富地回返自身”②。这可能更接近温儒敏所说的“专业阅读”，也更符合文学的属性和趣味。因为史料回到历史现场，无论多么客观，它是需要说（即叙述）的，而怎么说、说什么、由谁说，不仅与研究者个人的立场与趣味有关，而且还与他所置身的特定的语境与意义系统有关，它事实上是当代性、历史性与艺术性三者之间的一种对话关系。这也从一个侧面说明史料重返并非如我们想象的那样僵硬死板，它同样可以而且应该体现中文教育的叙述性、构建性的特点。

最后，在入史问题上突破单一的“文学经典”的取舍标准，采用“文学经典”与“文学史经典”双线兼容的编选原则。这一点在本节开头就已作了提示，并且在前面也多少有所涉及。落实到编选上，就是突出和强调它作为中文专业（而不是非中文专业）教材同时兼顾诗、史两种价值，它不但要重视文学文本本身，而且还要关注与其相关联的历史，并把对历史及其内在规律和运演轨迹的揭示作为自己的一个重要任务。这样，一些历史上曾产生重要影响而思想艺术诸方面存在明显欠缺或不足的作品，才有可能进入文学教育的视野。正如有学者所言，“一部作品的文学艺术价值与作品在文学史上的价值并不能等同视之”③，有时候，甚至“某阶段作家作品甚少乃至全无，它同样也是小说创作的一种态势……某种特殊阶段的‘创作空白’也应使之进入研究视野，这是‘史’的研究的需要”④。如刘心武的《班主任》，以今天的眼光来看，它在艺术上当然不免粗糙，还明显打上那个时代的烙印；但从当代中国语言文学史的角度看，却是无法完全绕开的一个重要作品，它关乎那时对“文革”历史的想象与认知。同理，史料编选也如此，为体现历时演变

---

① 陈寅恪：《冯友兰〈中国哲学史〉上册审查报告》，《金明馆丛稿二编》，上海古籍出版社1980年版，第279页。

② 参见金理、杨庆祥、黄平：《以文学为志业——80后学者三人谈》，《南方文坛》2012年第1期。

③ 王璐：《“文革”期间的手抄本通俗小说研究》，《当代作家评论》2012年第6期。

④ 陈大康：《明代小说史·序》，上海文艺出版社2000年版，第9页。

的规律和特点，既注重与文学史的发展流程吻合，特别选取对于文学史发展起到关键作用的“经典史料”，也关注具有原创价值的新出土和域外新传入的“新史料”。这与以前同类教材中的“作品汇评”和“资料长编”式完全不同。而恰恰在这个问题上，现有的文学教材往往大同小异而内涵又比较紧仄，这在一定程度上影响了教师的教学，也不利于拓宽学生的知识结构。我们这样做，其意是想选择这样一种“双线兼容”的评价标准，更好地反映中国文学尤其是现当代文学丰富复杂的存在和发展；同时也为教师和学生进一步的阐释与发掘，留下足够的空间。

总之，在如何编选和入史问题上，包括作品与史料的关系，也包括上述所说的“文学经典”与“文学史经典”的关系等等，它都与“通史”教育乃至整个文学教学大系统联系起来予以通盘考虑，服从于研究型教学与厚基础文学人才培养的需要，按照教材编写规律办事。也就是说，一方面要考虑“选本”自身的独立性、新颖性和完整性，努力构建适合专业教育需要的一种新的范式；另一方面又要考虑与“通史”教育相连接，成为“通史”很好的配套教材。也只有与“通史”联系起来进行综合考虑，“选本”所选的有关“作品与史料”才能被有效地激活，充分凸显其意义和价值。从文学教学和教材编写的角度看，“选本”与“通史”应该是相辅相成，它们分则各自成章，合则融合无间，是一个既独立又统一的有机的整体。

第三节　编选原则与实践

以上主要是从“选本”价值及其与“文学史”相互参证互联的角度而言，它更多是属于比较宏观当然也是相对比较泛化的背景和观念。至于具体编选，因理论与实践之间的微妙关系，也因教科书体制的规约和编选者个性、趣味、取向的差异，实际情况可能更为复杂。我们有关《中国现当代文学作品与史料选》的编选，作为一种尝试，其核心思想，主要体现在以下三点，这也是我们为“选本”确立的三条基本编选原则：

第一，秉持以文学性为主，兼顾其文学地位及社会影响的标准。“文学性为主”，这是前提，它实际上是给作品的筛选设定了一个“入场券”；但“为主”不等于“唯一”，它同时还要“兼顾”该作品对当时及后来文学创作的影响。这就表明其所遵循的标准是有弹性的，它将现当代文学的复杂性与复杂的现当代文学问题充分考虑进来了。这样，不仅像鲁迅的《阿Q正传》、曹禺的《雷雨》、沈从文的《边城》、徐志摩的《再别康桥》、老舍的《茶馆》等经受住历史考验，堪称百年文学乃至三千年中国文学史的“文学经典”入选，而且像郭沫若的《凤凰涅槃》、丁玲的《莎菲女士的日记》、田汉的《关汉卿》等作，包括像杨朔的《雪浪花》、样板戏《沙家浜》、刘心武的《班主任》等当年曾在文学史上产生重要影响，而以今天的观念来看其思想艺术方面有明显欠缺或不足的作品，也被纳入视野。史料编选也如此，主要立足与文学互动互补的关系，看它对当时和以后文学创作的影响以及文学史上的代表性，来进行筛选。如周扬的《新的人民的文艺》、胡风的《关于解放以来的文艺实践情况报告》、国家广电总局颁发的《关于认真对待“红色经典”改编电视剧有关问题的通知》等。它们从“原态事实”层面向我们印证和说明了文学在诸种因素下特别是在政治因素的合力影响下如何艰难生存和发展。现当代文学与古代文学等其他学科不同，从诞生那天起就与政治意识形态形成了难以切割的血缘联系，如果过于拘囿于作品的文学性，用所谓纯粹的审美标尺去“包打天下”，恐怕不那么合榫，也有悖于我们力求客观全面反映现当代文学的编选初衷。

第二，注重文学演变，体现文学史家既严谨又恢宏的眼光。本“选本”对“作品”与“史料”的遴选，立足于现当代文学发展演变的总体规律，反过来也服膺并客观地表现了现当代文学本身的发展流程。如“现代文学”作品的安排，从鲁迅的《狂人日记》到穆旦的《诗 8 首》等，总共有 50 篇(含中长篇小说和戏剧存目)，其中“第一个十年”为 14 篇，“第二个十年”为 16 篇，“第三个十年”为 20 篇。之所以这样安排，这里有时段、地域等因素的考量，也有作家、主题、风格等因素的权衡，它主要突出文学历时演变尤其是文体由简单向复杂演变的本源性意义(在“三个十年”中，愈到后来，文体复杂的中长篇小说和多幕剧愈多)，也更符合文学史家的趣味。“当代文学”史料的编排依据同样的道理，从开篇的苏联的日丹诺夫的《关于〈星〉及〈列宁格勒〉杂志所犯错误的报告几点说明》，到结尾的德国的顾彬的《中国当代文学存在的问题》，中间还收集毛泽东的《应当重视电影〈武训传〉的讨论》(以《人民日报》社论的名义发表)、邓小平的《在中国文学艺术工作者第四次代表大会上的祝辞》、黄子平等的《论“二十世纪中国文学”》、王晓明等的《旷野上的废墟——文学和人文精神的危机》、欧阳友权的《互联网上的文学风景——我国网络文学现状调查与走势分析》等。在这六十余年所选的 26 篇史料中，它由高度的政治化逐渐向泛政治化、多样化嬗变，这不仅为我们解读“异质同构”的当代文学作品提供了很好的客观事实，而且让我们具体切实地感受到文学史发展演变的内在脉动。这与当下盛行的单纯以“诗学价值”为指归的“选本”是很不一样的。它可以让我们超越狭隘的“审美城”，从更深邃开阔的思维视野评价和把握现当代文学。而这，我以为是比较适合普通高校中文专业尤其是一些研究型高校中文专业的教学之用的。

第三，吸纳现有的研究成果，还原现当代文学丰富复杂的存在。在这里，既编选了茅盾的《子夜》、夏衍的《包身工》、柔石的《为奴隶的母亲》、赵树理的《小二黑结婚》、杨沫的《青春之歌》、柳青的《创业史》、郭小川的《团泊洼的秋天》等具有较浓政治意识形态色彩的左翼文学、革命文学，并不为迎合社会上这些年来非政治化、去政治化“时尚”而故意冷淡或薄视它们；同时也涵纳周作人、张爱玲、沈从文、王小波等以前曾被遮蔽而在前些年“重写文学史”“重排文学大师”时重新解蔽、今天广有影响的自由主义文学；而且还注意引进像穆时英、刘索拉、孟京辉的实验文学，张恨水、金庸、今何在的通俗文学和网络文学等顺应今天时代社会文化潮流和载体之变和读者阅读需要的新的文学形态，构成新的“文学共同体”。反映在“史料”的选择上，不仅注意大量的固有的政治化史料，包括社团流派、理论论争、报纸杂志、文件报告、讲话批示，而且也注意新月社、《文学周刊》和梁实秋、朱光潜等撰写的政治化色彩较淡的史料；不仅注意胡适、陈独秀撰写的带有“公共性”性质、显在的有关文学革命的史料，也注意挖掘如沈从文日记等带有“私人化”性质的潜在的史料，不仅关注国内的丰富复杂而又充满矛盾的存在，也注意引进如日丹诺夫、顾彬、唐小兵等域外的史料。现当代文学尽管存在难以掩饰的“一体化”倾向（特别是当代文学的“前三十年”），但这并不等于铁板一块，没有异质的存在。在这里，任何的夸大或缩小都不合乎事实，也有失偏颇。如同其他所有文学一样，现当代文学史毕竟也是一条包纳百川的大河，它有主潮就有次流、小溪，有明流就有潜流、伏流。我们需要的是立足高远，以开放开阔的视野和胸襟予以包容，理性地给予评价。

现当代文学是中国文学的重要组成部分，它上承具有几千年悠久历史的古代文学，下接无比丰富又无限开放的当下和未来的文学，是中国文学中最新也是离我们最近的一种文学形态。同时，就学科史而言，现当代文学虽滥觞于五四新文学不久的20世纪二三十年代，但它真正确立并开始做强做大，乃至成为大学中文专业的主流学科，还是1949年中华人民共和国成立以后的事：先是在“前三十年”（1949—1979），“现代文学”因自身超强的政治性以及新政权修史的需要，而一改以前“没有地位”、备受“压力”的窘迫处境，受到了前所未有的高度重视；继之是在“后三十年”（1979至今），“当代文学”凭借日益丰富的文学实践以及与当代社会政治的密切关联，迅速发展壮大，逐渐形成了与现当代历史和政治意识形态密切相关而又可分可合的现当代文学学科，昂然出现在等级有序的大学校园里。

现当代文学这种状况，决定了它与古代文学等学科有所不同，在整个百年的发展过程中，往往随着中国政局的急遽变化而大起大落，历尽艰难曲折。这就不仅造成了该学科内在的紧张以及与学科外部关系的紧张，而且对作家的创作心态和思想艺术取向也产生了深刻的制约和影响。我们在按照上述三条原则进行编选时，注意将其纳入这样的整体大背景下进行把握，或者说是基于这样的整体大背景来实施上述的三条编选原则。这样可使“选本”所选的“作品与史料”，不仅蕴含着具体切实的真实指向，而且在总体走向和趋势上也符合现当代文学运演的客观事实。它不仅让我们看到文学之所然，它的富有意味的感性存在，而且也进而认识它何以之所然，它的生成的历史合理性和深刻的必然性，从而获得为单纯文学作品“选本”所没有的“诗”“史”互证互融的艺术效果。

鲁迅曾经说过：“选本”所显示的“往往并非作者的特色，倒是选者的眼光”①。“凡选本，往往能比所选各家的全集或选家自己的文集更流行，更有作用。册数不多，而包罗诸作，固然也是一个原因，但还在近则由选者的名位，远则凭古人之威灵，读者想从一个有名的选家，窥见许多有名的作品。……凡是对于文术，自有主张的作家，他所赖以发表和流布自己的主张的手段，倒并不在作文心，文则，诗品，诗话，而在出选本。”②从教科书的角度讲，“选本”的重要性也不言而喻。它看似只“选”不“述”，不像与之配套并存的“文学史”那样可以充分表达选家的主体思想，但在“选什么”与“怎样选”问题上同样也有一个主体性的问题。正因此，不同的“选本”体现了选家不同的文学观和价值取向，打上了不同的时代印记，以至成为一门学问——“选学”。作为教科书，我们一方面需要放开眼光，借鉴《昭明文选》《古文观止》《古文辞类纂》《唐诗三百首》和《中国新文学大系》等经典“选本”以及现当代文学一般“选本”的经验做法；另一方面又要遵循教学和人才培养的规律，不能为了构建所谓的规范有序的体系，从中塞进太多的东西，使之臃肿不堪。教科书是连接“教”与“学”的平台与中介，无论怎样，它要考虑“学”的接受能

① 鲁迅：《且介亭杂文二集·〈题未定〉草（六）》，《鲁迅全集》（第6卷），人民文学出版社2005年版，第436页。

② 鲁迅：《集外集·选本》，《鲁迅全集》（第7卷），人民文学出版社2005年版，第138页。

力和实际情况，有一个“学生本位”的问题。这也是我们编选现当代文学“史料与作品选”的一点体会，是笔者由此及彼引发的对教学和科研的一点思考。

附：
《中国现当代文学作品与史料选》目录

（浙江大学出版社 2012 年 6 月出版，吴秀明、陈建新主编）

一、现代文学部分

文学作品

1.鲁　迅《狂人日记》《颓败线的颤动》
2.周作人《故乡的野菜》
3.郭沫若《凤凰涅槃》
4.汪静之《蕙的风》
5.郁达夫《沉沦》
6.朱自清《背影》
7.叶圣陶《潘先生在难中》
8.冯　至《十四行诗》
9.闻一多《死水》
10.徐志摩《再别康桥》
11.柔　石《为奴隶的母亲》
12.丰子恺《给我的孩子们》
13.茅　盾《春蚕》
14.废　名《竹林的故事》
15.丁　玲《莎菲女士的日记》
16.戴望舒《雨巷》
17.卞之琳《断章》
18.夏　衍《包身工》
19.老　舍《断魂枪》
20.艾　青《我爱这土地》

21. 沈从文《萧萧》
22. 穆时英《白金的女体塑像》
23. 艾　芜《山峡中》
24. 张天翼《华威先生》
25. 赵树理《小二黑结婚》
26. 孙　犁《荷花淀》
27. 张爱玲《金锁记》
28. 穆　旦《诗 8 首》

中长篇小说与戏剧存目

1. 叶圣陶《倪焕之》
2. 向恺然(平江不肖生)《江湖奇侠传》
3. 茅　盾《子夜》
4. 老　舍《骆驼祥子》
5. 曹　禺《雷雨》《日出》《原野》
6. 巴　金《家》《寒夜》
7. 夏　衍《上海屋檐下》《芳草天涯》
8. 李劼人《死水微澜》
9. 张恨水《啼笑因缘》
10. 郭沫若《屈原》
11. 徐　讦《夜萧萧》
12. 吴祖光《风雪夜归人》
13. 沈从文《边城》
14. 钱钟书《围城》
15. 路　翎《财主底儿女们》
16. 鲁迅艺术学院集体创作,贺敬之、丁毅执笔《白毛女》
17. 丁　玲《太阳照在桑干河上》
18. 周立波《暴风骤雨》

文献资料

1. 梁启超《论小说与群治之关系》
2. 胡　适《文学改良刍议》

3. 陈独秀《文学革命论》
4. 周作人《人的文学》
5.《文学研究会宣言》
6. 郁达夫《创造日宣言》
7. 蔡元培《中国的新文学道路》
8. 成仿吾《从文学革命到革命文学》
9.《中国左翼作家联盟理论纲领》
10. 鲁　迅《对于左翼作家联盟的意见》
11. 新月社《新月的态度》
12. 梁实秋《文学与革命》
13.《中国文艺家协会宣言》
14.《中国文艺工作者宣言》
15. 王实味《政治家，艺术家》
16. 罗　烽《还是杂文的时代》
17. 胡　风《置身在为民主的斗争里面》
18. 毛泽东《看了〈逼上梁山〉后写给杨绍萱齐燕铭二同志的信》
19. 周　扬《王实味的文艺观和我们的文艺观》
20.《中共中央宣传部关于执行党的文艺政策的决定》
21.《中共中央东北局关于萧军问题的决定》
22. 何其芳《关于现实主义》
23. 荃　麟《论主观问题》
24. 沈从文《〈文学周刊〉编者言》
25. 朱光潜《自由主义与文艺》
26. 郭沫若《斥反动文艺》

二、当代文学部分

文学作品

1. 孙　犁《山地回忆》
2. 萧也牧《我们夫妇之间》
3. 艾　青《礁石》
4. 王　蒙《组织部新来的年轻人》
5. 老　舍《茶馆》(第一幕)

6. 茹志鹃《百合花》
7. 赵树理《“锻炼锻炼”》
8. 秦　牧《土地》
9. 余光中《乡愁》
10. 杨　朔《雪浪花》
11. 北京京剧团《沙家浜·智斗》
12. 白先勇《游园惊梦》
13. 郭小川《团泊洼的秋天》
14. 刘心武《班主任》
15. 徐　迟《哥德巴赫猜想》
16. 巴　金《怀念萧珊》
17. 北　岛《回答》
18. 谌　容《人到中年》(节选)
19. 顾　城《一代人》
20. 汪曾祺《受戒》
21. 刘索拉《你别无选择》
22. 残　雪《山上的小屋》
23. 池　莉《烦恼人生》
24. 史铁生《我与地坛》
25. 余秋雨《莫高窟》
26. 韩　东《有关大雁塔》
27. 海　子《麦地》

中长篇小说与戏剧存目

1. 欧阳山《三家巷》
2. 梁　斌《红旗谱》
3. 柳　青《创业史》
4. 杨　沫《青春之歌》
5. 金　庸《笑傲江湖》
6. 李　昂《杀夫》
7. 阿　城《棋王》
8. 古　华《芙蓉镇》
9. 韩少功《爸爸爸》

10. 贾平凹《浮躁》
11. 王　朔《顽主》
12. 路　遥《平凡的世界》
13. 张承志《心灵史》
14. 陈忠实《白鹿原》
15. 余　华《活着》
16. 王安忆《长恨歌》
17. 王小波《革命时期的爱情》
18. 今何在《悟空传》
19. 田　汉《关汉卿》
20. 高行健《车站》
21. 孟京辉《思凡》

文献史料

1. [苏]安德烈·亚历山德罗维奇·日丹诺夫《关于〈星〉及〈列宁格勒〉杂志所犯错误的报告几点说明》
2. 周　扬《新的人民的文艺》(节选)
3. 茅　盾《在反动派压迫下斗争和发展的革命文艺》(节选 第二、三部分)
4. 《沈从文日记四则》
5. 人民日报社论《应当重视电影〈武训传〉的讨论》
6. 胡　风《关于解放以来的文艺实践情况报告》(节选 第二部分第四至第五个论断)
7. 毛泽东《关于胡风反革命集团的材料》的序言和按语(节选)
8. 邵荃麟《农村题材短篇小说创作座谈会讲话》
9. 毛泽东《对文化工作的批评》
10. 林　彪《林彪同志委托江青同志召开的部队文艺工作座谈会纪要》
11. 邓小平《在中国文学艺术工作者第四次代表大会上的祝辞》
12. 孙绍振《新的美学原则在崛起》
13. 《人民日报》评论员《高举社会主义文艺旗帜 坚决防止和清除精神污染》
14. 胡启立《在中国作家协会第四次会员代表大会上的祝词》
15. 国务院《国务院关于对期刊出版实行自负盈亏的通知》

16. 李杭育《理一理我们的"根"》

17. 黄子平等《论"二十世纪中国文学"》

18.《钟山》编辑部 《"新写实小说大联展"卷首语》

19. 唐小兵《我们怎样想象历史 · 代导言》(节选)

20. 陈思和等《重写文学史 · 主持人的话》

21. 王晓明等《旷野上的废墟——文学和人文精神的危机》

22. 王一川《我选二十世纪中国小说大师》

23. 中共中央《中共中央关于进一步做好文艺工作的若干意见》

24. 欧阳友权《互联网上的文学风景》

25. 国家广电总局《关于认真对待"红色经典"改编电视剧有关问题的通知》

26. [德]沃尔夫冈 · 顾彬《中国当代文学存在的问题》

第十一章　文学教育与人才培养

文学教育是涉及面很广的一个大系统，本章主要拟从它与人才培养关系角度展开探讨，较多涉及教学设计和管理。与第十章纯学理的研究思路有所不同，它带有较浓的实践色彩。另外，文学教育也是一种人文的教育，它反映了我们对文科及其人才培养的认识和理解，因此，具体论述时也较多涉及文科的教学理念和办学思路。与之相应，所说的人才培养，已不是狭义的纯文学(更不是狭义的现当代文学)的人才培养，而是广义的人文乃至文科的人才培养。总之，我们这里讲的文学教育与人才培养，是一个广义的文学教育与人才培养，准确地说，是将现当代文学包括在内的大文学教育与人才培养。

第一节　世界一流大学教育理念对我们的启发

据统计，70%的诺贝尔奖获得者和70%的对国计民生产生重大影响的科技成果都来自世界一流大学。因此，认真研究分析世界一流大学的文学或文科教育理念，对于我们来说就显得非常重要和必要。

综观国际高等教育的发展历史和现实格局，世界一流大学虽然各有千秋，但是都有一个共同的理念：一方面，就大学自身的功能而言，以培养一流的人才为己任；另一方面，就大学与外部社会的关系而言，崇尚独立自由和合目的合规律的教育思想。虽然它们的招生人数、课程设置等在很大程度上都受到市场供求的影响，但是一流大学在整个社会大系统中仍具有相对的独立性。它们一般不为政治和时尚观念所左右,而是较好地按照教育规律运作。西方普遍认为,一种素质的养成不是一蹴而就的,它需要日积月累的学习与坚持。在西方,中学阶段主要进行基础素质的培养。本科期间着重进行德育教育,重视提高人的精神素质。有些国家还为此专门颁布法令,如美国 1994 年通过了美国 2000 年教育目标法,把对学生的品德教育作为美国 2000 年国家八大教育目标中的重要内容。又如新加坡将高校德育看作是教育政策的"三大基础"之一。在研究生阶段,西方高校比较注重对学生高层次人文素养的塑造。如美国加州大学伯克利分校校长田长霖教授曾提出一种教育模式:大学本科学习工程学科,接受工程基础训练;硕士研究生阶段学习人文社会科学。

此外,世界一流大学大都奉行"宽进严出"的教育思想,以保证人才培养的质量。具体表现是:首先是不以一次考试定终身。如美国高校入学考试一年举行五次,学校一年四季均接受入学申请,从而摒弃了仅凭分数取人的做法。斯坦福大学有句名言:"中学平均成绩为 4 分(满分),学术性测试的教学和语言部分各为 800 分(满分),并不能保证被录取。"其次是保证让真正有学习兴趣和学习能力的学生进入高校深造。如牛津大学为未通过"普通教育证书"考试的考生准备了额外的 E 考试。再次是毕业淘汰率高。如美国有些高校第一学年就淘汰新生 50%。最后是在学生成绩测定上重能力、轻分数。就教师而言,西方一流大学多重视再培训工作,它规定每位教师每年都必须拨出一定时间进行学习。一般大学的教师的主要任务是教学;而研究性大学的教师不仅要有教学经验,而且还必须具有一定的研究能力。西方高校兼职教师较多,师资的来源除了其他学校的在职教师外,还吸纳企事业和科研部门有实践经验的专业人才参与。聘请有经验的校外人士担任兼职教师有利于提高教学质量,同时也可节约教学经费开支。

在世界一流大学中,文科也一向被视为重要的支柱学科,对学校的发展起到了举足轻重的作用。从美、日、印、法、德、英等六国的统计数据看,人文专业是各国就读人数最多的专业。[①] 此外,各国都普遍地将文科教育看作是提高学生人文修养的必修课。就拿美国的文科来说吧,它不仅在高等教育科类结构中占有重要地位并持续稳定地发展,而且已经作为一种文化或观念被继承和发扬。不少高校把文科的治学方法纳入到本科教育的重要体系中,对学生进行训练,认为掌握这种学习和研究的方法可以为以后的研究

---

① 于富增:《国际高等教育发展与改革比较》,北京师范大学出版社 1999 年版,第 411 页。

及发展奠定基础。如美国高校就非常重视本科教育与人文学科教育之间的精神纽带关系,他们往往将学生掌握文科知识、人文治学训练的程度和学生的人文素质等,看成是衡量本科教育质量的一个重要指标;将是否精通历史、熟悉伟大的文学名著和深谙基本的哲学原理,看成是一个人是否受过良好教育的基本标志。又如英国政府在1987年发布的《高等教育——应付新的挑战》白皮书中,明确把坚持基础科学研究、增进人文学科学术成就作为高等教育目标之一。

同样,在经济发展迅速的日本、韩国、新加坡等亚洲国家,人们对文科和文化素质的重要性也有了越来越深刻的认识。韩国21世纪高教改革的思路是:经济上学习西方国家,道德上保持东方传统,并把提高学生人文素质作为首要任务。韩国所有的大学课程均由教养课和专业课两大部分组成。其中教养课中的必修课由教育部确定,占总学分的30%,内容包括国民伦理、国文、国史、外国语、哲学、文化、自然科学入门和体育。又如日本把德育放在高校教育的首位,专门拨款用于改善和加强德育工作。新加坡在高校设立《东亚哲学》课程,对学生进行东方道德方面的系列教育。

概括世界一流大学的文学或文科教育,我们以为有以下几点值得借鉴:

(1)引入通识教育思想,实行文理渗透。通识教育又称普通教育,最早由帕卡德在1829年提出。它是相对于专业化而言的。通识教育并不等同于素质教育,它主要关注的是使学生成为一个具有社会责任感的、全面发展的人。美、日等发达资本主义国家的高等教育已进入普及阶段,高等教育的重心及真正的专业教育已上移到研究生阶段,本科教育主要成为研究生教育的基础性教育,因而就更强调本科阶段的通识教育,反对过早地专业化。他们把培养人的全面素质作为课程设置的目标,注重整体功能,强调课程设置的文理融合。首先,文科学生必须学习一定的理科课程,以形成一种科学素养,保证学生能力的全面发展。如哈佛大学规定学生必须修完7门核心课程,其中自然科学占2门。MIT要求文科学生必须修习占学士学位总学分16.5%的自然科学,计算机也早就被列入了几乎所有文科的课程计划。其次,文科中出现了文理渗透的跨学科课程。如牛津大学开设了哲学一数学、工程学一经济学一管理学等多门跨文理工的课程。这种课程体系的横向延伸大大增强了专业的柔性,它能更好地培养学生的综合能力,适应市场需要。

(2)实行学分制,尽量多开选修课。这里所说的选修课一般分两类:一类是与主修专业有关的限定选修,一类是凭兴趣选择的自由选修。国外高校的选修课比例较大，一般占总学分的40%～60%。为此，各校开设了种类繁多的选修课。如哈佛大学每年选修课达4000余门。国际上许多大学还允许学生跨院系甚至跨校选修，以便最大限度地开拓学生的视野。应该说，这种课程设置，是比较科学的。

(3)开展开放式的大文科教学。世界一流大学的文科教学和人文活动，其内容和形式都极为丰富多彩。如普林斯顿大学有学生社团150多个，其中文科类占大多数。全校15%的学生参加了学生剧团，业余歌咏队无处不在;《普林斯顿人报》也办得红红火火。如此这般，学生的个性在良好的人文氛围的熏陶下，得到了发展。

(4)增设实用性课程，重视就业培训。美国课程专家曾对100多所大学和学院的课程作过统计，发现这些学校平均每年要淘汰5%的旧课程，增加9%的新课程;而实用性课程在后者中占有重要的比例。国际一流大学一般都认为，开设实用性课程，培养实用人才是高校服务社会和适应社会发展的一种重要方式。为了帮助学生走上社会，他们还普遍设有就业服务中心。这些理念和措施，必须引起我们的重视。

当然，介绍世界一流大学的文学或文科教育理念并不是我们的目的。作为研究，我们更感兴趣的是借他山之石来攻我们自己的玉。落实到具体实践，就是要树立现代开放的文学教育思想。有人认为新世纪的文学教育应掌握学术的、职业的、具有开拓精神的三本“教育护照”①，这其实是强调复合的教育或人才培养理念。此所谓的复合教育理念，具体内容大致包括以下四种：

---

① 参见教育部高等教育司:《高等教育教学改革》，高等教育出版社1999年版，第43页。

首先，是全人教育理念。[①] 新中国成立初期，我们学习苏联办学经验，按专业制和学时制培养人才，高等教育被过分地专业化了。例如苏联语言文学系在大学一年级就分语言学专业和文学专业，哲学系在本科阶段就划分出马克思主义哲学专业。这样的培养模式至少产生了两大弊端：一是人和文化问题的复杂性被这种学术制度和教育模式所掩盖。人不是作为一个独立生命被尊重，而是被规定为一个特定领域内的社会成员。长此以往，人将逐渐丧失国家民族意识和正确的价值观。二是极易造成学生视野狭窄、技能单一，缺少整体综合的素质，难以适应时代社会的多方面需求。21 世纪是整体发展的社会，这就对人才提出了更高的要求，即必须具有宽阔的知识背景和全面的素质。为此，我们必须树立全人教育的理念。所谓全人，就是指全面发展的人。联合国教科文组织在十年前的报告《教育：财富蕴藏其中》中将全人解释为能够学会做人、学会生存、学会做事和学会与他人共处的人。用全人教育的理念培养文科人才，就要做到知识、能力、素质三者的

---

① 本文所论的全人教育、和谐教育、终身教育、创造性教育等四种教育理念，参考吸纳了中外不少论者的观点。其中，“全人教育的理念”，在马克思的论著中已露端倪，他认为“人应当通过全面的实践活动获得全面的发展”(《马克思恩格斯全集》第 3 卷第 332 页)。美国的安提亚克大学在 1921 年曾提出“全人教育”理念。此后日本的小原国芳详细论述了这一理念，他认为，所谓“全人”就是完全人格，即和谐人格。全人教育理念不仅有着系统完整的理论体系，而且在实践上取得了较大的进展，如我国台湾中原大学多年来一直以“全人教育”为办学宗旨。“和谐教育的理念”，源于 20 世纪 50 年代末，由于一味强调智力发展，而忽视健康的师生人际关系，发达国家的课堂上出现了“生态”危机。严峻的事实促使人们开始把目光投向师生合作这一可贵精神。正是在这样的背景下，和谐教育思潮开始兴起。它汇集了多个国家的著名教育理念，如苏联的合作教育学、美国罗杰斯的人际关系理论、联邦德国的交往教学论、美国斯莱文的合作学习理论等。新中国成立以来，我国也一直致力于和谐教育理论的研究和实践，并取得了初步成效。“终身教育的理念”，最早见于 1919 年英国教育文献，但其作为一种世界性的教育思潮始于 20 世纪 60 年代。1965 年，法国著名教育家保罗・郎格朗首次全面论证了“终身教育”理念(见其论著《终身教育引论》)。我国是从 20 世纪 70 年代后期开始注意并研究这一思想的。但由于种种原因，真正对这一思想理念给予国家层面的重视是在 90 年代以后。1995 年《中华人民共和国教育法》用庄严的法律形式确立了终身教育在我国教育事业中的地位和作用。“创造性教育的理念”，可追溯到 20 世纪初的美国教育家杜威，他的思维五步法为创造性教学定下了基调。20 世纪 60 年代以后，美国等发达国家逐步重视创造性人才的培养，创造性教育步入大面积的普及阶段，进而形成一种思潮。在中国，虽然 20 世纪 20 年代，陶行知先生提出并实施过创造性教育，但直到今天，我国的创造性教育仍处于起步阶段。

协调发展。它要求一名文科毕业生应该具有:①广博的知识结构,包括工具性知识(如外语、计算机、写作等),人文社科知识(如文学、历史、经济、法律等),自然科学知识(如数学、生物等),专业知识等。②综合的能力结构,包括自学能力、思维能力、实践能力、适应能力、创新能力等。③全面的素质结构,包括思想道德素质、文化素质、专业素质、身体心理素质等。

中外大量实践证明,"仅仅用专业知识教育人是不够的,通过专业教育,学生可以成为一架有用的机器,但是不能成为一个和谐发展的人。要使学生对价值有所理解并产生热烈的感情,那才是最基本的"①。由于目前我国的高等教育实际仍处于准精英教育阶段。据教育部统计,2003 年我国各种形式的高等教育在校生总规模为 1900 万人,高等教育毛入学率为 17%,还不能进行真正意义上的普通教育即全人教育(全人教育≠全科教育)。这里,也许有必要说明,这里所谓的全人教育是通识教育基础上的专才教育。我们认为,德、智、体、美、劳统一与个性发展统一是普通教育,高层次的专业教育是业务教育;普通教育和业务教育应当共同发展,齐头并进。本科主要是打基础,研究生阶段则着眼于业务。也就是说,全人教育只有建立在某一专业教育的基础上,才能收到事半功倍的效果。

其次,是和谐教育理念。该理念以尊重、理解、信任、关爱并教好每一位学生为前提。文科讲和谐教育理念,就必须要确立教育人本论和以学生为本的思想,把学生最大限度的发展作为学校的基本出发点和最终归宿。以学生为本就意味着在教育中要尊重学生的主体地位,重视学生的个体需要,为他们提供按自己能力、志趣、特长发展的机会。比如入学前给学生选择志愿的权力;入学后给学生一定的调整专业的权力;通过学分制等形式允许学生根据实际需要自订学习计划;毕业时安排供需双方见面,实行双向选择等。可见,以学生为本的和谐教育不是零碎的或阶段性的,而是涵盖了大学生入口一进程一出口的全过程。

第三,是终身教育理念。有人认为知识更新的周期为三五年,三年后人们现有的知识结构和内涵将有三分之一或三分之二变得陈旧。知识的激增和剧变,各类新学科的涌现和完善,否定了把人生截然分为学习和工作两个阶段的观点。虽然文学或文科教育的情况有点特殊,即知识更新不如理工科迅速,但我们仍要重视终身教育这一理念。为什么呢? 主要原因有二:一是文学教育离不开观念的更新,而观念的更新又离不开知识的积累,终身教

① 曾传相:《爱因斯坦的教育观与现代教育》,《外国教育研究》(长春)1999 年第 1 期。

育理念可以给予文科学生更高层次的“基础性”知识定位，促使文学教育或文科学生不断地汲取知识，不断地思考，从而不断地提出有价值的理论。二是文科人才最大的特点是处理人与人、人与社会的关系，对象的复杂性和流动性要求文科人才必须不断地补充和更新知识，不断地研究和掌握对象的变化规律。

第四，是创造性教育理念。现代社会，知识创新是技术进步和经济发展的先导。创新意识和能力对于我们迎接知识经济时代的严峻挑战具有重要意义，它是人才的价值所在和综合素质的核心内容。对于中文学生来讲，创造能力尤为重要。文学有别于靠定律或程式演绎的理工科，它主要靠教学研究工作者见仁见智的能动解读。解读本身就是一种创造性的活动。因此，在人才培养过程中，完全可以而且有必要实施创造性的教育理念。以往，我们在这方面是有明显缺陷的，不少人往往习惯于“填鸭式”的课堂教学，向学生强制灌输知识；而学生则依靠机械的记忆，被动地接受知识，通过考试过关。这样的教育使学生存在不同程度的智能结构缺陷。我们所说的创造性教育理念就是通过各种途径和教学的各个环节，着重培养学生的这种独立研究和解决问题的能力，它强调用开放而富有弹性的教学方式引导学生理解自己所学的是“怎样的知识”和“为什么是这样”，从而造就他们勇于创新的科学精神。

第二节　文科独特地位与人才培养的几个环节

中国大学，源头一直可以追溯到两千多年前的“太学”。但严格意义上的现代大学的出现还是近百年的事。1852 年，英国牛津大学毕业的纽曼在《大学的理念》一书中提出，大学乃是“一切知识和科学、事实的原理、探索和发现，实验和思索的高级保护力量”①。紧接着，19 世纪末叶，洪堡创办柏林大学，奠定了大学的研究功能和“学术自由”的理念。从此，世界高等教育突飞猛进，高校逐渐成为人类文化思想的重镇。特别是 20 世纪 90 年代以来，大学作为一种功能独特的社会组织结构，更是日益成为社会发展的中心议题之一。如何进一步推进高等教育的可持续发展，已成为各国普遍关心的话题。

---

①　[美]克拉克・科尔：《大学的功能》，江西教育出版社 1993 年版，第 2 页。

中国当然也不例外。为应对新的形势，前些年曾涌现过一场前所未有的高等教育革命浪潮，“211 工程”、高校合并与扩招、经费大投入等成为引人注目的新热点。据了解，1995 年，中国普通高校数量为 1054 所，在校本科学生人数是 547.7 万，比 1990 年增长了 46.9%；而到 2001 年，普通高校增加到 1225 所，在校生的平均规模从 1995 年的 2759 人上升为 5870 人。2001 年，北京还举办了中外大学校长论坛，吸引了哈佛大学、牛津大学、东京大学等众多名校校长的参加。这是近些年来我国规模最大、人数最多和层次最高的中外大学校长聚会，也是教育界应对国际竞争和挑战、适应国内经济社会发展新要求的一项重要举措。进入 WTO 以后，高校现有的生长和运行环境已发生了巨大的变化。对于高等教育而言，这既是一个很大的挑战，又是一次难得的发展机遇。它意味着新世纪高等教育和人才培养实际上已被纳入到全球化的竞争机制之中，或者说，已出现了国际人才竞争国内化的趋势。

根据时代发展的新情况，我国政府提出了创办一流大学的奋斗目标，在 2001 年 8 月至 2002 年 7 月的不到一年的时间里，当时的总书记江泽民同志连续三次对哲学社会科学问题作了专门的论述，指出它与自然科学“同样重要”，具有“不可替代的巨大作用”，因此要始终不渝地给予“高度重视”。2003 年，教育部颁布了《关于进一步发展繁荣高校哲学社会科学的若干意见》，并开始实施包括人才培养和奖励计划在内的“中国高校哲学社会科学繁荣计划”。2004 年中共中央下发了《关于进一步繁荣发展哲学社会科学的意见》，强调指出在全面建设小康社会、开创中国特色社会主义事业新局面、实现中华民族伟大复兴的历史进程中，哲学社会科学具有不可替代的作用。上述这一切，自然给文学教育及高校的文科发展带来深远的影响。

一、大学文科的独特地位与作用

严格地讲，“文科”是一个动态的概念，它的内涵和外延一直稳中有变地在不断丰富发展。从传统的人文学科（文学、史学、哲学）到现代的社会科学（法律、经济、企管），它经历了一个不断分化和综合的过程。充分认识文科的含义是确认其地位的重要前提。根据研究对象及其性质的不同，人们一般把文科分为两类：一类是社会科学，它以人和社会为研究对象，从客观性、普遍性的角度探寻人类社会内在的规律性；另一类是人文学科，它以人类的信仰精神和美感道德等为研究对象，从具体性、主观性的角度探索人类生存的价值及意义。参见下表：

知识类别 / 性质	社会科学	人文学科
以理论为主	人类学、社会学、经济学、政治学、地理学等	哲学、文学、历史、艺术、宗教等
以应用为主	法学、企业管理、教育学、会计学、外语等	新闻、影视、广告学等

不同国家之间的学科是有差异的。就中国高校而言，目前的文科大致分综合性大学文科与非综合性大学文科两种模式。前者往往有较深厚的历史渊源和丰富的办学经验，校方一般较为重视；后者则相对较为薄弱，没有得到应有的关注，尤其是在以理工为主的综合性大学或以理工为主进行合并的新的综合性大学里，情况往往显得比较突出。实践表明，文科虽然不能直接创造财富，并且在长期的体制化的过程中日益走向僵化和保守，但它作为现代大学中与理工科“三分天下”的重要组成部分，毕竟是罗兰·巴尔特所说的“历史最后策略之一”，在很多方面能发挥理工科所无法取代的重大作用。

首先，加强人文素质不仅合乎高等教育的办学宗旨，更是提高国民素质、振兴中华的根本举措。文科的很大特点在于它不仅是一个知识体系，同时也是一个价值体系，它可以而且应该对整个社会的价值观念和精神取向带来潜在的深刻影响。大家也许还记得2000年前后发生的清华学生刘海洋的“硫酸泼熊”事件，这从某种意义上讲，正好反映了高等教育中重科技理性而轻人文精神的弊端。它告诉我们：流行的所谓“学好数理化，走遍天下都不怕”，或“学好外语计算机，走向四个现代化”，并没有成为我们很多学生的“葵花宝典”，也不能保证他们一定会用这些造福于人类；相反，他们会因缺乏人文的烛照而走上高科技犯罪的道路。一味地扬科学而抑人文，使科学非但没能“走遍天下”，反倒给它带来灾难性的后果。正如美国哈佛大学第25任校长博克在一份报告书中所指出的，当前人类社会危机大量发生是因为自然科学的发展大大超过了社会科学和人类行为的进步。西方有位政治家甚至认为，用武力暴力可以消灭一个国家和民族，但只有把这个国家和民族的文化消灭了，那才彻底地消灭了这个国家和民族——精神文明和思想文化的重要性由此可见一斑。1988年初，当代三分之二的诺贝尔奖得主在巴黎聚会并发表宣言，他们的第一句话便是：“如果人类要在21世纪生存下去，就必须回到2500年前去吸收孔子的智慧！”①这不仅说明中华文化对世界的深远影响，同时也体现了当代社会对人文精神的热切向往。

其次，文科的发展有利于营造校园的文化环境，提高大学的文化品位。一所大学尤其是一流大学没有一流的文科，是不可思议的。人们常说大学是个“大染缸”或“大熔炉”，它指的就是大学环境对人的潜移默化的教育和熏陶作用。高品位的大学环境可用文、雅、新来概括：所谓的“文”是指文化或人文，一流大学应该有一流的文化或人文，因此，它就需要为之提供较高文化平台的一流文科的介入。所谓的“雅”是指高雅，它不单是指校园环境优美，更是指校园历史文化的丰厚，它内在地洋溢着馥郁芬芳的艺术气息（如哈佛大学有3个艺术博物馆，藏有15万件艺术作品；牛津大学阿升莫尔博物馆的历史可追溯到1683年，是英国最古老的博物馆……这些博物馆一方面使大学校园有了一份历史的深沉，另一方面又让学生在美的欣赏和创造中，陶冶了情操，开拓了视野，丰富和发展了个性）。所谓的“新”是指创新或创造精神，这也是崇尚个性的文学教育和文科的特点及其生命力之所在，所以它的参与不仅有效地激活了校园文化，并且进而为形成一种“苟日新，日日新”的创造精神做出自己特殊的贡献。

再次，在培养高素质人才方面，文科也起着举足轻重的作用。据联合国教科文组织1997年的统计，在全世界1000万人口以上的50个国家中，文科学生占在校大学生比重大于50％的有13个国家，介于30％～50％的有26个国家，介于20％～30％的有6个国家，介于18％～20％的有4个国家。这就是说，文科承担了国家半数左右高层次专门人才的培养，而且由于高等教育的综合化、大众化和文理学科之间的渗透，文科对于理工科人才的培养尤其是对现代意义上的完善的人的培养已发挥着愈来愈重要的作用。具体表现为以下三方面：

一是文科的内核是科学的世界观、人生观和价值观，是对人文精神即真善美的追求。文学和人文教育从本质上讲是一种入世教育，它有责任引导和提升学生为人处世的品德，促进人格的完善和个性的和谐发展。孔子曾说：“君子和而不同，小人同而不和。”文化修养高的人虽各有个性，但大家在一起却能和谐相处。可见，一定的人文底蕴有助于学生完善自我，有助于学生学会做人。

二是文科对人的能力的培养功不可没。有资料显示，美国的人才平均

---

① 转引自李玉华：《大学生素质论》，西安交通大学出版社2001年版，第154页。

每人一生流动12次,“经合组织”国家的人才平均5年更换一次工作。在我国,大学毕业5年以后,最多只有50%的人从事所学专业的工作,而且这一比例还在下降。所以,大学教育不能简单要求专业对口,它还应该让学生接触到更大范围的经济、政治、社会和历史文化知识。文科可以开拓人的视野,培养学生融会贯通、全面系统把握问题的能力。据调查,一个人事业的成功及家庭的幸福,有80%取决于非智力因素,取决于情商;只有20%取决于智力因素,即智商。所谓非智力因素,其主要内涵就是人格,就是人文精神。

三是文科可以充分发挥人的主体创造性。“科学工作源于形象思维,终于逻辑思维,形象思维源于艺术。”①与理工科相比,文科更多地运用归纳、直观、想象和类比等发散思维——一种从不同角度和方向思考问题,多方面解决问题的思维方式。有人曾用F=ma(F代表创造力,m代表知识量,a代表发散思维能力)来表示发散思维能力和创造性之间的关系,说明文学艺术是有助于科学创造的。事实上,科学实践也表明:人文活动、科技活动与人的左右两半脑密切相关。右半脑储存了人类五百万年来所积累的智慧和经验,是“祖先脑”,其信息量相当于左半脑的十万、百万乃至千万倍以上。因此,源于右半脑的人文的开发,其意义难以估量!

二、大学文科人才培养的三个环节

文科的重要性和独特地位及作用,最终是通过人才培养来体现的。一流的文科,应以培养一流的文科人才为己任。然而,中外大量的事实告诉我们,文科人才培养是一项系统性工程,它必须处理好三个环节:中学与大学的衔接,大学自身本硕博层次之间的衔接,大学与社会的衔接。

1. 中学与大学的衔接

这个问题以前似乎无人涉及,其实,它十分重要,是高校人才培养的一个重要环节。大学文科人才的层次和水平都与此密切相关。

目前,我国高校文科人才培养存在着生源不理想、起点低的尴尬局面:读文的少,读人文的更少。大量的尖子生进入理工科,一小部分的尖子生进入应用文科,留下读基础文科的尖子生则屈指可数。这就需要学校花费较多的时间和精力来提高新生基本素质,从而使文科的人才培养比理工科慢了一个节拍。造成这种现象的根本原因之一是中学教育的功利主义色彩:

---

① 蔡可勇:《实现逻辑思维和形象思维的统一》,《中国教育报》1999年2月6日。

社会以上线率定校，学校以分数定人，考生以分数定专业。在这种教育体制下，对文科没兴趣的学生因分数低不得不进文科；而对文科有兴趣的学生或因低分进不了高校，或因压力而改读热门专业。于是，高校文科人才培养明显显现了下滑的趋势，前景堪忧。

其次，就进入高校文科学习的学生的现状来看，他们普遍具有以下几个特点：一是父母大多经历过“文革”或上山下乡运动，现在又因学历不高、知识不够而成为下岗减员的对象。这种特殊的遭遇往往使其把自己的全部希望都寄托在子女身上，并站在功利主义立场要求子女攻读热门专业，而很少选报相对冷寂的文科。再加上社会风气的影响，导致了学生对文科的轻视。二是对影视、网络等消费文化或快餐文化怀有浓厚兴趣。据调查，中学生对名著的了解，大多来自于电视剧和电影。其实，名著的文字构思、哲理蕴涵等精华都是图像文化所无法表达的。过分沉溺于消费文化不仅不利于精神提升，而且极易催生基础不稳和对事物认识浮于浅表等致命缺点。三是综合素质不理想。高考这根指挥棒造成了中学封闭的教科书教育。课本、参考书、习题集、试题汇编等应考书籍让学生头脑中装满了许多“压缩饼干”式的事实简介，他们记住的往往是诸如高尔基是苏联人，他的代表作是《母亲》等死的知识。长此以往就形成了思想和知识上的严重的封闭综合征、营养不良症。

要改变这一状况，关键在于转换中学的教育观念：应该彻底地从应试教育转向素质教育，以能力惟上而非以分数定论。中学教育不仅仅是让学生掌握语、数、外等基本知识，更重要的是培养学生的学习兴趣和能力，为他们个性特长的展示提供足够的创造空间。如富有弹性的学籍管理，富有弹性的教学模式，富有弹性的评估方式等等。

2. 大学本硕博层次之间的衔接

完整的高等教育分为三个层次：本科、硕士和博士。20 世纪 90 年代以前研究生比例较小，因而我们往往将这三个层次模糊化。20 世纪 90 年代以后，高等教育飞速发展，研究生数量与日俱增，特别是 1999 年至今，研究生招生的规模逐年递增。这样，原来被遮蔽的问题凸现出来。

(1)本科阶段。《中华人民共和国学位条例》规定，高校本科毕业生应该较好地掌握本门学科的基础理论、专门知识和基本技能，并具有从事科学研究工作或担负专门技术工作的初步能力。据此，我们认为，本科阶段的教育当以传授知识和能力为主，以培养通才为主要目标。

首先，本科阶段应当开放式地进行读书，强调多读经典原著。以前，我们在这方面做得很不够，将大部分的时间花在了向学生讲授一般的概念知识上，而忽略了学科中人文内涵积淀最深厚的经典著作。以中文系本科教学为例，往往文学史的内容讲得太多，而花在文学原著上的工夫较少；文学理论或概论讲得太多，而花在作品阅读赏析上的工夫较少。这样的教学实际上是将硕士课程不适当地提前了，极易造成文科学生思想和知识的偏食，不利于他们基本素质的培养。因为大家知道，经典著作对于文科学生来说，不仅是一种知识体系，同时也是一种价值体系。认真阅读一部名著，就相当于接受了一次富有意味的文化熏陶，其作用不亚于听一门系统的文化教育课程。如林语堂所言："读一部小说概论，到底不如读《三国》、《水浒》；读一部历史教科书，不如读《史记》。"①要深入知识的殿堂，就必须读些原汁原味的经典著作，光是走马观花式的阅读或取自第二手资料是远远不够的。由于现代大学生尤其是低年级学生尚未实现从中学学习方式向大学学习方式的转变，还缺乏自觉读书的意识和习惯，所以，学校有必要实施必读书目制度，并配合各种导读讲座。

其次，本科阶段应着重培养学生的独立自主意识。传统教育的一个根本缺点就是，教师充当了"播放器"，而学生成为"留声机"，这就完全抹杀了学生的主体能动性。法国教育家拉伯雷曾在其小说《巨人传》中写过这样一个故事：一个国王请了许多经院派学者来教育自己的王子，并使王子在考试中不但能把课本内容全部背出来，甚至还能倒背过来，然而最后的结果是，这个王子成了一个"十足愚蠢、呆钝、忧郁和奇怪"的人物。这就是"填鸭式"教育所导致的可悲后果，它值得我们深思。著名学者劳伦斯·科尔伯格曾说，人不是一个装满美德的口袋，教育者单纯地把关于美德的知识灌输给学生是没有效果的。教育者必须把被教育者当成主体，从受教育者的实际情况出发进行因材施教，才能真正达到教书育人的目的。"授之以鱼，不如授之以渔"，教师的主要责任是传授学习之道，引导学生积极地开阔视野，让他们真正掌握渔猎的本领。至于学生，则应养成主动获取知识的良好习惯，努力提高独立思考和自觉探求的能力。

(2)硕士阶段。《中华人民共和国学位条例》规定，硕士研究生应当在本门学科上掌握坚实的基础理论和系统的专门知识，并且具有从事科学研究工作或独立担负专门技术工作的能力。一般而言，硕士研究生的自控能力强于本科生，所以我们应该给他们以更多的自主学习的时间和自由发挥的

---

① 林语堂：《林语堂著译人生小品集》，浙江文艺出版社1990年版，第177页。

空间。硕士研究生的培养应该授课和研究并重，他们可以而且应该在导师指导下参与课题研究，以课题研究带动专业学习。

就当前的文科硕士研究生培养工作而言，我们以为有三点值得注意：一是本硕管理层次模糊，不少本科选修课程与研究生学位课程重复。对此，学校应进行严格把关，教师则有必要加强自身的责任感。硕士课程不同于本科课程，它一般以专才思路为导向，以研究为主要特色，着眼于学生科研能力的提高。比如中文系为硕士研究生开设的课程就应从本科的原著解读、文本赏析推进到对文学史、文学思潮等的把握。此外，教师还应指导学生多读文献史料和专业书籍，在掌握本学科基本理论和专业知识的基础上，有选择地进行研究。二是目前不少学校均对硕士研究生的科研成果制定了一系列的量化指标。这样的做法的弊端是明显的。文科有自身的特点，文科生只有形成广积厚蓄的基础，才有可能产生强大的“泻势”效应。三是近几年，常听到“硕士不硕(丰)”的议论，许多文科硕士生毕业后，工作不对口或是难以找到好工作。问题出在哪里呢？我们以为，对硕士研究生的专业化要求不宜定得太死太窄，主要还是在于能力和思维方法的培养。我们可为硕士研究生创设若干个智能训练项目，让他们在课程学习中训练思维，提高其提出问题和解决问题的能力。

(3)博士阶段。《中华人民共和国学位条例》规定，博士研究生应该在本门学科上掌握坚实宽广的基础理论和系统深入的专门知识，具有独立从事科学研究工作的能力，并在科学或专门技术上做出创造性的成果。我国文科博士学位的设立仅有三四十年的历史，虽然发展很快，但却尚未形成国际公认的相对成熟的博士培养模式。在今后较长的一段时间里，须在借鉴国外有关经验的基础上，进行累积性的发展，逐步建立具有中国特色的、切实可行的一整套文科博士培养机制。其中当务之急，要解决以下三个问题。

首先，是加强“入口”监管。近年来，我国的博士招生中出现了一些不良现象：一些希望得到博士学位的人不是以学术研究为目的，而是企望以此作为升官发财的“敲门砖”。这些现象如果任其发展必将导致“学位工厂”的产生，从而改变博士人才培养的内涵和性质。为此，我们认为政府和高校要加强对博士招生工作的监督和管理，应该让各学科的专家直接进入招生委员会，并确立以综合素质和研究能力为核心的选拔标准，严格把好“入口关”，保证文科博士入学的质量。

其次，是贯彻“小而精”的精英培养思路，破除一切陈规陋习，为博士研究生入学提供一个良好的生态环境。一方面应该减少博士研究生的必修课程，尽可能给予其更大的自由和更宽松的环境；另一方面注意授课形式的多样化，如学术讲座、学术讨论会、学术沙龙等，重在交流和探讨以及难点问题的点拨。只有这样，才能提高文科博士研究生独立探索问题的主动性和发现问题的敏锐性，才有可能激活思维进而产生思想的火花。导师应当有意识地强化问题研究的意识，最好将他们的研究予以课题立项。同时，还要高度重视博士学位论文的写作，将它看作是衡量文科博士生素质和能力的最重要标志。要规范学位论文的写作和审核程序，在选题的前沿性和创新性方面提出要求。

再次，与硕士生的"集体培养"不同，现阶段我国文科博士培养基本采取的是"师傅带徒弟"的方式，导师的思想和学术对学生的影响很大。但经验告诉我们，在全球化、信息化的时代，博士生的高水平创造成果的产生，往往建立在良好的学术氛围的基础上，并受到一个优秀的学术团体的熏陶和启迪。也就是说，在现实和未来的文化环境中，孤军奋战是难以做出高水平的创造性成果的。所以我们有必要打破简单的"师徒" 式，而实行"师徒加合作"的培养模式。导师应该鼓励他们的学生选修其他教师的课程，或是根据不同的研究方向，组成以博士生导师为主的指导小组，依靠集体的力量培养高层次人才。

3. 大学与社会的衔接

高校工作从根本上讲，就是为社会培养优秀的人才。因此，它与社会衔接情况如何，就很自然成为我们的题中应有之义。社会不同于学校，是很务实的，他们不仅需要文科学生具备全面优良的综合素质，而且希望其毕业后能很快适应环境，具有较强的工作能力和发展后劲。这就要求学校的人才培养要有开放的思路，有必要处理学与用、眼前利益与长远利益的关系。切不可关起门来，作乌托邦的"浪漫"畅想。那样不仅于整个学校不利，而且其辛苦培养的学生也很难适应时代社会的需要。现代社会发展的快节奏和加速度趋势，要求文科必须造就出基础比较宽厚、适应性强、知识结构完整、自我学习和补充能力强且具有开放性思维的新型人才。为此，高校文科有必要拓宽基础和扩大专业口径，对确有社会需求的有关专门人才，可通过在宽口径专业内设置柔性的专业方向或选修课程进行培养，给学生提供各种学习机会和发展的可能性空间。

当然，由于学校和学生的不同，具体"衔接"，彼此在层次和方式上是有差别的。这里归纳一下，主要有以下几种方式：一是开设各种培训班、系列讲座，让学生在较短的时间内学得一技之长，或是取得某种新型理念。二是适时开设理论联系实际的新课程，培养和提高学生的实际动手和操作能力，让他们的知识结构更符合社会发展的要求。三是强化学生对计算机和网络的训练，着重培养他们对各种软件的应用和操作能力。四是建立文科实践基地，定期安排学生到那里进行实习活动。

第三节 文学教育和人才培养现状调查及分析

这些年来，随着整体社会文化的推进，包括文科在内的高等教育在得到迅猛发展的同时，也暴露了很多问题，受到了来自各方面的严峻挑战。那么，到底怎样看待文学教育与人才培养、人文学科人才培养和教育现状？它在这方面有什么新的情况，又存在什么新的问题？在继承传统的基础上如何适应新时代的需要？在依托大学教育整体平台的同时如何突出本学科的特点，发挥本学科的优势？所有这一切，都不能不引起人们的思考。针对这种情况，十年前，在笔者主持下，我们曾作过一些调查分析。这一调查分析，现在来看，因为时过境迁，有些材料或数据可能略显陈旧，但对今天文学教育和人才培养仍有参考价值。

以下就按人文学科人才培养和教育规律，分高中教育、本科教育、研究生教育和社会就业四个部分，依次作简要的描述和分析。

一、作为高等教育重要前序的中学阶段人文教育

在目前中国的教育体制下，绝大多数学生都必须在完成高中教育后方可获得报考大学的资格。从这个意义上讲，中学特别是高中教育就成为高等教育的重要的前序准备阶段。学生在高中接受教育的情况直接影响着他们对将来学科的选择以及在未来学习中可能表现出的学术潜力。因此，有识之士已经向我们指出，从整体上探讨大学人文学科的人才培养和教育改革，就必须把高中教育也纳入我们的思考视域。

现在普通高中的教育学制是三年。在前一年半到两年的时间里，一般不考虑文理分班教学。也就是说，每个学生都要完成语文、数学、外语、物理、化学、生物、历史、地理等所有科目的学习，并且须通过各科会考。在后一年到一年半的时间里，不同学校会根据学生的实际情况和兴趣爱好进行文理分科。从那时开始，物理、化学等科目就不再被列为文科学生的必修课，另外在数学一科的教学中也会适当地缩小涉及范围和学科难度。这种分班的教学形式，对文理科学生都产生很大的影响，在一般情况下，它就直

接决定了他们日后大学的学科选择。当然,由于文理差异所致,文科学生的选择往往相对比较稳定。他们在高中分班后的一年到一年半时间内,才开始集中接受人文学科的有关教育。

我们通常将这种班级称为文科班。文科班的情况怎样呢?为使大家对此有个了解,十年前,我们对浙江宁波地区几所高中的高三年级学生作了问卷调查。调查显示,对于语文学科,有近一半的学生持比较重视的态度。在被问及学习语文的主要目的时,选择“提高语言能力”和“为了在高考中取得高分”两项的人数最多,分别占被调查总人数的 40%和 32%。大多数学生觉得文学作品本身的吸引力是他们对语文感兴趣的原因,但是也有近 80%的学生对语文课的兴趣一般,其中课文选文的枯燥和教师讲解的机械是其中两个最主要的原因。另外,语文课堂参与讨论机会较少、作业反复操练和死记硬背的内容过多等,也是学生反映较多的问题。约占总调查人数 65%的学生认为,语文水平的提高主要是课外的阅读和自己对生活及文学的兴趣所致。与此相反,繁重的各科学业负担和考试压力,加之传媒的难以抗拒的诱惑,使学生普遍感到心有旁骛,真正能够用来阅读文学作品的时间是越来越少了。

就以上内容可以看出,多数文科学生对文学还是颇有兴趣的。但他们同时也反映,高中的语文教学未能突破几十年一贯制的那套按照考试要求运行的教学规范,教师教得很辛苦,但教与学分离,对提高自身文学素养的作用并不太大。因此,这就严重地影响到他们对语文的学习兴趣。此外,从外部环境来看,由于学习压力太大,学生们普遍感到已无暇阅读文学作品,他们可以用来自由支配的时间几近于零。文科不同于理科,它更加重视学生的长期积累以及课堂外的自学和阅读。高中文科的上述不足,在目前一般的考试中还不会有十分明显的体现。配合会考以及高考的教学体系在大多情况下掩盖了这种缺陷。但是我们应该清醒地看到,它的影响将必定在学生日后的学习中表现出来,并且是致命的。在批评大学人文学科学生文学素养不高的时候,我们也该对高中的文科教育进行必要的反思。

对所有的高中学生而言,他们一般要面临两次重要的选择,这关系到学生今后的专业选择乃至职业选择。

一次就是高中的文理分班。一份关于杭州某重点中学学生文理分班选择的调查,可以从一个角度反映出目前的大致趋向:在 2002 年的 500 余名高二学生中,只有 31 人报读文科。而宁波地区部分高三文科学生的问卷调查显示:在被问及选读文科的原因时,近 39%的学生认为最主要的因素是对自己数理化成绩不满意，超过了因为喜欢文学而选择文科的人数比。的确，社会的高速发展急需一批能推动物质生产的人才，这就造成了全社会重理轻文思想的泛滥。于是，更多的学生在高中文理分班时毫不犹豫地选择了理科，致使本来有志于人文学科并且在这方面具有相当潜力的优秀学生出现了不应有的流失。

另一次选择就是高考。它需要学生做出更为具体的决定，故而与文理选择相比，对学生的影响也就更大了。高考制度在许多国家都存在，仅亚洲范围内就有新加坡、马来西亚、韩国、日本等。自从恢复高考制度后，在短短的 30 多年时间内，中国已经建立起了比较规范的高考制度。通常情况下每年的 7 月(现考虑到天气等因素，从 2003 年开始已调整至 6 月)举行全国范围的高考。各个地区根据自己的实际情况，在具体操作上虽然会有一些不同，但有关的考试科目、选拔原则等却基本一致。文科考试的科目大致涉及语文、数学、外语、历史、政治、地理等，考试后考生根据自己的成绩和爱好填报相关的志愿。文科学生可以在人文学科和社会科学范围内选择学科作为进入大学后的主修专业。宁波地区部分高三文科学生的问卷调查显示：大多数学生认为将在高考时首先考虑经济、法律、外语等专业，大约分别占到了总调查人数的 35%、31%和 26%，而选择中文专业的人数仅仅在 7%左右。说到为什么会有如此选择，有 36%的学生觉得主要的原因是中文学科的发展前途不大，27%的学生认为是自己不喜欢，另外还有为数不少的学生选择了不实用、收入低等原因。

这些数据从一个侧面反映了文学、历史、哲学等传统人文学科所面临的困境。我们不得不承认，当下人文学科受关注程度与以往相比确实有所下降。高中学生的志愿选择趋向说明了它还不能完全适应目前社会的需要。当然这并不是说我们不需要这些学科，最关键的还是如何有的放矢地进行改革的问题。客观地讲，许多学生在高中阶段对文史哲等学科的认识其实也是不完整的，这就不可避免地导致其志愿填报出现盲目跟风的现象。

高考实行的是全国统一命题(也有部分省市自行命题)的笔试形式，也就是通过一张试卷考查学生是否具有进入高等学校继续深造的资格。因此，高考与高中会考具有明显的不同，前者应该更重视对学生综合素质和能力的考察。就语文一科的考试而言，它的变化是十分明显的。特别是在近几年，试卷从整体上摒弃了侧重考察记忆的内容，主要考核分析判断和语言运用的能力，它对学生的文学和文字修养无疑提出了更高的要求。这与我们查阅的其他国家的升学考试制度具有明显的差别。如日本对全国国立大学实行国家统一和大学自主相结合的大学入学考试制度，第一次由国家的大学入学考试中心主持，第二次由各大学根据各自的专业要求和专业特点自行确定。考试的内容包括专业基础知识、学习技能、学术方向等。考试的形式包括笔试、口试、实际操作等，它由学校根据实际情况自由掌握。

综观其他各国的高考制度，我们发现，至少有以下两个方面值得我们借鉴：一是现有的考试还应更好地反映学生的综合素质和长期的文学积累，进一步摆脱与应试教育的密切依赖关系，在根本上有所突破；二是要重新反思通过一份容量极为有限的笔试试卷来全面评价学生资质的这种形式是否适应人文学科的特点，我们可否从一个专业的角度出发建立个性化的考察模式。总之，如何选拔人文学科的人才、选拔怎样的人文学科人才是我们在思考大学文科教育时首先应该考虑的问题。只有吸引越来越多的高素质的生源，人文学科教育整体水平的提升才有可能成为现实。

二、大学本科阶段的通才教育及其存在的问题

如果把高中教育称为高等教育的前序阶段，那么本科教育就是高等教育的主体部分。随着我国高等教育的发展，接受本科教育的人数迅速增加，一些地区的高考录取率已经超过了80%。可以说，本科教育的性质正在由精英化向大众化发生转变。在这样的背景之下，就需要各学科从自身的特点出发，对其基本定位和具体操作进行反思和调整。这对于在目前多少陷入困境的文史哲等传统人文学科来说，就显得格外重要了。

毫无疑问，和新兴学科相比，人文学科有着良好的学术传统。在许多学校中，它们是办学时间最早、师资力量最为雄厚的少数优势学科之一。如浙江大学中文系（原杭州大学中文系），迄今已有近百年历史，其间经过夏承焘、姜亮夫、胡士莹、王驾吾、蒋礼鸿、徐朔方、郭在贻、吴熊和、王元骧等几代学人的共同努力，在海内外享有较高的声誉。它现在已具有汉语言文学（含影视方向）、古典文献学、编辑出版学等多个专业，拥有中国语言文学一级学科博士点授予权，涵盖了7个二级学科的硕士点和博士点，以及1个中国语言文学博士后流动站，4个省级重点学科和1个国家级重点学科，1个教育部人文社科重点研究基地。

其实，中国文史哲的教学可以追溯到古代。现代的人文学科在很大程度上秉承了许多传统的研究方法和学术态度，经过20世纪的不断整合，已形成了一套相对稳固的课程体系。近几年，为了适应社会对全方位人才的需要，文史哲等传统学科对自身的课程设置也作了诸多的调整，并逐步形成了一套具有中国特色的规范化的本科教学体系。这套教学体系大致包含以

下几方面的课程内容：全校性公共课，主要是政治、外语、计算机、体育等；全校性公共选修课，内容涉及面相对广泛，学生可根据自己的爱好选择，但学校会对学分有相应的要求，有时也要求人文学科学生必须完成一定数量的理工科课程；专业基础课；专业必修课，以及大多在中高年级开设的专业选修课等等。那么这些课程的设置是否合理？开设的情况如何？能否满足社会和学生的要求？带着这些问题，我们对1977级至1997级浙江大学中文系（新浙江大学成立前为杭州大学中文系）汉语言文学专业和古典文献专业毕业生展开了大规模的问卷调查，返回的信息是耐人寻味的。

首先，绝大多数毕业生认为，仅仅局限于本专业的课程学习已经不能适应现代社会的需要，因此在本科阶段增设一部分跨专业的课程（包括文科间的跨专业课程和文理间的跨专业课程）是十分必要的。其中100%的汉语言文学专业被调查的毕业生觉得可以把专业课和人文学院其他系科的课程相结合，不少学生还在留言一栏中特别强调了这一点；另有86%的学生认为应该开设理科的基础课。在古典文献专业毕业生中，这两个比率也分别达到了99%和85%。不过同时也有68%的汉语言文学专业毕业生认为，公共课的增加不能以牺牲专业课为代价，任何时候都应该保持本专业的特点，发挥本专业的优势。在对是否应该强化单科教学的问题上，43%的学生认为大学本科阶段只需进行通识或通才教育，剩余的57%的学生希望在本科阶段能够强化单科，其中70%觉得在高年级开设会比较合理。这些调查实则反映人文学科本科阶段教育是“专”还是“博”的问题。事实上，这并没有一个非此即彼的答案，关键是如何协调好它们之间的关系。国外有些学校的设想和做法也许可为我们提供一些启迪。如在美国，高等学校以培养通才为目标，一、二年级不分专业，学生兼修文理学科，即使到了高年级分专业后也十分注意学科的交融。如哈佛大学的“核心课程”，就是依据人文、社会、自然科学三大领域所设立的基础课程。该校历史学专业的学生，必须要修满科学、伦理思辨、社会分析、定量推理等“核心课程”的基本学分，学生因此有了较为广泛的知识积累；而且这些相关的课程对于学生专业修养的提高，的确也起到了良好的促进作用。英国的牛津大学在研究生阶段才有真正意义的哲学专业，本科生则称为PPE，指同时攻读哲学、政治学、经济学的学生，在读研究生时再专攻以上三个专业中的一种。类似的情况也出现在剑桥大学等世界一流大学中。但是，这些大学并不只是强调本科教学和人才培养的“博”，而是同时兼顾了“专”的一面。像耶鲁大学实行的就是专业课、通选课并举的理念。即学生在一、二年级广泛涉猎各个学科，而在三、四年级则集中学习专业课,在原有丰富的知识结构基础上深入钻研。此理念的实施,恐怕也是耶鲁大学成为全美最好的人文学科中心之一的重要原因。现在许多国家的大学,都把如何协调“博”和“专”的关系作为一个重要的问题来考虑。据说到2006年,新加坡的初级学院课程将会有一次大的调整,到那时“纯文科”“纯理科”的概念将会随之逐渐消失。近几年在国内,一部分高等院校也作了许多有益的尝试和探索。

本次调查还涉及有关课程实用性的问题。课程价值的划定本来就无严格的标准,对于人文学科来说,这种估计自然就更加困难。因为它注重基础性的理论研究,强调对学生素质的培养,其课程的价值甚至很难直接体现在实际工作中,而往往以长远或隐性的形式表现出来。毕业生们根据自己的工作感受,对此也都作了评价。41%和35%的学生认为,在浙江大学中文系的所有课程中,“古代文学”和“写作”是最有用的;29%、29%和21%的学生认为“秘书理论”“文献检索”和“美学”是最没有实用价值的课程。中文系的大部分毕业生将主要从事文字工作,“写作”针对实际操作的教学方法正好顺应了这种需要;而“古代文学”所教授的文史知识和古典名篇对学生的审美和文字能力也可产生较大的影响,这也许就是这两门课程广受欢迎的重要原因。相比较而言,“美学”“文献检索”的专业性较强,让许多学生产生了距离感。至于“秘书理论”,它本身立足于实践,但因定位飘忽及内容方面的问题而使实际教学往往收效甚微。人文学科实用性的问题不仅在中国,在许多西方发达国家的高校也面临着相似的困惑:人文学科是否需要实用性?如果需要,它应该限定在哪个层面?与理工科又有什么区别?西方一些高校对此作过尝试。如美国威斯康星大学麦迪逊分校,除了为学生开设传统的人文学科课程外,还特别增加了一批以现代生活为中心的课程,如婚姻与家庭、美国城市生活、环境与生活等,密切了学科和社会生活之间的联系。而麻省理工学院的人文课程中还包含了许多以研究实际问题为中心的课程,如劳工和工业的关系、经济发展问题研究、政治交往与行为道德、科学与公共政策等等,充分显示了办学者力图增加人文学科实际应用要素的良苦用心。他们开设这些应用型课程,目的是为了帮助学生更多地接触社会生活,逐渐培养他们运用专业知识解决实际问题的能力。

不过话又要说回来,人文学科毕竟不同于理工科。它主要通过对人的全面素质的提高去创造物质或精神财富,因此是不能太讲应用的。如果片面强调应用性而忽视基础性的课程,那就很难真正发挥自我学科的优势。

教师是高等教育的主体,也是人才培养的灵魂。特别是对于人文学科专业来说，教师的作用就显得更为重要，他们的个人素质和学术修养通过言传身教，对学生的影响有时甚至是决定性的。和高中教师不同，大多数大学教师在完成教学任务的同时还需要承担一定的科研任务。科研与教学可以形成良好的互动作用，但是需要教师较好地协调，否则极易造成某一方面的偏失。目前，重科研轻教学的现象是明显存在的，师生之间缺少沟通也相当普遍。调查显示，只有10％的本科生选择了师生交流“较多”，选择“一般”和“较少”的人数占了绝大多数，还有12％的学生干脆选择了“没有”。在这样的情况下，要谈因材施教就十分困难。在这方面，牛津大学、剑桥大学、哈佛大学等名校实行的导师制也许可以给我们一些启示。他们那里新生到学院报到，学院就为他指定一位导师。而教师，他既可以既是一个系的教授，负责一部分的教学和科研工作；同时又可以是一名“伙计”，负责本科生的业余学业辅导。像在牛津大学学习英国文学的本科生，由导师指定每周需读的书籍，并要求撰写读书报告；学生按时去见导师，把报告读给老师听，进行相应的讨论，导师还根据学生的具体情况给他提出学习上的建议。当然以目前中国高校的师资力量，要完全仿效西方的导师制恐不大现实，但我们可以在现有的条件基础上，适当加强师生的交流，多给学生一些辅导。事实上，现在许多学校都在这么做。如浙江大学从2002年开始实行导师制，各个院系都选择有学识、有责任心的老师担任一、二年级新生的指导老师，这个举措受到了学生的普遍欢迎。当然，教师的作用主要应体现在课堂教学上，包括授课的方式，这也是关系到教学质量的重要因素。本次调查中，90％以上的学生选择了老师教授为主、结合学生讨论的方式；在其他一栏里，毕业生又提出了一些建议，大致包括主题讨论式、学术讲座式、理论结合实际应用式等。看来传统的老师讲、学生记的模式已经不能适应当前教学的需要，强调启发学生的学习主动性、创造性，培养独立的学习能力已经成为一大趋势。在耶鲁大学人文系有一门专为新生开设的“指导研究”课。学生被分为人数不超过20人的讨论班，每周一节讲课，两节讨论，并交一篇论文。这种教师讲课、学生讨论、论文写作三位一体的模式，十分类似于我国研究生阶段的小班教学，在本科生教育尤其是在研究性大学的本科生教学中也不妨一试。说到教学，似乎还不能不谈到它与科研关系的处理。调查中，虽然67％的学生认为科研活动对今后的学习、工作都大有裨益，但实际上，仅有2/5的学生曾经参与过类似的活动。而被调查的1997级学生中，竟无一人参加。本科学生应该以知识积累为主，学生把大量的时间投入到某项研究中去显然是不合适的。但我们认为适当地让学生接触科研还是有必要的。这一方面能激发他们的学术热情,增加他们对本专业的了解,为今后的学术研究打下一个良好的基础;另一方面也可借此培养他们从事实际工作的能力,为走上社会积累经验。

与教学工作和人才培养密切相关的另一个问题是考评制度。这个问题,历来讨论较多,歧义也较大。这一点在本次调查中也得到充分反映,只有 15%的学生认为大学现存的考试可以准确地反映出自己的实际水平。同时,他们也表示,在没有更加合理的方式出现的时候,又不得不认同它存在的合理性,这是颇无奈的事。特别是文科,它在一般情况下沿用理工科的考评标准,其矛盾就显得更为突出,考评出现的实际偏差也将更大。在问及被调查者赞同的考试方式时,开卷考试、闭卷考试、写论文、口试的支持率分别为 43%、48%、52%和 57%。在古典文献专业毕业生中,支持目前的以笔试为主的考试方式的只占 6%。另外,还有部分学生提出可以把口试和别的形式相结合,也有人建议可以采取专题研究的方法。可见建立符合人文学科特点的考评制度是大多数学生的愿望,考试不应单纯检测学生知识掌握的情况,而应进一步考察他们知识运用的能力和创新的能力。在牛津大学,文科专业本科毕业生在第一学年结束时进行一次考试,以决定第二、三学年的专攻方向。到第三学年结束时进行毕业考试,统考九个学期所学的内容,一般采用的是笔试加口试的方式。这种“宽进严出”的体制与中国高校采用的“严进宽出”的方式存在明显的差异。它让学生在中间的两年时间里摆脱考试的压力,心无旁骛地进行学业深造;同时综合性的毕业考试也能起到良好的督促、监测作用,以保证学生达到一定的专业水平。考试是一种评价手段,它应该结合专业的特点并与平时的学习形成良好的互动关系。笔试客观性强,但它容量较小,形式死板,其弊端非常明显;口试能较好地反映学生的语言交流能力,形式灵活,但有一定的主观随意性,在具体实施过程中也存在不少问题。论文考察知识运用及创新能力,可以帮助提高学生综合研究的水平;但对本科学生来说,知识积累是当务之急,把大量时间用在论文写作上,既不现实,恐怕也没有这个必要。总之,各种形式都有利有弊,重要的是如何把它们更好地结合起来进行综合考察,这是我们今后需要认真考虑的问题。

人文学科教育和人才培养除了课堂教学以外,还有一个课外生活和学习的问题。现代大学向来是反对对学生进行满堂灌,总是想方设法为学生开辟“第二课堂”,用丰富的辅助教学活动来充实学生的课外生活。欧美大学在这方面似乎走在我们前面,如学生俱乐部、学术讲座等,比较适合学生发展各方面兴趣特长的需要,有利于拓宽专业视野。美国的高校还为学生提供课外学习的各种场所。另外国外一流大学的图书馆,大多有丰厚的馆藏图书、良好的配套设施和周到的服务措施。这与中国大学以课堂教学为中心很不相同。在许多西方大学,图书馆就是整个大学的核心,几乎所有的学习研究、学术交流都以它为依托。它也从一个侧面反映出这些大学对学生自主学习的高度重视。大学教育毕竟不同于高中教育,单纯依靠教师在课堂上传授知识是远远不够的。更何况,大学教育的主要任务是对学生独立学习和研究能力以及社会适应能力的培养,这就需要学校为学生提供一定课外或校外活动的机会。特别是人文学科学生,要想在有限的课堂时间里完成对自身学养的全面提高是困难的。课外活动大致有两类:一是学术化的,比如专题讲座、自己研究等;二是非学术化的,比如体育竞技、俱乐部活动等等。它们对学生的身心健康发展都起到重要的作用。应该说在近几年,中国大学对学生课外活动是越来越重视了。比如浙江大学,学生社团的种类就非常繁多,可满足学生不同的兴趣爱好。此外还经常邀请各方面的专家学者来校开设短期课程和专题讲座,为学生提供接触新领域、学习新知识的机会。相信随着各方面条件的成熟,学生的课外生活和学习将会更加丰富多彩。在此基础上,校园的整体文化氛围和人文精神气息也将更加浓厚,它反过来又为人文学科教育和人才培养提供了一个良性的发展环境。

三、研究生阶段的专才教育及其现状分析

研究生教育是高等教育的另一重要组成部分。在国外的一些大学里,本科生和研究生的比率已达到 1∶1 甚至是 1∶2。美国学者亨利·罗索夫斯基在其《美国校园文化——学生·教授·管理》一书中就指出:“几乎在所有的综合大学中,本科生都明显居少数。学生中的大多数是研究生……”研究生教育又可分为硕士教育和博士教育两个阶段。《中华人民共和国学位条例》规定:高等学校和科研机构的研究生,通过硕士学位课程考试和论文答辩且成绩合格,在本门学科上掌握坚实的基础理论和系统的专门知识,具有从事科学研究工作或独立担负专门技术工作能力的可以授予硕士学位。在本门学科上掌握坚实宽广的基础理论和系统深入的专门知识,具有独立从事科学研究工作的能力,在科学或专门技术上做出创造性成果的,可由高等学校和科研机构授予博士学位。与西方国家相比,中国的研究生教育起步相对较晚,但近几年却以惊人的速度发展。据教育部有关官员介绍:1999 年至今,研究生招生规模年递增的速度为 26.9%。1998 年,研究生招生规模是 7.2 万人,而 2003 年是 26.89 万人,2004 年将安排 33 万人。现在本、

硕、博的比例是 36∶4.2∶1(发达国家的比例是 25∶10∶1)。将来还可能以每 5 个本科生出 2 名硕士为目标继续加快。社会对高素质人才的迫切需要和本科教育的大众化倾向,是导致研究生数量大幅增长的主要原因。文科研究生教育也不例外,发展的速度很快。但是从学科和人才角度观照,还是有一些问题需要提出来进行讨论。

我们先来看人文学科研究生的教学。研究生,顾名思义,是要从事研究的,所以所授的课程及其数量较之本科阶段明显减少。以浙江大学中文系为例,目前硕士生的专业课程由必修课和选修课两部分组成。每学期专业课程的总量一般在 3～4 门,课时控制在 7 个单位左右的时间(每个单位为 3～4 节课)。而博士生的课程就更少一些,且课时安排上显得更为集中。这样做的目的是为了保证学生有充足的时间进行自学和科研。但这里有三点值得关注:一是要明确各个阶段课程的学术定位,硕士课程与本科课程要适当拉开距离,切忌重复教学,而博士阶段更要保证所授知识的权威性和前沿性;二是要协调好课堂教学和学术研究的关系,争取做到"以学促研,以研促学";三是在有限的时间里教师可以采用提纲挈领的启发式教育,也可以针对个别问题展开讨论,但要尽量保持知识的完整性、连贯性。目前许多大学都提倡在人文学科研究生教学中加入一定数量的课堂讨论,如美国就吸取了 19 世纪德国把讨论班作为培养博士生掌握学术研究技能手段的宝贵经验,发展形成了一种称为"研讨班"的教学形式。举办"研讨班"的教师一般都对某一课题进行过深入研究,能够提出自己的见解,而且有相当的研究成果。上课时,教师往往先简述其研究情况,并解答学生的提问,然后再进行讨论。"研讨班"对启发学生掌握知识和发展想象力、创造力有重要的作用。即便是平时的专题课,也有一半的时间是留给学生讨论的,学生需要在课前阅读大量的参考书并准备课堂讨论的发言。这些启发式的授课形式在潜移默化中锻炼了学生的科研能力。事实上,研究生有了一定的知识积累和自学研究能力,是适应课堂讨论这种形式的,而且有些研究生特别是博士生本身已经具有了相当的学术修养,在讨论中,同学之间甚至是师生之间可以相互借鉴、教学相长,共同提高。

有所为也有所不为。课堂学习时间的压缩,自然给学生的自学提出了更高的要求,于是导师的指导作用就显得特别重要。早在 14 世纪,英国的高等学校就把导师制作为一种教学制度。我国的导师制度出现较晚,一直到了 20 世纪初才初具规模。1961 年颁发的《中华人民共和国教育部直属高等学校工作条例(草案)》明确规定,研究生培养实行指导教师负责制,研究生导师会同有关教研室制定每个研究生的培养计划；研究生在导师指导下，学习专门课程，掌握某一专题范围内科学的最新成果，并进行科研工作。目前国内高校在硕士阶段一般实行教研室(或研究所)集体培养为主的半导师制，在进入博士阶段后才转化成导师的个别指导。导师对研究生的培养质量关系重大，导师的学养甚至直接影响到研究生的发展方向。对于人文学科学生而言，这种影响就更为深远，导师的学术观点、研究态度、写作风格乃至思想品格通过交流都可能会传导给学生。所以完善的导师选拔制度和评价体系就显得尤为重要了。在人文学科中，导师的作用主要是对学生进行课程指导和论文指导。有关这方面，根据我们的调查，以下几方面情况需要引起重视。

以浙江大学为例，人文学院在2001年有45位博士生导师，招收了79名博士生，导师人均年招生数为1.8人(这个数据不包括博士生导师所招收的硕士生人数)。与其他各院系相比，人文学科导师与研究生数量的比值并不低。但是在被调查的博士生中，导师对研究生指导每月一次以下的比率却高达35.8%和32.4%，远远高于理科的6.4%和工科的14.5%。研究生教育本身就是个性化的教育，特别是人文学科，每个学生差异较大，导师必须通过面对面的交流了解学生的具体情况。接触和交流太少，导师就很难对学生的学业进行指导，学生在自学中遇到的问题也得不到及时的解答。在调查中我们还发现，在所有学科中，人文学科的博士生研究课题由导师一人指导的比率最高，分别为41.0%和40.4%。类似的情况在硕士生教育中也有所表现。这与人文学科的研究特点密切相关，由于学派分支较多，对于同一个问题，不同的教师会有许多不同的观点。因此许多导师更倾向采用"师傅带徒弟"的传授方式。但这也容易产生负面效果，不利于学生博采众家之长。特别是对硕士生来说，他们还没有形成自己的学术体系，过早地局限于某一家的观点恐怕不是很好。这就需要导师摆脱"门户之见"，用开放性的思想对学生进行引导和扩展。人文学科需要长期的积累，导师的阅历本身就是学术研究的宝贵财富。因此长期以来，这些学科的导师的平均年龄较之理工科来说会明显偏大。面对这种状况，如何解决师生交流的代沟、更好地融合新兴的学术理念、提高中青年导师的综合素质等问题就尖锐地摆到了我们的面前。

论文写作是研究生培养的重中之重。对传统的人文学科而言，撰写论文既是研究生从事学术研究的主要手段，也是考察他们学术水平的主要标准。因此各高校都对研究生的论文写作提出了相关的规定。如《浙江大学研究生学位论文答辩有关规定》就规定:“人文社科类学科博士生,有1篇与学位论文有关的学术论文在SSCI、AHCI收录的刊物上发表(含录用);或在校人事部门规定的一级刊物上至少发表(含录用)1篇与学位论文有关的学术论文,并在A类期刊上发表(含录用)1篇以上(含录用)与学位论文有关的学术论文……硕士生在《浙江大学学位与研究生教育期刊目录》规定的B类以上(含B类)刊物上发表(含录用)1篇以上(含1篇)学术论文者方可申请学位论文答辩。”把论文写作用数据化的形式规定下来,当然存在明显的弊端(近年来,学术界对此有切中时弊的尖锐的批评),但它也从一个侧面反映人文学科论文写作的重要性。在硕士阶段,学生开始真正接触各种科研活动,此时的论文写作同时也是一个学习积累的过程;在导师的指导下,他们通过具体切实的训练,逐步培养自己的学术思想,确立自己的研究方向。到了博士阶段,学生具有较好的学术研究基础,其中有的在某一领域已有相当的发言权,研究方向也比较明确,因此论文写作就强调学术性、创造性和前沿性。通过对近几年的全国优秀博士论文情况的了解,我们发现优秀人文学科论文一般都有这么几个特点。首先是重视学科的交叉。如2000年浙江大学沈松勤的获奖论文《北宋文人与党争》,就突破了传统古代文学研究范畴,同时横跨文化学、历史学和文学几个领域。其次是注意融进最新的研究成果。如2002年华东师范大学车文明的《20世纪戏曲文物的发现与曲学研究》,就较好地吸纳了考古学研究方面的新成果。第三是把传统的学术研究和现实应用相结合。如2001年北京大学詹卫东的《面向中文信息处理的现代汉语结构规则研究》,就尝试把信息处理技术引入传统的语言学中,并取得了成功。

实践表明,人文学科论文的写作正逐步打破专业的壁垒,多学科、跨学科、综合性的研究似乎成为人文学科研究的一个新的方向。这不仅对研究生的知识结构、创造能力、综合运用能力提出了考验,同时也对人文学科导师的素质提出了新的要求。可以预料,随着研究生招生数量的不断扩大,研究生教育的教与学、导与研的矛盾将更加突出。对此,我们应该要有一个清醒的认识。

四、大学人文学科人才培养与社会需求之间的关系

不论是本科教育,还是硕士、博士教育,最终目的都是为社会培养合格的高素质的人才。社会实践是我们检验人才的重要环节和依据。站在这个角度思考问题,我们认为有必要将大学教育与社会需求进行接轨。如何在专业教育中处理好学与用的关系,培养既具有较高的专业素养又兼具较好

社会适应能力的毕业生,就显得十分突出和重要。

据新华社消息,2003 年是中国高校扩招后的第一个就业高峰年,毕业生总数达 212 万人,比 2002 年增长 46%,为历史之最。而社会对毕业生的有效需求比 2002 年没有明显增长,再加上"非典"疫情造成的影响,大学生就业形势异常严峻。与机械、纺织、电子通讯、外语类专业的毕业生就业相对较"热"形成鲜明对比的,是一些非重点高校基础性学科毕业生就业形势则显得更加"冷"一些,其中也包括文史哲等传统人文学科专业。这里的原因当然是多方面的,但它无疑与这些学科的基础型定位不无密切联系。众所周知,文史哲长期以来偏重基础理论学习而短于社会实践应用,这样的教育理念培养出来的学生在毕业后,有很大一部分不能很快地适应社会,把自己所学的知识发挥出来。与理工科专业相比,文史哲等人文学科专业缺少与之形成密切对应的职业。根据我们的调查:在被问到在校期间的成绩和工作成就的相关性这个问题时,69%的人回答是一般,认为基本没有的也占了 16%。以上数据从一定程度反映了文科教学中存在的与社会实际要求相脱节的问题,这些情况自然会给毕业生的择业或就业造成一定的困难。

不过,在正视这些困难的同时,也没有必要对人文学科毕业生的前途过分悲观和忧虑。在社会发展的过程中,人文学科始终都扮演着十分重要的角色。据加拿大统计局报告显示:大学文科毕业生在找工作初期可能会遇到较多的麻烦,但最终比实用专业毕业生更可能拥有稳定的职业和较高的薪金。研究发现,对于 25 岁以下的学生来说,大学人文学科毕业生找工作所花费的时间要比实用专业毕业生多出一倍。但随着毕业生年龄的增长,这种差异便逐渐消失。到了 45 岁,人文学科毕业生的失业率偏低,且每小时所得的酬金较高。这表明人文学科学生所掌握的技能具有长远的影响。另有一份资料显示,30 名来自包括 IBM、Xerox 公司在内的高科技业领袖表示,他们都非常重视从人文学科教育中获得批判性思维及交流技能的雇员,他们呼吁政府不要忽视大学的人文学科教育。在中国也有类似的情况。据统计,在被调查的浙江大学中文系毕业生中,对工作满意的占了 18%,较满意的有 7%,一般的 56%,总体情况较好。其工作单位大致包括了政府机构(占到了 53%)、媒体机构、公司、科研部门、学校和图书馆等等。就以浙江大学中文系古典文献专业为例,他们中的很大一部分毕业生都已经在各自的岗位上取得了骄人的成绩,许多同学现已评上高级职称,成为单位里独当一面的专门人才。如现就职于《杭州日报》新闻部的鲍一飞,是 1991 级古典文献专业的学生,他先后有 38 件新闻作品获得全国、省、市等不同级别的奖项，连续6年都有作品获浙江省好新闻奖，还有大量作品被多家知名报纸杂志摘登转载。这也从一个侧面反映了古典文献专业毕业生基础扎实、适应面广的优势。

当然，在讲成绩和成就的同时，我们也要对自己存在的困难和问题有一个清醒的认识，并且尽可能采取切实有效的措施予以解决。而在这之中，最重要的恐怕还是要转变人文学科专业长期形成的“惟书”和“惟课堂”的观念，努力提高学生对知识的实际运用能力和综合实践素养。韩国在这方面为我们提供了有益的借鉴。如成均馆大学推行的“总体质量管理”项目是根据社会发展信息化的趋势而实施的。作为建立在儒家价值观基础上的一个学校，他们很强调人文：除了开设严谨的大学人文学科课程外，还为学生设计了许多项目，使学生通过社区服务得到直接的学习。这种社区服务是一种“在岗培训”，它可以帮助学生理解并使之有能力加入他们将为之服务的社会。学校有计划地为学生提供将课堂学习与社会实际工作相结合的实践机会，并作出相应的指导，使他们充分明了和发挥自我的潜在素养。这对人文学科学生将来的发展都是很重要的。现在中国的许多大学也在尝试开展社会实践活动。比如浙江大学就实行在一学年里划出一个小学期的做法，即在原来的春、秋两学期基础上再增设一个夏季的短学期，让学生集中进行一些社会调查和社会实践的活动。如安排学生在老师的指导督促下，到学校、机关、报社、电台、杂志社等部门实习，所得的成绩被换算成一定的学分记录到总成绩中去。学生通过这样的活动加强了对社会的认识，也逐渐找到了适合自己的职业，从而为今后的工作打下了基础。

然而在调查中我们也发现，许多人文学科毕业生对此仍不满足，他们认为在校期间和社会的联系还不是很多。特别是在毕业前，除了一些常规意义上的职前教育外，很少能得到其他方面有价值的信息。解决这个问题当然比较复杂，并且需要一个过程，但就目前情况来看，我们以为以下几点有必要作特别的强调。一是可以通过多种途径或方式强化“直接性”。如毕业生和在校生的座谈，让已经完成角色转换的老生将经验教训直接告知新生，使他们从中得到有益的借鉴；还可以让各个相关行业的在职人员走进校园，向学生介绍有关的行业情况及应注意的问题。这种直接交流方式的最大好处就是对学生真正做到有的放矢。二是提倡“超前性”，不要把职前教育全部集中在毕业前的几个月甚至是几个星期，而应该大大提前甚至体现在整个高等教育的全过程。这并不是说将综合性大学办成职业教育或把它定位在职业教育的水平上，而是尽可能为学生今后的发展提供更多的帮助；提早为他们提供一些就业情况，让学生根据自己的情况和爱好定下目标，有计划地进行学习。如选修相关课程、参加一些社会活动等，使他们可从容地面对社会的挑战。三是不能放弃文科本身的“独特性”。调查和反馈的信息告诉我们，不论是人文学科毕业生还是用人单位，他们普遍反映文史哲等传统人文学科的毕业生具有较广的适应范围、较扎实的专业基础知识和较好的综合素质，其中不少还有很大的发展潜力，现已成为或正在成为各行业的骨干、精英。为此，我们没有理由妄自菲薄；相反，应该坚持人文学科教育的自我特色，不能丢了自己的看家本领，更不能因为眼前的困难就对自我失去信心。我们要与时俱进，顺应现实社会的需要，但也不能简单消极地听命于社会，社会要什么就给什么。真正高水平的大学及其人文学科教育，它总是与社会保持一种动态的对话关系。

高校学生的就业问题是大学教育的一个重要组成部分，也是检验大学人才培养的一个重要途径。在国外，由于高等教育普及，高学历人才的就业形势一度十分严峻。某些国家的一次就业率还不足50%，大学毕业生甚至研究生走向低薪岗位的情况并不罕见。这种情况在我国也程度不同地存在。而对于并不热门的文史哲等传统人文学科而言，它所面临的困难自然会更多也更大，这就需要引起包括政府和社会等各方面的共同关注和努力。我们相信具有悠久深厚传统的人文学科，在对精神文明建设有着更高发展要求的今天，通过一系列富有成效的改革，一定会探索出一条符合人才成长规律且极有中国特色的新机制和新道路。

（本章第一、二节与严晓蔚，第三节与戴燕合撰）

附录一

现代文学史视域中的郁达夫研究

目前，学术界关于郁达夫的研究很多(据不完全统计，近20年来发表的有关郁达夫的评论研究文章有2000多篇)，但迄今为止少有从文学史视域对其进行探讨和研究的。而事实上，从某种意义上讲，作家是在文学史中被确定的，文学史无论对于教学抑或研究，意义都非同寻常。在现代文学史上备受瞩目和争议并占有重要位置的郁达夫也一样，从文学史视域对他所作的评价不仅折射出郁达夫研究的基本走向，而且也呈现了整个中国现代文学史的发展历程，因而是很有意义和价值的。本文拟对此进行纵横两方面的归纳、梳理和探讨，以勾勒郁达夫在文学史上地位的变更，从侧面厘清现代文学史的跌宕起伏及与郁达夫研究之间的互动关系。

一、嬗变的过程：从发轫到沉稳

如同中外所有的文学史一样，在整个20世纪各种不同形态的现代文学史中，郁达夫始终处于一种复杂的不断被解构和建构的动态状态。对他的评价就纵向来看，大体经历了发轫期、形成期、停滞期、转折期及沉稳期这样五个历史阶段。

1. 发轫期：20 世纪 20 至 40 年代

20 世纪 20 至 30 年代是郁达夫小说创作的高峰期，《沉沦》《茑萝集》《达夫全集》《达夫日记集》《达夫散文集》等出版，以其丰富的艺术个性受到了同时代众多学者的关注，也基本奠定了郁达夫在文学史上的重要地位。

在 20 世纪 30 年代之前，作为新文学的第一个十年，文学史基本处于发轫阶段，而且新文学刚脱胎于旧文学，尚未真正形成独立形态的新文学史研究，对新文学史上作家作品的评价也基本是蜻蜓点水式的。在这一时期，对郁达夫的研究始见于部分文学史。陈子展在《最近三十年中国文学史》中就把“文学革命运动”作为附骥式的最后两章，有代表性地选择一些文学家进行了“匆忙”的扫描。在“小说家的概况及其‘左倾’”一小节中提到“郁达夫是个潦倒文人，小说多写‘穷’和‘偷’和‘色’，所作有《沉沦》及《茑萝集》”①。简短的一句话就概括了郁达夫在新文学史上的地位，虽也涉及创作内容与特色的归纳，但显然是缺乏完整性的。

至 20 世纪 30 年代初，这种状况有所改善，一度出现了文学史写作的小高潮，文学史家们开始用历史总结的态度来观照新文学。朱自清的《中国新文学研究纲要》无疑是具有划时代意义的。他用史家兼作家的双重眼光，分别从“病的青年心理的解剖”“现代人的苦闷”“对于性的非游戏态度”“社会苦闷与经济苦闷”“时代精神与都市生活”“爽直坦白真率”“主观的即兴的态度”“自然的婉细的表现”等八个方面，对郁达夫的创作作了较全面立体的评价②。朱自清对郁达夫评论文字不多，但言简意赅，十分精到，它让我们感受到他目光的犀利独到和对新文学的关爱呵护。这也在相当程度上影响乃至左右之后文学史对郁达夫的研究，即使在今天似乎也颇难超越。

2. 形成期：新中国成立后十七年

新中国成立后，新文学史经过一段时间的积淀，逐渐发展成为一门日成体系的新学科，一些比较系统且成熟的现代文学史著作由此也应时而生。尽管郁达夫作为一个作家的生命已终结，但他的成就和影响却永远铭刻在新文学史上。只是十七年特定历史语境造就的政治化文学史的阐释体系，对郁达夫贬多于褒，未能给予客观的评价。20 世纪 50 年代中期出版的张

---

① 陈子展：《中国近代文学之变迁・最近三十年中国文学史》，上海古籍出版社 2000 年版，第 325 页。

② 朱自清：《中国新文学研究纲要》，《朱自清全集》（第 8 卷），江苏教育出版社 1993 年版，第 101、102 页。

毕来的《新文学史纲》、丁易的《中国现代文学史略》等几部影响较大的文学史著就是基于这一文学史观，不适当地夸饰了郁达夫的历史局限，批评他“感伤颓废得简直有些近乎自我麻醉，自己戕害自己”，其作品“精神情绪实在是不健康的”，“悠游闲适的风趣占了上风，战斗的意义是一点也没有的了”①；而郁达夫“爱国热情和他的渺小的自我结合着使人觉得有些庸俗”②，是一种狭小的爱国主义。紧接着出版的刘绥松的《中国新文学史稿》虽在一定程度上肯定了郁达夫对于帝国主义和封建礼教的不满和反叛精神，但总体看，批评也是相当严厉的，认为他的创作“过分渲染了主人公的感伤忧悒的病态心理”，读者会受到“不健康的有害的影响”；而且作品中主人公“零余者”的形象“远远离开了人民和尖锐剧烈的社会斗争，以纵酒买笑、颓废自戕的生活方式作为对黑暗现实的逃避”，因此很难“汲取到一种乐观进取的力量”③。

20 世纪 50 年代末、60 年代初，由复旦大学中文系、吉林大学中文系和中国人民大学中文系师生等“集体编写”的《中国现代文学史》，因受“反右运动”和“大跃进”之风的影响，在这方面亦同样如此甚至走得更远。故在他们笔下，郁达夫继续备受贬抑，当然也就谈不上有多少文学地位。以复旦版的《中国现代文学史》为例，它一方面认肯郁达夫是“一个爱国主义者”，以自己的作品向旧社会宣布他的反抗；但另一方面又批评他是“一个个人主义者”，关心革命却“没有真正地投身到革命斗争的烈火中去”，“所表露的愤怒和反抗又往往就表现为小资产阶级知识分子歇斯底里的呻吟和变态的情欲的放纵”，因而带有“浓厚的忧郁色彩和浓烈的不健康的消极因素”，“对当时的青年读者起了相当大的不良的影响”。④

当然，这时期也有少数文学史著作对郁达夫的持论较为中肯。王瑶的《中国新文学史稿》就是这方面的代表性著作。作为当时被普遍采用的大学教材，该书在对整个中国新文学史宏观把握的基础上，首先对郁达夫颇有争议的《沉沦》给予了较为全面深入的分析和评价，指出这是五四落潮后“在时代的桎梏之下发出呻吟着的青年的声息”，它所固有的“这种伤感颓废实际

① 丁易：《中国现代文学史略》，作家出版社 1955 年版，第 245—247 页。

② 张毕来：《新文学史纲》，人民文学出版社 1985 年版，第 80 页。

③ 刘绥松：《中国新文学史初稿》，人民文学出版社 1979 年版，第 163—164 页

④ 复旦大学中文系现代文学组学生集体编著：《中国现代文学史》，上海文艺出版社 1959 年版，第 229 页。

上是对现实不满的悲愤激越情绪的一种摧抑，浪漫的情调中是有反抗和破坏心情的……因此他的作品中虽有一些不健康的倾向，但那反对封建的虚伪礼教的精神是充溢着的”，“他的小说大部都可以当作不满现实而又不愿逃避的爱国的青年的苦闷忧郁来读的”。[①] 由对郁达夫作品及创作道路的分析，进而评述作家的人生道路，可见王瑶作为史家知人论世的眼力。当然，王瑶在此也是抱持阶级论的文学史观，他主要强调和突出的是文学的政治性而非艺术性的评价标准。

3. 停滞期：“文革”十年

“文革”十年，几乎所有的现当代作家作品都被贬斥为“黑线人物”“毒草”，偌大的文坛，只剩下一个被歪曲了的鲁迅和一部《金光大道》，人们戏称“鲁迅走在‘金光大道’上”。这种情况当然导致郁达夫和现代文学研究的停滞状态，使之不仅没有产生新的文学史甚至连研究文章也极少能见到。试想，有文学才有文学史，而在当时所谓的现代文学除鲁迅之外其他作家基本被否定的情形下，何来文学的研究，又何来文学史？因此，在文学史中被众说纷纭的郁达夫的研究自然也进入了停滞期。

4. 转折期：20 世纪 70 年代末至 80 年代

从 20 世纪 70 年代末开始，文学迎来了新的历史时期，时代环境为现代文学史的编写及其对郁达夫的客观评价提供了良好的条件。

唐弢、严家炎等主编的历时多年的《中国现代文学史》就是此时出现的一本“总结性的新文学史著作”[②]。编者肯定了郁达夫作品的鲜明特色及对新文学发展的贡献，当然这之中仍带有明显的政治评判的痕迹，对《沉沦》等小说的病态描写也缺少分析；而且对郁达夫批评过多过重，认为他“缺少投身于革命的激流，站到时代最前列的勇气，思想水平大体上停顿在‘五四’阶段”[③]。不过，此种情况在同为唐弢所编的《中国现代文学史简编》中发生了较大变化，该书从郁达夫的生活境遇、思想性格及其文学因素影响等方面着手，对之作了较为深中肯綮的分析评价，指出郁达夫生活道路和文学道路尽管存在种种曲折，但“他永远忠实于‘五四’，没有背叛过‘五四’，始终保持了爱国的进步知识分子高尚而忠贞的品德”[④]。这种变化当然与编者的思想

---

① 王瑶：《中国新文学史稿》，上海文艺出版社 1982 年版，第 115—116 页。

② 黄修己：《中国新文学史编纂史》，北京大学出版社 1995 年版，第 201 页。

③ 唐弢：《中国现代文学史》，人民文学出版社 1979 年版，第 200 页。

④ 唐弢：《中国现代文学史简编》，人民文学出版社 1984 年版，第 188 页。

发展有关,但同时也与当时为适应各种需要而出现的一系列简史、简编本的文化现象有一定的关系:“简编本篇幅小些,编写速度相对要快些,因此,80年代上半期思想解放和学术发展的新成果,便最先在这批简编本中得到反映。”[①]同样是简编本,黄修己的《中国现代文学简史》之对郁达夫的态度则偏向于保守,他更多看到郁达夫作品“受西方世纪末情绪的影响”而“带有颓废派的色彩”[②]。四年后,黄修己在对《中国现代文学简史》的主体框架扩充基础上又推出了一部《中国现代文学发展史》。此时,他就显得客观多了,不仅肯定了小说《沉沦》的反封建意义以及真诚坦白的艺术作风“给新文坛带来一股沁人肺腑的新鲜气息”[③],而且还从中概括提炼出了“情绪流小说”这一新的概念。

这里还要提及一下,1979—1981年间相继出现的一批由各高校联合编写的现代文学史教材。较有影响的有九院校编写组、中南七院校编写组、七省区十七院校编写组及十四院校编写组等组织编写的《中国现代文学史》。这些教材型的文学史以郁达夫的生平思想发展为线索,肯定了他的爱国主义精神及其作品的历史和现实意义,但同时也指出受个人思想的羁绊,作品显得过于感伤颓废。虽无多少新创,但总体上看,对郁达夫的评价还属公允中肯。

80年代,小说史是各文体史中出现较早且收获也较丰的一类。严家炎的《中国现代小说流派史》以崭新的体例和精深的分析在当时备受好评。相比于之前,严家炎对郁达夫的评论也发生了较明显的转变。在这部史著中,他认为“郁达夫初期小说的主要特征还是浪漫主义的,或者说浪漫主义色调是非常重的”[④]。在对“浪漫主义”这个概念的全面理解和准确把握的基础上,严家炎以大量的事实论证郁达夫的作品并非是完全的“自叙传”,作品中的主人公也并非郁达夫自己,而是基于浪漫主义的直抒胸臆、夸张和想象、伤感和忧郁。这对郁达夫小说中的自我表现、“零余者”形象以及感伤忧郁的形态,自然就有了合情合理的解释。嗣后,赵遐秋、曾庆瑞合著的《中国现代小说史》以及杨义的《中国现代小说史》(三卷本)接踵而至,掀起了小说史编纂的高潮。赵遐秋、曾庆瑞的《中国现代小说史》在对郁达夫的评价上是

① 黄修己:《中国新文学史编纂史》,北京大学出版社1995年版,第227页。

② 黄修己:《中国现代文学简史》,中国青年出版社1984年版,第100页。

③ 黄修己:《中国现代文学发展史》,中国青年出版社1988年版,第128页。

④ 严家炎:《中国现代小说流派史》,人民文学出版社1989年版,第79页。

有自己不同流俗的独特见解的。对于颇受争议的小说《沉沦》,他们认为这是“中国现代文学史上第一篇成功的中篇小说”,且从“历史主义的公正的文学评论和文学史研究”这一准则出发,为其辩护,指出郁达夫“是在‘时代病’的主题中探索这些‘零余者’的社会根源和治疗的验方的”①。稍后出版的杨义的《中国现代小说史》则进一步把郁达夫视为“一个浪漫抒情小说流派中坚作家”,“一个始终忠于‘五四’的进步作家”。对于郁达夫浪漫抒情小说中成为众矢之的的感伤颓废的情调,作者认为这“并非封建没落文人的感伤颓废,而是民族觉醒时期一个敏锐的知识分子审视自身的伤痕和民族的伤痕所发出的深长的哀叹”。② 作者善于从中西文学的相互比较对照中,用一种较新的文化视角和艺术审美的眼光来审视郁达夫及其创作,客观而又不失精辟。

在谈80年代现代文学史视域中的郁达夫研究时,我们还不能疏漏了钱理群、吴福辉、温儒敏、王超冰四人合著的《中国现代文学三十年》。在这本很有创意并产生广泛影响的文学史中,作者对现代文学研究及文学现象的评价有着自己比较独特和深入的思考。具体到郁达夫的身上,就是用深邃的史的眼光,高度评价了他对我国现代抒情小说所做的开创性贡献,肯定他用“侧重作家‘心境’的彻底暴露,包括暴露私生活中肉欲的苦恼和变态性心理,以向旧道德挑战”,“在小说领域中将‘表现自我’的主观抒情倾向推至极端”。至于对郁达夫作品有关病态情欲的描写,他们不仅没有贬斥,相反从民主与科学,从西方人道主义特别是卢梭“返归自然”思想以及日本“私小说”中“颂欲”思想与手法的影响等多方面给予合理的阐释。③ 这是十分难能可贵的。

5.沉稳期:20世纪90年代以后

80年代末、90年代以来,在重写文学史、重排文学大师之风的影响下,现代文学史中的作家作品受到较大调整。既不是“左翼”也不是“自由主义”的郁达夫似乎置之度外,其研究亦相对显得比较沉寂和平稳。

此一阶段出版的文学史,大多采用现代性(而不是原来的政治性)的编写思路,因而对郁达夫的认识和评价普遍都比较宽容、开放。朱栋霖、丁帆、

---

① 赵遐秋、曾庆瑞:《中国现代小说史》,中国人民大学出版社1984年版,第490、496、503页。

② 杨义:《中国现代小说史》,人民文学出版社1986年版,第556、578页。

③ 钱理群、吴福辉、温儒敏、王超冰:《中国现代文学三十年》,上海文艺出版社1987年版,第93—95页。

朱晓进主编的《中国现代文学史》就较好地体现了这一点。他们认为“郁达夫终其一生，都坚持了五四反帝反封建的方向，不仅是一个杰出的文学家，而且也是一个伟大的爱国者”。[①] 对于郁达夫小说中的情欲描写，通过具体的比较和分析，他们也提出了自己的观点，努力从学理上为郁达夫正名。而另一部由程光炜、吴晓东、孔庆东、郜元宝、刘勇等青年学者主编的《中国现代文学史》，重点则对郁达夫小说的强烈的主观抒情、大胆的自我暴露及对病态心理的大胆揭示诸特征作了概括和分析，指出他的创作“不仅从道德观念上对传统意识进行了解构，而且将一种完全不同于传统的小说叙述方式带进了新文学小说创作中，开创了一种‘自叙传’的浪漫抒情小说形式”[②]。在平静的叙述中又不乏肯切的评析。

“20 世纪中国文学”是 80 年代中期提出的一个新的概念，它强调“打通现当代文学的研究领域”[③]，“把研究对象放入文学史的长流中，面对着文学的整体进行历史的全面的科学分析”[④]。在这种背景下，一些以此命名的文学史著作应运而生。其中较有代表性的是孔范今、黄修己各自主编的两部《20 世纪中国文学史》。前者，它给予了郁达夫“现代中国抒情小说之父”的桂冠，并指出“自叙传”是其终生不变的小说创作观念。对郁达夫近乎病态的自我暴露式描写，作者从“性的苦闷”到“生的苦闷”的转变，把它作为郁达夫创作内容和艺术风格的一种特殊表现。后者，主要则着眼于郁达夫创作主题的转型，将他早期小说的基本主题看成是性爱的苦闷与弱国子民的悲哀，而回国后则“开始以较多的笔墨反映知识分子在黑暗的军阀统治下报国无门的遭遇和为生计奔波的窘况”[⑤]。因此认为从写私人生活到反映社会历史，它体现了郁达夫对创作转型的自觉追求。

“20 世纪中国文学”实质上是把新文学当作一个开放性的整体，它的提出是对既有文学秩序及作家作品的一种重新整合，将预示着文学史研究的新变。郁达夫作为文学史上的一位重要作家，必然会被纳入这种新的研究框架中进行阐释。但综合这些以“20 世纪”命名的现代文学史，我们发现它

---

① 朱栋霖、丁帆、朱晓进：《中国现代文学史（1917—1997）》上册，高等教育出版社 1999 年版，第 70 页。

② 程光炜、吴晓东、孔庆东、郜元宝、刘勇：《中国现代文学史》，中国人民大学出版社 2000 年版，第 84 页。

③ 陈思和：《中国新文学整体观》，上海文艺出版社 1987 年版，第 4 页。

④ 陈思和：《中国新文学整体观》，上海文艺出版社 1987 年版，第 33 页。

⑤ 黄修己：《20 世纪中国文学史》第 281 页，中山大学出版社 1998 年 8 月版。

们对郁达夫的分析和评价并无多少实质性的超越和突破，研究的成果和尺度，与90年代朱栋霖、程光炜等主编的文学史亦无太大的差别。这种情况与90年代以来现代文学研究比较沉闷的总体状况是吻合的。

二、问题的聚焦：颓废、性爱及其他

现代文学史视域中的郁达夫研究的变迁，情况当然十分复杂，原因也很多，但从思维观念的角度考察，我们认为主要恐缘于人们对几个关键问题的不同认识。这也是郁达夫评价之所众说纷纭的最根本原因，是我们评价和定位郁达夫的核心问题。这里，为有助于问题的解决，我们拈出其中两个本体问题及相关的两个延伸问题试作探讨，以求教于方家。

1. 关于颓废描写问题

这是郁达夫作品最遭人非议之处。丁易在其《中国现代文学史略》中就直接指出郁达夫“感伤颓废得简直有些近乎自我麻醉，自己戕害自己”。[①]的确，郁达夫是存在一些颓废情绪，他的作品中也有一定的颓废倾向，但对此要作历史的、具体的分析，不能循名责实，加以无限夸大或简单否定。就国人的观念而言，颓废这个词一般是与消极堕落等概念相联系。中国传统文化历来也推崇“乐而不淫、哀而不伤”的艺术准则。在习惯于含蓄、内敛、诗化的语境里，郁达夫这种颓废病态倾向显然不契合民族传统文化和审美接受心理，因此受到质疑和误读在所难免，也是可以理解的。但是，我们又必须正视，颓废并非是毫无价值、自怨自艾的代名词。正如陈思和在其《中国新文学整体观》中所说：在中国新文学初期有个有趣的现象，“处于动荡生活之中的留日留法学生，由于对中国的封建传统与西方的资本主义抱有‘双重的失望’，他们对现代主义一般都比较容易接受。鲁迅、周作人是如此，创造社成员更是如此”[②]。而失望和悲观情绪所导致的颓废主义或病态忧郁倾向，正是现代主义的一种表现，由此可见，郁达夫的这种颓废受社会条件的制约，是时代的一种普遍的症状和知识分子的普遍情绪，也是现代意识的一种体现；只不过受个人性格、气质、思想及曲折生活道路等因素的影响，郁达夫较之其他同时代的作家显得更突出罢了。在这点上，王瑶的评价就比较中肯，他说“这种伤感颓废实际上是对现实不满的悲愤激越情绪的一种摧

---

① 丁易：《中国现代文学史略》，作家出版社1955年版，第245页。

② 陈思和：《中国新文学整体观》，上海文艺出版社1987年版，第171—172页。

抑,浪漫的情调中是有反抗和破坏心情的”[①]。20 世纪八九十年代出版的一些文学史,大都也认同王瑶此说。

颓废不仅不是一个简单的贬义词,而且它与进步还存在着某种矛盾复杂的辩证关系。马泰·卡林内斯库在《现代性的五幅面孔》中说:“进步和颓废的概念是如此紧密地互相包容,以至于如果我们想作出概括,就会得到一个悖论式的结论:进步即颓废,反之,颓废即进步。”因为“颓废通常联系着没落、黄昏、秋天、衰老和耗尽这类概念,在更深的阶段还联系着有机腐烂和腐败的概念——同时也联系着这些概念惯有的反义词:上升,黎明,青春,萌芽,等等”[②]。郁达夫有关的颓废描写,也具有这样一种进步的内涵。它可以说是郁达夫的一种比较独特乃至极端的表达自我的方式,是他自我主体意识觉醒的一种表现。“一个人可以是有病的或虚弱的却无需是一个颓废者:只有当一个人冀求虚弱时他才是颓废者。”[③]而在当时的中国,在衰败的社会环境下郁达夫的冀求必然是虚弱的:“我的消沉也是对国家,对社会的。现在世上的国家是什么? 社会是什么? 尤其是我们中国?”[④]于是,在无望中,他把自身严肃崇高的追求颠覆掉了,而以玩世不恭的颓废倾向来表示郁达夫式的失望、反抗和斗争。换个角度出发,颓废也是一种独特的美学风格,具有一种浪漫主义的“病态美”“忧郁美”,那种感伤、悲情、无拘无束的表现风格使郁达夫的作品有独特的美学效果。严家炎在《中国小说流派史》中就认为郁达夫作品的特征主要是浪漫主义的,“浪漫主义不一定都是以英雄的、理想的形态表现出来,也可以以感伤的忧郁的形态表现出来;以哪一种形态表现出来,取决于历史的现实的种种条件,它不是一成不变的”,“要正确地判断郁达夫小说的创作方法,还需要对浪漫主义本身有一个全面的理解,对郁达夫浪漫主义的特点有一个准确的把握”[⑤]。因而在当时特定的社会历史条件下,郁达夫的颓废具有一定的进步意义。可能郁达夫在艺术分寸感的把握上有些失度,但我们不能由之混淆郁达夫的文学人格与现实人格之间的关系。或许,我们可以把这种颓废当作另一种美或波德莱尔的《恶之花》式的现代美来看待,而不能将它与现实生活中作家本人的思想情操、

① 王瑶:《中国新文学史稿》,上海文艺出版社 1982 年版,第 115 页。

② [美]马泰·卡林内斯库:《现代性的五副面孔》,商务印书馆 2002 年版,第 166 页。

③ [美]马泰·卡林内斯库:《现代性的五副面孔》,商务印书馆 2002 年版,第 197 页。

④ 郁达夫:《北国的微音》,《郁达夫文集》(第 3 卷),花城出版社、三联书店香港分店 1982 年版,第 91 页。

⑤ 严家炎:《中国现代小说流派史》,人民文学出版社 1989 年版,第 83 页。

生活态度简单地等同起来。

郁达夫的这种颓废倾向，也间接地引发了文学史上有关他爱国主义思想方面的争议。尤其是丁易的《中国现代文学史略》和张毕来的《新文学史纲》，他们质疑郁达夫的爱国热情，认为他的爱国主义思想有庸俗的成分，这显然是偏颇的。郁达夫是复杂的，从《沉沦》到《春风沉醉的晚上》《迟桂花》等，他的创作前后之间发生了很大的变化。诚然，郁达夫前期小说的爱国主义失望大于希望，主人公也少有直接的义烈壮举。但作家的"自叙传"写作并不等同于郁达夫的"自传"，作品主人公的思想行为也绝非现实生活中作家本人的思想行为。恰恰相反，有时反差很大。静闻在《忆达夫先生》中就曾有过郁达夫的有关不肯妥协和力助战友等方面的回忆，并向我们指出："他的坦白，正直，认真和慷慨等品性……这是构成他人格的一支脊梁。在他磊落的节义之前，那些缺点又算得了什么呢?"[①]郁达夫是立体多面的，也是在发展的。我们既看到他刚性的一面，也要看到其柔性的一面。而丁、张等文学史显然缺少这样辩证的眼光，其先验的"小资产阶级知识分子"的定位，使他们不仅不适当地夸大了郁达夫的历史局限，而且也有意无意地将其简单化、平面化了，忽略了他身上固有的丰富复杂的文化内涵。这也从一个侧面反映和说明政治学、社会学文学史观的封闭和狭隘。

2.关于性爱描写问题

郁达夫在现代文坛上是以惊世骇俗的性爱描写出名的。性爱的大胆呈露，这既成为郁达夫作品的重要特色，也是他在文学史上遭受众多批评和谴责的一个关捩之处。如张毕来在《新文学史纲》中就斥责郁达夫"写肉欲，写妓女，写变态性心理，写无赖之情，写狂妄之状……对于青年读者，他的作品是很少教育意义的，相反，有坏的影响"[②]。即使是 20 世纪 80 年代唐弢的《中国现代文学史简编》，他也对郁达夫的性爱描写持批评态度，认为"郁达夫在小说中往往赤裸裸地描写'性变态心理'，把性爱放到很重要的地位，使他作品中的浪漫主义除了感伤之外又带上某些颓废色彩"。以小说《迷羊》为例，"作者原意在写一个青年女伶在悲惨生活中表现出来的倔强性格，但小说却以主要笔墨描写那个'迷羊'似的青年获得性爱的欢乐和失去性爱的

---

① 静闻:《忆达夫先生》，转引自王自立、陈子善:《郁达夫研究资料》，天津人民出版社 1982 年版，第 169 页。

② 张毕来:《新文学史纲》，人民文学出版社 1985 年版，第 81—82 页。

悲伤,这样便削弱了小说的积极的社会意义”①。郁达夫的性爱描写的确较多,且往往是病态的、颓废的,这在他的《沉沦》《她是一个弱女子》等不少作品中都有所体现。但问题的关键在于郁达夫并不是以玩味、挑逗的态度来写性爱或发泄内心的性苦闷,也不是纯粹意义上的性欲的渲染或性行为的展览,而是以非常严肃的态度来正视人的这一合理欲求的。如《沉沦》,郁达夫虽设置了许多性爱场面,但是“‘自戏’一场,作者着力于自戏后的恐惧;‘窥欲’一场,作者着力于窥欲后的羞愧;‘狎妓’一场,作者着力于狎妓后的绝望”②。可以说,性爱描写是郁达夫在“自叙传”文学观念下的一种独特的创作风格,它是郁达夫在敏感的青春期的一种独特的生命体验和艺术追求。从更深一层意义上说,郁达夫的性爱描写“对于传统的、长期以来束缚着中国人身心的封建伦理观念是一种大胆的宣战和勇敢的挑衅”③,这也是他人道主义、个性解放思想的一个集中体现。在当时封建力量依然强大的情况下,如同颓废一样,郁达夫以“性”这一人的自然天性为工具,用近乎畸形的裸露来表达自我,对社会现实进行反抗,无疑是极具冲击力的,也自有历史意义。当然,郁达夫的性爱描写也并非一成不变,随着认识的深化,他后期的小说如《迟桂花》,理性压制了情欲的冲动,艺术描写渐趋净化。

3.关于鲁迅“保护”问题

从纵向文学史运演的轨迹来看,尽管在较长的时期内对郁达夫的评价贬甚于褒;但相对而言,大多数文学史对郁达夫的态度尚称得上友好,至少肯定了他在文学史上的一定地位和影响,哪怕是在“左”倾思想严重的十七年也不例外。郁达夫作为创造社的代表性作家的身份也是不容置疑的。所谓的批评乃至严厉的批判主要是针对其创作(特别是颓废倾向和性爱描写),并没有演化为对作家的人身攻击。这是为什么呢?从文学史的阐释体系来看,也许可找到一些合理的解释,这就是在很大程度上归因于鲁迅:是鲁迅与他之间的特殊关系有意无意地对他起到了某种“保护”作用。众所周知,由于特定的历史和时代原因,我们现有的现代文学史特别是新中国成立后出版的现代文学史,对鲁迅的诠释和接受往往都带有强烈的政治色彩,这是政治化时代所带来的必然的文化现象;而反过来,这种现象反映在文学史编写上,鲁迅就被提升为“文化尊神”,他的言说自然也就成为评价一切文学

---

① 唐弢:《中国现代文学史简编》,人民文学出版社1984年版,第186页。

② 孔范今主编:《20世纪中国文学史》,山东文艺出版社1997年版,第454页。

③ 朱栋霖、丁帆、朱晓进:《中国现代文学史》,高等教育出版社1999年版,第71页。

及作家的不二标准。然而文学史是丰富复杂的，犹如一条容纳百川的大河。鲁迅固然伟大，但他不能反映和概括现代文学史的整体全貌。以鲁迅言说为标准来评价一个作家在文学史上的地位，也缺乏作为“史”的客观依据。在郁达夫研究中，对他与鲁迅之间的密切关系，我们当然需要关注——在现代文学史上，鲁迅与郁达夫的关系向来受人瞩目：郁达夫从日本回国后，和鲁迅一起相互支持，成为挚友；而鲁迅对郁达夫也有特殊的理解和关照，他在谈及郁达夫时曾说：“对于文学的意见，我们恐怕是不能一致的罢，然而所谈的大抵是空话。但这样的就熟识了，我有时要求他写一篇文章，他一定如约寄来，则他希望我做一点东西，我当然应该漫应曰可以。”①虽然鲁迅与郁达夫在思想、气质、性格、创作等方面差异很大，但这并不影响他们之间的友谊。而这种友谊也在一定程度上“保护”了文学史中的郁达夫。事实上，以往不少文学史多少也从这个角度认肯郁达夫。因而这些史著的分析评价往往内在地隐含着一种与鲁迅的“对照”关系。这种“对照”实则是以鲁迅“划线”的阐释，但它歪打正着，使郁达夫在文学史上虽褒贬不一但始终占有自己的一席之位。就此而言，我们认为郁达夫要比梁实秋、陈西滢、林语堂、施蛰存等“幸运”得多。他们被鲁迅所批评或讥讽，在很长时间内被排拒于文学史之外。

4. 关于文学史与文学批评的关系问题

对郁达夫的评价，五四至20世纪40年代，因为文学史还处于发轫期尚无成熟定型，所以内中的评价研究，文学批评的色彩颇浓。无论是陈子展的《最近三十年文学史》，还是朱自清的《中国新文学研究纲要》，都写得比较自由、灵动和简约，主观性、随机性比较强。从王瑶的《中国新文学史稿》开始，由于拉开了一定的时空距离，才逐渐凸显历史科学的特点，就是“讲文学的历史发展过程，讲重要文学现象的上下左右的联系，讲文学发展的规律性”②。文学史中的郁达夫也因此被纳入文学沿革的大环境中，或从思想倾向或从形象创造或从文体形式诸方面展开，显得严谨、客观和深邃。尽管受政治因素的浸渗，一段时间内存在不少问题，但从总体上看毕竟对郁达夫的批评和研究起到推进作用。在这方面，20世纪90年代以后出版的文学史

---

① 鲁迅：《鲁迅谈郁达夫》，转引自王自立、陈子善：《郁达夫研究资料》，天津人民出版社1982年版，第303页。

② 王瑶：《关于中国现代文学研究工作的随想——在中国现代文学研究会学术讨论会上的发言》，《中国现代文学研究丛刊》1980年第4期。

著尤可称道，它们摆脱了狭隘的政治思维，又吸纳了文学批评的研究成果（如许子东、陈子善等有关这方面的研究成果）。因而其中有关的郁达夫评价和定位，史识与美感兼备，它基本上反映和概括了这方面的学术前沿。文学史与文学批评是相辅相成的，它们异质同构，各有功能。理想的文学史在保持自身的独立品格的同时，应不断地与文学批评进行对话，并及时地加以整合，使之成为更加丰富、充实、完整的形态。如此，文学史及其作家作品研究才有可能呈现它应有的生命活力，显得稳重而又不失灵动。这就是我们从上述郁达夫研究中得出的结论，也是我们对未来文学史之对郁达夫评价的一个期待。

（与王芳合撰，原载《杭州师范大学学报》2007 年第 4 期）

郁达夫研究述评(1996—2006)

如果把1915年浪华发表的《无题——次郁达夫韵(七律)》[①]看作是第一篇郁达夫研究论文的话,那么郁达夫研究迄今已有90个年头了。在这悠长的岁月中,郁达夫研究经过了坎坷的历程,直至20世纪80年代中期,才迎来一个高潮,也终于恢复了郁达夫在中国现代文学史上的应有地位。1996—2006年的郁达夫研究和上个时期相比,尽管显得有些逊色,某些领域的研究甚至略显疲软,但从总体来看成果比较丰富,在研究内容和方法上出现了一些新变。

小说方面,相比之下成果最丰,研究也最为完备。在短短的十年之间发表了几篇较全面的综述,如郭彬的《郁达夫小说研究综述》[②]和余蕾的《郁达夫小说研究综论》[③]等,分别从题材选择、人物形象、艺术风格及心理分析等多个方面对郁达夫小说进行归纳和梳理。此外,还有文章集中对郁达夫的情爱、性爱描写进行分析,如陈望衡的《沉沦与救赎——试论郁达夫小说中的情欲描写》[④],任动的《郁达夫的自卑心理及其对创作的影响》[⑤],赵焕祯的《自卑与拯救:郁达夫个性心理与文学创作》[⑥],刘茂海的《郁达夫的“自卑情结”及其小说创作》[⑦]等;第三,单篇小说研究较少,像前十年一样,基本仍集中于《沉沦》、《茫茫夜》等名篇,如沈庆利的《以文化震惊与“文化恋母”——从异国文化视角重读郁达夫的〈沉沦〉》[⑧];其余多为整体研究,如曾丽华的《郁达夫小说的社会文化基础》[⑨],陈丽珍的《论郁达夫小说的艺术特质》[⑩]等。这些文章试图打破以前的套式,从新的角度对郁达夫小说进行分析,建

---

① 浪华:《无题——次郁达夫韵(七律)》,上海《神州日报·神皋杂俎·文苑》1915年8月8日。

② 郭彬:《郁达夫小说研究综述》,《文教资料》2000年第6期。

③ 余蕾:《郁达夫小说研究综论》,《湖南社会科学》1999年第4期。

④ 陈望衡:《沉沦与救赎——试论郁达夫小说中的情欲描写》,《浙江大学学报》1996年第1期。

⑤ 任动:《郁达夫的自卑心理及其对创作的影响》,《濮阳教育学院学报》2002年第2期。

⑥ 赵焕祯:《自卑与拯救:郁达夫个性心理与文学创作》,《齐鲁学刊》2001年第6期。

⑦ 刘茂海:《郁达夫的“自卑情结”及其小说创作》,《江汉论坛》2004年第3期。

⑧ 沈庆利:《以文化震惊与“文化恋母”——从异国文化视角重读郁达夫的〈沉沦〉》,《天津师范大学学报》2002年第2期。

⑨ 曾丽华:《郁达夫小说的社会文化基础》,《集美大学学报》2002年第1期。

⑩ 陈丽珍:《论郁达夫小说的艺术特质》,《宁波大学学报》2000年第3期。

立一种新的阐释体系。

散文方面，主要成果反映在单篇研究特别是《故都的秋》等散文名篇的研究上。如《〈故都的秋〉写景艺术初探》①，《点石成金 如臻妙境——浅析〈故都的秋〉中“层”的妙用》②等。这些文章的作者大多在中学语文界，偏重于阅读欣赏，与一般的学术研究略有不同。关于这一点，在下文中还会有所提及。此外，这一时期郁达夫游记散文、传记和日记也都得到了不同程度的关注与重视，如《郁达夫的传记文学理论》③，《灵魂的忏悔：从自传角度论卢梭与郁达夫》④等，这些都表明郁达夫散文研究领域在拓宽。

旧体诗方面，“在1985年后，旧体诗研究出现了可喜的现象，有关综论、评点、笺注、论述等各类文章见诸于几十家报刊杂志，虽然不成气候，但是有了较好的开端”⑤.比较有代表性的文章如《郁达夫旧体诗歌与晚唐风韵》⑥，《词人身世雨潇潇——论郁达夫的旧体诗》⑦等。特别是詹亚园，他近年来发表的《郁达夫〈杂感八首〉笺注》⑧，《郁达夫〈春江感旧四首〉笺注》⑨，《郁达夫论诗绝句两组笺注》⑩，《郁达夫〈日本谣十二首〉笺注》近60篇论文，对郁达夫的旧体诗和日本歌谣作出笺注，与当下传统文化复活的大潮也恰成呼应。相信随着国学热的兴起和古诗文研究渐成系统，将来有关这方面的研究，包括郁达夫身上传统内涵的解读，能得到更多的挖掘和重视。

思想方面，与以前相比，显得略微薄弱，发表的著述也不多。除了蒋成德的《郁达夫南洋时期文学思想简论》⑪外，主要集中在郁达夫文学生命的

---

① 吕秀彬：《〈故都的秋〉写景艺术初探》，《连云港师范高等专科学校学报》1996年第3期。

② 曹招生：《点石成金 如臻妙境——浅析〈故都的秋〉中“层”的妙用》，《郴州师范高等专科学校学报》1996年第3期。

③ 叶志良：《郁达夫的传记文学理论》，参见陈兰村主编：《中国传记文学发展史》，北京语文出版社，1999年版。

④ 施敏：《灵魂的忏悔：从自传角度论卢梭与郁达夫》，《南京大学学报》2000年第2期。

⑤ 陈其强：《1986—1996郁达夫研究述评》，参见陈其强、蒋增福主编：《世界回眸：郁达夫纵论》，天津人民出版社1997年版。

⑥ 张海波：《郁达夫旧体诗歌与晚唐风韵》，《学术丛刊》2005年第1期。

⑦ 伍立杨：《词人身世雨潇潇——论郁达夫的旧体诗》，《当代文坛》1997年第3期。

⑧ 詹亚园：《郁达夫〈杂感八首〉笺注》，《浙江海洋学院学报》1997年第4期。

⑨ 詹亚园：《郁达夫〈春江感旧四首〉笺注》，《浙江海洋学院学报》1998年第4期。

⑩ 詹亚园：《郁达夫论诗绝句两组笺注》，《浙江海洋学院学报》1999年第2期。

⑪ 蒋成德：《郁达夫南洋时期文学思想简论》，《辽宁师范大学学报》1997年第6期。

早期,如《郁达夫前期思想探索》[1],《感情的直接抒写——郁达夫早期小说的思想与艺术评析》[2]等。人们的关注点,似乎转向了郁达夫的爱国思想研究上,如《抗争——郁达夫的爱国主义精神》[3],《简评郁达夫诗歌中的爱国主义精神》[4]等。

除以上的几个方面外,在这十年中,还有一些研究者将目光投向郁达夫编辑出版、现代戏剧、人文地理等被以前研究所忽略了的新领域。如胡正强的《创造社时期郁达夫的编辑思想》[5],祝淑月的《郁达夫和地方志——郁达夫人文地理意识的初步梳理》[6],汪亚明、陈顺宣的《郁达夫对中国现代传记文学的独特贡献》[7],李鹏的《鲁迅、郁达夫翻译观作比较》[8]等等。这些研究,往往融文本和超文本于一体,以翔实的史料为依据,具有鲜明的文化批评的特色,在研究方法和理念上给人以耳目一新之感,有必要值得引起我们重视。

二

拿近十年郁达夫研究成果和上个十年作比较,可以发现一个有趣的现象,即每年论文的数量不尽相同,有时甚至差别很大。据粗略统计,1985 年相关研究论文约有 260 篇,而到 1986 则骤减至 150 篇,此后逐年递减,直至 1994 年间达到十年区间最低点 40 篇,之后的年份逐年缓慢上升。同样的变化也发生在最近的十年中:2005 年为 220 篇,虽然比 1985 年略有减少,但程度相当,是十年之间的最高点。熟悉郁达夫研究领域的人都知道,每当逢五、逢六的年份,就是郁达夫的生卒年月(郁达夫生于 1986 年,遇害于 1945 年)。遇到这类意义重大的年份,研究著述数量上有所上涨也无可厚

① 蒋成德:《郁达夫前期思想探索》,《江苏教育学院学报》1998 年第 4 期。

② 张丽英、孙秀荣:《感情的直接抒写——郁达夫早期小说的思想与艺术评析》,《华北水利水电学院学报》2002 年第 3 期。

③ 王诚:《抗争——郁达夫爱国主义精神核心》,《中共杭州市委党校学报》2001 年第 5 期。

④ 杨时芬:《简评郁达夫诗歌中的爱国主义精神》,《贵州民族学院学报》1997 年第 3 期。

⑤ 胡正强:《创造社时期郁达夫的编辑思想》,《编辑之友》2002 年第 1 期。

⑥ 祝淑月:《郁达夫和地方志——郁达夫人文地理意识的初步梳理》,《江苏图书馆学报》2000 年第 2 期。

⑦ 汪亚明、陈顺宣:《郁达夫对中国现代传记文学的独特贡献》,《浙江师范大学学报》1997 年第 5 期。

⑧ 李鹏:《鲁迅、郁达夫翻译观作比较》,《鲁迅研究月刊》2004 年第 7 期。

非，但是细究一下，便可以发现其中有许多是郁达夫研讨会发表的论文。例如，1985 年在富阳召开了“纪念著名作家郁达夫烈士殉难四十周年国际学术讨论会”，而这一年许多论文就源于这次研讨会，如胡愈之的《郁达夫：爱国主义者和反法西斯的文化战士——在纪念郁达夫烈士遇难四十周年座谈会上的讲话》①，汪金丁的《郁达夫殉难四十年感言》②等。

类似的情况也发生在 1996 年。这一年，富阳举办了“郁达夫诞辰 100 周年纪念大会暨国际学术讨论会”，推出不少论文。如铃木正夫的《再谈郁达夫被害》③，胡尹强的《郁达夫的零余人与鲁迅的觉醒者》④。其中不乏一些力作，如黄爱华的《郁达夫研究和变化中的中国文化语境》⑤，将半个多世纪以来国内学者们对于郁达夫的研究态度放入 20 世纪中国不断变幻的文化语境中来考察，力图将郁达夫研究同外部社会相联系，以历史为经，以文化语境作纬，从一个全新的角度审视国内郁达夫研究；再如黄裔的《论“沉沦小说派”》⑥，将《沉沦》《银灰色的死》《茫茫夜》等一系列带有强烈郁达夫风格的小说概括为“沉沦小说派”。该文站在一个比较高的理论层次上不仅探讨该流派形成的外部文化因素、中西方文化的影响，而且还分疏出“主观性、自我性及自然性”等内在的本体特征。

但此类研讨会，实际操办者是郁达夫研究会，或者说是郁达夫故乡的富阳市政府。虽然 1985 年郁达夫殉难 40 周年纪念大会暨国际学术讨论会的举办方之一不是郁达夫研究会，而是富阳文联，因为当时富阳郁达夫研究会还未正式成立，但是富阳有关郁达夫的研究就是从那次研讨会开始的。紧接着 1986 年，成立了富阳郁达夫研究会，所以 1985 年的举办方之一可以看作是郁达夫研究会的前身。而其余的两次（1996 年和 2005 年），可以看到郁达夫研究会也是同样发挥了其组织、领导的作用。

---

① 胡愈之：《郁达夫：爱国主义者和反法西斯的文化战士——在纪念郁达夫烈士遇难四十周年座谈会上的讲话》，《人民日报》1985 年 8 月 30 日。

② 汪金丁：《郁达夫殉难四十年感言》，《人民日报》（海外版）1985 年 8 月 30 日。

③ ［日］铃木正夫：《再谈郁达夫被害》，参见陈其强、蒋增福主编：《世纪回眸：郁达夫纵论》天津人民出版社 1997 年版。

④ 胡尹强：《郁达夫的零余人与鲁迅的觉醒者》，参见陈其强、蒋增福主编：《世纪回眸：郁达夫纵论》，天津人民出版社 1997 年版。

⑤ 黄爱华：《郁达夫研究和变化中的中国文化语境》，参见陈其强、蒋增福主编：《世纪回眸：郁达夫纵论》，天津人民出版社 1997 年版。

⑥ 黄裔：《论“沉沦小说派”》，参见陈其强、蒋增福主编：《世纪回眸：郁达夫纵论》，天津人民出版社 1997 年版。

富阳郁达夫研究会是国内唯一的郁达夫研究会，但它不是一般的民间组织，而是得到了富阳市政府的大力支持。这不仅表现在研究会的经费是由富阳市政府财政拨款，同时也表现为主持日常工作的副会长郁达夫孙子郁俊峰一人身兼两任，他既在政府文化机构文联任职，又是郁达夫研究会的支柱。概括地讲，政府这一系列积极作为，推进郁达夫研究的苦心是显而易见的，主要体现在以下三个方面：

其一，组织、宣传纪念活动。富阳郁达夫研究会在三次纪念大会中，重申郁达夫在现代文学中的突出地位，联系各地高校相关研究者，让学术学界的新老研究者集中发言，提供了一个纪念和交流的平台。其二，组织交流活动。除了相关的纪念活动，富阳郁达夫研究组织与国内各省、港台地区及日本、韩国、新加坡等国的郁达夫研究工作者联系频繁，进行信息沟通、学术交流，并支持郁达夫研究著作的整理、出版等。如在 1992 年和 1998 年先后两次组团出访新加坡、日本等国，与当地的学术团体研讨交流。客观上加强了海外学术界同国内学术界的联系，加深了友谊，有利于新的学术思想交流和碰撞，以期待产生更多更优秀的研究成果和学术新发现。其三，搜集资料、出版相关学术著作。郁达夫研究会在组织、推动郁达夫研究的同时，也是郁达夫研究的重镇。在研究会组织会议、交流访问的过程中，研究会自身也自办刊物、著书立说。如 1987 年创办的《郁达夫研究通讯》，以搜集资料、报道动态、发表论文、沟通信息为主要内容，刊出 23 期，在国内外郁达夫研究者中有一定影响；正式出版的专著有《郁达夫海外文集》《郁达夫风雨说》《郁达夫年谱》《郁达夫旧体组诗笺注》《世纪回眸——郁达夫纵论》《郁达夫家族女性》《故乡人论郁达夫》《抗战中的郁达夫》等。自 20 世纪 80 年代以来，《郁达夫全集》(含 2007 年)已经再版了 3 次[①]，《郁达夫全集》的编纂在客观上也促进了研究的发展。编纂全集是一个全面、细致的工作，不断推出新版本，有助于研究与时俱进，弥补上一阶段研究的不足、搜寻整理名家的手稿、考据生平，既是对上一个研究阶段的总结，又是对下阶段研究的引导，意义十分重大。

郁达夫研究会及其身后的政府支持力度在郁达夫研究中的突出作用，应引起我们的思考。不堪回首的“文革”十年，“一朝被蛇咬，十年怕井绳”，使得不少作家，对于政治权力，特别是政府行为，保持着一定的敏感。但我

① 分别为《郁达夫全集》，浙江文艺出版社 1982 年版；《郁达夫全集》，浙江文艺出版社 1991 年版；《郁达夫全集》，浙江大学出版社 2007 年版。

们不能忽视，政治权力在新时期现代文学方面也曾发挥过不可小觑的积极作用。这个现象不仅存在于郁达夫研究领域，也存在于其他的研究领域。如上海的巴金文学研究会、金华的艾青研究会、呼兰县的萧红研究会等。而像一些现代名家大家，各地支持的力度一般都较大。如鲁迅研究会，仅国内来说，有中国鲁迅研究会，省一级行政区有各省的鲁迅研究会，如上海鲁迅研究会、浙江省鲁迅研究会、江苏省鲁迅研究会等；而在鲁迅的故乡绍兴，则有绍兴鲁迅研究会。比较有影响力的研究会就有这么多，其余还有林林总总的各级自发的鲁迅研究会。

现代文学研究不同于当代文学，由于新作品和新资料发掘的匮乏，更多凭借考据或义理的阐发来进行学术研究，而这其中，各级研究会的组织作用不可忽视。虽然说文艺有着自身的发展规律，非行政行为可以左右和掌控，但适当的引导、组织协调还是可以的，甚至是必要的。因此，在当前状况下，政府的作用不能忽视。政府在社会中所处的特殊地位，有着其他团体和个人无法比拟的实力和号召力。随着我们社会观念的开放、民主政治的推进以及法治观念的加强，目前政府正朝着服务性政府方向过渡。为了更好地发展文化事业，我们要积极开拓空间，协调好与当地政府之间的关系。

二

与上个十年相比，郁达夫的爱国思想成为新的研究亮点。郁达夫于1945 年 8 月在南洋失踪，虽然一直怀疑被日本帝国主义杀害，但苦于没有确凿证据，即使新中国早在 1951 年就追认郁达夫为革命烈士，也没有引起学术界足够重视。之前只有少数几篇文章提及了郁达夫的爱国思想：如李标晶的《爱国主义的悲壮诗史——试论郁达夫创作中的爱国主义思想》①，而其余大部分著作只是在行文中提及了郁达夫的爱国主义的身份，但没有以一种研究者的眼光系统分析郁达夫的爱国主义精神，或者说，在当时“爱国主义”只是一顶华丽的桂冠加在郁达夫身上，而尚未进入学理层面进行认知。这种爱国主义虽不能说苍白，但也很难称得上厚实，

那么为何爱国思想的研究成为这个时期的亮点，细究之后主要有以下两个原因：

---

① 李标晶：《爱国主义的悲壮诗史——试论郁达夫创作中的爱国主义思想》，《杭州师范学院学报》1982 年第 1 期。

首先,郁达夫史料文献的发掘,特别是死亡真相揭晓,为郁达夫爱国主义者的地位提供了可靠的历史证据。1985 年前后,日本学者铃木正夫《郁达夫遇害真相》的研究报告的发表,将郁达夫的死亡之谜又重新摄入了人们的视野。铃木正夫作为一个学者,抛开种族的偏见,考证了郁达夫的被害真相,甚至找到了当时下令逮捕郁达夫的宪兵班长[①]。其中许多翔实的内容,具体的被害过程,在学术界虽有争议,但是郁达夫被日本军国主义所杀害,至此已经成为一个不争的事实。郁达夫的爱国者的身份在一定程度上得到加强,为论述郁达夫的爱国思想提供了事实上的论据。

其次,时间上的准备,历史上的考量。铃木正夫的论断是在 1985 年前后做出的,但是爱国主义的研究却至少推迟了 10 年之久。这又是为什么呢?纵观上个十年的郁达夫研究,有个现象特别突出:即郁达夫死亡真相的讨论异常激烈,使得郁达夫的名字在当时频繁出现在国内外各大报纸杂志中。如《复旦学报》的《铃木正夫调查郁达夫之死》等等,此类新闻频繁出现在各类大大小小报纸上,如《人民日报》《光明日报》《文汇报》重量级期刊杂志上。当年此类新闻数量,据本次研究资料搜集到的情况,仅仅是 1985 年这一年,就达到 32 条之多,可见是文化新闻领域内的一件大事。这些内容从以往高高的学术殿堂上步入了民间,拉近了郁达夫与普通民众的距离,成为上至学者下至学龄儿童所知的事件,郁达夫作为一个现代名家,脱离了语文教学、文学研究,与当代社会发生了广泛的联系,重新占据了人们的视野。经过上一时期的历史积淀,在民间引发了寻找郁达夫骸骨的热潮,如郁达夫中学全体学生呼吁寻找郁达夫骸骨,寻访古人寻找遗骨,民众有这样的热情[②],在一定程度上也激发了研究者们开拓郁达夫研究新领域的热情,使得研究者们也将关注的目光投入到了郁达夫爱国思想上来。

有了以上等原因的历史积淀,近十年的相关的论文数量的增加,就比较容易理解了。近十年来研究郁达夫爱国思想的作品主要有:蒋成德的《从种族革命的悲壮到民族歧视的哀愤——论郁达夫早期的爱国主义思想》,杨时

---

① 《郁达夫死因大白于天下 下令杀害郁氏的日本宪兵班长已经找到 郁氏惨招柔道掐死》,《羊城晚报》1985 年 9 月 28 日。

② 2000 年 6 月 27 日《每日新报》邓鲁平的《呼吁全球华人寻找郁达夫遗骨 郁达夫中学全体师生发出倡议书》,2000 年 6 月 28 日《杭州日报》上邓鲁平的《郁达夫中学全体师生倡议,全球华人共寻郁达夫遗骨》,2000 年 7 月 11 日上海《文汇报》的《印尼诗人了解郁达夫遗骨下落》,2000 年 7 月 29 日《杭州日报》的《郁达夫孙子认为,郁达夫遗骨很难找到》。

芬的《简评郁达夫诗歌中的爱国主义精神》，张建东的《茫茫烟水回头望 也为神州泪暗弹——评郁达夫早期小说爱国主义思想》等等。其中蒋成德的《从种族革命的悲壮到民族歧视的哀愤——论郁达夫早期的爱国主义思想》十分具有代表性。该文从郁达夫少时积贫积弱的社会环境、留学日本的经历以及他早期小说、旧体诗中的情感表露三个方面论述郁达夫爱国思想的启蒙、发展。文章通过叙述郁达夫在日本十年的经历，生动地展现了郁达夫作为中国一个弱国的子民，在日本由于弱国的原因受到歧视而无法作为的情形，进而得出结论：郁达夫早期的爱国思想是由抵御来自日本等强国的民族歧视而激发出来，郁达夫爱国的基点是期盼国家的富强，国人不受外人歧视，他的爱国是将民族和个人直接联系起来了。从这一点上看，与《沉沦》文中最后一句话所体现的思想十分吻合，从另一个角度论证了《沉沦》代表了他早期的爱国思想。

但是同时也应看到，对于郁达夫爱国主义的认识挖掘得仍不够深，在解读郁达夫爱国主义文本时常常犯了简单化的错误，或是从纵向考虑，以时间为界，分为早期、晚期的爱国主义进行研究；或是在横向思索，将郁的思想放入整个时代环境中作比较。在谈论其爱国思想时更多注重时代环境对他的影响。我们不否认，时代环境可以造就爱国意识，但这种爱国意识是群体性的，在如何表现郁达夫个人式的爱国上则稍欠依据，因此在此类叙述中难免掩盖了郁达夫极富个性化色彩的爱国情怀的璀璨光辉。郁达夫为人为文，极富个性，同样，他的爱国方式也深深地烙上了郁达夫的印记，他的爱国和他的个性是相融合的，在表达爱国思想时，融入了知识分子的意识。郁达夫式的爱国，不是作为政治家式的爱国，而是与知识分子的传统气节相结合的。他的传统文人气息、张扬自我的独特个性并没有因他的爱国主义者的身份而湮灭。

这个十年的爱国主义思想的研究有个共同的特征，即研究者们论述郁达夫爱国主义精神主要从他的文本中出发，从他的生平出发的篇什则很少，只有如《抗争——郁达夫的爱国主义精神》[①]等很少几篇，有点不可思议。近年来，人们关注郁达夫的爱国主义精神，很大程度上源于他遇害真相的披露，但是人们的研究却撇开郁达夫的晚年经历而直接进入文本，从文本中获取。这本来也无可厚非，我们了解一个作家，是可以而且应该更多依据其所创造的文本，但是言为心声，文如其人，过分地回避作家的生平身世而作纯

① 王诚：《抗争——郁达夫爱国主义精神核心》，《中共杭州市委党校学报》2001年第5期。

文本解读,也有偏颇,从长远角度讲,恐有碍于研究的深入与发展。从现有的郁达夫研究状况来看,这样的弊端已十分显见,为此,我们有必要进行结构性的调整。

郁达夫由于自身特殊的南洋经历,战争环境的大环境和他在南洋时周围的小环境,使得他在他生命的晚期无法创造出更多的文学作品。历史上也有类似这样的情况,文人虽活着,但他的创作生涯实际上已经结束了。对此,我们的研究该怎么办呢? 研究一个作家,固然应以他的文本为主要依据,但是我们又不能完全局限于文本。是的,文学是人学,但从广义上讲,人学又何尝不是文学,它们之间是互文的。人的个人经历也是一种文本。也就是说一个作家其实有两个文本:一个是作为文字的小文本,另一个是作为人融入社会,对社会发生影响的大文本。我们解读一个作家,可以进入其创作的文本,也可以在传记中发掘出更多的信息来。人也可以作为文的写照。就这个意义上来说,我们不能因为郁达夫未能继续创作而对他的生存状态、精神状态视而不见。

三

郁达夫的散文名篇《故都的秋》进入中学语文教学已有几十年的历史了,经过多年的文学教育,使得郁达夫研究显示出新的特质。

郁达夫的作品入选教材从某种程度上也反映了时代对郁达夫的接受、郁达夫地位的上升。纵向来看,郁达夫研究走过了一条从争论、否定到肯定的坎坷道路,从 1955 年一部现代文学教材——《中国现代文学史略》(丁易主编,作家出版社 1955 年版)对于郁达夫的评价就可略见端倪:编者认为郁的文本“精神是不健康的”,“感伤颓废得简直有些近乎自我麻醉”,“肉欲和色情描写仍然占着很多篇幅”①。在作为高等教育的现代文学史教材中,如此评价郁达夫的文学创作,可见主流社会对郁达夫的否定态度,那么作品进入教材这一主流出版物是无法想象的。而在目前,这篇强烈表达郁达夫悲伤意蕴的散文名作,收入了教材几十年,历久不衰,并到如今引发鉴赏、研究之热潮,从另一个侧面也反映了从学者到普通受教育者对于郁达夫的思想和艺术有了较为正确的定位,引发了深刻的思索。这种现象既可以看作是前一段时期郁达夫研究的积极成果,也可以看作是当下郁达夫研究一个有

① 丁易主编:《中国现代文学史略》,作家出版社 1955 年版,第 247、248 页。

趣的现象。

郁氏该作进入中学语文教材后，普及性逐渐增大，研究也随之多起来了。虽然该文作为课文用于教学已经很久了，但是在近十年中才引发了研究的热潮。1985—1995年期间，这方面的文章，据粗略统计，约有一二十篇，但是到了最近的十年，论文数目激增，达到50多篇之多。显然，这是个不小的数目，它从一个侧面表明郁达夫研究方式方法的一种转移。

其中代表性的有吴天柱的《〈故都的秋〉的韵味美》，黄红、邓端武的《〈故都的秋〉意境新探》，谢先国的《色彩种种绘故都——郁达夫〈故都的秋〉》，刘改棉的《关于〈故都的秋〉的思想内容》等等。这些作者大多是中学语文老师，论文大多也发表在《语文学刊》《语文教学与研究》等教育类杂志上。他们撰写论文主要是为教学之用的，或者说，他的写作的目的并不是为了郁达夫研究，而是为了更好地进行语文教学活动，但在客观上却推动了郁达夫研究向着微观方向的发展，从而在不经意间向我们展示了郁达夫研究的另一种可能性：

首先，这类语文教学中涌现出来的论文主要立足于文本，深入文本进行分析：如吴天柱的《〈故都的秋〉的韵味美》[1]，该文从《故都的秋》的景色描写入手，细致分析了文章韵味美的产生，认为文中韵味美主要是由追求神似的画面美的效果，加上语言的言不尽意、客观景色和作者的主观感情共同营造出来的；鲁玉双、谢泽涛的《美丽的悲凉——重读〈故都的秋〉》[2]则依情感路线，将隐藏在"秋"景之后的"悲"情用缓慢回放的方式细致微地层现出来，而潘美元的《诗情画意总关情——浅谈〈故都的秋〉》则将散文原文拆解、组合了五幅美丽的图画进行赏析，以图画的具象还原文字的抽象……

其次，这类文章的论述基本是感悟式解读的，并没有站在很高的理论角度上俯视它，而是以一种平易近人的角度看待它；不是将其作为一个研究的对象，而是作为一个审美的对象。如《论〈故都的秋〉的审美趣味》[3]，该文的重点在于辨析《故都的秋》的审美趣味，认为该篇散文所叙述的故都的秋色，并不是作者在文章中明言的"悲凉""萧索"，作者笔下的故都秋味恰恰不是那么"悲凉"，而是富有生命力的平民情调。作者解读的角度十分平易近人，没有站在学术的伟岸高度上、运用高深的理论重新解构、建构郁达夫的文

① 吴天柱：《〈故都的秋〉的韵味美》，《语文教学与实践》1999年第7期。

② 鲁玉双、谢泽涛：《美丽的悲凉——重读〈故都的秋〉》，《语文教学与研究》1998年第11期。

③ 余岱宗：《论〈故都的秋〉的审美趣味》，《福建论坛》2006年第2期。

本，而是通过解读的感悟、情绪的流动来完成。之所以这样，很大程度上由于这类文章的作者是中学教育第一线的教师，他们主要考虑的是教学的需要和学生的接受，而不是为了学术。当然，这也与郁达夫散文的品质特点有关。郁达夫的散文，不仅仅是《故都的秋》，甚至他的小说也往往是故事情节少，逻辑性不强，主要是依靠主人公情绪的流动来完成事件的叙述。这样的作品，就很难做到以理性的思维看待这种情绪的流动。因此，在解读的时候，很多时候是感悟的解读居多。这种解读，是中国传统经典解读。如果说《沉沦》借用了较多的西方现代主义技巧的话，那么郁达夫的这篇散文更接近中国传统文学，从中流露出来的名士气息不是西方现代主义的产物。而这样的文章，本身就适合用此类感悟的方式进行解读。

第三，这种感悟式的解读在某种程度上也弥补了目前研究论述的一个缺陷。目前的许多文学批评，借助某种理论进行研究，像做科学实验一样，将文本机械分解。这种机械分解，往往在无形中就把文学作品简单化了。如郁达夫的自叙传小说《沉沦》，直面作者心中的颓废与悲哀，表达了作者的真切感受。于是，就有研究者按照自叙传搜集史料，考证现实与作品中出现的人、事、物。从某种角度上说，这种严谨的考据是值得提倡的，但是又不能做得太过火。毕竟，郁达夫自叙传小说取材现实自身经历，表达自身感受，但是这些都不是作家的创作，就算是自传也不能完全表达真正的人生，更何况是建立在虚构文本基础上的自叙传小说呢？另外，简单的学理分析，常常导致文章被分析得索然无味，欣赏者寥寥，研究者只能在书斋中孤芳自赏。所以，它在走向精英文化的同时，无形中与大众文化拉开了距离，关闭了面向大众的大门。这种取向从长远来看，也不利于郁达夫研究的发展。而这种鉴赏式的小论文，无形中复苏了研究领域的活力。

这类论文，虽然每篇文章的切入点很小，有时甚至是微小的，篇幅也很短，一般不超过2000字，但它们融入了作者的深切的体悟和思考，在细微之处读出了郁达夫创作的不少真髓。将这些方方面面解读汇总起来，多少给人以一种新的认识，它对推广和普及郁达夫研究是有意义的。

但是此类论文也存在着某些难以忽视的缺陷，行文虽然精致，选题上却重复较多，让人眼前一亮的佳作鲜有，这不能不说是一个遗憾。并且，在许多时候，由于出于中学语文教学的考虑，在研读作品时这类作者更加关注其遣词造句等基础方面的运用，而缺乏开阔的思维视野。鲜有研究者将郁氏的散文放入中国现代文学发展史中考量。这样就使这类文章，层次境界比较逼仄。相信随着高等教育的普及，学历层次的提升以及教学改革的深化发展,越来越多的研究生进入中学教学队伍,此类教学研究性质的论文将会产生结构性的变化。由之,它也会使郁达夫研究在现有基础上,有可望实现新的飞跃。

(与姚迪合撰,原载《杭州师范大学学报》2007年第4期)

附录二

超越“根据地”，走向更宽阔的领域

——吴秀明访谈

赵卫东

一、“建立根据地”与“超越根据地”

■赵卫东：吴老师，记得您曾在谈及自己学术历程的一次发言中说，一个学者要构建自己的学术“根据地”，然后还要超越“根据地”，从而走向更广大的学术天地。这个说法很新鲜，发人深思。我认为这是对学术成长规律的一个很形象的概括。您能否借这个机会再阐发一下？

吴秀明：关于建立学术根据地又超越根据地的看法，既是我个人的一些体会，也是观察了很多前辈和同行的经历后做的一点总结。搞学术研究恐怕有一个“根据地”的问题；有没有“根据地”，也可以说是衡量一个学者是否成熟的重要标志。学海茫茫，当下又是一个知识“大爆炸”的时代，每个有使命感的学人面对如此浩瀚的知识海洋，都会感到自己的渺小和生命的短暂。所以，我们只能择取其中一点加以研究，为社会做贡献。这个点也就是“根据地”。当然，同样是“根据地”的建立，每个人的情况可能不一样：有的“根据地”建立比较早,有的则比较晚。自然,晚建立也有它的好处,就是可以拓展研究的领域。我听人家跟我讲,我们浙江大学已故的著名学者姜亮夫先生说他“收网”的时间太晚了。我猜姜先生的意思是说他早年学术兴趣太广泛了,“收网”也就是建立“根据地”的时间嫌晚;如果收的早一点,他可能在“专”的方面取得更大的成就。之所以要建立“根据地”,我想主要是为了集中力量打“歼灭战”,着眼于战略的考虑;不能毫无计划,四处出击,逮住一个搞一个,碰到什么研究什么,到处打游击,打一枪换一个地方,没有自己的主攻方向和目标。如此,研究的“面”宽则宽矣,但很难形成自己的学术特色和竞争力,难以成为专门领域的“专家”。考诸近代以来的学术史,我们发现许多优秀的学者,都会自觉不自觉地在特定的时期寻找和建立自己的“根据地”。

那么,在找到了“根据地”以后是否就一劳永逸呢?我以为不能这样。因为,“根据地”找到以后也容易导致封闭和惰性,这大概是“根据地”的负面效应或者说是“根据地”的一个陷阱吧。正因此,我认为要有超越“根据地”的意识。超越“根据地”就是打破现有恒定的秩序,使之处于一种动态的开放的状态。这有利于学术的提升和发展。

■赵卫东:熟悉您的人都知道,您是历史文学研究领域的知名专家,我大致帮您统计过,有关历史小说方面的研究,您先后出版了5部著作、100多篇文章、5部选本,申报并且完成了3个国家社科规划课题和1个省级规划课题,参与了1个教育部重大攻关研究项目。应该说,历史文学研究是您多年不懈经营的“根据地”。您是从什么时候踏入这个研究领域的?是一个偶然的机缘,还是您从一进入学术研究领域的开始,就决定要建立属于自己的这个“根据地”?

吴秀明:你的提问很有意思,也引起了我对往事和一些师友的美好回忆。说起来,我进入历史文学研究是带点偶然性的。

记得1979年年底,为了拟写一份有关《李自成》教学的讲稿,我接连几天出入中文系的资料室。就在这之间,我无意发现书架上摆的历史小说,除了《李自成》外,还有其他新出的几部。这事引起了我的注意。我便把这几部新作匆匆浏览了一遍,并随手记下了自己的一些思索。1980年至1981年,历史小说出得更多了,名篇佳作,联袂而至,一时蔚为壮观。这种现象更引起了我的注意。我在搜研阅读的同时就动手写了一篇有关新时期历史小说创作概评性的文章,寄给了《文艺报》。不久,《文艺报》回了一封很长的信,连同寄去的稿子一起退还我。在此,我要感谢《文艺报》,是这个刊物腾出了一角发表了我的牙牙学语的习作。我记得，当时他们的回信中，不仅具体地提出了重新修改的意见，而且还嘉励我“文字功力较好，是目前大学里关心当前创作的很难得的一个”，等等。《文艺报》的这封信，使我愧怍也令我不免有些兴奋。以后，按照他们的意见，我将概评性文章中的有关真实性这部分内容抽出来，写成《虚构应当尊重历史》，发表在《文艺报》1981 年第 18 期上。而那篇概论性的文章，经过扩充修改，以《评近年来的历史小说创作》为题，刊登在《文学评论》1982 年第 2 期的头版头条上。

这两篇文章刊发后，《文汇报》《文摘报》均有摘要介绍；而后一篇文章，《新华文摘》还作了转载，产生了相当广泛的影响。这给了我以很大的鼓舞。于是，我就情不自禁地把自己全部心力都投注到当代历史小说评论上来。开始大多是概评或者是专题性的，后来主要是作家作品论，着重于新人新作的评介。1987 年时代文艺出版社为我结集出版的评论集《在历史与小说之间》，就记下了我此期所走的歪歪斜斜的足迹。从写第一篇历史小说评论文章到第一部评论集的出版，算是我学术生涯的第一阶段，也算是学术起步吧。

■赵卫东：您的这个起步看似偶然，其实和您无意之中捕捉到的“问题”有关。发现一个有待开掘的学术领域，需要学者的敏感和眼光，没有长期的学术积累练就的敏感和眼光，有时即使问题摆在你的面前，你很有可能“视而不见”。那么，您在这个领域小有建树之后，是否意识到已经找到或建立起了自己的“根据地”呢？

吴秀明：应当说，朦胧中是有这个意识的。但是，很快我就发现了自己的问题。当然，问题的产生也是有原因的。在经过若干年追踪性的评论之后，慢慢地，自己对过去以往的评论也感到不满起来，想要有所提高和超越；另一方面，也是基于历史文学理论研究十分薄弱的客观现状，于是就萌生了构建历史文学独特学科形态理论的想法。如此一来，我的研究重心就由历史小说评论转向历史文学本体理论的探讨。这一“转换”，难度是显而易见的。它不仅是研究范围的拓宽（从历史小说扩大到历史剧、历史题材影视、史诗、咏史、历史散文等），也不仅是研究性质的改变（从“即时评论”走向“理论研究”），更主要的是所探讨的历史文学本体理论，迄今尚处于空白状态。尽管作为一种独特的艺术形态，它在中外发展史上源远流长，具有上千年的悠久历史。巴尔扎克在一百多年前曾不无遗憾地指出：司各特历史小说虽然成就斐然，但他却“没有想象出一套理论，而只是在工作的热情中，或是由于这种工作的必然结果，才找到了自己的写作方式”。我们现在面临的情形,比巴尔扎克当年所说的当然要稍好些,但严格地讲,历史文学理论大多只是一些经验性的直感,还未形而上升为"一套理论"形态的境次,更不要说实施缜密的体系性的构建。

正是基于这样的事实和道理,我觉得在总结前人经验的基础上,提出并着手进行有关历史文学形态学这个课题的研究,就显得十分重要和必要。我明白此一课题总得有人去做。我不做,他人迟早也会去做。但不管怎么说,它总需要有一个敢于冒险的人,而且我做了也就可能做得与他人不一样,于是也就为后人撰写历史文学文论史多备了一份思想资源。想到这些,我就更坚定了自己的选择,下决心用笨拙之笔去叩击历史文学的理论之门。就这样,我的历史小说研究逐渐由历史小说批评推进到了历史文学理论研究上。

■赵卫东:从评论到理论建构,您在这个学术爬坡阶段遇到过什么样的困难?

吴秀明:困难当然很多。由于自己的学识所限,也由于学术界至今还没有一本全面研究这方面的著作问世而可用来借鉴,因此这就使原本并不轻松的任务显得更不轻松。没有办法,我只好深入历史,从袁于令、金丰、焦循、郁达夫、吴晗、郭沫若、茅盾、亚里士多德、莱辛、黑格尔、卢卡契等著述那里寻找有用的东西;另一方面,硬着头皮啃了些理论书籍,包括哲学、史学、文化学、美学、心理学、符号学、结构主义、阐释学、接受美学、系统论、控制论、信息论等等,有意识地进行了知识结构的调整。这样,写起来心中多少就有了个底,许多被遮蔽的问题也仿佛亮堂起来。1991年,就在书稿进行大半之时,我以《历史文学研究》为题,向国家社会科学基金会提出了申请,得到了批准,给予立项资助。这不仅使我陡增了研究工作的严肃感和责任感,而且也对正在进行之中的历史文学本体理论的构建又多了份自信。在此,我要感谢学术界熟悉或不熟悉的同行,在我的第一部历史文学形态理论专著《文学中的历史世界——历史文学论》出版后,他们在香港的《大公报》以及内地的《文艺研究》《文艺报》《中国图书评论》《浙江学刊》《浙江社会科学》等10余家报刊上载文给予较高评价。在他们的支持鼓励下,我又一鼓作气地完成并出版了另两部书稿《真实的构造——历史文学真实论》《历史的诗学》的写作,更加全面系统地表达了我对历史文学的看法,体现了我对历史文学形态理论构建方面的追求。

■赵卫东:从您的学术研究中,似乎隐约可见一个不断深化的逻辑链条。从一般的评论写作到自觉的理论建构,您的学术研究经历了一个不断提升、深化和超越的过程。回顾自己的研究历程，您对历史文学这个“根据地”有什么样的感受？

吴秀明：从好的方面来说，历史小说研究确立了我的学术起点，增强了我的学术信心，为以后进一步研究打下了基础。我学术研究的基本思路理念、方式方法都来自历史小说，在某种意义上，历史小说研究让我终身受益。

当然有利也有弊。由于较早建立了这个所谓的“根据地”，它使我在无形当中为自己的研究对象所拘囿，显得“专”有余而“阔”不足。这也是蛮致命的。

■赵卫东：您何时意识到这个问题？是这个问题促使您致力于“根据地”的超越吗？

吴秀明：确切地说，是1995年前后吧。从那时之后，我的学术兴趣和研究重心逐渐转移到当代文学思潮或文学现象研究上来。这也就是你提问中所谓的“超越根据地”吧。显然，这对我来讲无疑又是一个“转向”。它看似突兀，实则事出有因，还是蛮自然的。首先，自大学毕业以后，我一直在原杭州大学中文系承担中国当代文学的教学。近一二十年来，还在高年级学生和研究生中开设《中国当代文学思潮研究》《当前文艺问题研究》等选修课，在当代文学方面颇有些积累。说实在的，当代文学才是我的“本行”，而历史文学则是我的“副业”。其次，也是最重要的，是世纪之交中国文学文化的剧烈变化和转型，如同生活在这块古老黄土地上的任何人都会强烈地感到巨大变革所带来的冲击一样，作为一个人文知识分子，面对这巨大深刻的剧变，我在催生理解与困惑、欣喜与忧思的同时，免不了会有一种解释的冲动，我也需要表达我的人文立场。因为世纪之交不只是个时间的概念，同时也涵盖着深刻的价值冲突；世纪之交不只是客观的物理事实，同时也是一个主观的心理体验。

记得在第二阶段从事历史文学本体理论研究时，我还曾在《文艺研究》《文史哲》等刊物上发表过几篇有关当代文学方面的文章，一吐为快地就当下文学的某些问题表达自己的一些想法。但那是“过把瘾”式的客串，当时的主要心力并不在此。只有在1995年以后，当历史文学本体理论构建暂时告一段落，而将“世纪之交的当代文学思潮研究”提到重要议事日程上来，我胸中郁结的当代文学情怀才能得以充分的释放。

二、“警惕学术自恋，注意文学世界的丰富性和复杂性”

■赵卫东：从历史文学研究转到当代文学思潮、当代文学史和当代文学学科研究，这十余年来，您在这方面的学术成果见证了您的自我超越，实现了从历史文学研究重镇到出色的当代文学史研究专家的学术转身。我感兴趣的一个问题是，尽管您超越了以往的“根据地”，但您的历史文学研究并未停步，相反，在这十余年间，您在历史文学领域的研究成果却更厚实开放，显现出一种恢宏的学术气度，这和您在当代文学思潮、当代文学史和当代文学学科的研究有关系吗？

吴秀明：所谓“恢宏的学术气度”，你言重了，委实不敢当，权且把它看作是你们年轻一代学者对我的鼓励吧！的确，在学术转向之后，我并没有放弃历史文学研究。事实上，我的后两个关于历史文学的国家社科基金课题《新时期长篇历史题材小说研究》《当代历史文学生产体制、创作实践与历史观问题的综合考察》正是这段时间获批的。这一时期我在历史文学研究领域的工作，主要是结合立项研究项目，努力从观念、思维、方法等方面进行新的拓展，尽量为历史小说研究带来一些以前没有的新质：一、从当代文学整体系统的角度和高度审视历史小说，既强调它的思想艺术特质，同时也不忽略它与整体文学之间的互渗互动及其内在的逻辑关联；二、走出纯粹的“审美城”，借鉴和吸纳文化批评的理念，将历史小说还原到一定的“文化场”中进行解读，努力拓宽其研究的内涵和外延；三、更多关注历史小说的想象性和创造力，在此前提下，对“新历史小说”“新故事新编”乃至“戏说历史”做出合情合理合逻辑的评价；四、同时还提出一些新的概念和新的观点，如“历史小说真实的两度创造问题”“历史知识的两面性问题”“历史翻案的陷阱问题”“历史小说创作的底线与境界问题”，以及“历史三世”“两极题材”“权力叙事”“明清叙事”“中西冲突”“新故事新编”“另类写作”等等。

■赵卫东：我对您的“历史真实的两度创造”的观点很有兴趣，因为在历史文学创作和研究中，真实性问题大概是最令人“纠结”的吧。您能否略作些介绍？

吴秀明：我是从语言和内容两个方面提出并探讨真实性这个问题的。所谓“一度创造”，是指语言上合情合理的创造和转换，我们大可不必为了所谓的“求真”，而在叙述时抛开现代读者的阅读不管，去搞什么原汁原味的“古语”写作，使读者不知所云或读得费劲。所谓“二度创造”，则是指内容上基于现代伦理和人性的一种创造和转换，因为真的不等于善的和美的。例如大家都知道勾践"尝胆"的故事，但历史上勾践为了讨好吴王还干过"尝粪"的事。为什么迄今为止的所有创作，都没写"尝粪"呢？因为它尽管真实，但实在太恶作、太恶心了，如果将其正面表现，实在难以令人接受，所以有必要按照善和美的原则对此作隐显抑扬的处理。像这样的解读，在我早期的历史小说研究中是没有也不会有的。总的来说，我后期的历史小说研究开始有些弹性了，注意到文学固有的丰富性复杂性。这应当说与我从事的当代文学研究有关吧，是当代文学研究拓展了我的学术视界。

■赵卫东：您在这一阶段的研究成果，好像比较集中体现在2007年出版的《中国当代长篇历史小说的文化阐释》一书和2009年发表的《论茅盾对现代历史文学理论建设的贡献》（载《中国现代文学研究丛刊》2009年第4期）一文中。据我所知，《中国当代长篇历史小说的文化阐释》还获得了浙江省高校社科成果一等奖和教育部人文社科成果三等奖，这也从一个侧面反映了学界对您近些年历史文学研究的认可。而您对茅盾先生历史文学理论总结的这篇文章，给我的印象更加深刻，您能再谈一下吗？

吴秀明：这篇文章，我主要是从历史观、价值观、真实观、艺术观四个方面探讨了茅盾对现代历史文学理论的贡献，认为他第一次把历史文学的理论体系化了；并借此对世界历史文学的理论发展史做了一个简要的点评和梳理，包括黑格尔、卢卡奇、别林斯基的历史文学观等。尽管讲的是茅盾的现代历史文学理论，但对其所作的"四维一体"的概括，却凝积了我先前历史小说研究的心血。这里讲的是茅盾，其实包含了我对历史小说较为系统的一些想法。"四维一体"的写作思路，在很大程度上也与我逐渐形成的历史观、价值观、真实观、艺术观的历史文学的理论框架有关。在某种意义上，它可以说是我对自己以往历史文学研究的一个总结。算是借茅盾的酒杯，浇自己的块垒吧！

■赵卫东：是否可以说，当代文学研究不但没有限制您的历史文学研究，反而在一定程度上对您的历史文学研究起到了积极的催化作用？

吴秀明：是的。如果我当时不进一步从批评转向理论，并且进而从历史文学研究转向当代思潮、文学史乃至学科研究，恐怕很难取得今天的成就，在层次和境界方面可能也有些问题。回到前面讲的"根据地"话题上来，我想是否可以这样说：超越"根据地"或走出"根据地"，的确有点风险，但有时候这种冒险也是值得的。就是说，你老是躲在"根据地"里，熟门熟路又安全，无形之中，它就给你一种思维惰性，因为没有压力嘛！所以找到"根据地”以后，怎么办？我还是主张“不即不离”，即与“根据地”保持一种适度的平衡和张力，这样比较好。不能过于沉醉其中不能自拔，学术上的自恋心态也是值得学人警惕的。换言之，当把学术研究推进到一定的阶段，都存在一个学术定位或转换的问题，从自己经营成熟的“根据地”突围，走向更宽阔的学术领域。这一步如果跨出去了，而且跨得好，它可为后来的研究孕育和催生一个新的飞跃。我觉得，一个学者的价值，大概也应当在不断的自我超越中得到实现吧！

■赵卫东：那么，从批评转向理论，又从理论转向文学史和学科研究，它们之间是一种什么样的关系？

吴秀明：文学研究作为一种社会科学，当然要强调理性的认知和“判断力的判断”，强调文献史料的独立准备和信而有征。但它并不排斥文学批评。相反，理论研究和文学史研究应该从批评中吸取其高度敏锐细腻的艺术感觉以丰富充实自己。批评与研究作为文学研究的两个方面，本该相得益彰。研究的批评化，如同批评的研究化一样，也许是我们当前及今后需要注意的一个重要问题。研究只有很好地向批评开放，寻求借鉴，才能有效地避免学院派常有的死板僵硬，而显得生气灌注、血肉丰盈。

■赵卫东：您刚才讲到，当代文学批评和研究，使您的“当代文学情怀”得以释放。从您近年的当代文学研究中，我能感受到您对当代文学的热情和真切的关怀，这也是您当代文学研究充满活力、不断开拓的重要原因吧？

吴秀明：你知道，20 世纪 90 年代中期，大陆学界的整体氛围可谓“喧哗与躁动”。当我关注当代文学思潮时，立即就被它那“不定型”的、带有某种挑战性、原创性的个性特征所吸引；自然，我也为它的这样一个特征而颇费踌躇。为使研究多少有点属于自己的东西，在当时，我主要采用“三元”（即精英文学、大众文学、主流意识形态文学）一体的范式来描述和概括世纪之交的文学思潮。这一时期的成果，主要反映在《三元结构的文学》尤其是《转型时期的中国当代文学思潮》著作中。它以价值体系和社会群体的差异为依据，具体的论述，紧扣从“政治中心”向“经济中心”转型以及由此导致的价值观、文化观、审美观深刻嬗变而多层次、多角度地展开。我不敢说这样的范式在多大程度上反映和概括了当下文坛的丰富复杂的现实，但却自以为这也不失是一种走近思潮、言说思潮的方式。

■赵卫东：我认为“三元一体”较之原有的“雅俗二分”是一个超越，它更细化也切近创作的实际。因为现实世界当然也包括鲜活的文学世界，是丰富、复杂和立体的，简单的“雅俗二分”或别的什么“二分”，或别的什么非此即彼，容易把复杂的问题简单化，造成许多遮蔽。而在这点上，我认为您对包括十七年文学在内的中国现当代文学研究是比较注意的，它甚至可以说是形成了你研究的一种理路。

吴秀明：相对而言，我是比较注意文学世界的丰富性和复杂性的。就拿十七年文学来说吧，它当然可以作"是什么"或"不是什么"的判断，并且这样的判断也自有其必要和合理之处。但我们是否还可以换一种思路来审视呢？即它在"是"与"不是"之外或之间是否还存在被我们忽略了的东西呢？我是从这个角度，提出了十七年文学的矛盾性问题，认为它不仅是高度"一体化"的，同时个中还夹杂着不少"异质性"的东西，是一体与异质的复杂缠结。只不过这种矛盾性被当时的主流权威话语所遮蔽，而更多以历史的"另一副面孔"或"异端的声音"呈现出来罢了。完整的十七年文学或文学史，就是由"一体化"与"异质性"所组成。只讲其中一面而不讲另一面，都有失偏颇。这就提示我们，面对对象本身的丰富性和复杂性，研究者也要尽可能地贴近对象的实际，而不能用简单的思维方法对待它。

■赵卫东：实际上，十七年文学还存在着被强制推行的创作律令和作家实际的创作情况错位的状况。这一方面也是容易被研究者所忽视的。

吴秀明：是的。比如批判萧也牧的《我们夫妇之间》，尽管批判运动之后无形当中形成了一些创作的禁区和套路，但总有一些例外，因而就不可能达到创作上真正的"绝对"和"纯粹"。文学有其不能被政策和意识形态完全"规训"的方面。从生活到艺术是十分复杂的，这之间不可避免地融入了作者个人的主观情感和非意识形态的因素，这就常常导致了实践对理论的僭越。正是从这里出发，我们便不难理解那时的作家在热情讴歌现实政治的同时，又有自己真实的体验和观念，这不但形成了当时的"潜在写作"，还使得那些"显在写作"呈现出文本的复杂和分裂的现象。

■赵卫东：记得您曾从"思潮、精神与文本"三个方面，来论说十七年文学在主流意识形态的期待与实际的作家创作之间存在的这种矛盾性。那么，这种矛盾性是以对等的方式存在的吗？

吴秀明：你提到的这个问题很重要。我认为，尽管十七年文学中存在如上种种矛盾，有时候这种矛盾甚至还发展到相当尖锐激烈的程度，但它毕竟不是对抗性的矛盾而是对话性的关系；彼此也不是一个矛盾的等级，尚构不成真正对等的矛盾关系。矛盾的实质，也是为了在维护现存主流思想观念的前提下进行修修补补，使之保持适度的平衡，不致在文学政治化道路上走得太远。这一点，即使最为"叛逆"的胡风也不例外。胡风的文艺理论在根本上并未否定毛泽东的《讲话》精神，其差别之处主要在于胡风同时还强调了文学家对于现实的主观能动性以及文学本身的审美独立性。胡风的理路还是属于左翼文艺的大范畴的。正因这样，我们在讲十七年文学矛盾性时不能将其不适当地过分夸大。否则，那也有悖客观事实，同样是一种简单化，需要引起我们注意。在文学"从属于"政治的年代，与"一体化"相对立的"异质性"的声音向来是受贬抑的，哪怕是在"规训"尚未健全的新中国成立初，以及在调整时期即环境相对比较松动的1956年、1961年，都莫不如此。事实是在政治覆盖的高度整一的"一元化体制"之下，并不真正存在一种文学的"对抗体制"。

■赵卫东：当然，对历史复杂性的还原存在层层障碍。我想，可能正是这个原因，才促使您主编《中国当代文学史写真》这部130万字的文学史著作。因为据您在这部教材的前言中介绍，您追求的是"文献性、原创性、客观性"，它打破了传统教材系统阐述的权威面目，淡化个人的主观色彩，而以"你说""我说""他说""大家说"的多元视角来尽可能地呈现复杂的文学史面貌。是这样的吗？

吴秀明：编写这部《文学史写真》，确实如你所说，我有意突出文献史料在文学史叙述中的功能，最大限度地凸显文学史发展的原生态这样一种述史的新方法。要说创新，主要也体现在这一点上。没有想到，教材出版后被一些刊物作为"一线教师投票选出的最有价值、使用率最高的现当代文学史教材"进行过介绍，并于2006年被遴选为国家"十一五"规划教材由北京大学出版社再版。由此可见，这部教材所追求的"多描述、少判断，不妄下结论，不搞独断式的话语霸权，一切靠史实说话，以史实取胜"，以及"多元立体、众声喧哗"的路子，还是被很多同行所接受的。

三、"学术追求与人文关怀是一体两面的"

■赵卫东：我在阅读您的当代文学史与当代文学思潮方面的著述中，时常发现您对当代文学的学科建设也有不少设想，这些设想或在文学史著作中被连带地讨论，或被您写成了专论。在您刚出版的《中国现当代文学史与生态场》中，也比较集中地反映了对学科发展的忧思与建议。但是，我在这本书中还发现，除了文学史、学科建设这些议题外，有关"生态文学"的文章也占了相当篇幅。您对生态文学的关注，是您学术求新的一时冲动，还是您学术逻辑上的一个必然环节呢？

吴秀明：其实，早在10年前我就已经开始关注生态文学了，2000年、2002年还组织了几位年轻老师和博士以“世纪末文学现象与人文生态环境研究”和“文化生态视野中的跨世纪文学研究”为题，申报教育部人文社科研究课题及浙江省重点社科规划课题被立项。这方面的研究现在已经基本完成，告一段落了。说到你刚才关于求新与学术延伸的内在逻辑问题，我想，也许更多的是后者。我从事当代文学研究，要对它的“中国特色”的生存状态和发展过程进行解释，必然涉及这个文学生态或者说文学大环境的问题。此外，近些年我的博士生的论文也时常向我提出关于文学生态的问题。这些都直接间接地吸引了我的眼光。当然，后来出现的生态文学研究热潮，促使我把“文学生态”和“生态文学”两个东西放在一起加以考察。

■赵卫东：在生态文学研究上，您不同于其他研究者，在讲生态主客体关系时，似乎更强调“人的创造主体的能动作用”；在讲生态文学对生态学借鉴时，似乎更强调“审美中介环节的转换”。也就是说，你在讲生态文学时，不是停留在一般的“泛生态”的层次，而是将它还原到具体切实的当下语境中来，纳入文学大系统中进行观照把握。我这样的理解对吗？

吴秀明：是的。不过除此之外，我还是述及这样一些命题，如“非人类中心主义理论本身的悖论与局限问题”，“文化殖民与第三世界国家的生态权问题”，“暴力美学倾向与生态叙事的道德尺度问题”，“积极的天人合一与消极的天人合一的关系问题”，“生态文学与生态学的异质同构关系问题”，“外源性生态与内源性生态的关系问题”，以及“生态文学的审美机制与艺术转换问题”，“艺术想象力与创造性问题”等。对这些问题的探讨，我现在还是比较初步和粗糙的，有待以后再深入拓展吧。

■赵卫东：您对当前这些令人瞩目的学术热点的关注，使我觉得一个学者的学术追求与人文关怀其实是一体两面的。我还注意到您的人文关怀与这块丰饶的吴越大地有着紧密的联系。作为一个土生土长的浙江人，您近年主编了《文学浙军与吴越文化》《江南文化与跨世纪当代文学思潮研究》《浙江当代文学六十年》等著作，对江南文学文化特别是浙江文学文化作了较多的关注。您能谈谈在这方面的工作和感受吗？

吴秀明：我是浙江人，老家在东海之滨的浙东温岭。这些年因为种种原因，我的成果涉及了浙江文学与文化。如你所知，浙江是地理空间小、人文空间大的文化大省。它与别的省份相比，一个重要特点就是进入晚近以后，传统文学文化不但率先实现了现代的转型，而且达到了更加辉煌的境地。这是非常了不起的。这种辉煌在浙江现代文学那里得到了突出的体现，你看现代文学中有多少大师大家如鲁迅、茅盾、郁达夫、徐志摩、周作人、戴望舒、艾青、夏衍、穆旦、丰子恺等等都是浙江人。说现代文学史上“浙江作家占有半壁江山”，是一点不为过的。而浙江当代文学呢，相形之下差距就大了。于是，很自然地引来了各种各样的议论，浙江当代的有关作家、批评家由之也感到了某种尴尬和失落。

■赵卫东：我理解这种尴尬和失落，因为由“现代”而“当代”，其间的反差实在不小。我相信，不少人都为此而困惑。您如何看待这个问题？

吴秀明：这里的原因分析起来可能很多也很复杂，如众多有成就和声望的现代作家、批评家在新中国成立后继续留居北京、上海从事创作或文学领导工作，而没有返回原籍（这也可以说是浙江作家对中国当代文学做出的一个特殊贡献吧），又如“文化中心”的北移（由上海北移北京）等等，恐无法一一细述。在此我要强调的是，即使面对这样的尴尬和失落，浙江文学也没停止自己探索的脚步。“三十年河东，三十年河西。”在“前三十年”，浙江当代文学主要是顺应时代社会的变迁，实现由“现代”向“当代”的转换，并在此基础上建立新的文学管理、生产和传播体制。而在“后三十年”，经济、文化和地理等多方面的因素，则使浙江文学在经过一段短期的徘徊之后奋起直追，取得了为“前三十年”所没有的成就。

对于浙江当代文学的上述状况，作为文学研究者，我们要理解它，并且应该给它一个实事求是，很到位、有学理深度的自己的说法，还它以文化大省应有的地位和尊严；而不应对其作简单的、情绪化的或随意贬斥或过分拔高的评判。

■赵卫东：您对浙江当代文学的“理解”和所提出的“还它以文化大省应有的地位和尊严”之说，很使我感动，也很好地体现了我上面所说的人文关怀，一种开放开阔、宽容豁达的人文关怀。您是高校主要从事学术研究的老师，为什么具有这样一种感受和“理解”呢？

吴秀明：这自然与我所从事的当代文学教学和研究有关，也与我主动介入浙江文学的思维理念和文化立场有关（如参与或主持省作协、省当代文学研究会召开的有关会议等）。而作为一个具有现实情怀并且生于斯长于斯的浙江当代学者，我也没有理由不介入、不关爱浙江的当代文学而对它冷眼旁观。这也可以说是一种自然而然的责任，是人文知识分子应有的一种“实践理性”。只有主动介入其中，你才有可能与之保持血肉与共的生命联系并催生一种研究的激情。我主编出版的有关浙江当代文学的几部书，其主要动因也源于此。

此外，我还挂名兼任省作协副主席，分管理论批评，因而关注关心浙江当代文学也是我分内的事。我的研究主要集中在当代以来浙江作家和作品的研究，其中，关于“文学浙军”的研究，以及今年即将出版的《浙江新时期文学三十年》，应该算是阶段性的代表成果吧，它代表了我对生我养我的故土的一点学术上的回报。因而，我非常赞同你方才所说研究者的学术追求与人文关怀是一体两面的看法。

■赵卫东：您认为浙江近年的文学发展与成就怎样？将来又会有怎样的前景？

吴秀明：由于浙江现代文学的成就太高了，所以人们就容易用一种对比的眼光来看待浙江当代文学，感觉自然就差了些。其实，浙江文学在进入当代以来并没有停止探索，尤其是新时期以来更是如此，“文学浙军”的崛起就是明证。浙江的历史和现实蕴含着无比丰富的内涵，浙江当下文学也正在产生深刻的嬗变。我想，随着文学环境的进一步改善和浙江作家的辛勤努力，浙江的文学事业一定会在不远的将来迎来自己更加美好的明天。

■赵卫东：看到王旭烽、余华、麦家、艾伟等作家在全国的影响力，我想您的期待是很有理由的。再回到文学史研究上来，您刚才强调当代文学史研究中要重视文献史料的问题，据我所知，在今年刚刚公布的国家社科基金评审名单中，您申报的“中国当代文学文献史料问题研究”获得重点立项课题资助。这是否体现了您在当代文学研究中将要开始的一种新的学术探索？

吴秀明：不妨这么说吧。你知道，史料意识有无确立以及实践的程度如何，不仅直接关系到研究的客观公允与否，而且对学术创新乃至学科建设都具有重要的支撑作用。这些年在现代文学研究领域，从问题出发，从史料入手，已经成为基本的学术规范。而相比之下，当代文学研究在这方面就显得十分薄弱。由于社会历史环境的制约和“贵古贱今”学术观念的影响，也由于当代文学学科鲜明的“当下性”特点，当代文学领域长期盛行的是“以论代史”“以论带史”的研究理路；重理论阐释而轻文献史料，已成为主导这个学科的基本取向。这样一种与历史“不及物”的研究在学科发展的某一特定阶段或许在所难避，但应当承认，这种学风与当代文学研究中普遍存在的“思想过剩”和“理论泛滥”的弊病是有一定因果关系的。对文献史料的漠视，不能不说是其中的一个“脆弱的软肋”。这也从侧面反映了当代文学研究的浮躁和学科的不成熟，必须引起学界足够的重视与反思。

当代文学迄今已有60年矣，在时间上是现代文学历史（30年）的二倍之长，现在是可以而且应该考虑研究的历史化、经典化问题了。我不赞同在当代文学研究中生搬硬套古代文学、现代文学的标准，但却主张和倡扬从它们那里吸纳长期以来形成的、行之有效的学术规范和治学之道。如果说八九十年代“重写文学史”所体现的观念创新是当代文学研究的一次意义重大的“战略转移”，那么现在提出并强调对文献史料的重视则可说是研究的又一次重要的“战略转移”。我们申报这个课题，首先，是想借此机会全面盘整现有当代文学文献史料方面的研究成果，检讨以往在研究意识和方法上的缺陷，为将来“当代文学文献史料学”的构建提供一个初步的雏形和架构；此外，就是当代文学的不少亲历者年事渐高，加上其他各种因素，不少文献史料实际处于随时可能湮灭的紧迫状态；我们想借此呼吁学界同仁，要高度重视当代文学史料的抢救工作，这是一项惠及学科历史、现实和未来的工作。否则，我们就会留下永远无法弥补的很多遗憾。现在庆幸的是课题获批了，那么，我们接下来要做的，就是按计划全面铺开对当代文学文献史料的收集、整理、发掘和研究，为改变它在史料问题上的滞后和被动，做出自己的贡献。

■赵卫东：您的研究，即使在您并无太多积累的生态文学方面，似乎都在永不停步追求着创新。而说到创新，这就涉及近年来大家非常关注的“学术规范”问题，你对此是怎样看的？

吴秀明：这几年学术界出了一些学术不端的行为，大家都把目光定格在学术规范上面，但我认为更值得重视和关注的是学术创新问题，这是最难的也是最重要的，是学术研究的核心和灵魂。学术规范只是手段，创新才是目的。规范的目的在于更好地创新，而不是为了规范而规范。我觉得我们当下最欠缺的不是规范而是创新。你看不少文章，从外表上看，的确写得很规范，引文、出处、参考文献一应俱全，但就是没有创意。这几年量化指标实施以后，中国学术界文章数量成倍猛增，但具有创新的文章却明显下降。这对我们是一个警示，它反过来也说明创新的不易和可贵，值得我们反思。

■赵卫东：那么如何进行学术创新呢？最后，你能否给我们提点建设性的意见？

吴秀明：我认为学术创新是多样的：有的也许重在观念的创新，有的可能旨在方法和角度求新，有的或许侧重于寻找一些材料，从传统的话题中挖掘新意，有的可能从当下鲜活的生活中去提炼话题，或者通过跨学科的研究寻找灵感。这里，我只想强调一点，就是创新也有陷阱，过于追新求新，效果可能恰得其反。当下学术研究有一股值得注意的倾向就是跟风潮、趋新潮，这是否是学术浮躁、学术投机的一种表现呢？我以为学术创新与实事求是并不对立，甚至可以说，实事求是是最大的一种创新。当大家都把标题搞得花里胡哨，把文章写得让人看不懂，你把标题出得朴素、把文章写得朴素，这不是很好的一种创新吗，不是显得与众不同而很有新意吗？创新从根本上讲是对真理的一种言说，或更加逼近真理，是为了“求是”，所以我们也须对创新保持必要的警惕。

（原载《渤海大学学报》2011 年第 1 期；赵卫东为浙江科技学院教授）

无法割断的历史情缘

——吴秀明教授访谈录

刘 杨

一、史家意识与文学史研究

■刘杨：吴老师，您好！感谢您能接受这次访谈，使我有一次再向您详细问学的机会。在您三十多年的学术研究生涯中，涉及历史小说、文学思潮、文学史、学科史、文学史料等诸多领域，而且在每个领域都有代表您水平的学术成果，看似您的学术兴趣在不断转移。但我感觉是，你"变"中有"常"，尤其是您在治学的过程中，和"历史"的情缘一直未断。

吴秀明：文学研究有不同的路数。我始于当代文学批评，搞了一些年后因环境和心态的变化，也为了提升一下批评的浓度、深度和厚度，逐渐萌生了向研究转换的想法。因为觉得老是跟在作家作品后面阐释，有点被动，难以有效地凸显自己的想法，于是就转向了当代文学研究——主要是文学思潮、文学史、学科史、史料学研究等，不知不觉地养成了瞻前顾后、以便对研究对象进行有距离观照和把握的思维习惯；而文学思潮、文学史、学科史、史料学，本身又都带有明显的"历史评价"乃至"史学"的特点。故而，随着研究的推进，多少就染上了一点胡适所说的"历史癖"的毛病，并且积重难返，似乎走上了"不归路"，要想重新回到批评那里去就很难了，恐怕也没有这个必要。我不是一个好动和好热闹的人，也不喜欢快节奏的、"赶场"式的生活，性喜沉思是我的一大特点，我以为这样的性格可能更适合学术研究。

■刘杨：从您的回顾中，我感觉到您在几十年间形成的历史意识或者叫历史"情结"对您的影响是很大的。很多时候我们谈历史意识其实很空洞，成了一种"不及物"的能指，更不要说"情结"了，您能不能谈一谈您对历史的具体理解？

吴秀明：严格地讲，今天所谓的历史是由"历史的本体"与"历史的认识"两部分构成；而真正的"历史的本体"是不可得的，它看不见，摸不着，留不住，只能通过人类的回忆、记述和思考，即所谓的"历史的认识"积淀下来，与我们形成一种传承关系。也就是说，历史是由“事实”与“认识”两部分构成。当然这样讲可能太抽象了，就我自己的研究而言，我认为所谓的“历史”，在我这里主要包括“狭义的历史”与“广义的历史”这样两个层面：“狭义的历史”就是我所从事的历史小说研究中的历史，而“广义的历史”则是文学史以及跟文学史相关的有关研究。前者，是我前期的主攻方向，它花去了我十多年的时间；后者，是90年代以后的事，它主要体现在我主编的《中国当代文学史写真》《当代中国文学五十年》（以后在此基础上修订扩充为《当代中国文学六十年》）两部文学史，以及其他不少的作品选评、选编与选本等，当然也包括在研究中贯穿史的观照和把握的有关思维理念等等。

■刘杨：您曾经说过的历史小说研究使您有了一块“根据地”，您在这个领域笔耕不辍，出版了6部著作、发表了100多篇文章、主编过5部选本，申报并且完成了3个国家社科规划项目。您在历史小说研究中，对历史的认识是不是也有一个深化的过程，而不仅仅局限在艺术批评上？

吴秀明：的确是这样，历史小说研究促使我不断完善知识结构，也不断加深对历史的认识和理解。历史小说是历史的美学呈现方式，而我所从事的历史小说研究又不仅仅是内部的文本批评，这就不可避免地涉及有关的历史“事实”与“认识”。它需要相应的文史素养。没有办法，我只好尽力多读书特别是史书，每每评论一部历史小说，都找一些与之相关的史书来读。这种“临时抱佛脚”的做法自然解决不了根本问题，但对如何准确评价把握作品还是有意义的，至少让我批评时心中有了个底。更为重要的是，久而久之，它对我的知识结构进行了调整，原来许多被遮蔽的问题也仿佛亮堂起来。当然，这也与不少前辈在我学术起步阶段时的帮助是分不开的。譬如在评论一部涉及“人兽相搏”作为娱乐的长篇历史小说的真实性问题时，我就曾专门向姜亮夫等先生请教，他们的指点，让我获益匪浅。

■刘杨：谈到您所说的“广义的历史”，现在形形色色的当代文学史也有一百余部。我认为文学史是文学存在的一种历史必然和历史结构。但如你所知，也有人对文学史编撰提出批评，甚至主张要取消文学史，用后现代的非中心的理论把文学史看成碎片的存在。你对此是怎么看的，你是怎样编撰当代文学史的？

吴秀明：文学史写作，尤其是当代文学史写作，确实有很多问题需要反思。这一点毫无疑问，而且也相当迫切。但我认为这种反思，最好应该是建设性的反思，而不是否定一切的解构性的反思。文学史是文学史家基于某种“史学意识”对“文学存在”的一种概括，它与现代性尤其是与现代的教育和学术、现代的理论与批评密不可分地联系在一起，形成一种强有力的历史结构，并不是你想取消就能取消得了的。当然，从实践的角度来看，现有的文学史有两种：一种是专家型的，一种是教材型的。而后者，因为与教学有关，迄今为止占据文学史的主流。可以说，95%以上的文学史都是教材型的文学史，包括我自己主编的文学史在内。你所说的批评，我想主要是针对教材型的文学史（而不是专家型的文学史）的吧，它说明这些文学史中的“史学意识”不能有效地概括“文学存在”，同时也反映了它与“文学教育”之间出现了严重脱节，至少不那么适应“文学教育”。

面对这种状况，有人主张“文学教育”去文学史，即使继续讲授，主要也应该向学生呈现客观事实，而尽量不要乃至不必对文学对象本身作评价。我赞成当前要适度淡化文学史教学，并且也主张文学史教学应强化历史质感和实感；但如果因之将文学史教学定位为讲述“客观事实”，我又感到不妥。作为“文学教育”之一的文学史，它对“文学存在”的反映和概括，因为“史学意识”的介入，必然烙上讲授者的价值论和主观意识的印记，怎么可能做到纯粹的“客观”呢。以前讲鲁迅、郭沫若、茅盾、巴金、老舍、曹禺，而现在将郭沫若、茅盾拉下马，讲周作人、沈从文、张爱玲、金庸，这里讲什么、不讲什么，本身就体现了一种价值取向。作为“文学存在”的“客观事实”也是如此，五四以降这百年来多得很哪，你所讲的其实也隐含了你的价值观，你不可能也没有必要将所有的“客观事实”都呈现给学生。所以主观性不可避免，简单用后现代式的“解构”中心和体系，把文学史理解为碎片化的“客观事实”的呈现，同样是不可取的。在“事实”与“思想”，“客观”与“主观”之间，这里确实有一个度的问题，不能简单化。

我个人对教材型的文学史的理解，大体有以下三点：（一）选择具有较高审美价值或者文学史影响的经典或有代表性的作家作品，予以介绍，这是文学史的主体；（二）梳理文学史发展的来龙去脉、运演过程和基本构成，呈现这门课程或学科的主要知识谱系；（三）在此基础上，归纳和总结有关的经验教训。当然这一切都是可以讨论的，并应该通过与学生平等对话来展开，但不能搞绝对的“自由主义”，那也是对学生不负责任。

■刘杨：您几十年教学实践在这方面花的功夫是比较多的，而您主编的《中国当代文学史写真》被评为“十一五”国家规划教材，《文学评论》还将它与其他几本文学史一起作过专文评介，有不少院校也采用这套教材。不过它似乎很难归入哪一种范式，因为它的体例和理念比较独特，不知道您当时是怎样设计的？有着怎样的追求？

吴秀明:20世纪八九十年代以来,在“重写文学史”之风的推动下,现当代文学领域出版了大量的文学史。这些文学史,包括我主编的《中国当代文学史写真》在内,就像前面提到的,存在着诸多问题,特别是集体写作的通病。不过,从理念上说,由于当时着手编写时洪子诚、陈思和等当代文学史已出版,而我又不想重复时贤。所以,在经过反复斟酌之后就确定了现在你所见到的体例和范式。它主要由以下五个板块所组成:一、作家作品介绍;二、评论文章选萃(着意于精选不同时期或同一时期多位有代表性的评论家相异甚至截然对立的观点);三、作家自述;四、编者评点;五、参考文献和思考题。

■刘杨:这部文学史叫“写真”,而且里面的亮点也在于评论文章和史料的选入,那么编者的主体意识和历史的客观呈现之间的关系是如何体现出来的呢?

吴秀明:实际上,刚才说的三点编写原则也就贯穿在这部文学史的五个板块中,其中第一、四两个板块,用言简意赅的语言表达我对作家作品的评点。第二板块是文学史的主体部分,系评论研究文章之精选,具有较强的“文献性”“客观性”,但它之所以被我们选辑,并纳入用相关标题命名的编目中以形成一个有序的框架体系,这里当然融入了作为编写者的我们的主体意识。所不同的只是隐含——隐含在对这众多评论研究文章的选择和编撰中,准确地说,历史客观呈现是表,主观意识表达是里。

■刘杨:您在文学史“写真”和2012年出版的《中国现当代文学作品与史料选》中与众不同之处就在于纳入了文学史料。史料一贯被认为是学术研究的基础,让它进入教材,并且从一维的“作品选”变成二维的“作品与史料选”,是出于什么一种考虑呢?

吴秀明:大学中文专业的“文学教育”,尤其是文学史教学,学生应该大量读作品,所以在你说到的这部选本中,文学作品占有三分之二的篇幅。但我想仅仅这样还不够,现在大家都不是在讲培养宽口径、厚基础的人才吗?而要将这样的培养理念落到选本编选上,除了文学作品以外,我认为有必要将史料纳入视野,给学生提供“作品”+“史料”的选本,让他们通过“作品”与“史料”的互渗互证,在还原历史的基础上加深对作品的理解,改变原有单维的知识结构。另一方面,也借此培养他们的研究意识和实事求是的学风,进行必要的学术训练,为将来继续进行专业深造和可持续发展打下扎实的基础。这样的要求也许有点高,但对一些学术积累比较深厚、师资力量比较雄厚、办学水平比较高的学校,还是可以提出来的,并且有的已在这方面做出了探索。至于台港尤其是台湾,更是走在我们前面,有不少值得借鉴的经验。总之,到底如何拓宽学生的思维视野和知识结构,培养他们发现问题、提出问题的能力,这是当前包括现当代文学史在内的"文学教育"亟须解决的一个问题。

而就我主编的这个选本而言,其"当代"部分史料,我是按照当代文学及其史料属性特点和存在发展的实际情况进行编选的:开头与结尾,是日丹诺夫的《关于〈星〉及〈列宁格勒〉杂志所犯错误的报告》与顾彬的《中国当代文学存在的问题》(被称为当代文学"垃圾论"的出处),以体现当代文学先向苏联"一边倒"、后受西方影响的客观事实;主体部分,先是"前三十年"的政治化史料,然后逐渐向"后三十年"的多元化史料转换,史料遴选与当代文学学科及其发展呈同构状态。

二、回归史料与学术谱系的完善

■刘杨:谈到文学史料,我想起您在《转型时期的中国文学思潮》中将文学研究分为"作家作品—文学思潮—文学史—学科史"四个序列,认为每个序列都是独立的,但同时彼此又具有内在的关联。近些年来,您不仅在教学而且在研究中也越来越重视史料。您对现当代文学的学术谱系,我称之为"学术链"的认识是怎样的,又有什么变化?

吴秀明:你说的那个研究"序列"是十几年前提出来的,实际上是对八九十年代学术研究的一种归纳。但现在看来还不完善,忽略了一个环节,一个带有"原点"性的重要环节,那就是"文学史料"。历史地看,文献史料研究,即传统所谓的朴学,至清代已达到很高的水平,只有在新史料的发掘和思想方法的更新的基础上才有可能实现突破。20世纪二三十年代几位大学者罗振玉、王国维、陈寅恪、胡适、陈垣、杨树达、李济、董作宾等之所以取得突出成就,很重要的原因就在于积极占有和应用了甲骨文及其他文物、敦煌文献和明清内阁档案这些新史料。现当代文学相对于古代文学以及现代文学的部分内容而言,是一门门槛较低的学科,因为它没有繁难的语言关,任何一个具有阅读能力的人都能读懂,并根据自己的理解发议论;其中高明者,还可借助于某种外来的理论对之做出颇具新意的阐释。这样久而久之,就导致了"以论带史""以论代史"的阐释风的盛行,史料工作遭到了不应有的放逐。

当然,这里不是责备哪一位甚至哪一代学人,因为我们自己和当代社会一起成长，知道这种学风由来有因。在20世纪50年代批《红楼梦》研究和胡适的时候，史料实证被当作“资产阶级唯心论”或陈旧落后的封建观念被抛弃了，那就只剩下所谓的“思想方法”——先是苏联封闭僵硬的社会政治学，继之是西方的现代主义和后现代主义，在我们这里大盛其道，占据主导地位，且至今仍有很大市场。曾几何时，在新时期的一段时期内，如果在论文或会议发言中不引用一下尼采、弗洛伊德、海德格尔、德里达的话，人家就会觉得你老土，挺没有水平。八九十年代“重评文学史”“重写文学史”“重排文学大师”以及与之相关的许多文学活动、文学口号，主要就源于“思想方法的更新”而不是“新史料的发掘”。这种情况在“拨乱反正”、观念滞后的特殊历史阶段当然可以理解，并且在推进文学研究现代性方面的确发挥了积极的作用，但它本身是有局限的。

然而到了90年代，随着文化和学术转型，特别是现当代文学学科历史化、经典化的启动，这种研究的弊端就逐渐暴露出来。在这个时候，也只有在这个时候，人们才开始对原有重思想阐释而轻史料实证的“问题与方法”进行反思和调整。这尽管是初步的，并且因当代文学史料与政治史料纠缠在一起，较之古代和现代文学史料更复杂也更具难度，但它毕竟开始被意识到了。只要持之以恒，相信还是会有所作为的。

■刘杨：您是从学科的学术谱系完善的角度，以历史的眼光看待文学史料的基础性位置。我拜读过您近一二年来发表的六七篇有关文学史料研究的文章，2013年11月浙江大学中国现当代文学与文化研究所还专门召开“中国现当代文学史料与阐释”学术研讨会。你从事史料研究与您个人以往的研究有关系吗？

吴秀明：就我个人而言，这些年来之所以重视文学史料，自然与整体文化和学术环境有关，有外在的因素，比如2004年在河南大学召开的现代文学史料会议上，受其影响和启发，我就曾作过有关当代文学史料存在的七方面内容、六个特点与六点困难的发言（该文与赵卫东合作，发表在《中国现代文学研究丛刊》2005年第5期），2010年，我还以《中国当代文学文献史料问题研究》为题，成功申报了国家社科基金重点研究项目。但现在回过头来想想，上述背后其实蕴含了开始你所说的“历史情缘”，偶然之中带有某种必然性。因为从历史小说评论到文学思潮研究，从文学史编写到作品与史料选编选，从史料课题申报到史料会议主办，这一路下来，最后与史料渐行渐近，彼此之间仿佛具有内在的逻辑关联。这也可以说自己“历史意识”的一个必然表现吧。

■刘杨：史料对于您个人来说是一种自觉选择，不过就整个现当代文学研究领域来讲，情况并不乐观，有些学者虽关注史料，但也只是在这块“处女地”上扒两下，找个题目、报个项目完成一下。看来，同样是讲“回归”，彼此差异还是蛮大的。对您而言，“回归”有什么不同之处？

吴秀明：要说有什么“不同”，我想主要在于从学术研究的整体格局和学科建设的角度，特别是从支撑学术研究和学科建设的“基础工程”的角度来看待史料，从这个基点上强调“当代文学史料”的重要性及其特殊意义：它不仅是对中国新老文学研究传统的继承，同时对当代文学研究来说，也是带有“历史补课”和“战略转移”性质的一次调整。事实上，当代文学史料的搜集、发掘、抢救和整理已经面临着相当严峻的形势，它不是上几个项目和讨论一下所能解决的，而是一种长期性、需要更多的人参与和关注的学术难题。从某种意义上讲，今天提出当代文学史料问题，其实就是想返回当代文学研究和学科建设的“原点”进行“再出发”。所以，它可以说是一次根源性的“回归”。

■刘杨：您经常讲古代文学乃至现代文学王瑶先生那一代学人都十分重视史料，您在前面也提到当代文学史料研究较之古代文学和现代文学更有难度，请您具体谈谈当代文学史料研究的难度及其特殊性。

吴秀明：当代文学史料的特殊，我以为起码有以下这样三点：一、虽然重要但又无法得到像古代文学那样的支持，基本处于自生自灭状态，且50年代写作的作家如今也已80多岁，故不能不带有明显的“抢救”性质；二、因与政治意识形态密切相关，往往封尘于严密的档案里，受控于现行的档案制度，不能像古代文学和现代文学史料较易进入公共空间；三、在全球化和信息化语境下，遇到了许多新情况新问题，包括境外史料等等，其内涵和外延都发生前所未有的深刻嬗变。

从学者与时代的关系来看，它的特殊性和难度也不难想见。当代文学史料整理和研究不同于古代文学，由于我们生活在当代社会以及当代文学历史的短暂，也由于文学史作者同时又是历史的亲历者，因此，他们想当然地认为自己已经占有和理解了历史，完全可以充当历史的代言人。或者，出于各种主客观的原因，他们宁愿认同现有的被广泛接受的历史叙事，而不愿去翻看历史中那令人难堪的另一面。这种情况在已出的“全集”“文集”中表现得比较突出，它涉及史料的甄别问题，也涉及史料研究的伦理问题。而这无疑是有难度的。

■刘杨：史料研究往往容易流于碎片化，史料与史料学之间我以为还是有差异的，史料与研究的关系实际上就是细节与整体的关系，两者之间如果说有介质的话，那么这个介质就是历史观，您是怎样处理历史观与史料之间关系的？

吴秀明：这当然有学者个人学术兴趣的问题，从“史料”到“史料研究”再到“史料学”构建的推进过程中，学者不可能没有自己的趣味。为什么你去发掘和整理《说说唱唱》《故事会》等史料，不去发掘和整理《人民文学》《诗刊》等史料呢？其中必然包含你个人的思想和兴趣。所以在倡导“有一分材料说一分话”的同时，也要强调“事实”与“思想”互动，不能简单地将“史料”与“阐释”绝对对立起来。王国维堪称是新史料与新方法互渗融通的开创者和实践者，他的方法陈寅恪有很好的总结，就是：取地下之实物与纸上之遗文互相释证；取异族之故书与吾国之旧籍互相补正；取外国之观念与固有之材料互相参证。

这要求我们具有整体、开放而又多维的历史观。史料是一种静态的客观存在，它的发掘则是动态的，往往是带有主观性和时代性的。如果我们真正认识到史料的重要并给予理性的观照，那么即使碰到被遮蔽的史料，也有可能在梳扒整理的基础上给予“解蔽”。正是在这个意义上，史料发掘、整理与研究从来都与作者的思想认知及现实情怀息息相关，它绝不是“剪刀加糨糊”的纯技术的工作。

■刘杨：这就涉及历史化与当代性的关系，这方面的争论文章其实有不少。我认为当代文学从20世纪50年代开始有一种“当代性”的路径依赖，因此当代立场的表达往往成了一种学科“无意识”，您是怎么看待史料问题中当代性与历史化的关系的？

吴秀明：“当代性”与“历史化”是当代文学的基本属性与主要特点，不宜将之预设为二元对立的两个方面，相反它们的同时并存、双向互动会有利于学科的发展。但就目前当代文学学科建设的实际情况来看，提出并强调“历史化”似乎更为重要，也更有现实意义。要真正做到“历史化”就离不开史料，它是史料意识的自觉与自觉的史料意识在研究中的自然呈现。落实到具体实践，则可分“政治化”与“多元化”两个阶段，并彼此呈现各自不同的特色。史料意识的自觉在我看来应该包含既立足史料又超越史料的双重内涵：它一方面对史料予以高度重视，将其当作学科建设的基础工程甚至是支撑学科建设的“阿基米德点”；另一方面如福柯在《知识考古学》中所说，又对史料提出质疑，将它纳入整体系统中当作一种话语加以研究。如果能做到这样，史料才能更好地发挥它的功能价值，为当代文学学科的“历史化”做出应有的贡献。

三、文学史向学科史的跨越

■刘杨：与很多学者不同，您不但立足现当代文学学科开展学术研究，同时还做了许多“大中文”学科的工作，像“浙江大学中文系系史”丛书编纂，中文系系刊《中文学术前沿》创办以及相关的学术研讨会和吴熊和先生的追思会等等，您是如何将这些工作与原有学术研究对接的？

吴秀明：其实，这与自己曾担任的十几年的浙大中文系系主任工作有关。另一方面，也是考虑到现当代文学作为一个二级学科，它的发展与中文一级学科的发展密切相关，中文学科如何发展以及发展的状况和态势将对它带来直接的规约和影响。因此，谈现当代文学学科，似乎不能不谈与之密切关联的中文学科，因为它们的命运是如此相似：在 80 年代，当中文系成为大学中令人钦慕的“梦之系”时，现当代文学也跟着沾了光，并后来居上，一跃成为中文系的八门主干课之一；同样，90 年代以后，当中文系不断被边缘化而显得不无落寞之时，现当代文学也跟着遭到了冷遭。如今在大陆，不仅原有的综合性、师范类学校，就是许多专科院校乃至高职，由于种种原因，后来也都新办了中文系，中文系似乎到了遍地开花的地步。但量的扩充并没有改变其在现实中的窘迫状态。

正是有感于此，也是为了给现当代文学及中文学科寻找精神和学术资源，我们启动了历时三年的“系史”编纂工作。目前大陆高校中文学科，大体可分为传统与新兴两大学科群：古代文学、古代汉语、古典文献这些传统学科，因为具有比较丰厚的学术积淀和学术传统，相对比较恒稳；而新兴学科群，包括现当代文学、文艺学、比较文学与世界文学，也许与学科属性特别是学科较为“年轻”有关，往往容易受时代风尚影响。刚才所说的史料方面存在的问题，在新兴学科中就显得更为突出。而这，实际上也是从更为深长的历史背景来思考问题，探求现当代文学及其中文学科的“突围”之路和发展之道。

■刘杨：海峡两岸四地高校，“校史”编纂相当普遍，但像《浙江大学中文系系史》这样的并不多见，而且其内容和体例也显得很特别，由“总论卷”“教师卷”与“校友卷”三卷构成。我很欣赏您在“中文学科：历史经验与全球视野”暨“系史”首发式国际学术研讨会上的发言，您在写“系史”代序时是否也是这样考虑的？

吴秀明:编纂中文系“系史”在海峡两岸的中文系中的确不多,所以可资借鉴的经验也不多。我当时的基本设计是:不但全面系统地梳理浙大中文学科走过的百年历程,同时更重要的是借此进行一次精神的寻根和理想的重建,所以我在那次研讨会上说要“背靠历史,面向未来,立足现在”。我也将这一理念写入了“系史”代序中。那篇代序,我开始时写得比较轻松,也比较抒情,写到后来就愈来愈沉重。至结尾处,我还联系浙大中文系的实际,试就以下五个方面和方向对其未来的发展提出了自己的想法:按照学术规律行事,力戒浮躁,做到有所为有所不为;协调西学方法与中国传统学术的关系,努力寻找新的学术突破口;探寻个人与团体相结合的新的学术运行机制,在主流的学术圈子里发出有力的声音;参与跨文化跨语际跨学科的对话交流,在国际舞台上展示自己,拓展发展空间;积极介入当下社会改革与文化建设,使自己成为当代思想文化创造者和人文精神建设者。

以上所说的五个方面和方向可能有点空,但它却凝聚了我对现当代文学及中文学科的一些全局性的思考。至于你说“系史”的内容和体例,它的确有点与众不同,不仅将教师而且把学生也纳入视野,这也反映了我们这样的“系史”编纂理念:大学中文系是教师与学生共同打造的,他们彼此构成一个教学相长又相互激励的“精神共同体”,并从不同的层面和角度支撑和推动着中文系发展。正因此,我们编纂三卷本中文系“系史”时,在“总论卷”“教师卷”之外,专门做了一卷“校友卷”,用这样一种方式表达对教育和人才培养的重视。这也是我们对中文系的一种理解,是我们的一种“系史”观吧!

■刘杨:中文系及其所属各学科近些年来推出了不少刊物,您也曾主编浙大中文系系刊《中文学术前沿》。但与一般的看法不同,您在召开的“大学中文学刊与大学文化使命”会议上,对中文学刊提出了自己的定位,能否具体谈谈您的想法?

吴秀明:其实,这是从刊物角度对现当代文学及中文学科的一种反思。它首先涉及对大学中文学刊的定位。大学中文学刊至今为止尽管也办有不少,但大家对此好像比较含混。我是将其看成是三大系统——社科院和社联系统、学报和学刊系统、学会和研究会系统中的一个系统,从中文学刊与现代大学之关联,从大学内在的精神品质、自由思想和文化引领的角度对它作了定位。在此基础上,再谈具体的栏目设计、特色追求与质量的提高等等。在全球化语境下,包括现当代文学在内的中文学科已受到世界的广泛关注,中外交流正在逐步推进。对我们学者而言,我们的学术成果能否受到尊重,发出自己的声音和产生影响,关键在于我们能否在纵横交叉的视野中建构起富于创意和特色的中国式学术话语。而对中文学刊来说，能否在“学术共同体”中占有自己的独立位置，关键在于能否处理好刊物的个性特色和学科群的关系、地域性和国际化的关系。

■刘杨：我注意到您为数不多的散文中，有一篇悼念吴熊和先生的文章。应该说这类文字屡见不鲜，但您作为和吴熊和分属两个二级学科的上下两代学者，不仅对吴熊和为人为文的“品位”有着精当的评价，同时还对吴熊和的学术贡献和历史作用作了富有高度而又有意味的概括，让人感到耳目一新。

吴秀明：吴熊和先生是“一代词宗”夏承焘先生的嫡传弟子，也是浙大中文系第二代学者中的标杆性的人物。他在多种癌症缠身的十多年中，面对病厄与死亡的超然与淡定，对中文系念兹在兹的关爱与支持，感人弥深，对中文系中青年教师影响是很大的。我的悼念文章其实是在“吴熊和先生追思会”上的一篇发言稿。与吴熊和先生弟子写的追思文章不同，我是将他放在百年浙大中文系发展史上来谈的，通过他来梳理中文系的精神和学术传统。在写作的过程中，抚今追昔，在痛失师哲的同时，又对中文系现状徒生了不少莫名的隐忧，当时掉了不少眼泪。三千多字的短文，竟然写了一个星期，思想情感“掉进去”出不来，这可以说是我平生最为用情的一篇文章。当然，也许与“追思”的指向有关，我还是挣扎着“跳出来”，用比较理性的文字给予评价和概括，将情理融会贯通。其中有这样一段文字，现不妨摘录如下，也借此机会，对吴先生在天之灵再次表示我的深切缅怀：

“我心中的吴先生是这样一位长者：他是一位继夏承焘先生之后学业精湛、造诣深厚，在古代文学研究领域尤其是在词学研究领域方面做出杰出贡献、饮誉海内外的词学大家；是一位谦逊优雅、心性宽厚、有品位、有境界、很有气质和涵养的纯正的仁人君子；是一位将历史与现实、自由与责任、才情与学问、天地人融合于一，并不露痕迹地转化为为人为文乃至每个小小细节的既现代又传统的人文学者；是一位运筹帷幄、善于整合学科力量，思路开阔而又兼容并包，并对中文系产生整体性影响的杰出的学术带头人和学术领袖。无论是作为教授学者，还是作为古代文学学科和中文系的曾经的‘掌门人’，无论是学问还是道德，吴先生都是杰出的，某种意义上，他象征和代表着中文系，是中文系一张响亮的‘名片’。”

■刘杨：在作这样丰富的实践和思考之后，您再回过头来站在一个更高的平台上看现当代文学史与学术史，是不是会有一些新的想法呢？

吴秀明：想法当然有啊，其中很重要的一点，就是作为二级学科的现当代文学与作为一级学科的中文系之关联，我们从其他二级学科中能借鉴什么？以往我们总是眼睛盯着西方，局限于“新兴学科群”内部互渗互融，主要乃至完全靠逻辑的推演或判断力的判断，靠横移西方话语的结构框架，在不断的建构范式与解构范式中从事学术研究。这种“结构”更替的研究当然是有问题的，它不仅忽略了范式之间的关联，更为主要的，是忽略了范式赖以存在发展的历史背景、条件与相关的知识谱系。因此新则新矣，往往缺乏学术生命力。而“传统学科群”恰恰在这方面为我们提供有益的借鉴，它们强调建立在言必有据、真实可信史料基础上的治学理念与方法，对于现当代文学研究有重要的参考价值。记得吴熊和先生与我说过，他曾因写长文章受到夏承焘先生的严厉批评，以至在后来很长一段时间都不敢写长文章了。对比之下，我们的反差就太大了。现如今，在现当代文学尤其是在当代文学评论与研究领域，没有读过作品居然敢夸夸其谈，且毫无愧色，这样的人决非绝无仅有。在这个意义上，编纂“系史”、编辑“系刊”和追思师哲，都是一种学术沉淀的方式，这里也蕴含了现当代文学向传统学科和老辈学者学习、师承之意。

四、学术坚守中的多向拓展

■刘杨：刚才我们从现当代文学史和学科谈到中文系和中文一级学科，我注意到您的学术研究中不仅逐渐形成一种鲜明的学科意识，同时还有不少跨学科、跨地区的研究。这方面的研究其实难度是很大的。您能不能结合自己的治学经验，谈谈在现当代文学研究基础上怎样跨学科“成一家之言”，其中是不是有什么一以贯之的“道”呢？

吴秀明：现当代文学研究不可能不与文艺学、外国文学、古代文学乃至语言学、传播学、文献学等其他学科发生联系，这是常识。从更高的层面来看，文学本身表现内容的广泛，也使我们有必要了解其他学科的知识谱系和研究范式。但是，我不主张盲目地跨学科，“走出去”最好还是“返回来”，而且要“返得回来”，除非有足够的跨学科的储备和积累，而且有浓厚的兴趣，觉得“不返回”、留在所跨的新学科更好。就我个人而言，如果说治学还有什么一以贯之的“道”的话，我想大概就是这么三点：一是开始与你谈的历史意识，尤其是面对历史的那种“了解之同情”的态度；二是逆向而辩证的思维方式，正视文学问题的复杂性；三是立足现当代文学本体属性，努力追求在中国现代性与全球化双重视域下的审美—文化—实证相互融通的学术话语。

■刘杨：我们结合您具体研究实践来谈。最初拜读的是您谈十七年文学的文章。八九十年代以来对十七年文学的批评是很强烈的，您对那段文学也是持批评态度的，但不是宣判式的决然的否定批判，而是努力还原到特定的历史场域中进行学理的分析，这大概也就是“了解之同情”的历史意识的体现吧。

吴秀明：是这样的，我们从那个年代过来的人都或多或少地受到过冲击，甚至像莫言小说写到的如何饥饿一类的触目惊心的生存状况，也曾程度不同地经历过。因此，当十七年作品对之唱颂歌时，今天读来心理的确是蛮抵触的，何况那时作品的艺术性普遍不高，那也不是一个讲艺术的时代。但我想，文学不同于政治，有它的特殊性和复杂性。如果仅仅从文学与生活，从文学与体制，从文学与道德，尤其是站在今天道德制高点上对它一概予以否定，并且以轻慢的态度调侃嘲讽之，恐怕也未必合适。那个时期文学体制存在的问题很多，但并不意味着批判体制的（如胡风等）就能写出好作品，反之，顺应体制的（如柳青等）创作就不值一提。你想想我们不也是体制中人吗？如果自己也安于体制并享受着体制的便利，然后回过头来用体制作为评价标准来批评前人，那就有点不近情理。体制说到底只是一个虚空的概念，它不能说明创作本身。对一个作家来说，最难也是重要的是以敏锐的眼光写人叙事，将五光十色的世界客体对象转化为栩栩如生的艺术形象，而不是是否反体制，或者是在体制内还是体制外。

有人认为十七年文学史，从特殊性角度讲不是作家作品史，而是事件史、现象史和问题史，应把“重心放在关系的发微、辨析和阐释上”（李洁非《典型文案·写在前面》，人民文学出版社2010年版）。这是有道理的。正因此，简单套用“一体化”或西方的某种理论进行阐释，虽然有其深刻的洞见，但往往遮蔽了文学固有的丰富复杂的存在及其构成“历史合力”的诸多因素、诸多环节——譬如说，有的将十七年的批判运动和日趋严重的文学政治化一概都归之于毛泽东、江青等人的指示与文学实践。历史哪里会这么简单呢？实际上在执行和阐释毛泽东文艺思想过程中，周扬、林默涵等这个层次人物的“中介性”也发挥了重要作用；更不要说从具体的文学事件到文本创作，它又经过了一个层次的转换。这是从文学制度、文学生态来谈。文本发生和艺术层面也是如此，像“样板戏”的修改，江青即使有再多的“指示”，她也不可能自己去修改剧本，最后还得靠作家或艺术家将之付诸实践（如汪曾祺之于《沙家浜》），于是才有了剧中艺术性的保存。它打上了浓重的“江记”的烙印，但又不是简单的“江记”二字所能完全概括得了的。

■刘杨：刚才您提到文学生态，其实您关于文学生态和生态文学两个方面的研究也有不少成果，不仅有《新世纪文学现象与文化生态环境研究》《中国现当代文学史与生态场》，还主编了一套《文化现代性与生态文学前沿丛书》，这就是跨学科。您怎么注意到文学史与生态学的关系，具体又怎么处理的呢？

吴秀明：在我思考文学思潮的时候就开始关注文学生态与生态文学。这虽然是跨学科，但还是以深入研究现当代文学为旨归。一方面讨论思潮现象和文学史时引入“生态”这个概念是有必要的，因为生态学讲系统性。而对生态文学的关注是因为当代文学中生态文学渐渐发展，故我们讲授和编纂文学史有必要给予正视。但我“跨出去”主要是扩大内涵和外延，吸纳其理念与方法，最终还是要有选择的运用并“返回”到现当代文学学科上来。所以不仅要研究生态文学的整体思潮特征、理论范式，如“生态文学与生态学的异质同构关系问题”，“外源性生态与内源性生态的关系问题”；而且还要探讨“生态文学的审美机制与艺术转换问题”“艺术想象力与创造性问题”，分析《狼图腾》《怀念狼》等具体文学作品。这样宏观、中观与微观三个层面兼顾，从中就可看出从当代生态文化怎样通过审美中介进入到当代文学文本之中。

■刘杨：除了跨学科和“了解之同情”外，您还提到另一个方面就是逆向而辩证的思维，这样往往能发现一些被别人所忽视的问题。譬如不少人都在讲“诺奖”，但您谈起来却有自己不同的见解，我们几次开会谈到这个问题您都没机会展开，现在可否多说几句？

吴秀明：长期以来现当代文学研究中存在着一种基于趋同影响的思维方式：由于当代文学研究是同代人的一种公共文化参与方式，所以也时常互相影响彼此的判断，或者同质化，或者尖锐对立。我以为近一年来有关莫言获诺贝尔文学奖的讨论，就程度不同地存在这种情况。不少人在对当代文学所谓“审美经验”“艺术价值”的一片赞誉声中，接受和认同诺奖，认为莫言的小说的审美价值和文学史价值都被低估了。问题并不这么简单，所谓的“幻像（觉）现实主义”是西方的一种概括，我们是否非要用这样的概念来重评莫言？如果因为它是诺奖，就不加辨识地予以盲目推崇，那只能说明我们的学术评价还缺乏必要的学术自信。实际上，莫言的创作中切合了诺奖所谓“理想主义”的部分，恐怕不是什么“纯审美”“纯艺术”。你不妨翻读一下那篇授奖词，其中对莫言的艺术评价并不是最主要的内容，它基本上还是从意识形态的异质者的角度对莫言进行解读。或者说，它是按照西方意识形态标准和理念，对莫言作了符合他们趣味的重塑。他们是在这样的前提下谈莫言的艺术性，特别是所谓的“幻像（觉）现实主义”，而绝非是“为艺术而艺术”，这符合诺奖“理想主义”的评奖原则和文化价值取向。将原本带有意识形态性的诺奖说成是审美纯粹与纯粹审美的“一大胜利”，恐怕是一个“误读”。

由此及彼，我不禁想到了印度的泰戈尔。他当年之所荣膺诺奖，在很大程度就得益于自己翻译时，有意舍弃了原著中一些具有鲜明的爱国主义色彩或是抨击西方殖民霸权的内容。这位东方首位诺奖获得者的做法也许比较例外，但不正也从另一个侧面说明诺奖具有意识形态性吗？逆向而辩证思维的要义在于形成一种独立思考而又全面关照的学术态度，并不是有意“唱反调”或故作惊人之语。因而，它是理性的、学术的，是一种实事求是的言说。

■刘杨：谈到“诺奖”就涉及一个跨文化、跨地区的问题，还不仅仅是跨学科了，而改革开放以来，我们的文学史研究不断成熟，而且时空范围也不断拓展，其中就涉及对于海外汉学的态度。在这种跨文化交流中，我们的文学、学术研究的主体性似乎一直不强，您是怎么看的？

吴秀明：我们这一代人是从 20 世纪 80 年代过来的，确实像夏志清、李欧梵、王德威等海外汉学对我们的研究是有启发的，尤其是他们精读文本、精研作家的能力对于 20 世纪 80 年代重写文学史不能说没有影响。然而，他们不是海外汉学的全部，譬如对于东欧那些原属苏联的许多国家的汉学研究，我们基本不了解、不介绍，总围绕着那几个有名的汉学家，甚至于我们所说的汉学家和古代文学、语言学学者所接触了解的汉学家群体也不一样。这是一。其次，更重要也为不少人所忽视的，是从整体上看，现当代文学是一个具有思想阐释可能的学科，而相应的海外汉学是西方学术的产物，它虽然在西学中处于边缘位置，但在学术思想上却一直追随西方，与之异质同构。即使某些汉学家本身并不怀有偏见，但它仍然难以从根本上摆脱西方的学术体系。因此，很容易产生以西方价值为取舍标准的思维观念，将非西方社会文化的变化简单视作所谓的西方经验所体现的“普世”模式重复的证明。这种把西方经验普遍化，将源于西方的理论、方法视为“放之四海而皆准”的真理的潜意识，在夏志清那里就存在，在李欧梵那里也不能免俗。即便有些学者要建构所谓中国文化传统，强调晚清文学与五四文学的承继关系，也是先验地将中国文学置于自外于世界文学的“后进”行列，用西方现代性的话语来具体操作。海外中国文学研究者长期浸润于西方文学理论和文化传统中，他们以西学的理念和训练来研究中国文学的做法也许很难避免，任何的完全排拒或全盘接受都是不可取的。

正在这个意义上，我们有必要继续强化中西学术关系的处理。目前中西之间的学术交流和对话还很薄弱，它更多是通过少数海外汉学家的渠道来实施，而他们似乎很难代表西方学术整体结构的主流，尽管他们试图融进去。当然，我们能否真正具备国际化的视野和能力，关键还是现当代文学自身能否提供原创性的审美经验。

■刘杨：如果说海外汉学是海外的学者在研究我们，那么他们的研究实际上也在拓展着我们的视野。也有学者提出以“华文文学”来重构新文学，我注意到您的思路不局限在语言，而是在文化层面提出东亚文化圈的一个研究范围，为什么您会在这个空间结构下来考虑问题？

吴秀明：这样考虑是基于东亚各国共同的文化承传。近现代以来甚为密切的文化交流传统，使东亚各国现代文学为未来的东方文化的现代性共建提供了可能。东亚各国现代文学在发展过程中都不期而然地触及反思民族的共同主题，都在积极地探索表达现代人思想感情、生存体验的有效形式。无论是中国的鲁迅、周作人、郭沫若、老舍，还是日本的武者小路实笃、芥川龙之介、夏目漱石，他们既是所在国的伟大作家或诗人，同时也是各自国家现代文化的积极发起人或推动者。东亚各国现代文学都曾为各国文化现代性做出自己出色的贡献，而作为已经渗透到东亚各国传统文学中的东方文化，也必然会随着这种现代性的共建与发展而熠熠生辉。

不过到底如何处理彼此的关系，涉及东西、古今文化碰撞与融合等一系列问题。就东亚文化内部构成来看，它还有个与自身文化传统及现实国情接轨的问题。需要真正深入东方文化的复杂和多面性之中进行研究，在讲东方性的同时注意体现与时俱进的、全人类的普遍要求。或者说，在进行富有东亚文化个性和民族特色的作品创作时，注意融入全球意识与全人类思维。这是一个需要继续思考和深入研究的话题。

■刘杨：我们今天谈了不少时间了，您从历史小说起步到文学思潮、文学史、学科史乃至跨学科的研究，留下了很多的宝贵经验，让我获益匪浅。您最后能否用一两句话作结，也是对我们年轻人的一种勉励。

吴秀明：我想还是借用吴熊和先生对我的教导，与大家共勉更合适吧：“从事人文学科研究要耐得住寂寞，耐得住冷落。”

（原载《新文学评论》2014 年第 1 期；刘杨为复旦大学博士）

文学表象的"真"与历史哲学的"真"

——文学史家吴秀明访谈

周保欣

■周保欣:吴老师,您的学术生涯有过两次大的转向。20世纪80年代,您从历史文学研究和历史小说批评起步,到90年代中期,转向了当代文学思潮、文学史和学科史研究;最近几年,再度转向当代文学史料学研究。搞学术研究的人有学术转向是很正常的,但是像您这么大跨度的却不多见。我想,一个学者的学术选择应该有学者非常内在的个人性的、生命化的东西在里面,那么,您的两次学术转向,是否有您作为一个学者的生命逻辑在里面?您每次的学术选择和您的个人性格、气质、兴趣和情趣有什么关系?

吴秀明:确实,一个人研究什么,不研究什么,很多时候,价值判断可能只是第二位的,最主要的还是取决于研究者的性格、气质和禀赋,也就是你所讲的"生命逻辑"。我现在很难讲清楚,当初为什么会选择历史文学作为我的研究领域,因为,哪怕到现在为止,历史文学研究仍属于冷门和偏门。大概,各个学术领域,都有各自不同的"召唤结构"吧,不同的学术命题的不同"召唤结构",对不同的学术个体都会起到不同的作用。从我自身来看,现在回过头想想,当初选择历史文学批评和理论研究,恐怕还是对历史文学当中包含的思辨的东西感兴趣。在理性和感性之间,我可能比较偏重于理性和思辨。历史文学与一般的文学不一样,它除了审美的元素之外,还有其他必须涉及的东西,比如说历史哲学、历史观念、历史理性、历史道德,以及古与今、真实与虚构等等,这些都是很基础的东西,也可以说是历史文学的"本体论"吧。这些本体的东西,对我的吸引力是蛮大的。20世纪80年代初,我最初发表在《文艺报》和《文学评论》上的论文,就是讨论当时历史文学创作中存在的历史真实与艺术虚构关系问题。那个时候,整个社会都在拨乱反正,如何看待历史、以怎样的历史观和价值态度去看待"历史真实",是当时很重要的命题。也许是切中时弊,论文发表后还产生了较大的影响,《新华文摘》《文汇报》《文摘报》都全文或摘要转载了那两篇文章。

我后来的学术转向从表面看跨度比较大,但实际上一直有一个基本的、核心的东西在那里,那就是"史"的规范与品质。我的研究,可以说都是沿着"史"展开的,比如当代文学思潮史、文学史、学科史、史料学等,都没离开这个“史”的线索。尽管所涉猎到的学术领域可能差异很大，但是，从思想、方法、趣味上讲，本质性的东西还是在那里。

■周保欣：两次学术转向，除了您内在的个人性因素外，和当时的当代文学学科、当代文学学术研究面临的具体情况，以及学术界面临的知识思想状况和方法论背景有没有关系？

吴秀明：肯定是有关系的！我转向当代文学思潮和文学史研究大概是在90年代中期。那个时候，有三个原因促成了我的转向：第一，我研究历史文学已经有十几年时间，从评论到理论形态研究，格局上已经做得差不多了。再做下去，突破的空间不是很大。学术的东西，有些时候还是需要放一放，沉淀一下，新的问题才会浮现出来，所以，我决定暂时告别历史文学研究。第二，就是从学科归属上讲，我是做当代文学研究的，当时要给研究生、本科生上文学史和思潮方面的课，所以需要备课。在备课过程中，形成了不少想法，这些想法当然也需要表达出来。第三，也是最重要的，恐怕就是当时大的学术环境的促成。你知道，80年代末、90年代初出现了两个重要的学术现象：一个是随着整体社会文化反思的推进以及“海外汉学”的影响，学界提出了“重写文学史”；另一个是针对市场化和汹涌而至的商品大潮，提出了带有强烈“抵抗”意味的“人文精神”大讨论，后者还颇带有那么一点火药味呢！

我们后来喜欢用“转型”这个概念来表述那时的社会文化重组和文学剧变。不管现在我们怎么看，可以讲，那是一个社会思潮和文学思潮的活跃期和嬗变期，整个学术界是这样，学者个体也是这样。那个时候，报纸杂志上发的最多的，就是各种“对话体”的文章。围绕一个话题，几个人从不同的角度各抒己见，进行切磋。我也随大流发了两篇这样的文章。那是一个比较“活性”而又“纯正”的学术年代，现在回想起来都不免有些激动。在那样一个“场域”中，你不可能无动于衷，不受感染。最近几年，人们普遍重视80年代，以至在一定程度上出现了“重返80年代”热。事实上，无论是从文学创作还是学术研究上看，我认为“80年代”都是当代文学再出发，而“90年代”则意味着它已行走在一个十字路口。我们那时的思考、选择及其对今天的影响，里面的经验可能更值得总结和反思。当然，由于个性使然，我没有撰文参与讨论，我好像不大习惯这样一种直接介入的方式，而喜欢自说自话。

■周保欣：“重写文学史”和“人文精神大讨论”是那个时代现当代文学学者，特别是像您这样的“50后”学者留在学术史上的地标性之物。时隔20年之后，您怎么看当时的两个讨论？

吴秀明：问题得从两方面分析。常态的眼光看，文学史总是需要“重写”的，世上没有一成不变的文学史，自然就没有一劳永逸的“文学史”。文学史既是作为被书写对象的作家的心灵史和精神思想史，同时也是历史叙述者的心灵和精神思想投射。从非常态的角度看，90年代的“重写文学史”显然是有所指的，它有它自己的特殊性，这里不多讲。总的来说，“重写文学史”是有建设性的，当时的很多东西，后来都进入到我们的学术生产和文学史编纂实践当中去了。自然，这里面也有不少问题需要反思。

至于“人文精神”大讨论，就更是如此。为什么我们当时对“市场化”那么反感，并有意无意地将其作为“人文精神”缺失的根源呢？现在看来，这样一种预设本身是有问题的，其用于批判的武器，主要还是我们传统的“义理”伦理观。因此讨论虽然很热闹，但实际留给现在的东西并不多。关于这一点，我在《转型时期的中国当代文学思潮》一书中曾作过探讨，这里限于篇幅，就不再赘言了。

■周保欣：您的学术路径可谓是“后退式”的，实证性越来越强。这当中，转向当代文学思潮和文学史研究我能够理解，但您关注很多现当代文学的学科问题，这与您多年担任浙江大学中文系系主任应该有关系吧？您主持编纂的三卷本《浙江大学中文系系史》，我想肯定不是简单地给一个系存史，有没有您的学科学术思考在里面？

吴秀明：1999年到2013年，我曾担任浙江大学中文系系主任一职。这段时间的行政兼职，对我的学术研究是有影响的，它使我在关注现当代文学学科问题的同时也关注中国语言文学的学科史问题。特别是最近这十多年，中国的高等教育、社会环境、文学学科生态、大学建制都有很大变化，给了我很大的压迫感，逼着我去思考很多问题。比如，过去的中文系，主要集中在一些综合性大学和师范类院校，现在随着大学扩张，很多理工商等专科学校都纷纷办起了中文系，由此也带来了不少新问题。如中文学科如何守正创新、拓宽内涵与外延，如何处理基础与应用、传统与现代关系，如何处理与中学语文教学及社会现实需求关系，如何充分发挥传统院校优势、凸显自我特色与优势等，都突现出来，提到了我们的面前。我为此写了十多篇文章作了探讨，还曾主编出版了一部近50万字的《大学文科人才的成长规律和教学改革与实践——以中文学科为中心的考察》，在这方面颇花费了一番心思。

说到《浙江大学中文系系史》，我的想法其实很简单。一方面，浙大中文系是个具有百年历史的老系，它有深厚的传统和积淀，通过修史，我们可以薪火相传，从中找到根源性的精神和学术传统。另一方面，这也可以说是现实挤压和反思的产物。这个时代，重“实用”而轻“基础”，一切都被量化了，而且到了斤斤计较的地步。我们修史，就是试图返回到学科史那里去，与名家大师对话。这个不是阿Q“我们祖上阔多啦”，而是寻找中文系的魂魄，探寻浴火重生的“突围”和发展的一种路径。中国语言文学在20世纪80年代曾经“风光”过，但后来却日趋冷落。我认为，对于传统学科来说，太热和太冷都是不正常的。

■周保欣：作为“50后”学者，我感觉到，你们这代学者普遍有比较强的学科意识。这个学科意识里面，有使命感，当然也有很焦灼的情绪，以及这代学者非常突出的历史批判色彩与自我反省意识。你们当中的很多人都写过文学史，您也曾主编《中国当代文学史写真》，另外好几本书都是围绕文学史和学科问题展开的。我不知道您怎么看待“50后”这代学人的现当代文学学科意识？

吴秀明：现当代文学作为一门学科，其历史很短，不足以与古代文学相提并论。但这门学科有其自身的特殊性。五四那代学人，因为新文学是在他们手上诞生的，所以在写作诸如新文学的各种运动史和变迁史时，心态很从容，当然也很自豪。1949年以后，因为政治需要，“当代文学”的特殊性和重要性被放大了很多。1959年新中国的第一个十年，就有很多纪念性的类似“新中国文学史”之类的著作问世。但在那时候，当代文学甚至包括现代文学，都不是作为一个学科被研究和讨论的。直到80年代，中国现当代文学的学科化、历史化问题才真正凸现出来，原因我想可能有两个：一是现当代文学已经有了足够的时间长度，有了相应的学术积累和沉淀，且与古代文学相比，确实有它自身的属性特点，需要学科化和历史化；另一点，就是我们没办法再像前辈学者那样，在“创世心态”和政治的激情中去讨论现当代文学。我们要想立足，就必须把现当代文学的学科独立性确立起来。

我们这代学者都经历过“文革”，其中的很多人都有知青经历，有底层生活经验。由之，我们也就有了自己对历史和现实的感知、体悟，有了自己的观照和把握的方式。尽管，我们这代学者之间也有很大的差异，有的甚至在学术立场、思想理念上很有点“针锋相对”的味道，但却普遍具有一个共同的特点：那就是往往把自身的生活经验和生命经验带到文学中来，而且，我们有比较强烈的反思意识。再加上从80年代初开始从事文学研究，到现在已经有一定的积累，因此，写作文学史也是情理之中的事情。当然，我也深知，由于上述经历，我们这代人知识结构和学养都存在着先天性、历史性的局限，“西学”不行，“中学”也不好，大概只能算是“历史中间物”吧。我们的优势，似乎更多在“向外转”。这就造成了我们的文学史编写，包括评论和研究，带有浓厚的社会学、伦理学色彩。即使是讲“艺术”、讲“审美”，往往也很不纯粹。这种情形在“重写文学史”中也表现得相当明显。

■周保欣：我不知道您注意到没有，您的著述里“真实”和“阐释”两个词出现频率很高。比如“真实”，历史文学研究论著里频频出现，但您的《中国当代文学史写真》是本文学史著作，却也出现“写真”字样。至于“阐释”，您有本书就叫《中国当代长篇历史小说的文化阐释》，去年的一个现当代文学史料学学术会议，会议名就有“史料和阐释”字样。可否这样理解：“真实”和“阐释”，内涵着您的学术理念和价值方法？

吴秀明：我没注意到，当然也没统计过，或许你说的不无道理。真实不是文学创作及研究的全部，甚至不是其最高的境界，但它无疑构成一切学术活动的重要基础，也是我们评价和把握现当代文学的一个基本价值。新时期文学创作和研究就是从这里开始起步，嗣后也从这个“原点”出发“重写文学史”，实现对原有虚妄的所谓的“倾向性”解构的。在这个意义上，“真实”可以说是构建新时期文学的“阿基米德点”。然而，真实只是一个方面、一个维度，还有其他维度，这是一；其次，什么叫真实，怎样才算真实，这个问题看似容易，其实无论从理论还是就实践角度讲，还真的不好说，也很难指认；第三，真实是需要阐释的，而阐释，就与作家创造主体以及文体形式、传播载体等密不可分地联系在一起，它不期而然地成为主体、文体、载体的一个“复合话语”，而不像我们原来理解的是文学与生活的“反映论”式的镜像关系。

最近一二十年，学界有关真实的讨论，基本也是从这个角度展开，将它看作是一个“复合话语”。这也反映了人们思维认知的丰富开放和日益深化细化。现在回过头看，自己过去有关真实的阐释，包括对历史文学真实的阐释，尽管注意到了作家创造主体、读者接受主体以及彼此连接的艺术中介，但也残留着不少“反映论”及“本质论”的痕迹。不过我也并不完全认同新历史主义文本化、主观化、碎片化的真实观。绝对真实的叙事当然难以存在，但不等于文学不能在一定程度上叙述历史和生活，新历史主义观点无疑是偏颇了，它同样需要反思。

■周保欣：接着上个问题吧。目前，我们的文学史编写同样面临着探寻“历史真实”问题，面临着文学事件、材料等的阐释问题，而现有的文学史在如何处理观念和材料的平衡、处理文学表象的“真”和历史哲学的“真”等方面的确存在很多值得探讨的问题。您多年研究历史文学，有很多的思想积累。以您的眼光看,您认为文学史应该求取什么样的“真”?如何获得“真”?

吴秀明:这涉及两个问题:一个是文学史的功能,一个是文学史当中的历史观和历史哲学问题。文学史的功能,不外是文学教育、学术研究和文化传承三块。不同的文学史,对文学史的真实要求是不一样的,文学教育的文学史,主要是事件、材料的真实和作家作品评价的切体性;而学术研究的真实,则更多地是探寻文学发生、发展、演变、盛衰的规律。不管是哪种文学史,都有一个历史观问题在里面。这个历史观是我们进入历史的路径和维度。你从哪个维度进入文学的历史,决定着你看到的是怎样的文学史。历史是不可复现,不可还原的。我们所有的表述,都不过是一种“盲人摸象”式的言说,这大概就是所谓的“道可道,非常道;名可名,非常名”吧。这里面的差别在于,有的摸得全面、准确一些,有的摸得不全面、不准确。所以,我们对于文学史应该抱持一份应有的谦卑,不要过于自负,摆出一副真理在握的样子。须知,任何一种概括都是有限的,哪怕最佳的范式和切入角度,它在敞开的同时也造成对其他的遮蔽,有洞见就有盲视。

我们现在需要做的,就是尽可能寻找适合自己观念的文学史范式,做到个性化与开放性的结合。作为教材,尽力给教师与学生提供更大的可供驰骋和发挥的空间。我在十年前曾主编了被黄修已先生称为“描述型”的《中国当代文学史写真》,实际上追求的就是一种开放对话的文学史。在这部文学史中,我更像是一个“主持人”而非裁决者。我以为对于只有起点而没有终点、还没有经过严格历史筛选的当代文学史来说,还是多留下一点弹性和余地,不要把话讲得太满太绝为好。这样的文学史,至少应允许存在,它不妨也可以说是一种“真”吧!

■周保欣:最近几年,您集中研究中国当代文学史料问题。2010年,获得了国家社科基金重点项目立项,这几年发表了很多论文,学术界反响较大。很快,还将出版一套当代文学史料方面的丛书。当初准备转向史料研究的时候,有没有想到现在能做这么大?有没有想到能得到学界这么积极的回应呢?

吴秀明:当初转向当代文学史料研究,我是有明确的问题意识的,就是觉得,第一,现当代文学研究历来注重思想性,而不太注重史料的积累;第二个呢,就是当代文学的历史化和经典化,必须要有坚实的史料做基础。再加上不少当代文学的亲历者年事渐高,以及其他各种因素,很多鲜活的当代文学史料处在随时可能湮灭的紧迫状态。因此,我就以“中国当代文学文献史料问题研究”为题,申报了国家社科基金项目,目的是想引起同行的重视。

这些年，我就此写了一些文章，其中有的是与人合作。去年，我们还在杭州召开了一个有关中国现当代文学史料学的学术会议，也是想借此推动此项工作的展开。

应当说，文学史料问题现在大家都比较重视，这基本上已形成了共识，并逐步地在展开。这是急不得的。接下来，我们将推出一套11卷近600万字的“中国当代文学文献史料丛书”，就放在浙江大学出版社。这里先做个广告，有兴趣的可以关注一下。

■周保欣：当代文学史料与现代文学史料、古代文学史料相比，您认为它有什么特点？

吴秀明：当代文学史料当然有它的特点，而且特点非常明显。所谓文学史料，不外是人类文学活动中留下的文字（包括影像、图片、声音等）与实物材料。当然，这里的文学活动并非是纯粹的文学活动，而是和人类的其他活动紧密联系在一起的。当代文学史料最大的特点，就在于它的多触角性，即与社会、经济、文化、历史特别是与政治之间具有特别密切的关联，以致文学史料的边际效应被放大了许多。很多时候，有些材料看似与文学无关，但它对我们解释作家作品和文学现象，却有着意想不到的效果。这种文学史料的边际效应，导致很多边缘性的史料会在文学性与非文学性之间徘徊，增加了文学史料的复杂性和辨识的难度。当然了，这样的边际效应在现代和古代文学那里也有，但都不及当代文学突出。当代文学因为是“当代”的文学，它的叙述者往往同时又是参与者，有更多人为的、主观的因素。所以，较之其他时段的文学及其史料，也就显得更为纷纭复杂，充满歧义。

需要指出的是实物性史料。研究唐代诗歌的，我们现在已经没办法知道唐诗里面的“敬亭山”“桃花潭”是什么样子；研究鲁迅的，现在的鲁迅故居、“百草园”“三味书屋”等，都是很重要的现场史料。当代文学因为它的即时性，类似这样的物质性史料非常丰富，你读《红岩》，如果去过“渣滓洞”，可能就会有另外一种感受；而如果你能够去看看季羡林、杨绛他们下放的地方，可能就会对他们晚年写作有更深的体会。这些感受和体会是文字传达不出来的，它也可以说是当代文学史料的一个优势和特点吧。

■周保欣：与古代文学相比，我认为现当代文学史料学建设更迫切。古代文学领域，史料当然重要，但史料对文学史框架不会是颠覆性的；而现当代文学，我总觉得，现在很多史料还没有进入到我们的文学史，如果进入了，对很多结论和表述，甚至对文学史结构都会产生重大的改变。我总感觉，我们现在的文学史脉络不是历史自身的，而是根据现代价值观念建立起来的一种叙述脉络，像“启蒙”“救亡”“革命”等。不知您怎么看待现当代文学史的史料学现状？

吴秀明：你所说的现象是存在的。中国现代文学包括当代文学，是在殖民主义的压迫下产生的，尽管这不是全部，但是确实是很重要的历史压力。晚清时节，整个知识思想界都有理论上的焦虑，再加上西学的引进，从现代文学的源头来看，它本身就是各种思想交汇、对话和冲撞的枢机之所在。这一点，必然会顺流而下进入到后来的文学历史建构里面，影响到文学的历史形态和审美形态。文学史的叙述当然亦是如此。我们总是以各种观念形态的东西来作为文学史构造的骨架，甚至有一种提法，“思想史是文学史的风骨”。过去，是政治化的“新民主主义”，现在则是普适化的“现代性”或“人性”等。在这个观念化的文学史背后，文学史料当然只能是第二性的存在，是一种解释性的东西，它要服务于那个第一性的“观念”。

当我们戴上“观念”的眼镜来看文学史料，其所看到和激活的只能是与观念有关的那部分史料，与观念无关或相抵的东西，很难进入我们的视野。当然，从史料自身来看，的确，没有哪个时代的文学史料像现当代文学这样，如此受制于各种意识形态和观念实践。但是，如果我们剥离出观念的、思想的、理论的东西，重新进入到文学的现场，我们能否重构出别样的文学史呢？这里首先就有一个方法论的问题，那就是如道家所说，我们要“致虚”，要清空我们的心，要把你内心里面故有的知识形态和各种观念清除出去，然后才有可能回到“婴儿”状态，去重新认识史料，发现文学史——可问题在于，谁能做到无知、无识地看待文学史料，并在此基础上去构建出文学史？

■周保欣：一般研究史料，都会注意到史料甄别，但我觉得，史料进入文学学术和文学史，还存在史料和想象力的关系问题，因为文学史料无法连缀成文学史，编修文学史也不能一味地靠逻辑和思想。您怎么看待史料和想象力的关系？

吴秀明：史料是文学史的基石，但史料不是文学史，史料也不是文学史的断片残简。史料要想成为文学史的构成部分，须要经过文学史家和学者的“识”“思”“悟”“证”等。你所提到的文学史的想象力，实质上它是与文学史料相勾连的一种文学史建构方法，这里有两种情况：一种是史料具备情况下史料与史料间的勾连；一种是史料匮乏状态下的历史想象。就前一种情况来看，理性辨析当然是非常重要的。通过理性的烛照，我们可以对史料断其前因后果，理出文学史的脉络来。但是，文学史料不是没有生命的死材料，它是有生命的。很多情况下，理性、逻辑推断都没办法去研判史料所涵的生命的内容。特别是现当代文学，作家的生命经验、内心经验都相当复杂，这些生命经验和内心经验往往就内化在文学史料里，当我们面对那些史料的时候，我们需要以自己的生命为镜，对史料做出富有生命质感的想象，这样才能在史料之间建立起联系。再有，就是像胡适说的那样，史料不可能是完整的，往往是有一段没一段，这就需要研究者需要具有"精密的功力"和"高远的想象力"。当然，这种想象力不是文学上的虚构，更不能是凭空捏造，它要有自己内在的历史理性，有个"度"。

总的来说，史料研究没有想象力不行，想象无"度"更不行。

■周保欣：您是从历史文学研究起家的，尽管这些年没怎么研究历史文学，但想必您一定会关注历史文学。您认为现在的历史文学(包括网络文学和影视剧)，和您十几年前研究历史文学的时候相比，有没有什么变化和新质的产生？

吴秀明：变化肯定有。不单是历史文学，其他类型文学也如此。就历史文学来看，我想可以分两方面讲，一个是传统的历史文学，一个是新型的历史文学。传统历史文学这块，它一直有个功能性的东西，就是"古为今用"。所以 20 世纪 80 年代，有两类历史文学作品特别多，一个是写历史上的改革，一个是写反专制、反皇权的，这些都与当时的现实贴得很紧。到了 90 年代，文学与现实的关系发生了调整，那种直接干预现实的历史文学就少多了，作家们开始从文化或人性的角度写历史，题材上呈现出了向先秦上溯和明清下移的二极发展的态势。这个变化，与整个当代文学的变化是同步的(当然，同中也有异)。这个话题比较大，这里没办法展开讲。

至于新型的历史文学，就不能不提到新媒介和审美资本化这两个因素了。这些年，你只要打开电视机，就会发现电视剧的一个重要类型就是历史剧，有传统型的，像前些年的《康熙王朝》；有新形态的，比如《甄嬛传》。数字媒体、网络化对文学的影响，这个学术界已经有很多的讨论，但对历史文学来说，还有一个审美资本化和资本介入的问题。相对于一般文学来讲，大家对历史人物、历史故事的审美消费可能兴趣更大些，所以，审美资本化和资本的审美化对历史文学的影响也更大些。

■周保欣：历史文学研究方面，您有批评、有选本、有理论建构，但是，却没有写过这方面的文学史，如果从完整性和圆满性的角度看，没有写类似中国历史文学史方面的论著，这多少是一个缺憾。您自己怎么看待这个不完整？

吴秀明：过去曾有这方面考虑，还为此拟过一个细纲，有位热心的作家还主动为我联系落实了出版社。最后之所以没有做成，除了史料积累之外，主要还是心态问题——我似乎对当下正在行进中的历史文学和当代文学更有兴趣。我希望在退休以后，有机会弥补这一“缺憾”！

■周保欣：“当代文学”是个含混的概念，它是个“进行时”，所以从事当代文学研究，不管是做思潮研究还是文学史研究，首先得是个批评家。实际上，在您的学术经历中，有很多就是批评文章。您怎么看现在的文学批评？

吴秀明：在一篇谈文学史料的文章中，我曾经提到过这样的观点：“史料不能代替理论，也不能代替文本解读即批评，不能代替鉴赏。”自 20 世纪引进西方文学以文学史为中心的教育制度以来，我们的文学教育重在知识，而忽略了文学最根本的东西，即审美和趣味。我曾经呼吁当代学者最好是一个批评家，起码有批评实践或历经这个环节。至于谈到对当代文学批评的看法，我想有很多问题可以提出来讨论，比如说批评的理论创新问题，批评与创作的对接问题等。另外，文学批评的人文性问题也有必要引起注意。文学批评当然需要“批评”，这一点毫无疑问，但作为一种“人文性”的批评，它同时也应具有较大的包容性和对话性，是有弹性、宽度和温度的。哪怕是在尖锐批评之时，也内含着善意和对批评对象的充分尊重，或如陈寅恪所说的有一份“了解之同情”。

中国百年大部分时间都处在动荡或动乱之中，在这样的环境下，完全不受时代风尚影响的作家和学人是很少，也是很难的，包括我们自己。所以我们在批评时，一方面不回避、不讳言；另一方面，要将其放在当时的历史场中，给予“了解之同情”。我们最好不要先预设一种伦理化的标准，以此来代替历史评价。须知历史是不能假设的，也不可假设，它不是用简单的是非和道德伦理可以评定的。历史远比我们想象得要复杂得多。

（原载《文艺报》2014 年 6 月 16 日；周保欣为浙江财经大学教授）

参考文献

[1][德]黑格尔:《美学》,商务印书馆 1979 年版。

[2][德]黑格尔:《历史哲学》,上海人民出版社 1999 年版。

[3][匈]卢卡契:《卢卡契文学论文集》(第 1 卷),中国社会科学出版社 1980 年版。

[4][英]外国文学研究资料丛刊编辑委员会编:《司各特研究》,外语教学与研究出版社 1982 年版。

[5][英]汤因比:《历史研究》,上海人民出版社 1986 年版。

[6][美]黄仁宇:《万历十五年》,生活·读书·新知三联书店 1992 年版。

[7][美]王德威:《想象中国的方法》,生活·读书·新知三联书店 1998 年版。

[8][美]海登·怀特:《后现代历史叙事学》,中国社会科学出版社 2003 年版。

[9]唐小兵主编:《再解读——大众文艺与意识形态》,(香港)牛津大学出版社 1993 年版。

[10]王瑶:《中国新文学史稿》,上海文艺出版社 1982 年版。

[11]黄修己:《中国新文学史编纂史》,北京大学出版社 1995 年版。

[12]钱理群等:《中国现代文学三十年》(修订本),北京大学出版社 1998 年版。

[13]严家炎:《二十世纪中国文学史》,高等教育出版社 2010 年版。

[14]温儒敏等:《中国现当代文学学科概要》,北京大学出版社 2005 年版。

[15]陈平原:《作为学科的文学史》,北京大学出版社 2011 年版。

[16]刘纳:《嬗变——辛亥革命时期至五四时期的中国文学》,中国社会科学出版社 1998 年版。

[17]曹文轩:《20 世纪来中国文学现象研究》,北京大学出版社 2002 年版。

[18]朱寨主编:《中国当代文学思潮史》,人民文学出版社 1987 年版。

[19]洪子诚:《中国当代文学史》,北京大学出版社 1999 年版。

[20]洪子诚:《问题与方法——中国当代文学史研究讲稿》,生活·读书·新知三联书店 2002 年版。

[21]陈思和主编:《中国当代文学史教程》,复旦大学出版社 1999 年版。

[22]王晓明编:《人文精神寻思录》,文汇出版社 1996 年版。

[23]李扬:《50—70 年代中国文学经典再解读》,山东教育出版社 2002 年版。

[24]吴秀明:《中国当代长篇历史小说的文化阐释》,文化艺术出版社 2007 年版。

[25]童庆炳等:《历史题材文学创作重大问题研究》,北京师范大学出版社 2011 年版。

[26]张京媛主编:《后殖民理论与文化批评》,北京大学出版社 1999 年版。

[27]孟华主编:《比较文学形象学》,北京大学出版社 2001 年版。

[28]周宁主编:《世界之中国:域外中国形象研究》,南京出版社 2007 年版。

[29]吴秀明主编:《文化转型与百年文学"中国形象"塑造》,浙江工商大学出版社 2011 年版。

[30]施建业:《中国文学在世界的传播与影响》,黄河出版社 1993 年版。

[31]夏康达、王晓平:《二十世纪国外中国文学研究》,天津人民出版社 2000 年版。

[32]陈美兰:《中国当代长篇小说创作论》,上海文艺出版社 1991 年版。

[33]茅盾:《茅盾文艺论文集》,文化艺术出版社 1981 年版。

[34]凌宇:《从边城走向世界》(修订本),岳麓书社 2006 年版。

[35]刘洪涛、杨瑞仁:《沈从文研究资料》,天津人民出版社 2006 年版。

[36]杨义:《重绘中国文学地图——杨义学术讲演集》,中国社会科学出版社 2003 年版。

[37]严家炎:《金庸小说论稿》,北京大学出版社 1999 年版。

[38]费勇、钟晓毅:《金庸传奇》,广东人民出版社 1996 年版。

[39]于富增 :《国际高等教育发展与改革比较》,北京师范大学出版社 1999 年版。

[40]教育部高等教育司编:《高等教育教学改革》,高等教育出版社 1999 年版。

[41][美]克拉克·科尔:《大学的功能》,江西教育出版社 1993 年版。

[42]吴秀明主编:《大学文科人才成规律和教学改革与实践——以中文学科为中心的考察》,浙江大学出版社 2004 年版。

[43]王自立、陈子善主编:《郁达夫研究资料》,天津人民出版社 1982 年版。

[44]陈其强、蒋增福主编:《世界回眸:郁达夫纵论》,天津人民出版社 1997 年版。

索　引

后　记

这几年，我的主要精力放在当代文学史料研究上，有关现当代文学作家作品、思潮现象和文学史方面的研究文章写得少了。本书就是期间偶尔写成的主要文章，当然更多的恐怕是在此前乃至十年前陆续写就的文章。它从一个侧面反映了我在这一时段对现当代文学及这个学科的一些思考。

书名中有所谓的“经典”二字，它更多属于广义的泛指，而不是狭义的特指。这也是近一二十年来现当代文学研究和教学的一个热点话题。但也许是现当代文学没有也不可能像古代文学那样经过“历史”筛选而“经典化”，所以它更激发了本学科领域人们对经典历史化与历史经典化诉说的冲动，各种各样的阐释、讨论、争执纷至沓来，不绝于耳。这种情形，对古代文学等传统学科来讲，可能有点不可思议，但对现当代文学来说，则有着深刻的必然性和合理性。它表明现当代文学经过百年发展以后，已开始有了自觉或较自觉的学科意识，这是值得欣喜的。

本书分上下两编。上编“历史重构与形象塑造”主要从文学实践落笔，具体包括中国形象、历史叙事、价值重建及沈从文、柔石、金庸创作等六方面内容，既有宏观的文学思潮和文学现象，也有相对微观的作家作品解读，属于传统的创作论的范畴。下编“文学经典与文学教学”侧重从历史化入手，通过学科建设、学院批评、文学史写作、选本编选与人才培养等具体环节，将其进一步推向深化，与现代大学文学教育、教育体制及人才培养对接。而后者，之所以将其独立出来作为重要内容进行探讨，除了与本人从事的职业有关，还有一个原因在于，任何的经典历史化与历史化经典都必须而且的确离不开教科书和教育实践这个环节，也只有经过教科书和教育实践，它才能走向“历史化”、“经典化”。这亦是笔者感兴趣的一个话题。近十年来，我曾结合自己的实践，先后主编出版了一部专门探讨文科教改与人才培养的论著，发表了 10 多篇有关文学教育及教改的文章。

本书两篇郁达夫研究综述，是笔者主编《郁达夫全集》(12 卷)及参与 2006 年富阳市政府主持召开的“郁达夫诞辰 120 周年研讨会”的衍生物，曾与研究生合撰，在《杭州师范大学学报》2007 年第 4 期上发表，为志纪念，也为了给研究者提供参考史料，特收录于此。另，赵卫东、刘杨、周保欣整理的三篇访谈，曾分别刊登在《渤海大学学报》《新文学评论》《文艺报》上，在反映笔者既有研究的同时，也相当程度地表达了我当下对一些问题的思考，具有较大的信息和容量，故不揣冒昧地将其当作本书延展的一部分，一并收入附录。

最后借此机会，对参与本书撰写的包括附录作者在内的所有作者表示诚挚感谢(具体署名见相关章节尾处)。如今，他们均已毕业，有的在学界崭露头角，成为学术骨干和中坚。但回忆当年与他们促膝交流及和谐相处的如烟往事，还是怦然心动。愿他们在各自的工作岗位上辛劳并快乐着，愿这本浅陋的著作，为这份珍贵的友情和文情作证！

吴秀明

2014 年 10 月 15 日

图书在版编目（CIP）数据

文学形象与历史经典的当代境遇 / 吴秀明著. —杭州：浙江大学出版社，2014.12
ISBN 978-7-308-14160-4

Ⅰ.①文… Ⅱ.①吴… Ⅲ.①小说研究—中国—现代②小说研究—中国—当代 Ⅳ.①I207.42

中国版本图书馆 CIP 数据核字（2014）第 291008 号

文学形象与历史经典的当代境遇
吴秀明 著

策划编辑 赵博雅
责任编辑 赵博雅
封面设计 春天书装
出版发行 浙江大学出版社
（杭州市天目山路 148 号 邮政编码 310007）
（网址：http://www.zjupress.com）
排　　版 浙江时代出版服务有限公司
印　　刷 富阳市育才印刷有限公司
开　　本 710mm×1000mm 1/16
印　　张 20.75
字　　数 352 千
版 印 次 2014 年 12 月第 1 版 2014 年 12 月第 1 次印刷
书　　号 ISBN 978-7-308-14160-4
定　　价 58.00 元
